清闲丫头 著

御赐
仵作
[下册]

第四案
香烤全羊

第一章

第二天两人先后醒来的时候，天已经大亮了。

楚楚赖在萧瑾瑜微凉的怀里，睡眼惺忪地搂紧萧瑾瑜的腰，像猫儿撒娇一样在他怀里蹭蹭，喃喃地唤了他一声。

萧瑾瑜眠浅，早已醒了，听她唤他，也轻轻应了一声："嗯？"

"我是你的娘子了吗？"

萧瑾瑜轻笑："是了。"

"一辈子都是？"

"嗯……"

"我想永远都是。"

楚楚的话音里还有蒙眬的睡意，萧瑾瑜却还是答得郑重："好。"

"王爷，你真好。"

听到这个"好"字，萧瑾瑜突然想起昨晚被他忘得一干二净的一件事。

萧瑾瑜转手从枕下摸出一个小物件，放到楚楚手心里。看清手里物件的时候，楚楚一下子没了睡意。

那是个红色的缎面小包，那模样楚楚很熟悉，就是离她家最近的观音庙里的护身符。

"王爷，这是你求的？"

萧瑾瑜认真地点头："都是照你先前说的，在生辰当日找离得最近的观音庙，念一个时辰的平安经。"

看着楚楚满脸错愕，萧瑾瑜一怔："我记得不对？"

对，很对，但是……

"王爷，你跪了一个时辰？"

"嗯，放心，跪满时辰了。"

京里人要是知道素来不信鬼神的安王爷在观音庙里一连跪了一个时辰，还念了一个时辰的平安经，就为了求一个符，估计整个三法司都要炸锅了。

萧瑾瑜去求符倒不是因为开始相信神佛菩萨了，只是他记得这事儿对她很重要，但凡是他能力范围内的，他就一定要满足她。

楚楚急忙掀开被子，这才发现萧瑾瑜的膝盖红肿着，小腿前侧一片淤红，昨晚竟然一点儿都没留意到。

楚楚心疼地轻抚那片扎眼的淤红："疼吗？"

萧瑾瑜轻轻摇头，任她轻抚。

"王爷，我一定会对你好。"

萧瑾瑜浅浅苦笑："我没那么好，有件答应你的事做不到了。"

楚楚一愣，抬起头来："哪一件啊？"

萧瑾瑜迟疑了一下，才道，"我不能把董先生找回来了，他死在秦郎中的地窖里，地窖着火的时候也把他的尸体烧化了。"

楚楚的手僵在萧瑾瑜没有知觉的腿上，萧瑾瑜却好像能感觉到从腿上传来的微颤，不禁把她搂进怀里："对不起……"

那个温软的身子在他怀里僵了好一阵子，才听到一个带着浅浅哭腔的声音从他怀里传来："王爷，董先生是好人。"

"嗯，我知道，他想揭发秦郎中的罪行，才被秦郎中害死的。"

"他真厉害，跟神捕一样厉害！"

萧瑾瑜轻轻蹙眉，抚着楚楚的头发："楚楚，我得告诉你，这世上没有六扇门，也没有九大神捕。"感觉到怀里的人又僵了一下，萧瑾瑜忙道："不过，董先生说的那些故事都是真的。"

楚楚迷茫地抬起头来，隔着一层薄薄的眼泪看向萧瑾瑜。

"只是，那些故事讲的都是安王府门下几个官员经办的案子，也有我办的案子。"

楚楚呆呆地看了萧瑾瑜好一阵子，最后两手捧住了萧瑾瑜的脸："我就知道，我就知道，你真是六扇门的老大，是玉面判官！我找着了……我找着六扇门啦！"

萧瑾瑜默默叹气，搂紧这个突然破涕为笑、手舞足蹈的丫头，他刚才说的，好像不是这个意思吧……

"你这样说……也对。"

楚楚高兴得都要哭了，对着萧瑾瑜看了又看，摸了又摸，好像萧瑾瑜是件被她垂涎已久终于到手的宝物一样。

"王爷，你真好……真好！"楚楚紧紧抱着萧瑾瑜，好像生怕有人把他抢走了，"我一定年年都给董先生烧香，好好谢谢他！要不是他，我根本找不着你。"

"嗯，算上我的那份。"

"好!"

楚楚真想一直就这么在萧瑾瑜怀里赖下去，可到底还是忍不住肚子饿，她可是从昨天中午就什么都没吃过了，萧瑾瑜酒喝多了胃难受得很，又因为前夜服了凝神散而格外困倦，准备再睡一阵，还没重新闭上眼就看到楚楚在妆镜前随手绾着头发，萧瑾瑜把楚楚叫到床边。

"怎么啦？"楚楚问道。

萧瑾瑜从床上坐起来，让楚楚背对着他坐到他身边，抬手散下楚楚的头发，用手拢着重新给她绾了另一个更精巧的式样，这小丫头一下子就有了些少妇的韵味。

"王爷，你还会梳女人的头发呀？"

"偷学的……"萧瑾瑜浅笑着看着她，"总想给你梳梳看，今天总算看见是什么样子了，真好看。"

"那我以后都这样梳!"

"好……"

楚楚刚出去，萧瑾瑜还没来得及躺下来，窗户一开，景翊稳稳地落了进来，勾着嘴角笑得内容丰富。

萧瑾瑜瞪都懒得瞪他了。

景翊不打自招："我没上房梁啊，昨天晚上都是在窗户外面听的。"

景翊准准地接到萧瑾瑜递上的白眼，立即换上一副苦大仇深的模样："这不是我想听啊，安王府的人都要第一手消息，还得详尽，得真实有效，我要不认真点儿，就甭想回京城了!"

整个安王府的人……

萧瑾瑜一张脸一阵红一阵白一阵青黑。

他建什么不好，偏偏给这群兔崽子建起那么强大迅速的消息传递网……

赶在萧瑾瑜开口之前，景翊赶紧自救："萧玦想见你一面。"

萧瑾瑜果然微微怔了一下，转而镇定如常："有事？"

"他有事儿也不跟我说啊……"

"在哪儿？"

"离他家最近的埠头。"

"好。"

萧瑾瑜到的时候，一条船靠在埠头上，萧玦就在埠头上等着，松垮垮地靠坐在一张轮椅里，旁边站着一个英姿飒爽的高挑女子。

女子就站在风吹来的方向，刚好为萧玦挡开大部分冷风。那身形他还记得，京中这样英姿飒爽的女子不多，大多姓冷。

萧瑾瑜惊了一下，心里一暖。当年萧玦对这女子的心思他还是知道一二的，若不是三年前……如今看到这幕，萧瑾瑜有种压在心里的大石突然被化为灰烟，闪瞬消散的轻松。

越离得近了，越觉得比起上次见面，如今的萧玦像是找到了魂儿，虽然还是那副苍白消瘦的模样，但眼睛里明显已有了神采。

"七叔……"

"卑职冷嫣拜见安王爷。"

萧瑾瑜轻轻点头，女子很知趣地退到十步开外，走前迅速地帮萧玦理了理从腰间滑下的毯子。

萧瑾瑜看得出来，萧玦腰间缠着一根柔韧的带子，将他瘫软无力的身子固定在轮椅中，那张围在他腰间的毯子既为他挡风保暖，也遮着那根带子，最大限度地保护着他的一点儿骄傲。

萧玦带着几分歉意微微颔首："之前事态不明，言语冒犯七叔，七叔莫怪。"

"无妨，准备去哪儿？"

萧玦浅浅苦笑："去办个皇上的差事，不知怎么会落到我身上，只能尽力而为。"

"尽力就好。"

萧玦在身上摸出个信封，手微抖着递给萧瑾瑜，轻笑："七叔成婚，这个就当是我送的贺礼吧，但愿七叔不嫌弃。"

萧瑾瑜打开信封往里看了一眼，一怔。看得出来，那是份房契。

萧玦补道："惹出这么些是非，我应该是不会再回紫竹县了，那房子嫣儿已经收拾好了，空着也是空着，倒不如给你，偶尔来岳父家看看，还有个自己落脚的地方。"

"好，我就收着了。"

"还要多谢七叔，把传说中的医仙顾先生请来为我治病。"

"举手之劳，你听顾先生的话，好好养病。"

"那……七叔保重。"

"嗯。"

女子走过来把萧玦和轮椅一并抬上了船，直到船划远，景翊才从树上轻轻落下来，抱手看着一脸风平浪静的萧瑾瑜："你这么不冷不热的，是这辈子都不准备再见他了？"

萧瑾瑜微蹙眉心，轻抿嘴唇："还是不见的好。"

"你就不纳闷皇上给了他个什么差事？"

萧瑾瑜没回答，直接把话岔了出去："出门前刚收到京里的一封密函，北疆有些麻烦，我需要去一趟，你随我去。"

景翊跟火烧屁股似的"噌"地往后一跳，"不去！这……这北疆都是带兵打仗的事儿，我一窍不通，你让我去干吗啊！找吴江，让吴江去！"

萧瑾瑜眉梢微扬："你是怕见打仗，还是怕见岳父？"

景翊退后三步："还说我，你也没比我好到哪儿去啊，楚家爷爷一说话你不也连大气都不敢出吗？"

萧瑾瑜脸色一黑，这人到底悄悄地偷听了多少东西……

"你跟我去北疆，或者我给你爹去封信，跟他说说清楚。"

萧瑾瑜话音没落，景翊忙道："别别别，我跟你去，跟你去！"

"你要真不愿意去——"

景翊硬挤出一脸讨好的笑："愿意愿意，求之不得，北疆嘛，我长这么大还没去过呢，听说这时节那边很……很……很凉快！"

"那就好，收拾收拾，入夜启程。"

"行行行……"

萧瑾瑜回到楚家就吩咐侍卫收拾东西，楚楚茫然地看着萧瑾瑜把他自己的东西一件一件收起来："王爷，你这是要干什么呀？"

"楚楚，我要去办点公事，"萧瑾瑜收好衣服，拉着楚楚的手，"你再在家里住一阵子，陪陪爷爷奶奶，我办完就来接你回京。"

楚楚一听就急了，慌得按住萧瑾瑜装衣服的箱子："不行！我得跟你一块儿去！"

萧瑾瑜轻抚着她的头顶："听话，我要去凉州军营，那边在打仗，很危险，女人不能进。"

一想到刚刚才和他在一起就要分开，楚楚就已经百爪挠心了，这一急脑子里就闪出个念头："那我就扮男人！"

萧瑾瑜哭笑不得："不许胡闹……"

"反正我就得跟你在一块儿！"

"我很快就回来了……"

"那也不行！"楚楚紧搂住萧瑾瑜的脖子，"一天也不行！"

一想起之前一天一夜不见他的日子，楚楚再也不想重新经历一回了。

"王爷，我听你的话，全听你的，保证不给你惹祸，不给你丢人！你别把我扔下……"

萧瑾瑜默默叹气，他说一不二的本事在她这里从来都是没用的："好，带你一起去，不过一切千万都要听话。"

"我一定听话！"

"还要记得，一旦到了军营，除了我与景翊，任何人都不要相信。"

楚楚立时瞪大了眼睛："为什么呀？"

"这个回头再说，先收拾东西吧，天一黑就启程。"

"为啥天黑走啊？"

"要保密，得迅速赶路，到军营之前不能让人知道。"

"王爷，这……这到底是去干啥啊？"

"抓鬼。"

楚楚一下子把眼睛睁得圆溜溜的："抓鬼？"

萧瑾瑜努力地想在这双眼睛里找到点儿恐惧的意思，但凡被他找到一点儿，他就有法子让她乖乖留在楚水镇，可惜找到的就只有兴奋和好奇。

"我还没见过活的鬼呢！"

"嗯……"

"不对不对，鬼本来就是死的。"

"嗯……"

"也不对啊，鬼怎么会死呢？"

"嗯……"

"我都搅和迷糊了！王爷，你要抓的那个鬼，到底是死的还是活的啊？"

"我知道的也不多，到了军营就知道了。"

楚楚转身就要出门："我得跟奶奶说一声去，她还准备今天晚上给你炖鱼汤呢。"

"我去说吧，你不会撒谎。"

"跟奶奶也得撒谎？"

"事关重大，必须如此，日后我再向奶奶赔罪吧。"

"好，奶奶肯定不怪你。"

"嗯。"

楚奶奶惊讶地看着萧瑾瑜："昨儿才成的亲，咋这就要走啊？"

萧瑾瑜嘴上说是要撒谎，事实上说出来的全都是实话，只不过是说一半留一半罢了。

"京里急召我去处理点公务，有些棘手，不得不马上动身，有违礼数之处，还望奶奶原谅。"跟楚奶奶全面扯谎，他自己都觉得于心不安。

"倒不是啥礼数不礼数的事儿，"楚奶奶担心地看着萧瑾瑜仍然惨白的脸色，"你这身子还没好利索呢，这就坐车……是回京城？"

"要远一些。"

"比京城还远？"

"凉州。"

看着楚奶奶吓了一跳的模样，萧瑾瑜忙道："您若是担心楚楚，可以让她留在家里，我办完事就立即回来接她。"

楚奶奶微微一怔，笑着摆摆手："你这傻孩子，哪有相公跟娘子分开过日子的啊？凉州那地方又荒又冷,楚丫头跟着你帮不了啥大忙,可好歹你每顿都能有口热乎饭吃。"楚奶奶伸手轻轻拍了拍萧瑾瑜的后脑勺,"你得疼惜自个儿的身子,身子垮了,那就啥都没用了,楚丫头还得靠着你呢。"

萧瑾瑜微颔首:"晚辈记住了。"

楚奶奶轻轻叹气,点点头:"那成,我去帮楚丫头拾掇拾掇,她还从没出过那么远的门。"

"奶奶,"看着楚奶奶转身就要出厨房,萧瑾瑜沉声唤住她,"有件事想向您请教,若有冒犯之处,还请您原谅。"

"你这孩子,亲都成了,咋还这么客气?你说吧,想知道啥事儿呀?"

"请问奶奶,当年京中审您娘家案子的是什么人?"

楚奶奶笑容一僵:"你……你问这干啥呀?"

"只要卷宗还在,查办那些草菅人命的贪官污吏就不难。"

楚奶奶愣了一阵,长长叹了口气,摆摆手:"罢了,都好几十年了,那人早就没了,奶奶心领啦。"

"但凡冤案,都是我职责范围内的事,您即便不是楚楚的奶奶,我也一样会查。"萧瑾瑜含着一抹清浅而执着的笑意,"您不给我线索,我还是会查,只是多耗些精力,多吃点苦头罢了。"

楚奶奶看着这个脾气比身体结实百倍的人,无可奈何地摇摇头:"我就记得他姓秦,那会儿是刑部的一个大官。"

"多谢奶奶。"

萧瑾瑜一说是因为公事要走,楚家的三个男人就全都爽快地点头了,入夜启程之前,楚爷爷给萧瑾瑜搬了好几坛子泡好的药酒,楚奶奶给他们塞了好些自家腌晒的肉干、鱼干。

真走起来,楚楚才知道什么叫赶路。

一连四天,只有吃饭的时候马车才会暂时停下来,其他时间都在飞速地奔跑着。

第五天,到了一片荒郊野外的时候,两个侍卫被换成了另外八个侍卫,两匹几乎累断气的马也被换了下来。

除了紫竹县,楚楚就只去过京城,凉州这种地方她以前就只听说过几次,还都是镇上的叔、伯、大爷念叨打仗的事儿的时候顺口提起来的,她就只记得那是个冷得要命的地方。

楚楚很想问问萧瑾瑜,可萧瑾瑜早就受不住这样的车马颠簸,从第二天起就只能躺在床上苦忍着,吃点儿东西就会吐得厉害,但又不得不吃,于是连吃饭都成了一种折磨。

快到凉州地界的时候,晚上楚楚服侍他吃药,萧瑾瑜很困难却也很努力地往下咽着,一碗药还没喝进一半，前面喝下去的就全吐了出来，胃里抽痛得厉害，一时间汗如雨下。

楚楚心疼坏了，扶着他，把手放在他胃上，小心地给他揉着暖着："王爷，让马车停一会儿吧，就一会儿。"

萧瑾瑜微微摇头，勉强挤出一个微笑："不要紧，是我喝得急了。"

楚楚眨眨眼睛，摆出一脸的委屈："王爷，我都坐得难受了，再不停一会儿，我也吃不下饭了。"

萧瑾瑜一眼就能看出来这丫头打的什么主意，可还是忍不住担心，轻轻皱起眉来："要是不想坐车了，明天就让景翊带你骑马吧。"

楚楚扑到他怀里，像只刚抓到猎物的螃蟹似的，霸道地紧抱着他吐得发软的身子："我不！我就跟你在一块儿！"

萧瑾瑜抬手轻轻拢她的头发，先前不想让她跟来，也是知道自己肯定受不了这样的颠簸，不管再怎么小心也一定会病得一塌糊涂，萧瑾瑜不怕生病，却怕自己不得不依赖她的一双手过活，更怕见到她这样担心害怕小心翼翼的模样，每次见她这样，他都恨不得一口气把世上所有的药都吃进去，立马好起来。

楚楚被他抚得舒服了，像猫儿一样在他怀里蹭了蹭，打了个小小的哈欠。

"累了就睡吧，"萧瑾瑜抚上她的脸，"再有一两天就到了。"

"我不困，我再给你煎碗药去。"

萧瑾瑜搂住她："明天吧，我困了，陪我一起睡吧。"

"好。"

每次这样细致地看她，总能发现些新的惊喜，她的身子就像她的人一样，总是那么活色生香，永远没有枯燥乏味的时候。这副身子美好得让他心疼，心疼这样美好的身子竟然要被他拖累一生了……

萧瑾瑜已经不知道该怎么过没有她的日子了，所以哪怕明知会委屈了她，还是自私地娶了她，要了她，把她据为己有，用仅有的力量保护她……她想要的一切，他无论如何都会满足她，她只要开心地对他一笑，他就满足了。

萧瑾瑜珍惜地轻吻她。

"王爷……"

两人都不知道马车是什么时候停下来的，只知道等他们留心外面的声响时，外面也悄然无声了。

没有马蹄声，也没有人声。

已经深夜了。

他没说过今晚可以停下。

萧瑾瑜下意识地把刚刚放开的楚楚重新搂回怀里，在她耳畔轻道："别出声……"

"唔？"

萧瑾瑜又静静听了一阵，最后脸色微沉："景翊。"

没人应。

萧瑾瑜眉头微紧："小月。"

也没人应。

终于有个声音忍不住了："王爷，刚才景大人一见冷捕头的马过来，掉头就跑了，冷捕头也追过去了，这会儿还没回来。您先忙，先忙着吧……"

萧瑾瑜黑着脸默默叹了口气。

"王爷，"楚楚抬头看着他像是松了口气却又像是憋了口气的样子，"小月是谁呀？"

"冷月，冷大将军的小女儿，刑部的女捕头，你景大哥的夫人。"萧瑾瑜拍了拍她的脑袋，微微苦笑，"也就是你说的那个'小辣椒'。"

"小辣椒？！"

楚楚一下子来了精神，一骨碌从床上爬起来："九大神捕里面我最喜欢的就是她啦！"

楚楚又吐吐舌头，一头钻进萧瑾瑜的怀里："我说错啦，我最喜欢的是你！"

萧瑾瑜轻笑："我知道。"

萧瑾瑜抬手轻叩了几下车厢侧壁，扬声对外面道："他们一时回不来，今晚先停下歇息吧。"

"是，王爷。"

因为一直惦记着见见那个让她崇拜已久的"小辣椒"长的是个什么模样，楚楚这一晚上睡得并不沉，第二天清早突然听见外面传来一阵急促的马蹄声，一下子就睁了眼。

萧瑾瑜因为几日来难得一夜安眠，睡得又香又沉，楚楚怕扰了他，不敢乱动，只得竖起耳朵听，还没听见说话声，就又听见另外一阵马蹄声，想是骑马的人勒缰绳勒得急了，马蹄声刚停就接上一阵响亮的嘶鸣，萧瑾瑜一下子就被惊醒了。

"王爷，是不是小辣椒回来了呀？"

能让景翊慌神慌到连马都勒不稳当了，除了冷月还能是谁："应该是……"

"那我什么时候能看看她啊？"

"先起床，我叫她进来。"

"好！"

楚楚迅速梳洗好，还很快地把马车里收拾了一下，既紧张又兴奋，俨然一副准备招待贵客的模样。

萧瑾瑜扬声唤冷月进来，外面有个清朗的声音干脆地应了一声，楚楚的心都要跳到嗓子眼儿了。

车门一开，一团红影闪了进来，迅速关上车门，向萧瑾瑜屈膝一跪："卑职冷月拜见王爷。"

萧瑾瑜看着跪得很像那么回事儿的冷月，清浅苦笑："拜我也没用，你俩的事儿自己解决，我管不了。你留他一条活命就好。"

冷月答得干脆果断："冷月明白。"

"起来说话吧。"

"谢王爷。"

冷月一站起来，楚楚才看清她的模样，下巴微尖，叶眉凤眼，英气里混着几分妩媚，高挑饱满的身子裹在一身红衣劲装里，手里抓着一把剑，整个人美得热烈如火，正跟楚楚想象里的小辣椒模样差不离，看得楚楚激动不已，道："你……你就是小辣椒吧？"

冷月一愣："我是什么？"

楚楚笑得甜甜的："你是小辣椒，六扇门九大神捕里唯一一个女神捕！"

冷月一双精致的凤眼睁得溜圆，撞鬼似的看向萧瑾瑜。

她近来一直是一个案子接一个案子地跑，跑的还都是离京城十万八千里的地方，她就只知道萧瑾瑜成亲了，还娶了个与众不同的仵作娘子，至于怎么个不同法，冷月现在算是明白了。

萧瑾瑜浅笑："她刚才还在说喜欢你。"

楚楚赶忙点头。

看着冷月一时半会儿是琢磨不明白了，萧瑾瑜沉声道："这个你回头问景翊，现在你先说，凉州如今情况如何？"

冷月立时身姿挺拔地站好，微微颔首："回王爷，我也是刚办完马帮的案子，想顺道看看我爹再回京，结果就遇上他营里这事儿了。这两天军心不稳，前线有点儿吃紧，我才出来迎迎王爷，确保安全。"

萧瑾瑜若有所思地点点头，微微蹙起眉头："上奏京师的折子上说，是北秦军队请了苗疆巫师对我军下了蛊。"

"谁添了这么一句废话啊！"冷月骂完便道，"不过那些事儿确实邪乎，有个小将军是把自己勒死的，有个是闷在澡盆里淹死的，还有一个是自己奔进篝火里烧死的，拦都拦不住。反正都跟中邪了似的。开始我也觉得下蛊这说法忒胡扯，但有一回我还真在阵前看见了那个苗人。"

萧瑾瑜微愕："阵前？"

"是，那个人骑了一匹白马，穿得乱七八糟的，活像个鸡毛掸子，隔老远一打眼儿就能认出来，那小子还一脸的无辜，我还从没见过哪个男人能把眼睛眨得跟景翊似的。"

萧瑾瑜声音微沉："你上阵了？"

冷月吐了下舌头，有点儿不好意思地笑笑："好久没正儿八经动过手了，看见了就没忍住。"

"下不为例。"

"是!"

"你先回营,万勿声张,静观其变。务必保护好那些尸体,我晚些时候传书给你。"

"是,"冷月突然想起件事,向萧瑾瑜一拜,"冷月谢王爷成全我二姐与吴郡王。"

萧瑾瑜轻笑:"谢不着我,是景翊做的。"

冷月撇了下嘴:"那也是你让他做的。"

"这次还真是他自己的主意。"

"那也是王爷管教得好!"

"是你管教得好……"

冷月一拜而退,楚楚意犹未尽地趴着窗缝往外看,看着冷月利落地翻身跨上一匹健硕的枣红马,鞭子一扬,眨眼工夫就跑没影了。

"王爷,她会破案,还会打仗,真厉害!"

萧瑾瑜还没出声,就听马车外面传来一个幽怨的声音:"她厉害的地方还多着呢。"

"景翊,你进来。"

楚楚赶紧把窗口让出来,可景翊这回居然是规规矩矩地走了门,不但走门,还走得一瘸一拐的。

萧瑾瑜上下打量着他,景翊头发有点乱,但衣服还算整齐,一点儿都不像跟人交过手的,只是看起来累得惨兮兮的:"腿脚怎么了?"

景翊一屁股在桌边凳子上坐下,满脸怨念地揉着膝盖:"跪的。"

萧瑾瑜眉梢微扬:"你俩是去拜菩萨了?"

"不是,被冷月罚的。"

萧瑾瑜轻勾嘴角:"你让皇上、皇后准冷嫣出宫,促成萧玦与冷嫣,不就是为了在冷月面前讨个好吗,怎么,没用?"

景翊哭丧着脸:"我哪儿知道她哪儿来的那么大火气。还挖了一把蚯蚓让我跪,不能把蚯蚓压扁,也不能让蚯蚓跑出去,否则就把我的衣服一把火全点了。"

楚楚听得聚精会神,忍不住追问:"那后来呢?那些蚯蚓怎么啦?"

"蚯蚓好得很,我认错了。"

"她原谅你啦?"

"原谅了一部分吧。"

"啥叫原谅一部分呀?"

"她把外衣还给我了,把里面的衣服烧光了。"

萧瑾瑜若有所悟地点点头,如此装束,难怪骑马都骑不利索了。

楚楚一本正经地道:"那肯定是你认错认得不诚心,小辣椒可不是小心眼儿的人!"

"她心眼儿是不小,又大又多。"景翊说着一脸怨念地看向萧瑾瑜,"你知道她在这儿,怎么不跟我说一声啊?"

"我要是说了，你不就早跑了？"萧瑾瑜上下打量着景翊，"给你个将功赎罪的机会，你还有力气办事吗？"

"什么事儿？"

"你乔装一下，混到军营里去。"

要不是膝盖疼得不愿动，景翊一准儿得跳起来，他眼睛瞪圆了盯着萧瑾瑜："混进去？"

"不明白？就是装成普通军士，跟他们混到一块儿，别让人发现。"

景翊声音都弱了："王爷，你知道那是冷大将军的军营吧？"

一想起自己那个年逾花甲还把一柄长刀舞得虎虎生风的岳父老泰山，景翊腿脚都发软，还让他混到这个以军纪严明名扬四海的人的军营里，这要被他发现……

"冷将军见你不足三面，加在一块儿都不到半个时辰，只要你小心些，他认不出来。"

"不行不行，"景翊一个劲儿摆手，"他不认识，可冷月认识呢！"

"躲好就行了。"

"我不会打仗，腿还疼着呢，怎么装啊……"

"装个伤兵正好。"

景翊都快哭了："想知道什么事儿让冷月传消息不就行了，还让我混进去干吗啊？"

"冷月太招眼，只能明察，鬼在暗处，还需暗访。"

景翊深呼吸，再深呼吸，最后可怜兮兮地看向萧瑾瑜："王爷，我要是被冷将军抓了，你会救我吧？"

"看情况吧。"

第二章

景翊刚哭丧着脸一瘸一拐地走出去，楚楚立马凑到萧瑾瑜边上，扯着他的胳膊问道："王爷，咱们什么时候能到军营呀？"

"不远了,"萧瑾瑜浅浅笑着,伸手轻抚她的脸,"坐马车坐得累了?"

楚楚赶紧摇头:"不累。"

"我有点儿累了,凉州驿就在前面,在那里歇两天再去军营,好不好?"

楚楚欲言又止,抿抿嘴唇,看着萧瑾瑜脸上藏都藏不住的疲惫,使劲儿点了点头:"好。"

楚楚在去京城的路上见过好几处驿站,都是高墙大院、守卫森严,楚楚以为凉州驿也是这么个气派模样,可下了马车才发现,凉州驿就是个建在荒郊野地里的大破院子,沙土砌的院墙圈着几间年久失修的矮屋,只有门梁上挂着的那个写了"凉州驿"三个字的木牌子能证明这就是如假包换的凉州驿。

到驿站门口的时候天色已经暗了,风沙很大,一众马蹄声在荒无人烟的旷野里仍然清晰可闻。马蹄声还没落下的时候,一把胡子的老驿丞就已经迎出门来了,看见八个侍卫都是清一色的御林军打扮,愣了一下,又见从马车里下来一个小娘子,两个侍卫又接着抬出一个坐在轮椅上的白衣公子,驿丞就更迷糊了。可看着那白衣公子一副弱不禁风的模样,一下马车就被风沙呛得直咳嗽,只好赶紧先把他们迎进那间勉强算作前堂大厅的屋子里。

驿丞给萧瑾瑜端来了热茶,等萧瑾瑜止住咳嗽,把气喘匀了,才看着萧瑾瑜道:"这位大人是京城里来的?"

萧瑾瑜轻轻点头。

驿丞皱起眉头,半信半疑地打量着萧瑾瑜:"下官这几天没接着有京官要来的信儿啊?"

"本没想在此停留,只是路上偶染微恙,打扰了。"

只要不是瞎子,都能一眼看得出来萧瑾瑜脸上清晰的病色,驿丞还是没松眉头:"那……请大人把官凭拿出来吧,下官得做个记录。"

"没有官凭,"萧瑾瑜从身上拿出一块金牌来,"这个是否可用?"

驿丞接过那块半个巴掌大小的金牌,拿到灯焰边儿上仔细看着,看到正面的那个"安"字的时候还是一头雾水,翻过来看到背面花纹的时候,"扑通"一声就给萧瑾瑜跪下了:"下官凉州驿丞周启拜见安王爷!有失远迎,怠慢之处还请安王爷恕罪。"

"是我失礼在先,还要谢谢周大人的热茶,请起吧。"

驿丞从地上爬起来,诚惶诚恐地把那块金牌双手奉还,声音都有点儿发颤:"下官这就去给王爷收拾屋子。"

"有劳了。"

驿丞看向从刚才起就一直在萧瑾瑜身边仔细照顾的楚楚:"敢问王爷,要备几间屋啊?"

"给那八位将军每人备一间,我与王妃住一间就行了。"

"是，是。"

房间里面跟外面看起来一样简陋得很，但明显是被驿丞尽力收拾过的，对于一个睡觉用的地方来说已经足够舒适了。

驿丞小心地看着萧瑾瑜和楚楚的神情："王爷、娘娘，边塞条件实在不比京城，怠慢之处还请多多包涵。"

"周大人客气了。"

"王爷客气，王爷客气。王爷、娘娘先歇着，下官这就去备晚膳。"

"有劳了。"

等驿丞的脚步声听不见了，楚楚才问萧瑾瑜："王爷，这儿离军营有多远呀？"

萧瑾瑜漫不经心地道："最多半个时辰的路程吧。"

"那咱们什么时候去军营呀？"

萧瑾瑜这才听出了点儿意思来，看着她一点事儿都藏不住的眼睛："你很想去军营？"

楚楚抿着嘴唇点点头。

"军营可一点儿都不好玩，日子比这凉州驿还要艰苦多了。"

"我不是为了好玩，"楚楚微嘟着小嘴，"我想去验尸。"

"嗯？"

"我想验尸，在小辣椒……不是，冷捕头，在冷捕头办的案子里验尸。"说着一脸恳求地看着萧瑾瑜，"行吗？"

萧瑾瑜的眉眼间晕开一抹浅浅的笑意："现在不行，要再等等。"

楚楚伸出手来，轻轻地摸过萧瑾瑜微微发青的眼底，这些日子他就只有在昨天晚上睡了个囫囵的安稳觉："我知道，你肯定累坏了，得好好歇歇才行。"

"也不是太累，只是现在还不清楚军营里的情况，贸然去了容易坏事。等我弄清楚些了，马上动身。"

"好！"

屋里很暖，萧瑾瑜身上的疲惫感被温暖又放大了一重，不管怎么强打精神，还是不知不觉地靠在椅背上睡着了。

"王爷，"楚楚轻推着他的手臂把他唤醒，"到床上睡吧，小心着凉。"

"嗯，一会儿吃了饭再睡。"

"你饿啦？"

萧瑾瑜迷迷糊糊地把头挨到楚楚怀里："想和你一块儿吃饭。"

楚楚看他困得眼皮都抬不起来了，捧着他的脸在他眼睛上亲了亲："你先睡吧，我等着你，你睡醒了咱们一块儿吃。"

萧瑾瑜实在熬不过睡意，轻轻点头："我在这儿睡会儿就好。"

"不行，坐着睡觉一会儿又得腰疼了，还是到床上睡吧，我陪你睡。"

"嗯……"

被子松松软软的,楚楚的身子又像个小火炉一样把他暖得很是舒服,萧瑾瑜一觉睡醒的时候天都大亮了。楚楚还被他搂在怀里,看见萧瑾瑜醒了,楚楚笑嘻嘻地亲了亲他的脸:"你睡醒啦?"

"什么时辰了?"

"都快中午啦。"

萧瑾瑜突然记起来:"你吃过晚饭了吗?"

"没有,我都答应你啦,等你醒了一块儿吃。"

"对不起,"萧瑾瑜抚上她饿扁了的肚子,"饿坏了吧,怎么不叫醒我啊?"

"你睡不好就没胃口,你都好几天没好好吃饭了,我想让你睡得饱饱的,起来能多吃点儿。"

"我一定多吃些,去叫驿丞准备饭菜吧。"

"好!"

凉州本来就是个肉多菜少的地方,在这样临近边疆的偏远之地就更没什么蔬果了,驿丞端上来的几乎都是肉,烤的、炖的、酱的、煎的,萧瑾瑜再怎么努力也没吃下多少,楚楚倒是吃得欢,把先前饿扁了的肚皮撑得鼓鼓的,心满意足地舔着嘴唇。

萧瑾瑜都不敢问她吃没吃饱了,生怕她还要吃,自己又从来不会拒绝她的要求,一不小心把她撑坏了。

驿丞来收盘子的时候,看着几个吃得精光的盘子又惊又喜,满脸的受宠若惊:"王爷、娘娘,这些要是不够,厨房里还有大半只烤羊呢!"

"够了,烦劳周大人沏壶茶吧。"

"哎,哎,下官这就去!"

驿丞回来的时候,屋里只剩萧瑾瑜一个人在桌边坐着了,驿丞给萧瑾瑜斟茶之后,萧瑾瑜请驿丞坐下,驿丞慌得连连摆手:"不敢不敢,下官哪能与王爷同坐啊!"

"有些关于战事的情况想要向周大人请教。"

"王爷言重了,您问,下官一定言无不尽。"

"好,周大人可还记得北秦军队是何日来犯的?"

驿丞不假思索:"去年五月份的时候,到现在也有半年了。"

"一直都是冷将军带兵?"

"可不是?这些个北秦人,也就冷将军能压得住他们!"驿丞说出这句话,接着就想起另一个人来,感慨道,"其实也不是,以前吴郡王也治过他们一回,打得比冷将军还狠呢,让北秦人正儿八经地老实了一阵子。就是不知道后来怎么调去南疆了,还出了那样的事儿……"

"你见过吴郡王？"

"好几年前的事儿了，那会儿吴郡王还没封将军呢，跟您一样，来到下官这儿的时候拿出来的是个金牌，要不就凭下官见过的那点儿世面，哪能认得出皇室宗亲的牌子啊。"驿丞又补道，"说起来，咱们军营没换过将军，北秦人倒是换了。"

"嗯？"

"先前犯境的事儿是北秦的一个将军干的，后来不知道怎么的，就成了北秦三王子来领兵了。"

萧瑾瑜轻轻点头："不奇怪，北秦汗王传位不论长幼，只论战功，王子顶替部下领兵以积战功也很正常。"

驿丞摇头："听说那个将军是北秦大王子那边的，把这立战功的机会让给三王子，您说这还不奇怪吗？"

萧瑾瑜皱起眉头想了一阵，轻轻点头："那周大人可知，现在北秦军队里的那个苗疆巫师是怎么回事儿？"

"王爷，您别怪下官没出息，"驿丞脸色发白地道，"下官原来也不信邪，可这个巫师实在邪门儿得很，听说他就那么左挥挥手、右挥挥手就能把人的魂儿勾走。人隔得老远都得听他的话，自己就能把自己杀了，都不用北秦人动手。这可是真事儿，冷将军都快为这事儿愁死了。"

萧瑾瑜冷然一笑："这要真是个邪门巫师干的，那这也是个不长脑子的邪门巫师。"

萧瑾瑜慢慢喝了一口面前的茶，苦涩而无香，跟白水煮树叶似的。可萧瑾瑜还是像品着上等好茶一样细细品着这口茶水的滋味，神色纹丝不变："我若有那巫师的本事，一定先把冷将军除了。群龙无首，必定方寸大乱，一击即破，何苦一个一个地从兵卒下手，自找麻烦。"

驿丞一愣，一脸恍然："对啊，王爷说得对啊！"

"再者，他到底是个苗人，不是北秦人，他若真有这般本事，北秦人凭什么相信他就不会把这本事用到自家身上？"

"是，是，是。"

萧瑾瑜终于放弃了再喝一口茶水的念头，搁下杯子抬眼看向驿丞："那这巫师害人之说，最初是如何传出来的？"

"哟，您这么一说……"驿丞皱起眉头深思熟虑了好一阵子，"下官还真不大清楚，反正肯定是从军营里传出来的。"

"为什么？"

"咳……"驿丞苦笑，"王爷，您也看见了，这一片哪有个人影，除了前面的军营，就是小的一个人对着一院子的牲口，要不是军营里的人传出来的，那就得是牲口传的喽。"

萧瑾瑜点了点头，神情松了一松，有点漫不经心地道："这驿站里有多少匹马？"

"十八匹，"驿丞说着挺起脊背来，一脸骄傲，"凉州驿穷是穷，破归破，但好歹是个大站，军情急报全都得从这里往京城发。下官在这儿当驿丞当了快二十年了，这些马有一多半是下官从小马驹喂起来的，全都是吃苦耐劳的好马，从来没误过事儿！"

"这里有没有信鸽？"

"也有，不过凉州这地方风沙大，鸽子不比马有准头，一般是那些小将军想送个家信，就花点儿钱借只鸽子。这驿馆偏得很，朝廷给的钱少，可开销也不小，总得给这些马啊、羊啊的多准备点儿口粮钱，不然接连来个三五拨大官儿，它们就得喝西北风了。"

萧瑾瑜突然想起点儿什么，在身上摸出张一百两的银票："贸然叨扰，不合朝廷官员使用驿站的规矩，这些还请周大人收下，算是我等借宿的费用。"

驿丞慌张地站起身来，连连摇头摆手："王爷误会，误会。下官不是这个意思，不是这个意思。"

萧瑾瑜把银票搁在桌上："我就是这个意思，我还想借周大人的鸽子一用，不知是否方便？"

"方便方便，王爷尽管吩咐！"

"不是公事，只是寄封家信。"

"往京城送的话，交给今天送战报的马就行，还保险点儿。"

"不往京城，往苏州。"

"哦哦……好，好……您写，我给您挑只最快最准的鸽子。"

"有劳了。"

驿丞匆匆忙忙出去，楚楚这才从通向后院的小门钻进屋里来。

"王爷，你要往苏州送信？"刚才在门口听见萧瑾瑜和驿丞在说话，她就没进来，一直在门口等着，正好听见萧瑾瑜跟驿丞说鸽子的事儿。

"嗯。"

楚楚偎到萧瑾瑜身边："那能帮我也送一封吗？"

"给谁？"

"给爷爷、奶奶，还有我爹和我哥，告诉他们咱们已经到了，让他们放心。"

萧瑾瑜抬手揽住楚楚的腰，轻笑："傻丫头，你以为我是给谁送啊？"

楚楚眼睛一亮："你就是给我家送的？"

"那不也是我家吗，"萧瑾瑜眉梢微扬，"这么快就不认账了？"

"认账认账！"楚楚赶紧道，"是咱们家，我说错啦！"

"说错了怎么办？"

"唔……对不起。"

"对不起就完了？"

楚楚抿抿嘴唇，低头飞快地在萧瑾瑜脸颊上亲了一下，生怕萧瑾瑜不依不饶，借着给他煎药的由头赶紧跑出去了。

等楚楚端着给萧瑾瑜煎好的药回屋来的时候，萧瑾瑜正坐在桌边看一本公文，微蹙着的眉头在昏黄的烛光下显得分外深沉。楚楚站在一边等萧瑾瑜把公文看完了，这才走过去把药碗放到他面前，转身去取药酒。

萧瑾瑜把公文合起来，搁在桌上："楚楚，我明天要去军营。"

"唔？"楚楚蹲在他脚边，卷起他的裤管帮他往受凉之后有些发肿的膝盖上揉着药酒，"你已经搞清楚军营里的情况了？"

萧瑾瑜微微点头："差不多。"

"要是还没搞清楚，在这儿再住几天也行，这儿的烤羊肉太好吃啦！"

萧瑾瑜浅笑："那你就在这儿多吃几天，我办完军营里的事就来接你。"

楚楚倏地抬起头来，手停在萧瑾瑜的膝盖上，睁圆了杏眼："王爷，你不带我去？"

萧瑾瑜抬手拍了拍桌上的那本公文："这是冷将军送来的我入军营必须遵守的军规条令，其中有一条就是不得携妻妾入营。但凡违反任何一条军规，冷将军都有先斩后奏之权。"

楚楚急得一下子跳起来，还没来得及张嘴，房门突然被叩响，紧接着传来冷月干净利落的声音："王爷。"

萧瑾瑜不着痕迹地把裤管放下来，理好衣摆，这才扬声道："进来吧。"

冷月像一团火一样闪身进来，什么话都没说就凝着眉头向萧瑾瑜递上一个折子本。

萧瑾瑜接过来，刚一展开就沉下了脸色，从头看到尾，脸色渐沉，眉心渐紧："我知道了，你跟冷将军说，让他静观其变，我即刻动身，日落之前就到。"

"是。"

冷月眨眼工夫就又像一团火似的闪走了，楚楚小心地看着萧瑾瑜冷峻的脸色，拉了拉他的袖子："王爷……"

萧瑾瑜轻轻吐纳，缓了缓脸色，拍拍楚楚的手背："你安心在这儿，我留四个侍卫保护你。"

楚楚一把抓住萧瑾瑜的胳膊："我不，你去哪儿我就去哪儿！"

"听话，军有军规，我也不能例外。"

楚楚扁着小嘴，不死心地嘟囔："冷捕头是景大哥的娘子，她和景大哥怎么能一起待在军营里啊？"

"景翊是乔装进去的。"萧瑾瑜话音还没落就后悔了，因为他清清楚楚地看到楚楚原本急得发红的眼睛突然亮了起来。

"我也能乔装！"

萧瑾瑜苦笑，他可不会天真地相信，这个白嫩水灵还凹凸有致的大姑娘能装成男人的模样还不被军营里那些如狼似虎的男人们察觉："女扮男装进军营，被抓起来是要砍头的。"

"谁说我要扮男人了？"楚楚得意地眨眨眼睛，"我就现在这副打扮，你就跟冷将军说，我是你从王府里带来的大夫，反正军营里除了景大哥和冷捕头也没人见过我，这样我能帮忙验尸，也能每天给你煎药，还能每天和你一起睡！"

萧瑾瑜哭笑不得："哪有大夫和病人一起睡的？"

"那……不一起睡也行，反正能跟着你就行。"看着萧瑾瑜眉宇间有些犹豫的神色，楚楚赶忙趁热打铁，"景大哥一个人在军营里当伤兵多危险呀，我要是给你当大夫，没准儿还能帮帮他呢！"

"好……"萧瑾瑜一本正经地把右手小指伸到楚楚面前，"跟我保证，进军营后不到处乱跑，一切都听我吩咐。"

楚楚痛痛快快地把萧瑾瑜微凉的小指钩住："拉钩上吊，一百年不许变，谁变谁是王八蛋！"

从凉州驿出来，马车赶得飞快，坐在马车里都能清楚地听见急促又整齐的马蹄声。萧瑾瑜换好官服之后就闭上了眼睛，轻皱着眉头，脸色白得厉害。

"王爷，"楚楚静静看了他好一会儿，还是忍不住凑到了他身边，轻轻推了推他的胳膊，"刚才冷捕头来，是不是军营里又死人了呀？"

"不是，是北秦的三王子想请我喝酒。"

好一阵子没听见动静，萧瑾瑜眉头紧了紧，睁开眼睛，正对上楚楚满是担心又格外坚定的目光，微微一怔："怎么了？"

楚楚抿抿嘴唇，低下头来："我知道北秦，董先生讲过，北秦的人个个都是裹着狼皮的长毛大个子，杀人如麻，还会把人吃得连骨头渣子都不剩。你别害怕，你要去见他们，我一定陪着你。"

萧瑾瑜伸手揽住她的腰，牵起她扶在自己臂弯上的手，把她细嫩的手背凑到嘴边轻轻吻了吻。这丫头明明就害怕得要命，居然还强作冷静来安慰他。

萧瑾瑜心里既疼又暖，嘴角牵起一丝温和的笑意："放心，北秦人确实能征善战，但他们也是人，冷将军已经跟他们打了好几年的仗了，如今势均力敌，不分上下。"

"真的？"

"嗯。"

"冷将军可真厉害！"

"是冷将军带兵厉害，"萧瑾瑜眉心沉了沉，把楚楚的手往自己的手心里使劲儿攥了攥，"不过，楚楚你千万记住，军营里除了我和景翊，还有冷月，任何人都不要信，冷将军也不行。"

楚楚认真地点点头:"你放心吧。"

"嗯。"

马车在离军营最远的第一道关卡前停住了,萧瑾瑜本以为是要接受检查,刚想开窗交代一下,就听见从车前方传来熟悉的声音:"王爷。"

萧瑾瑜皱了皱眉头:"进来吧。"

话音刚落,马车里就闪进来一团火。

冷月一丝不苟地向萧瑾瑜拜了一下才道:"王爷,虽然那伙北秦人承诺在见到你之前决不动兵,但我爹担心他们使诈,还是留在军营里以防万一,让我带人来迎迎你。"

萧瑾瑜微微点头:"军中情况如何?"

"因为先前自杀的事儿,又一时不打仗,现在有点乱。"冷月微扬下巴,爽朗地笑了一下,"王爷放心,我给你当侍卫,肯定比景翊强。"

萧瑾瑜还没来得及替景翊说两句话,楚楚已经点起头了:"对!景大哥自己都说过,他不会打,就只会跑,肯定比不过你!"

冷月突然意识到楚楚的存在,叶眉一蹙,为难地道:"王爷,营里有军规……"

萧瑾瑜把声音放低了些:"还需楚楚帮忙检验尸体,就让她以王府大夫身份入营吧,我与她分帐就寝便可。"

"那就多谢娘娘了,"冷月笑得有点凄凉,"以往军营里死人都是战死的,草席子一裹葬在军营边儿上就行了,根本用不着验尸收尸,这回死的人都放在一个单独的营帐里了,派人专门守着。我爹待他的兵跟亲儿子似的,平白死了这几个将军,可把他心疼坏了,这几天一直脸黑脾气臭,还得请王爷多担待。"

萧瑾瑜轻轻点头:"你来赶车,进了军营不要停,直接去停尸的营帐,楚楚负责验尸,请冷将军去那儿见我。"

"是。"

萧瑾瑜要跟楚楚一块儿去看看,可不管他保证离尸体有多远,楚楚都是一口的不答应,本来答应让他在帐门口等着的,可楚楚刚出去就看见外面起了风沙,索性连马车也不让他出了。

人被她结结实实地按在榻上,轮椅又被她推到了最远的角落,萧瑾瑜哭笑不得:"楚楚,我这样见冷将军,不合规矩。"

楚楚雪上加霜地扯来一条厚厚的被子,把他从腰往下裹了个严严实实,又拿了杯热水放到榻边的矮几上,一点儿商量的余地都没有:"我是大夫,我说了算。你要不听我的,我也不听你的了!"

"好,那就冷月陪着你,行不行?"

"行。"

楚楚跳下马车，钻进帐子，冷月已经在帐里了。

看着楚楚挽起袖子把头发重新绾成一个光溜溜的髻，又围上围裙，戴上手套，一下子变成一副很是正儿八经的模样，冷月忍不住道："这些事儿我也懂一些，给你搭把手吧。"

楚楚满脸惊喜："你还会验尸呀？"

楚楚想说董先生没说过小辣椒还会验尸，想了想又没说出来，董先生说的到底是话本，真人可就在她面前呢！

冷月拢起头发来，露出一脸的得意："以前跟王爷学的，要不是后来嫁给景翊那个混蛋，不能再住在安王府了，我肯定有机会把王爷那些验尸的本事全学来。"

楚楚怔怔地看着冷月，盯着她美得张扬的侧脸，扫了几眼她那被一身红衣劲装包裹得让人想入非非的身子，心虚地抿了抿嘴唇："你以前……住在王爷家呀？"

"住过挺长一段日子，王爷这人难伺候得很，但挺有意思的，那会儿我就觉得安王府最好玩儿，连过年都不愿回家。"冷月漫不经心地说着，扫了眼摆在地上的那三个盖着白布的草席，"王爷说都听你的，你说吧，先验哪一个？"

"就……就最早死的那个吧。"

冷月走到其中一个草席前，面不改色地掀了白布，露出一具已经脱干净了的尸体，死的是个年轻男人，在腐烂得斑斑驳驳的皮肤下还能看出健壮匀称的骨肉。

楚楚跪到尸体旁边，从尸体的头顶开始一寸一寸地仔细查看，从头顶一直看到脚趾，脑子里留下的居然连一点儿尸体的影子都没有。

整个脑壳里就只有一团酸溜溜的糨糊。

王爷让冷月住在他自己家里，还教给她查案验尸。冷月人长得漂亮，有本事，又是大将军的女儿，王爷连这么好的姑娘都瞧不上，要不是有皇上的那道圣旨逼着，王爷恐怕这辈子都不会愿意娶自己这样的吧……

冷月看她直勾勾地盯着尸体，眼睛里又亮闪闪的，小脸惨白着，咬嘴唇都要咬出血来了，冷月忍不住拍了拍她的肩头："楚姑娘，怎么了？"

楚楚这才倏地缓过神来，怎么看着看着尸体就想到王爷身上去了啊……

"没，没怎么……他死得怪可怜的。"

冷月微微皱了下眉头："那照你看，他到底是怎么死的？"说着补了一句："不是自杀，对吧？"

"不知道。"楚楚从头到脚又看了一遍，把尸体翻了个身儿，一寸寸地摸着、看着，看着看着神情又恍惚了。

这人的身子算是男人里比较细滑的了，可比起王爷的身子还是差得远了。冷月说王爷难伺候，那就是说她以前伺候过王爷吧，她懂得多，肯定要比自己伺候得好。

平日里王爷只要自己能动，就死活不肯让她伺候，楚楚还从没仔细想过是为什么，这么想着，兴许是因为她伺候得不好，也兴许王爷嘴上不说，但跟楚水镇里的人一样，到底还是介意她是个仵作，嫌她晦气吧。

"楚姑娘……"冷月好奇地看着她在一具尸体上温柔认真地抚着揉着，"这是什么验尸法啊？"

"啊？"楚楚愣愣地看着几乎被自己揉破皮的尸体，惨白的小脸突然一下就红了，"这是……这是我家家传的法子，不告诉别人。"

"哦……"

"你刚才看见的也不能跟别人说。"

冷月认真地点点头，"好。那你用家传的法子查出来这人的死因了？"

"就快了！"

萧瑾瑜在榻上靠了没多会儿，就听见车门外传来一声沧桑又响亮的声音："末将冷沛山恭迎安王爷。"

萧瑾瑜把身子坐直了些，理好衣襟才道："冷将军，请进来说话吧。"

车门一开，钻进来一个披挂整齐的老将军，须发斑白，精神矍铄，一手托着精钢头盔，走到萧瑾瑜榻前利落地一拜："拜见安王爷。"

"冷将军免礼。"

等站起身来看清楚萧瑾瑜裹着被子靠在榻上的模样时，冷沛山愣了一愣，在他的印象里，这人的身体一向不好，可却还从没以这副样子见过人。

看着冷沛山的神情，萧瑾瑜带着一丝歉意微微颔首："偶染微恙，让冷将军见笑了。"

冷沛山忙低头把目光错开："末将不敢。"

"冷将军，"萧瑾瑜的声音平稳清冷，没有一点儿抱病虚弱的意思，"我本无权过问战事，可既是奉皇上之命来此查案，就不得不向冷将军请教几句。"

"是末将上书求皇上请王爷来的，王爷不辞辛苦至此，末将定当全力配合，知无不言。"

萧瑾瑜点点头，沉了沉声："请问冷将军，这一役若无此波折，单论两方实力，如何？"

冷沛山倏地抬头，错愕地看向一脸平静的萧瑾瑜："王爷，您这是什么意思？"

第三章

萧瑾瑜镇定地看着冷沛山:"我的意思是,依冷将军多年征战经验来看,实话实说,这一仗要是正儿八经地打,我军与北秦军,谁输谁赢?"

冷沛山脸色沉得厉害,每一道皱纹里都夹着一丝阴云:"势均力敌,难分胜负。"说着咬牙切齿地补了一句:"北秦赫连老贼就仗着自己那点儿骑兵,居然派个乳臭未干的小毛崽子来应付事儿。"

"冷将军说的小毛崽子可是北秦三王子赫连苏乌?"

"还能有谁!"

萧瑾瑜云淡风轻地看着一点就着的冷沛山:"据我所知,冷将军说的这个小毛崽子自十三岁起冲锋陷阵,骁勇善战,直到如今二十五岁,从没打过败仗,如此战绩,我倒觉得更像个沙场豪杰。"

冷沛山脸上一阵红一阵白,憋了半天也没说出个所以然来。

冷沛山哪儿来的火气,萧瑾瑜当然清楚。他征战沙场大半辈子了,前前后后跟北秦打了不知道多少场仗,北秦那边的将军越换越年轻,他自己却一年老过一年,原本见萧玦一战震北秦,以为平定北秦之乱的日子近在眼前了,哪知道……到头来还是他自己在这儿顶着,越打越憋屈。

何况,如今这个小毛崽子还弄来一个苗疆巫师,一声不吭就把军营搞了个乌烟瘴气、人心惶惶。

萧瑾瑜不过想提醒一下这个气炸了肺的老将军:情绪是不能用来打仗的。

萧瑾瑜轻咳了几声,把话拐了出去:"冷将军以为,那三名将军是否有可能自杀身亡?"

"不可能!"冷沛山脖子一梗,瞪圆了眼睛,"我军里没有这种孬种!"

萧瑾瑜仍然清清冷冷地看着他:"证据呢?"

冷沛山麻利地从铠甲里摸出一个信封，愤愤地往萧瑾瑜身上一丢："这就是证据！"

信封上写着一个详细到户的地址，和一个看起来就是女人的名字，萧瑾瑜不与他计较礼数，不动声色地打开信封，拿出信纸看了一遍，轻轻皱起眉头。

这是封家书，写给妻子和年满周岁还没见过一面的孩子的，满纸都是温柔的牵念。

冷沛山有道理，有这样牵挂的人，谁想死？

萧瑾瑜还没来得及说话，冷沛山突然跪到萧瑾瑜榻边，往他腿上一趴，"哇"的一声就哭开了："他们死得冤枉，请王爷做主啊！"

萧瑾瑜吓了一跳，愣了好半天才回过神来，看着这个趴在他腿上哭得像个受了天大委屈的孩子似的老将军，萧瑾瑜一时间赶也不是哄也不是。

总不能像对楚楚那样抱他吧……

萧瑾瑜只得硬着头皮道："冷将军，我一定彻查此事，给全军将士一个说法。"

"谢王爷！"

冷沛山抹着眼泪爬起来，看着萧瑾瑜见鬼似的脸色，脸上一热，低下头来："末将失仪，请王爷恕罪！"

"没有，没有……"

冷沛山抽了抽鼻子："这些部下一个个比末将的亲儿子还亲，年纪轻轻就这么不明不白地没了，末将心里疼得慌。"

"我明白。"

"王爷，那北秦的龟儿子，您见不见？"

萧瑾瑜端起榻旁矮几上的杯子："等等再说，劳烦冷将军先在营中为我和我随行的大夫安排个住处。"

"是。"

楚楚被领进萧瑾瑜的寝帐的时候，萧瑾瑜正坐在案边翻看公文，楚楚把几页纸搁到案头上，一声不吭地站到一边，埋着头不看他。

"楚楚……"萧瑾瑜随手翻了下那几页尸单，微蹙眉头，"你确定，这三个人都是自杀？"

"你要是不信，就让别人验去吧。"

楚楚的口气让萧瑾瑜微微怔了一下，抬起头来，看她一副垂头丧气的模样，不禁担心道："楚楚，怎么了？"

"没怎么……"

萧瑾瑜搁下手里所有的东西："过来。"

"我刚摸完尸体，没洗澡。"

自从楚楚知道他身上有尸毒，不能挨近尸体，只要是碰过尸体，她一定先把自己洗得干干净净的再来见他。

萧瑾瑜越发觉得不对劲儿，心里微微发紧："楚楚，到底怎么了？"

萧瑾瑜不问还好，这么温柔关切地一问，楚楚的鼻子一酸，眼眶一红，转身就往外跑："没什么，我煎药去！"

军营里规矩既多又严，要做饭只能在伙房，要煎药只能在医帐，萧瑾瑜的药也不能破例。楚楚拿着包好的药去医帐，刚一掀帐帘走进去，医帐里倏地一静，接着就是一阵丁零当啷的声响。

满医帐的男人争前恐后地抓起离身边最近的东西，手忙脚乱地遮住因为治伤而裸露在外面的身体，脸盘一个赛一个红，眼睛却又一个赛一个亮，全都直勾勾地盯着这个刚剥了壳的嫩菱角一样的小丫头。

这小丫头论模样论身段都比冷月差远了，可冷月是刑部的捕头、大将军的掌上明珠、一品太傅大人家的宝贝儿媳妇，就算天天在他们眼前晃悠，他们都不敢多看一眼，这个小丫头从长相到打扮都像是隔壁人家的妹子一样，在这森冷的军营里蓦地添了一抹只有家里才有的温柔。

堆积如山还支离破碎的死人楚楚都见识过了，现在被一群裹着绷带的大活人盯着，楚楚一点儿害怕的意思都没有，笑盈盈地走到一个站在药柜前面的瘦老头儿面前，声音甜甜地道："大爷，我是跟王爷一块儿来的大夫，我想给王爷煎服药。"

"好，好……"老头儿抬手指了指窗边那排熬药的灶台，对着灶边那个手里拿着蒲扇傻愣愣看着楚楚的毛头小子喊了一声："吴琛，给这姑娘生个灶！"

楚楚满脸笑容地添上一句："我叫楚楚，楚楚动人的楚楚。"

那个满脸烟灰的年轻人赶忙应了一声。

楚楚把药包拆开，倒进药罐子里，加上清水搁在一边泡着，想看看火生好了没有，一低头就看见蹲在灶边的吴琛仰着脸，直愣愣地盯着她看："你看我做什么呀？"

被楚楚这么一问，吴琛忙把头埋了下去，一边往灶膛里塞了一大把柴草，一边小声地说了一句："你长得好看……"

楚楚一愣，立马笑得甜甜的："谢谢你！"

"不、不客气……"

楚楚把药煎上，看着医帐里又开始忙活开的仅有的两个年轻大夫和满屋子东倒西歪等人救治的伤兵，凑到正在飞快地配药的老大夫身边，试探着问道："大爷，有啥我能帮上忙的吗？"

老大夫忙道："不敢，不敢，楚姑娘是伺候王爷的人。"

楚楚抿了抿嘴，目光黯了黯："王爷不愿意让我伺候，您要是信不过我的手艺，我帮着烧开水、剪绷带也行！"

反正她不愿闲着，一闲下来，肯定满脑子又全都是王爷了。

老大夫刚一犹豫，就听安静的医帐里传来一声大叫，声音甭提有多熟悉了："楚丫头，还真是你啊！"

楚楚循着声音看过去，一眼就看见穿着一身脏兮兮的军服靠坐在床上的景翊。

景翊他乡遇故人一般激动万分地提醒着楚楚："你不记得我了？咱俩在村里一起长大的啊。"

楚楚脑瓜灵光一闪，突然明白过来，比景翊还激动地叫起来："呀！二狗哥！"

景翊一愣，算了，二狗就二狗吧，她能反应过来就不容易了……

景翊硬着头皮把嘴角使劲往上扯："是我啊！从你出村起都多少年没见着你了，你都给王爷当大夫了啊？"

楚楚赶紧冲了过去，像模像样地喊着："二狗哥，你咋在这儿呀？你受伤啦？"

景翊偷偷地向楚楚抛了个表示夸奖的媚眼，在一众伤兵羡慕又嫉妒的目光下把楚楚拉到身边坐下："没什么大事儿，就是腿摔了一下，大夫还没来得及给我看呢，要不你帮我看看？"

"行！"

楚楚一撩起景翊的裤腿就看到他小腿上那一大片青赤，差点儿笑出声来，当大夫的或许看不出来，她可一眼就能认出来，这看起来跟真伤一模一样的连水洗也洗不掉的印子，根本就是用榉柳树的树皮贴在身上，拿火把熨出来的。

光是郑县令的衙门里就出过好几场这样弄出来的诬告官司了。

楚楚伸手摸了一下，景翊无比应景地把腿一颤，很像那么回事儿地"嘶"了一声，摆出一副疼得眼泪都要出来的模样，楚楚好不容易才憋住笑，一本正经地着急道："怎么伤得这么厉害啊？再不治，你的腿可就保不住啦！"

景翊配合地做出一脸惊慌失措："那怎么办啊？"

楚楚像模像样地安慰着："你别急，好好躺着，可千万别动，正好王爷那里有配好的药，就专治这样的伤，待会儿我把王爷的药送过去就回来给你上药，敷个十天半个月的应该就没事儿啦。"

"能在这儿见着你真好……"

"楚姑娘……"一旁看了半天的老大夫终于忍不住了，走过来朝着楚楚作了个揖，"楚姑娘，前些日子刚打了场大仗，医帐里大夫少病人多，还都是些重伤的。楚姑娘，您要是方便，就帮把手，能救一个是一个吧。"

楚楚虽没有治疑难杂症的本事，但皮肉伤这种事儿她可拿手得很，一听老大夫这么说，楚楚答应得甭提多痛快了："没问题！"

楚楚帮几个伤兵止血、上药、包扎，药煎好了，就跟老大夫打了个招呼，先给萧瑾瑜送药去了。楚楚端着煎好的药回到萧瑾瑜帐里的时候，正听到萧瑾瑜镇定地对站在书案前的侍卫道："告诉冷将军，我同意见赫连苏乌，只有今晚，过期不候。"

"是。"

待侍卫退出去后楚楚才把药碗搁到萧瑾瑜面前。看着楚楚比先前明显高兴许多的模样，萧瑾瑜心里稍稍安稳了些。

楚楚的高兴一直很纯粹，纯粹得能把身边的人感染得跟着她一起高兴起来。

"楚楚，去洗漱一下，换身衣服吧。"

"是要去跟那个北秦王子喝酒？"

萧瑾瑜点了点头，见她脸上闪过几分犹豫，便道："你若不想去，可以留在营里。"

楚楚轻抿嘴唇："跟他喝酒会喝到什么时辰呀？"

萧瑾瑜微怔："你有事？"

"也没什么事儿……我这就去洗澡换衣服。"

楚楚折腾了好一阵子才出来，看到梳洗一新的楚楚，萧瑾瑜心里微微一颤。

这丫头仔细地描画了眉眼、点了红唇，还扑了一层薄薄的胭脂，梳起了一个华丽而不沉重的发髻，穿着一套鲜亮的鹅黄衣裙，好心情全都写在了那张白里透红的脸上，好看得让整间昏暗的营帐都亮起来了。

萧瑾瑜莞尔一笑，这才当了几天的王妃娘娘，就已经知道给他撑门面了。

马车在黑如漆、冷如冰的夜里行了一段路，最后停在了一个临时搭建在两军交战处的帐子外面。四野空阔得连根草都没有，就只有这么一间帐子，还有帐边桩子上拴着的一黑一白两匹马，帐门外也不见任何守卫。

搀萧瑾瑜下车之前，侍卫拧着眉头低声道："王爷，可需我等找个地方暗中保护？恐防有诈。"

若只有他自己，他一定毫不犹豫地让这些侍卫统统回去，可这会儿……

萧瑾瑜看了眼正好奇地从窗口往外看的楚楚，迟疑了一下，说道："留一个人等在马车上吧，没有我的消息不得妄动。"

"是。"

帐子虽然是临时搭建的，但帐里的摆设从用的到看的一样都不缺，还都是中原的式样，连面对面坐在桌边的两个男人也都是中原富家公子的打扮。

一个深眼窝、高鼻梁的男人在面对帐门口的位子上坐着，一手支着下巴，一手把玩着面前的酒杯，另一个男人背对帐门趴在桌上，一听到有人进来，两个男人同时看向帐门口，眼神很客气，但还没客气到起身相迎的地步。

萧瑾瑜向那个深眼窝、高鼻梁的男人微微点头："苏乌王子。"

对方以同样的深度点头笑了一下："安王爷。"

萧瑾瑜又看向那个唇红齿白、脸蛋圆嘟嘟、眼睛水灵灵的少年人说道："都离先生。"

对方眨巴着眼睛看着他,龇起白牙人畜无害地一笑,一声没吭。

楚楚的目光一直盯在赫连苏乌身上,这个北秦人根本没有董先生说的那么吓人,反倒更像是刚才听老大夫说的那样。这人的眼睛像狼眼一样又深又亮,睫毛像小扇子一样又密又长,鼻梁像小山一样又高又挺,皮肤是健康的小麦色,裹着结实匀称的骨肉,真就像一只正当壮年的狼一样,既美得让人挪不开眼,又让人觉得害怕,不敢靠近。

赫连苏乌微眯着眼睛,像狼盯着迷迷糊糊走进自己包围圈的小羊羔一样打量着楚楚:"这是……安王爷的见面礼?初次见面就收安王爷这么重的礼,怎么好意思呢!"

楚楚还没反应过来,萧瑾瑜已经脸色一阴,冷冷硬硬地回了过去:"这是本王的大夫,楚姑娘。"

"大夫?"赫连苏乌勾起一抹略带邪气的笑,深深地盯着楚楚,"我还以为有本事给安王爷看病的大夫都是白胡子老头儿呢,原来还有这么白嫩水灵的。"

萧瑾瑜脸色又阴了一重,还没来得及开口,已经有人先他一步发作了。

只见都离一步蹿了出来,张开手臂挡在楚楚面前,水灵灵的眼睛里满是愤怒地盯着赫连苏乌,一张脸气得鼓鼓的,活像个刚出锅的肉包子。

眼前突然蹿出个人来,楚楚吓了一跳,不由得往萧瑾瑜身边躲了一下,哪知道都离也跟着她挪了一步,依旧严严实实地挡在她的面前。

"行了行了……"赫连苏乌不耐烦地摆摆手,"知道了,知道了。"

都离这才坐了回去,不忘扭头警告地瞪了楚楚一眼,把楚楚吓得缩到了萧瑾瑜身后,这才满意地回过头去。

赫连苏乌扶着额角苦笑了两声:"不好意思,这小子不懂事儿,吓着你们了。安王爷、楚姑娘,请坐吧。"

一个方桌共四个座位,赫连苏乌和都离面对面坐着,赫连苏乌左手边的上座已经撤去了椅子,显然是留给萧瑾瑜的。

在这种是敌非友的宴会里被他人预先排好座位,总不是什么好兆头。

萧瑾瑜还没来得及细想,楚楚已经坐到了赫连苏乌右手边的座位上,还把椅子往赫连苏乌身边挪了挪。比起这个长得英武、说话温柔的北秦王子,她才不愿意挨着那个凶巴巴还不说话的包子脸呢!

萧瑾瑜别无选择地推着轮椅在赫连苏乌左边落座了。

赫连苏乌像是很满意楚楚这样的选择,在给萧瑾瑜倒酒之前先给楚楚满了一杯,转头看着萧瑾瑜明显发阴发冷的脸色,笑道:"一直听人说安王爷是个不拘小节的大度君子,不会还跟自己人讲究主子、下人那一套礼数吧?"

"不会,"萧瑾瑜清清冷冷地看向对面的楚楚,"她不会喝酒,本王替她喝就好。"

赫连苏乌浓眉微挑,转头看向楚楚:"楚姑娘,你愿意吗?"

楚楚抿抿嘴唇,他根本就不能喝酒,怎么还能让他替自己喝啊?看着萧瑾瑜隐隐发白的脸色,楚楚摇了摇头:"不愿意。"

赫连苏乌扬起嘴角,对萧瑾瑜耸了耸肩:"北秦的男人是不会强迫女人的,安王爷的意思呢?"

萧瑾瑜微微蹙眉,又不动声色地展开,一脸平静:"好。"

赫连苏乌脸上的笑意比两条剑眉还浓:"安王爷果然是君子。"

赫连苏乌给楚楚和萧瑾瑜倒好了酒,好像当都离不存在似的,直接对着两人举杯道:"久闻安王爷大名,今天终于有幸见上活的了。还要感谢安王爷想得这么周到,把这么漂亮的楚姑娘也带来了。"说着叹了口气:"安王爷肯定能理解,像你我这种年纪,要是一年半载看不着个女人,那可比掉脑袋还难受啊。不说这些废话了,喝酒,喝酒!"

赫连苏乌一仰脖子就把一大杯酒灌了进去,楚楚刚想尝尝这北秦的酒是个什么滋味,就被萧瑾瑜警告地一眼瞪过来,快快地搁下了杯子。

萧瑾瑜碰都没碰面前的杯子,满面冰霜地看着喝得有滋有味的赫连苏乌:"苏乌王子如此诚心致书相邀,还不惜以暂时休战为代价,就为请本王来喝酒?"

赫连苏乌一本正经地点了点头:"是啊,我汉字是写得丑了点儿,不过意思应该还是挺清楚的,就是请你来喝酒的,要不我干吗一个人都不带啊?"说着瞥了眼正直勾勾盯着一桌子酒菜的都离:"他不算数。"

"本王不是带兵的,你请本王也没用。"

赫连苏乌一愣,笑得差点儿从椅子上翻下去:"安王爷,敢情你们打仗还带请客商量的啊?我可没这个意思,你是皇帝的儿子,我是汗王的儿子,这会儿你们军营里就只有你才够资格跟我说话、跟我喝酒,我不请你还能请谁啊?"

萧瑾瑜扯起嘴角冷然一笑:"苏乌王子此言差矣,如今的北秦汗王曾与我先皇和谈,兄弟相称,苏乌王子就当与我朝当今圣上同辈,算下来还是本王侄子辈的,你够不够资格与本王说话、与本王喝酒,还得本王说了算。"

赫连苏乌噎了一下,放声笑了起来:"我听人家说,占安王爷的便宜是会遭报应的,还真准!"赫连苏乌满上自己的杯子,又举了起来:"叔叔就叔叔,叔叔在上,侄子敬你一杯!"

轮到萧瑾瑜被他噎着了,见过死皮赖脸的,还真没见过这么死皮赖脸的……

赫连苏乌一饮而尽,又兴致勃勃地斟满了一杯,对楚楚道:"敬楚姑娘。"

楚楚看向萧瑾瑜,见萧瑾瑜没在看她,抱起杯子就喝了一大口,玫红色的酒液酸酸甜甜的,还带着果香,一点儿都不苦不辣,好喝得很,楚楚忍不住多喝了几口,把一整杯都喝进去了。

萧瑾瑜想拦的时候早就来不及了。

赫连苏乌满意地笑着看楚楚:"怎么样,北秦的酒比中原的酒好喝吧?"

"好喝!"

赫连苏乌笑着又给她满了一杯，还伸手摸了摸楚楚的头顶，目光里满是宠溺地看着她："随便喝，管够。"

萧瑾瑜刚要开口，本来紧盯着菜盘子的都离突然一眼瞪向赫连苏乌，赫连苏乌立马怏怏地缩回了手。

萧瑾瑜脸色沉得厉害，端起面前的酒杯："苏乌王子既是请本王喝酒，那就由本王奉陪到底了。"

赫连苏乌勾起嘴角一笑，自满酒杯："安王爷请。"

萧瑾瑜一口把满杯的酒灌了下去，眉头旋即皱了起来，这东西酸酸甜甜的，连一丝酒气都没有，这是……

"葡萄汁？"萧瑾瑜问道。

赫连苏乌"噗"地笑出声来，笑得前仰后合的，把杯子里的葡萄汁都笑得洒了出来，泼得他自己满身都是，就差躺到地上打两个滚了，赫连苏乌一直把嗓子都笑哑了才搭着萧瑾瑜的肩膀道："谁说安王爷喜怒不形于色啊，这才到哪儿啊就绷不住了？哈哈哈哈，安王爷你放心，就你这身子骨，我要是跟你拼酒，外面等着你的那个人还不得跟我拼命啊？"

萧瑾瑜脸上一阵黑一阵白，毫不客气地拨拉开趴在他肩上大笑的赫连苏乌，冷脸看着他："你到底想干什么？"

等赫连苏乌彻底笑够了，才给自己和萧瑾瑜重新满上葡萄汁，勾着嘴角道："我就想跟你说一声，你们军营里闹鬼死人的那档子事儿跟我没有一星半点儿的关系。"

萧瑾瑜一怔。

赫连苏乌品酒似的浅抿了一口葡萄汁，看着桌子对面还在眼巴巴盯着菜盘子的都离："这小子根本没那本事。他是苗人不假，但不是什么巫师，只是我那醋坛子女人的亲弟弟，怕我在军营里耐不住寂寞跟别的女人鬼混，特地派来盯着我的，走到哪儿跟到哪儿，烦得很。你放心，他不懂中原话也不懂北秦话，除了拦着我勾搭女人之外就光认吃。"

楚楚好奇地盯着这个包子脸，试着夹了块烤兔子肉放进都离面前的空碗里，都离抬起水灵灵的眼睛看了楚楚一眼，抄起筷子就埋头大吃起来。

这人吃东西的模样可一点儿都不凶，像个饿坏了的大胖兔子似的，吃得白嫩嫩的腮帮子一鼓一鼓的，好玩儿极了。

楚楚又往都离碗里夹了几块肉，都离看向楚楚的眼神终于从满是敌意变成了满是感激。

赫连苏乌向萧瑾瑜无奈地耸耸肩："看见了吧，就这点儿出息。"

萧瑾瑜微微皱起眉头："为什么告诉我这些？"

"让你少走点儿弯路呗。"

萧瑾瑜眉头皱得更紧了些，两军交战正火热，敌军首领特意安排这么一出就为了提醒他不要走错方向,这种事萧瑾瑜就是想信也没法信。

"为什么?"

"我跟萧玦交过手,我服他,我知道他服你。"赫连苏乌嘴角微扬,目光却凌厉起来,"你们军营里乱成那样,我就是打赢了也是胜之不武,没意思。我也好奇,到底是哪个王八羔子敢把屎盆子往我头上扣。"

萧瑾瑜眉梢微挑:"你若想知道此案真相,需答应本王一个条件。"

"你说。"

"休战五日。"

"五天就够?"

"不够再说。"

"好!"

"苏乌王子要是没别的事,本王还有公务在身。"

赫连苏乌耸耸肩:"安王爷还是先好好养养身子吧,但愿下回不用再请你喝葡萄汁了。"

"没有下回了。"

赫连苏乌看向楚楚,楚楚还在饶有兴致地往都离碗里添菜,看他两眼放光地大吃大嚼着。

唔,比看王爷吃饭满足多了……

赫连苏乌微眯眼睛看着楚楚:"楚姑娘要是喜欢,把他带走养几天好了,顺便看看他身上有什么毛病。"

楚楚还没回话,就听到萧瑾瑜斩钉截铁地道:"不必了。"

楚楚一上马车就是一副归心似箭的模样,马车走不多远她就从窗缝往外看几眼,好像恨不得长出翅膀一下子飞回军营似的。

萧瑾瑜看着看着就忍不住了,他不是小心眼的人,这要是在风平浪静的时候,楚楚在心里藏点什么事儿不告诉他,他也不会去问,可这会儿显然不是用一般情况处理问题的时候:"楚楚,你急着回去有事?"

"嗯,"楚楚又从窗缝往外看了一眼,心不在焉地随口应道,"我得回去救人。"

萧瑾瑜一愣,送到她手上的人还有能救的?

"救什么人?"

"营里的伤兵。医帐里光是伤得不能动的人就有二三十个,只有三个大夫和一个伙计,根本忙不过来,再重的伤也都是潦潦草草地包扎一下,连给他们换药都顾不上,好多人的伤口都开始发烂流脓了,有几个都快不行了。"楚楚偷偷瞄了一眼萧瑾瑜有些发紧的眉头,"你要是想让我伺候你,我就晚些时候再去。"

"不用。"到底有景翊在医帐里，他也没什么好不放心的，"早点回去歇着，注意安全。"

"哦，好。"

直到沐浴更衣完毕，批完最后几本加急公文，一个人躺在寝帐的大床上，萧瑾瑜才隐隐觉得自己刚才好像做了什么不大明智的决定。

萧瑾瑜在一片冰凉的被窝里翻来覆去折腾半天都没法入睡，总觉得床上好像缺了点儿什么，烙饼烙到四更天的时候，萧瑾瑜终于不得不承认，睡不着，就是因为缺了那个枕边人。

"来人。"

守在门外的侍卫大半夜忽然听到萧瑾瑜丝毫不带睡意的声音，赶忙闪进帐来，看到萧瑾瑜衣衫齐整地坐在帐里，愣了一愣才道："王爷有何吩咐？"

"楚楚可回寝帐了？"

楚楚的寝帐离他的帐子不远，侍卫守在他的帐子外面肯定能看得到那间帐子里有没有光亮。

"还没有。"

"你随我去趟医帐，我找那几个大夫问几句话。"

侍卫一愣，看着眼睛里有些血丝的萧瑾瑜，试探着道："王爷，这都四更天了。"

"这会儿他们不太忙，说话方便。"

"是。"

萧瑾瑜进医帐的时候，医帐里绝大多数的伤兵都是睡着了的，三个大夫坐在椅子上睡得东倒西歪的，脸上满是过度疲劳之后的倦容。

楚楚正弯腰站在一个伤兵的木板床前，袖子高挽着，全神贯注地为一个昏迷中的伤兵处理伤口，伤在大腿根上，因为先前处理得粗糙，下身已经溃烂成片，散发出阵阵恶臭，惨不忍睹。楚楚凑得很近，目光干净坦诚，脸上既看不出嫌恶，也看不出同情和怜悯，虔诚专注的模样让萧瑾瑜一下子想起她第一次帮他擦洗身子的情景。

萧瑾瑜承认，他确实并不情愿被她照顾，但也不得不承认，被她照顾是种难以言喻的幸福，幸福到他一点儿也不愿意跟别人分享那种滋味。

萧瑾瑜不轻不重地咳了一声，惊醒了三个睡得很浅的大夫，也惊觉了站在楚楚身边给她做帮手的伙计，唯独楚楚不见丝毫反应，仍然全神投入在眼前的伤口上。

萧瑾瑜扬手示意四个人不要出声，对侍卫低语了一句，径自推起轮椅出了医帐，停在医帐外的空地上的一个从半开的窗户可以看到楚楚身影的位置。直到侍卫带着那个睡眼惺忪的老大夫来到他面前，萧瑾瑜才把目光挪开。

"草民——"

老大夫刚要跪拜，萧瑾瑜就摆了摆手："免礼，我只问一件事，你想清楚再仔细回答。"

"是。"

"据仵作检验，先前亡故的三位将军生前都受过刀剑伤，他们可曾到医帐来医治？"

老大夫拱手答道："是，全是草民治的。"

"他们也都在医帐里住过？"

"那倒没有，三位将军伤得轻，只拿了些药回去让手下人帮忙敷，每天来医帐里煎回药。"老大夫转头看了眼光线昏暗的医帐，叹了一声，"在医帐里住的都是些伤得没法伺候自个儿的小兵，这也就是在冷将军的营里，要搁到别的营里，哪还管这些人的死活啊。还要多谢王爷大恩大德，准楚姑娘来医帐帮忙，这一宿可救了好几条人命了。"

萧瑾瑜脸上隐隐有点儿发烫，看了眼医帐中那个娇小的身影："是她救的人，不必谢我。我想看看那三位将军生前用的都是什么药。"

"草民这就去取方子。"

"不光是方子，无论口服的还是外敷的药，全都照原样各配一例，尽快送到我寝帐里。"

"是。"

萧瑾瑜回到寝帐就坐到书案后随意翻着桌面上一切有字的纸页，翻到楚楚白天送来的那张验尸单，看着上面秀气的字迹，想到这字迹的主人，一时出了神，连楚楚走进帐来站到他书案前都没有察觉。

"王爷……王爷？"

萧瑾瑜蓦地回过神来，看着突然出现在面前的楚楚，愣了一愣，心里无端地暖了一下："你怎么来了？"

楚楚还穿着那身沾着血污的衣裳，连袖子都没放下来，一手拎着几包药，一手拿着两个白瓷药瓶说道："我来帮徐大爷送这些药来。"楚楚把药搁到书案上，看着刚才被萧瑾瑜一直拿在手里看个没完的验尸单，抿了抿有点儿发干的嘴唇，"我还想跟你说，我想再验一回那三具尸体。"

萧瑾瑜微怔："为什么？"

楚楚微低着头，轻轻拧着眉头："我那会儿看着就是自杀的，可今天晚上听景大哥和几个伤兵聊那三个死人的事儿，有个伤兵说那个姓张的将军跟他是同乡，不识字，死的前两天还让他帮忙给家里人写信呢。不知道是不是我验得不够仔细，我想再验验。"

"可以。"

"那我等天亮了就去验，我先回医帐了。"楚楚看看萧瑾瑜有些发白的脸色，"你快睡觉吧，吃完早点我就给你送药来。"

不等萧瑾瑜出声，楚楚已经急匆匆地跑出去了。

萧瑾瑜突然发现，从验尸回来之后，这丫头好像就没再对他笑过。

第四章

第二天快到中午的时候，楚楚才端着药碗来到萧瑾瑜的营帐里。

萧瑾瑜还是坐在书案后，前夜送来的药全被拆了封，齐齐地摆在书案上，萧瑾瑜轻轻皱着眉头，手里拈着一片虎杖仔细地看着。

听见熟悉的脚步声，萧瑾瑜抬起头来，一眼就落在楚楚红肿得像核桃一样的眼睛上，她这副模样表示她刚刚大哭过一场，哭了恐怕足有一个时辰。

萧瑾瑜心里一紧："怎么了？"

楚楚低着头搁下药碗，揉揉眼睛："没怎么，就是没睡好，王爷，你还没吃饭呀？"

萧瑾瑜扫了一眼摆在一旁桌子上的早点，一口没动，早就凉透了。

萧瑾瑜看着楚楚红肿的眼睛，轻描淡写地说了一句："有点胃疼，不吃了。"

楚楚一下子紧张起来，她清楚得很，这个人胃疼起来绝不像他说的这么轻巧，要是再不往胃里垫点什么，一天下来保准把他折腾得连疼的力气都没有了。刚想凑过去给他揉揉，突然想起点什么，怏怏地把刚迈出去的步子缩了回来。

"要不，我去给你煮碗粥吧？"

"不用，"萧瑾瑜没再追问，只看着楚楚空空的两手，轻轻紧了下眉头，"这回验出来，还是自杀？"

楚楚没答话，只揪着手指尖小心地道："王爷，我想求你一件事。"

萧瑾瑜向来听不得她说这个"求"字："你说。"

"王爷，我想剖验。"

萧瑾瑜一怔。

楚楚抬起肿得发沉的眼皮，满脸认真："我刚才去仔细验了一遍，可是看着还是自杀。尤其是那个勒死自己的人，脖子上的勒痕从力气大小和方向上看，怎么看都是他自己弄的，可我还是觉得徐大爷说的对，心里有惦记的人，谁舍得死呢？所以我想剖开看看。"

"看什么？"

"我还没想好，不过怎么也得看看他们胃里的东西，看看他们死前吃没吃过什么乱七八糟的。"

萧瑾瑜垂下目光，看了眼面前铺开的一排药包，在这一点上，她倒是和自己想到一块儿去了，只是他还没有她想得那么直截了当。

萧瑾瑜想了片刻，淡淡开口："我可以下准验批文，但你要老实告诉我一件事。"

楚楚毫不犹豫地点头，比起撒谎，她更擅长说实话。

萧瑾瑜静静看着她，声音沉了沉："我让你生气了？"

楚楚被问得一愣，萧瑾瑜深邃的目光像是一直看到了她心底里去了一样，看得她一阵心虚，低下头来，抿了抿嘴唇，小声地道："没有。"

萧瑾瑜翻出她以前说过的一句话回敬给她："仵作说谎，死后是要被阎王割舌头的。"

楚楚耷拉着脑袋嘟囔了一声："反正都说了好几回了。"

"那就是说，说没有是撒谎的。"萧瑾瑜静静地看着她，"为什么生气？"

楚楚把脑袋埋得低低的，好半天没出声，萧瑾瑜也没有就此作罢的意思，耐心十足地等她开口。

楚楚只得抿了抿嘴唇："我……我要是说实话，你也得跟我说实话。"

萧瑾瑜点头。

楚楚看着自己的手指尖："你老是不愿意让我伺候你，你是不是嫌我是仵作，晦气啊？"

萧瑾瑜好一阵子没说话，楚楚忍不住偷偷抬眼看他，正撞上他阴沉一片的脸色，慌忙把头垂了回去。

又过了一阵子，楚楚才听到萧瑾瑜明显冷了一层的声音："你告诉我，仵作是干什么的？"

楚楚愣了愣，不知道萧瑾瑜怎么突然问出这么一句，但想起萧瑾瑜的脸色，还是乖乖地答道："验死验伤的。"

"验死验伤做什么？"

"查人是怎么死的，怎么受伤的。"

"查这些做什么？"

"抓凶手，给人洗冤报仇。"

"那你告诉我，这些事晦气在哪儿？"

萧瑾瑜苦思冥想了一晚上，还特意把冷月叫来问了一遍那天在停尸营帐里她跟楚楚说了些什么，所有自己可能惹到她的地方都想了，结果想破脑袋也没想出来藏在她脑袋瓜里的竟是这个。

萧瑾瑜实在是气不打一处来，声音冷硬得吓人："你身为仵作，自己都嫌自己做的事晦气，还做它干什么？从今天起你再也别碰仵作的事，我天天躺在床上让你伺候，行不行？"

眼看着萧瑾瑜的脸色变得煞白一片，楚楚赶忙奔过去，拉住萧瑾瑜气得微微发抖的胳膊："王爷，你别生气！"

萧瑾瑜不轻不重地挣开楚楚的手："凭什么？"

"我错了！"

见楚楚急得掉下眼泪来，萧瑾瑜也冷硬不下去了，瞪了她一眼，无声叹了口气："去写三千字的反省，回头连同剖验的尸单一起交给我。"

"我、我不会写。"

"心里怎么想，就怎么写。"

"唔……行。"

萧瑾瑜好气又好笑地看着这个一瞬间就破涕为笑的人，从怀里拿出手绢递给她："就为这事哭成这样？"

楚楚拿着萧瑾瑜的手绢胡乱抹了把脸，点点头，又摇了摇头，挨在萧瑾瑜身边小声地道："那些伤兵知道我也管验尸，就都不让我给他们治了，连我给他们熬好的药都被他们偷偷倒了。"

萧瑾瑜想起昨晚她给人治伤的时候那副专心致志的模样，看着她红肿的眼睛里满是失落，既气不过又心疼得很，伸手把她圈在身边，抚上那双水汪汪的眼睛，说道："他们配不上。"

楚楚抹干黏在脸蛋上的眼泪，展开一个暖融融的笑容："没事儿，反正还有那些昏迷不醒的，我就努力把他们救活吧！"

"我替他们谢谢你。"

楚楚看着萧瑾瑜缓和下来的脸色："那……那三千字能不写了吗？"

"不行。"

楚楚本想立马就去剖验，萧瑾瑜看着她显然一副筋疲力尽的模样，就以需要先跟冷沛山商量为由把她打发回营帐睡觉去了。楚楚一走，萧瑾瑜就带侍卫去了医帐，刚靠近医帐就听见里面一阵此起彼伏的喊声。

"滚！滚！滚啊！"

"快滚！滚！"

"滚啊！再不滚老子今天晚上炖了你！"

· 311 ·

侍卫全身绷紧，手按刀柄一步从萧瑾瑜身后闪到了前面，警惕地听着帐里的动静。

"抽他！使劲儿抽！"

"你个山炮，别打脑袋，抽大腿啊！闪开我来！"

看着萧瑾瑜一脸的云淡风轻，侍卫低声道："王爷，卑职进去看看。"

"不急，等等。"

"是。"

萧瑾瑜不急，医帐里面的人可是越骂越急了。

"你滚哪儿去？回来！你给我滚回来！"

"你他妈再不听话老子睡了你媳妇！"

侍卫实在听不下去了："王爷……"

萧瑾瑜终于点了点头。

侍卫一闪就冲了进去："住手！"

话音还没落定，人就傻在原地了。

七八个裹着绷带的人在医帐的一片空地上围了个圈，圈里面有三个人并排趴在地上，每人手里都拿着根笤帚苗，脸红脖子粗地拼命拨拉着几只正在努力滚粪球的屎壳郎。剩下那些起不来床的，也都瞪大了眼睛拼命扭着脖子观战。

一个两条腿上都裹着厚厚一层绷带的小将直挺挺地趴在地上，一张脸急得紫红，头也不抬地使劲儿拨拉着一只明显偏离赛道的屎壳郎："不能住手，不住手这兔崽子都不往正道上滚！"

"快看快看！马上……这只马上就到了！又是这只。"

有人这么一叫，本来就一张娃娃脸没有存在感的侍卫立马被满帐的人当成了空气，所有人的目光"唰"地一下又全投给了那几只屎壳郎。

"快！快滚！快滚！赢了赢了赢了……赢了！"

"咋又是他啊！"

欢呼声混着叹气声，只听到一个人笑意满满地道："承让，承让，愿赌服输，愿赌服输啊……"

只见近半数围观的人哭丧着脸冲着人堆中央一个盘腿坐在地上的人低下头来，不情愿却依旧整齐响亮还拖着长腔地喊了一声："爷爷……"

众人的脑袋刚低下去，帐门处突然传来几声清冷的咳嗽。

侍卫半掀着门帘，萧瑾瑜就坐在门口，从他的角度能清楚地看到被围在中间享受众人山呼"爷爷"的那个人的脸，其实不看他也知道，除了景翊，也没别人敢在冷沛山的军营里干出这种聚众赌屎壳郎的事儿来了。

看到萧瑾瑜似笑非笑的那张脸的瞬间，景翊"噌"地从人堆里站了起来，腿脚麻利得都对不起缠在两条腿上的那层厚厚的绷带。

趁着所有人的目光都聚在景翊身上，侍卫闪身出去，落下门帘，推着萧瑾瑜离开，动作又快又轻，好像这俩人从来没在帐门口出现过似的。

景翊抄起地上的拐杖，撇开满地的孙子和屎壳郎，高一脚低一脚地奔了出去。

"哎，二狗子，你干啥去啊？你还没应声呢！"

"尿急尿急……"

景翊沿着萧瑾瑜的轮椅印子一瘸一拐地追到马厩后面的干草垛边上，萧瑾瑜已经支远了侍卫，靠着椅背松散地坐着，饶有兴致地把一根柔韧的草叶绕在指间玩弄。

景翊抱着拐杖笑得像棵没包住心的大白菜似的："王爷，你怎么不打个招呼就来了啊？你招呼一声我过去就是了，你说这大冷天的还让你跑这么一趟……"

萧瑾瑜抬眼看看他这副很像那么回事儿的伤兵打扮："二狗子？"

"娘娘赏的名儿，平易近人。"

萧瑾瑜把目光移到景翊裹着绷带的小腿上："你是怎么骗得大夫给你裹成这个德行？"

景翊抬了抬长腿："我之前光用了榉柳树皮做假伤，娘娘说不够真，又偷偷拿巴豆汁给我抹了一遍，抹完就肿起来了，就被裹成这样了。"

萧瑾瑜眉梢微扬："你怎么知道用榉柳树皮作假？"

景翊顿时觉得脊梁骨上刮过一阵小凉风："那什么……"

萧瑾瑜冷着一张脸："你在军营里见过小月了？"

景翊笑得意味深长："食色性也，王爷你又不是不明白……"

萧瑾瑜赏给他一个饱满的白眼："你还记得这是在什么人的军营里吧？"

冷沛山的那张脸在脑海里一晃，景翊立马可怜兮兮地靠在拐杖上，站得比萧瑾瑜还晃晃悠悠的："我错了我错了我错了，看在我伤成这样还舍命给你刺探情报的分上——"

萧瑾瑜没有一点儿可怜他的意思："说吧，那些屎壳郎都跟你说什么了？"

"我那不是看这群孙子不知好歹，替娘娘出口气嘛……这鬼地方也找不着蛐蛐啥的，正好有个徐老头养了一罐子疗肿恶疮的屎壳郎，反正军营只说不能赌博不能斗鸡斗蛐蛐，又没说不能赛屎壳郎滚粪球。"景翊越说越得意，"老天爷都保佑我逢赌必赢，这回我挑的那只实在太听话了，拨拉到哪条道上就照着那条道滚直线，从来都不瞎拐弯，我还没出千呢就连赢四场了。"

"那这群孙子都告诉你什么了？"

"他们都是些虾兵蟹将，说的那些话里瞎猜的比知道的多，倒是徐老头说过，死的那三个人先前都长过恶疮，都是用这些屎壳郎治好的，听说这些小玩意儿管用得很，那徐老头叫它们什么来着……对了，铁甲将军！"

"然后呢？"

"没有然后了。"

萧瑾瑜眉头一皱,景翊立马站得笔直:"我回去接着问那群孙子!"

"等等,还有件事,楚楚是仵作这事,是她自己跟医帐里的人说的,还是有什么人在医帐里传开的?"

"这个我还真没注意,马上查!"

楚楚一觉醒来的时候天都黑了,一骨碌爬起床来,匆忙拾掇一下就奔去了萧瑾瑜的寝帐,刚一进帐子就见萧瑾瑜坐在书案后面,一手翻着案卷,一手拿着半块馒头慢慢啃着。

"王爷,你怎么光啃馒头呀!"楚楚一把夺过萧瑾瑜手里的馒头,才发现这半块馒头已经没有热乎气了,"他们怎么拿凉馒头给你吃啊!"

"早上刚拿来的时候还挺烫的,是我放凉了。"萧瑾瑜笑了笑,"军营里粮食比银子金贵,浪费了可惜。"

楚楚这才发现,桌上到现在还摆着那几样早点,其中就有一盘馒头,白天来的时候盘子里是两个,这会儿少了一个。

"那也不能这么吃啊!"

楚楚把桌上的碗碟全收到托盘里,端起来就去了伙房,回来的时候这些冷饭全变了模样,馒头切成了片,裹上蛋液煎得嫩黄,牛肉片撕成细丝,又切了些青菜丝和冷粥煮在了一起,那碟咸过了头的咸菜疙瘩切成小丁倒进炒锅里,和两把毛豆、二两肉丁一起炒了一盘菜,香喷喷热乎乎地摆到了萧瑾瑜面前。

萧瑾瑜一样尝了几口,突然可惜起安王府这些年倒掉的剩菜剩饭来。

楚楚看着萧瑾瑜吃得有滋有味,得意地笑着:"这可比凉馒头好吃吧?"

"嗯……你吃过饭了吗?"

楚楚摇摇头:"我想先去医帐里帮帮忙,回来再吃。"

萧瑾瑜不察地蹙了下眉头,轻轻搁下手里的筷子,微微抬头看向楚楚:"楚楚,你验尸的事,是谁告诉医帐里的人的?"

"我也不知道,就是突然一下子他们就全都知道了。"

"那几个大夫也知道了?"

楚楚点点头,声音里有点失落:"有两个大夫也不愿意跟我说话了。"话音一转,楚楚又扬起笑脸来:"不过徐大爷和吴大哥是好人,他俩都说验尸也是救人,是积德的好事儿,我晚上坐在草垛后面哭的时候,吴大哥一直陪着我来着,他怕我坐在外面冻着,还把他自己的衣服披给我了。我刚才去医帐里看了一眼,徐大爷说他昨天晚上冻发烧了,在他们大夫住的帐子里歇着呢,我一会儿煮个汤去看看他。"

"你们……你们昨晚说过些什么?"

楚楚看着萧瑾瑜不知怎么就白起来的脸色,忙道:"我什么都没跟他说,真的!我一

· 314 ·

直哭，他就一直坐在我旁边看着，一个字都没说。"

萧瑾瑜轻抿了一下血色淡薄的嘴唇，刚要开口，帐帘突然掀开，带进一股夹着沙粒的冷风。

"王爷，出事了！"

冷月风风火火地冲进来，感觉到帐里气氛不大对劲，想退出去已经来不及了，索性低头一跪："王爷恕罪！"

"说。"

"景翊……景翊疯了！"

萧瑾瑜静默了一阵："哪种疯？"

"真疯，我俩在营地外面烧火烤羊肉，烤着烤着他就要往火堆里跳！"

萧瑾瑜一怔，楚楚也惊得瞪大了眼睛："那景大哥怎么样啦？"

"我一急就把他打晕了，"冷月抬起头来，满眼焦急地看向萧瑾瑜，声音却低了一重，沉了几分，"王爷，那贼人怕是盯上景翊了。"

"出去的时候可有人看见？"

冷月毫不犹豫地摇头："他抱我出去的，他的轻功应付军营里这些人绰绰有余。"

"回来的时候呢？"

"我背他回来的，这里的哨防我清楚，肯定都避开了。"

"景翊现在何处？"

"在我床上，还昏迷着。"

萧瑾瑜眉心微紧："传大夫了？"

"没敢，"冷月抿抿发干的嘴唇，"他那些乱七八糟的事儿我爹知道得比我都清楚，早就铆着劲儿要削他了。"

"我去看看。"

楚楚忙道："我也去！"

"你回医帐，等我吩咐。"

"哦……好。"

没进帐子之前，萧瑾瑜就接连考虑了十几种可能，并且已经做了最坏的准备。在听萧瑾瑜吩咐办事的这百十号人里，比武功，景翊是当仁不让的倒数第一，但要比细心谨慎，就是唐严这样的老江湖也要差他一截。

所以他才放心地让景翊潜进军营来，却没想到……

在景翊毫无提防的情况下诱他中招都不是件容易的事，何况是在他百般警惕的时候，更何况，还是在冷月的眼皮子底下。

所以他能理解向来处事冷静果断的冷月怎么会慌成这个样子。

进到帐子里，一眼看见床上的景翙，萧瑾瑜从身体到表情全都僵了一下。那个把冷月急得眼睛发红，把他惊得手心发凉的人，这会儿正四仰八叉地躺在床上，衣衫凌乱，一条长腿荡在床边，鼾声大响，口水流了一枕头，就只有左脸上的一个五指印能证明冷月确实在短时间内对他动过粗。

一时间冷月和萧瑾瑜都愣在原地。

不用摸他的脉都能看得出来，这人哪是昏迷，分明是睡着了，而且还睡得正美。

冷月先在怔愣里回过神来，脸颊"腾"地红了："王爷，刚才他还不是这个德行呢！"

"嗯……"萧瑾瑜相信，刚才冷月那副急得快哭出来的表情绝对不是逗他玩儿的，但躺在床上的这个人就没准儿了。

冷月看着萧瑾瑜半信半疑的神情，心里一急，捏着拳头就冲了过去："景翙！你给我起来！"

床上的人在香甜的睡梦里不耐烦地咂了咂嘴："唔……"

"起来！"

景翙连眼睛都不睁一下，伸手就把床边的人拽进了怀里："烤好了吗……"

被萧瑾瑜目不转睛地看着，冷月挣不开景翙的束缚，一张脸涨得通红："烤你姥姥！"

"老了不好吃了……"

"你给我起来！"一时羞恼，冷月毫不犹豫地飞起一脚，结结实实地把景翙踹了下去。

景翙翻了个身趴在地上，幽怨地捂着摔得生疼的屁股："你才混蛋……"

冷月生怕他嘴里再吐出点儿什么来，衣服都没来得及扯好就气急败坏地跳下床，揪着耳朵就把景翙拎了起来，一直拎到萧瑾瑜面前："睁眼！说人话！"

"唔……唔？"迷迷糊糊地扫到萧瑾瑜那张没有表情的脸，景翙眯成缝的狐狸眼顿时睁得溜圆，"王王王王……"

萧瑾瑜冷眼看着他："你是被狗咬了？"

"不是不是，你怎么在这……这，这，这……这是哪儿啊？"

冷月下狠手把他的耳朵又拧过半圈："装！再装！"

景翙一手捂着生疼的屁股，一手捂着更疼的耳朵，满脸无辜，泪眼汪汪地迷茫看着四周："谁装了，不是在烤羊肉吗？"

冷月甩开他的耳朵，狠瞪过去："你不是想把自己一块儿烤了吗！"

"唔……为什么？"

"你问我我问谁去啊！"

"小月，"萧瑾瑜眉梢微扬，"你刚才没对他的脑袋下狠手吧？"

冷月一愣："没有……吧。"

景翙立马应景地贴到冷月身边，整个人软塌塌地靠上去，把下巴颏放到冷月的肩膀上："好疼……"

冷月没好气地白了他一眼，到底没舍得把他推开。

萧瑾瑜看向正在使出所有赖皮的本事以求活路的景翊："景翊，你真的就只记得烤羊肉了？"

景翊可怜兮兮地点点头。

"烤羊肉之前呢？"

"点柴火。"

"再前呢？"

景翊摸上冷月的细腰："就你刚才看见的那样……"

冷月黑着脸一肘子顶过去，景翊趴在她身上可怜兮兮地叫了一声。

景翊这么一叫，冷月突然想起些什么，一个激灵，迅速扫视了一遍整间帐子，脸色一下子沉了下来："坏了。"

萧瑾瑜轻蹙眉头："怎么了？"

"我背景翊回来之前在篝火附近发现了那个苗人巫师，就一并把他抓来了。"冷月皱眉看着床尾处松松地落在地上的一段布带，"应该是刚才趁我出门的时候逃了。"

"他可懂武功？"

冷月毫不犹豫地摇头："不懂武功，也不会说人话。"

萧瑾瑜微微点头："你速速去找，务必在其他人遇上他之前把他找到。"

"是。"

萧瑾瑜慢慢推着轮椅从冷月的寝帐出来，不急不慢。已经交代下去的事情他决不会忘，但一般也不会去多想，疑人不用，用人不疑，否则早几年前就活活累死了。

这件事上他已经养成了习惯，可有件事他还没来得及习惯。

从冷月的帐子里出来，萧瑾瑜直接去了军营里大夫们合住的营帐。近日来几个大夫一直在医帐里没白没黑地忙活，这顶帐子也就成了大夫们暂放细软的地方，侍卫帮萧瑾瑜掀开帐帘的时候，帐子里就只有吴琛一个人，披着厚厚的被子盘坐在一张窄小的木床上，借着小炕桌上的一根蜡烛，专注地看着手里的一本书。

侍卫清了清嗓子："吴琛，见过安王爷。"

看见帐子里突然进来了两个人，吴琛已经吓了一跳，再听见侍卫这么一句，吴琛慌得裹着被子就从床上滚了下来，连带着炕桌一块儿掀到了地上，蜡烛突然熄灭，帐子里顿时漆黑一片。

不见五指的黑暗中传来吴琛哆哆嗦嗦的声音："小民拜……拜见安王爷！"

声音未落，侍卫已擦亮了随身的火折子，重新点起蜡烛，照亮了吴琛的满头大汗，也照亮了萧瑾瑜一片惨白的脸色。

萧瑾瑜轻轻吐纳，一言不发地看了一阵这个狼狈不堪地跪在地上的小伙计，这才清清冷冷地开口:"你是医帐的伙计,吴琛?"

吴琛磕了个头,不敢抬眼看那个发话的人,老实巴交的声音因为发烧和极度紧张而有些嘶哑:"回王爷,小民是吴琛。"

萧瑾瑜把目光落在随主人一块儿滚到地上的那本书上:"看的什么书?"

吴琛额头上渗着豆大的汗珠,舌头一个劲儿地打结:"回王爷,验尸的书,楚、楚姑娘说这本书讲得特别好,正好徐大夫有,我就看看……"

萧瑾瑜眉梢微扬:"她平日里总爱看些乱七八糟的,你不用往心里去。"

"不不不,楚姑娘说的是实话,"吴琛抬起头来,露给萧瑾瑜一张憨厚里带着几分清秀的脸,目光既胆怯又认真,"这书是真的好,写得仔细又明白,配的图也清楚,只要是识字的就都能看懂。要是衙门里的人都把这本书背下来,那天底下就没有冤死的人了!"

萧瑾瑜轻轻牵起嘴角,看着摊开的书页上一张极为熟悉的配图:"谢谢,这是本王十六岁时所作,尚有不足。"抬眼看向呆愣住的吴琛,萧瑾瑜云淡风轻地道,"本王是来谢谢你昨晚关照楚姑娘,你好好养病,本王不扰你看书了。"

"谢,谢谢王爷……"

萧瑾瑜还没回到自己寝帐门口,就被急匆匆奔来的侍卫迎面截住了。

"王爷,营里又死人了,冷将军到处找您,楚姑娘已经去验尸了。"

萧瑾瑜微愕,倏地想起冷月正满军营在找的人:"可发现什么可疑的人?"

"没有。"

"冷捕头可到寝帐找过我?"

"没有。"

萧瑾瑜眉心微紧:"过去看看。"

"楚姑娘刚才派人来说,不让您去。"

"为什么?"

"来人没细说。"

"带我过去。"

"是。"

侍卫把萧瑾瑜送到一间重兵把守的营帐外,刚掀开帐帘就冲出一股刺鼻的血腥味,萧瑾瑜胃里一阵痉挛,还是凝着眉头把轮椅推了进去。

刚进到门口就看到地上血泊一片,壁上、顶上血迹斑斑,楚楚就跪在血泊中央,挽着袖子,神情专注地正在验看一个男人。

那男人明显已经死了,血水在他温热尚存的身体里成股地往外淌着,萧瑾瑜不用靠近就注意到了男尸肚皮上那几道被粗暴割开的口子,创面粗糙且紧缩,这人被剖开的时候还活着，还有知觉。

"楚楚。"

听见萧瑾瑜的声音，楚楚一下子抬起头来。

楚楚的头虽然抬了起来，一双手还停在尸身上。

"王爷，你怎么进来了？"

萧瑾瑜脸色发白地看着浑身是血的楚楚："楚楚，这人怎么死的？"

"这屋里全是血，你快出去，我验完了一块儿告诉你！"

"楚楚，"萧瑾瑜胃里突然抽痛得厉害，"谁剖的？"

楚楚抿抿嘴唇，怯怯地看着紧皱眉头、满脸冷峻的萧瑾瑜。

"不是我剖的。"

"谁剖的？"

"他自己剖的！"

萧瑾瑜怔怔地看着地上血肉模糊、面目狰狞的尸体，胃里的抽痛都静止了，不是他怀疑楚楚的话，只是……

"楚楚，这些伤口，都是他自己剖出来的？"

这人是被剖开的，但不是一刀剖开的，那片肌肉结实紧绷的肚皮上斜开了三道口子，其中一道是从上腹一直剖到两腿之间，楚楚的一双手就是埋在了这道最长最深的口子里。

"应该是，我来的时候他还没断气。"楚楚小心地把手抽出来，抓起尸体同样血淋淋的手比画到那个血洞旁，"那会儿他就把手这样探在他自己肚子里乱搅和，好像要找啥东西。"

萧瑾瑜微蹙眉头，看着一股股浓稠的血水缓缓地从那血洞里淌出来："找什么？"

"我正在找呢，到现在还没找着什么跟别的尸体不一样的。"

萧瑾瑜刚想开口，突然听到帐中传来一个呜呜的声音，像是在哭，又像是说了些什么，听不清楚。

萧瑾瑜微惊，循着声音看过去，才发现摆在帐子角落的一张桌子底下还缩坐着一个人。

被阴影遮着看不清容貌，但看得出那人头发散乱、满身血污，怀里好像还紧抱着个什么东西。

"什么人？"

楚楚转头一脸同情地看过去："王爷，你认识他，就是那个大胖兔子。"

萧瑾瑜一愣："兔子？"

"我忘了他叫啥了，就是那个北秦王子家娘子的亲弟弟，不会说话，光会吃的那个。"

"都离？"

"对对对！就是他！"

萧瑾瑜错愕地看向那个在桌子底下缩成球的身影："他怎么在这儿？"

"我也不知道，我来的时候就看见他躲在这儿了，其他人都没留意他，我也不敢说。他好像吓坏了，我想着待会儿把尸体收拾好了抬出去再想办法让他出来。"

"冷将军呢？"

"冷将军开始说要看我验尸来着，我还没拨拉几下呢，他就哭晕了，让人给拽走了。"楚楚再次下手之前看向脸色发白的萧瑾瑜，"王爷，你赶紧回去吧，药都煎好了，就在屋里，再不喝都凉啦，我把那个东西找着了就告诉你。"

萧瑾瑜眉心微紧，轻轻摇头："别找了，你把他的胃剖开。"

楚楚睁圆了眼睛："王爷，你怎么知道那东西在他胃里呀？"

"不是找东西。我想知道他死前吃过什么。"

"哦……好，不过你就只能坐在那边，我说你听，你不能过来。"

"好。"

楚楚在一边摆放整齐的各式验尸工具中挑出一个小刀，干脆利落地剖开，把从创口涌出的一堆乱七八糟的东西一滴不漏地接到一个大茶碗里，捧着茶碗，用一根筷子边搅和边道："唔……也没什么，馒头、白菜、咦，这是啥呀？"

"嗯？"

楚楚抓起另一根筷子，两根筷子在碗里夹起一根半透明的圆长条，皱着眉头仔细看着："比粉丝粗，比米线细，还比面条透亮，我从来没见过这种东西。"

萧瑾瑜脸色微青："粉条。"

"啥？"

"用地瓜、土豆做的，易存放，军营里常吃，江南不多见。"

楚楚兴趣盎然地看了半天，还凑到鼻子底下闻了闻，看得萧瑾瑜心里直发毛，生怕她再好奇下去……

"楚楚，你要想尝尝，待会儿我让厨子专门做给你吃。"

"好！"

楚楚又低头拨拉了一阵："馒头、白菜、粉条、羊肉，还有些许茶叶，他今天晚上吃的应该就这些啦，不过闻着有点儿药味，他应该还喝过药。"

"什么药？"

"这我就不知道了，他身体好着呢，没啥毛病，就是背上有个伤口，可能养得不大好，周围生了几个脓疮。"

萧瑾瑜若有所思地点点头。

楚楚把茶碗搁下："王爷，你还想剖什么地方呀？"

"不用了。"

"那我就继续找那个东西啦。"

萧瑾瑜眼看着楚楚又准备把手探向那个血洞，直觉得自己肚皮上一阵发麻："楚楚，不用找了。"

"必须得找着！他临死前拼命往自己肚子里拨拉，肯定是要找个特别重要的东西，就因为到死都没找着，他才死不瞑目的。"楚楚抿抿嘴唇，眨眨眼睛，一脸的关切，"王爷，你要是害怕，就先回去吧。"

萧瑾瑜脸色微黑："不是害怕，根本没有什么东西，不用找。"

"你怎么知道呀？"

"你把这尸体整理一下，"萧瑾瑜向桌子底下还缩成一团的都离看了一眼，压低了声音道，"咱们先把他弄出来，回寝帐我再告诉你。"

楚楚不死心地看着地上的尸体："王爷，要是现在收拾起来，是不是就要直接埋了呀？"

萧瑾瑜摇头："结案之前不会下葬。"

"那就好啦！"

"嗯？"

楚楚笑得美美的："我都好长时间没见过长得这么标准的男尸啦，还是他自己剖好了的，我就想多看几回！"

"好……"

萧瑾瑜默默坐在一边看着楚楚仔细地把创口对合好，简单地缝上几针，还拿出手绢把尸体手上、脸上的血擦干净，把尸体睁大的眼睛阖上，才叫将士拿来担架把人抬了出去。

帐里满地都是血，楚楚还是只许萧瑾瑜待在门口那一小片干净的地方，自己把满手血污洗掉，走到桌子边，蹲下来看着都离。

"尸体已经抬走啦，你别害怕，出来吧。"

都离紧缩的身子发抖着，把怀里的东西抱得更紧了。

"你出来，我给你好吃的。你乖乖听话，我给你好多好多好吃的。"

萧瑾瑜忍不了了："楚楚，他听不懂。"

楚楚吐吐舌头："呀，我忘啦！"

楚楚试探性地伸出一根手指，在他手臂上戳了戳，都离身子抖得更厉害了，像受伤的小兽一样发出惹人心疼的"呜呜"声。

楚楚伸手轻轻地抚着他弓起来的脊背："你别害怕，别害怕，王爷是好人，我也是。"

楚楚抚着抚着，都离的身子渐渐不抖了，慢慢抬起头来看着这个温柔声音的源头，看见楚楚的脸，"哇"一声哭了出来，一下子扑进了楚楚的怀里，连一直紧抱着的东西都不要了。

俩人这才看清楚，他一直揣在怀里抱着的是一只凉透了的烤羊腿。

楚楚被他扑得一屁股坐到了地上，顾不得屁股摔得生疼，慌张地捂住都离的嘴，一手摸着他毛茸茸的脑袋："别哭，别哭，让人听见就坏啦！"

楚楚摸着摸着都离就不哭了，楚楚刚把手从他嘴上拿开，都离立马抽着鼻子，眼泪汪汪地看着楚楚，哑着嗓子说了一声什么，楚楚没听懂，萧瑾瑜的脸却顿时一片青黑。

都离又重复了几声，楚楚迷茫地扭过头来看向萧瑾瑜："王爷，他是不是说他饿了呀？"

萧瑾瑜懂几句苗语，懂得不多，偏偏都离说的这个词他听懂了。

"不是。"

"那他说的是什么呀？"

萧瑾瑜用冷得能把人冻死的目光盯着黏在楚楚怀里的都离："他叫你……娘。"

楚楚一愣，一下子乐开了花："他真有意思！"

第五章

萧瑾瑜可一点儿都不觉得有意思，扬声唤了个侍卫进来："跟外面的官兵说，为保护营帐周围痕迹，让他们全都撤走。去跟冷捕头说，让她回去休息吧。"

"是。"

萧瑾瑜转过头来，正看到都离就像刚才紧抱羊腿一样紧紧搂着楚楚的脖子，像只八爪鱼一样黏着楚楚不撒手，看得萧瑾瑜脸上一阵青一阵白，用尽了定力才强忍住命令楚楚把他扔到一边去的冲动。

那可是他明媒正娶的娘子，他自己还没舍得这样抱过呢，他知道这幅血淋淋的场面不是一般人能消受得起的，可他已经将近两天没抱过自己的娘子了，看着自家娘子被人这样抱着，别说都离是个大男人，就算他真是个大兔子，萧瑾瑜也平静不了。

"楚楚，找绳子，把他捆起来。"

都离像是听懂了似的，把楚楚搂得更紧了，觍着脸红着眼睛，又可怜兮兮地喊了声

"娘"，眼泪簌簌地直往下掉，楚楚赶紧摸着他的脑袋："你别哭，别哭，王爷，你看他多可怜啊，别绑他了吧？"

萧瑾瑜脸色又青了一层："他是北秦军营里的人，还藏在凶案发生的地方，算是疑凶，再可怜仍有嫌疑。"

"可那个人是自己把自己剖开的，再说了，哪有凶手杀人还把自己吓哭了的呀？"

萧瑾瑜的脸上泛着一种难以言喻的青黑："楚楚，这里没你的活儿了，回去沐浴更衣吧。"

楚楚抚着又开始发抖的都离，他可真的是被吓坏了，水灵灵的大眼睛都哭红了，腮帮子惨白惨白的，实在可怜极了。

"好。"楚楚半扶半抱着让都离从地上慢慢站起来，萧瑾瑜刚缓过半口气来，就听楚楚添了一句，"那我带他走，也给他洗个澡。"

萧瑾瑜差点儿晕过去，两手捏在轮椅扶手上，骨节凸得发白，一张脸阴沉得跟黑锅底似的："不行。"

"我不放他走，就给他洗洗澡，给他擦擦身子也行，你看他身上脏的！"

"那也不行。"

"为什么呀？"

"他是男人。"

楚楚不解地拧着眉头："你不也是吗？"

萧瑾瑜咬着后牙："我是你相公。"

"那我都帮医帐里好多伤兵擦洗过身子了，你也没说不行呀。"

萧瑾瑜差点儿把牙咬碎了，他这会儿实在很想把她一把揪过来，按在地上照着她的屁股狠抽几下，脑子里刚蹿出这个念头，突然被一阵笑声打断了。

还是一阵肆无忌惮的大笑，而且明显是忍笑没忍住，突然笑喷出来了。

萧瑾瑜相信，就是把一家三代的胆儿都加起来，这营里甭管什么人都不敢在这种时候笑成这样。

转头看过去，赫连苏乌已经趴在门帘旁边的帐壁上笑得快晕过去了。

帐外站着两个自家侍卫，居然没人注意到这个人是什么时候进来的。

两个侍卫听到屋里乍起的陌生笑声，一惊，"唰"地拔剑冲了进来，眨眼间一个护到楚楚身前，一个护到萧瑾瑜身边。

赫连苏乌笑得上气不接下气："别紧张，别紧张……没劲儿了，没劲儿了……"

萧瑾瑜脸色青白交替："你怎么在这儿？"

赫连苏乌确实笑没劲儿了，干脆一屁股坐到了地上："没仗打，闲着没事儿出来溜达溜达，我就说嘛，这么水灵的姑娘怎么可能只当个大夫啊，原来是安王妃娘娘，失礼，失礼。"

萧瑾瑜一张脸冷得要结出霜了："都离为什么在这儿？"

"我哪知道啊？我出来晃晃，他就跟着，跟着跟着就没影儿了啊，我就是沿着他的脚印儿找来的。"说着闪身过去，一把把都离从楚楚身上揪了起来，侍卫还没回过神来，赫连苏乌已经一手拎着手脚乱扑腾的都离，一手指着都离胸前的一摊油渍，"我看他的脚印在你们营外一个烤羊肉的篝火堆边上停过，估计是被肉味勾过去了，勾过去就不知道自己在哪儿了吧。"

赫连苏乌笑看着萧瑾瑜的那张冷脸："我这就把他带走，省得给王爷添麻烦。"

"不行。"萧瑾瑜声音一沉，"此处凶案发生时他在场，尚有嫌疑。"

赫连苏乌看看地上的大片血迹："安王爷放心，上回没跟你们说，他这儿有问题，傻子。谁给过他吃的他都喊娘，在我营里有规矩，就只有他姐姐派来管他的那个丫鬟能给他吃的。你看他现在这模样，像是刚杀过人的吗？"

萧瑾瑜没有一点让步的意思："像不像和是不是是两码事。"

赫连苏乌勾起嘴角，看向望着都离发愣的楚楚："安王爷，我听说你们汉人军营里有规矩，无论官兵还是官员，进军营不能带媳妇，一旦被发现两个人就都得被处死，有这回事儿吧？"

萧瑾瑜脸色一沉，赫连苏乌笑意微浓："你要是不让我走，我就出去嚷嚷，反正这军营里没人能困得住我，也没人能困得住我的动静。"

"好，"萧瑾瑜紧了紧眉头，又恢复到满面镇定安然，"你可以走，不过此案开审之日，你与都离二人要来此营中听审，只你二人。"

赫连苏乌一愣，旋即又笑了起来："安王爷，你已经把案子破得七七八八了吧？"

萧瑾瑜不答话："你走是不走？"

"走走走。"

赫连苏乌扬手砸在都离脖颈上，把晕过去的都离扛麻袋一样地扛在肩头，满眼笑意地看着一脸不舍的楚楚："王妃娘娘若喜欢他，留着养几天也行。"

萧瑾瑜一眼瞪过去："你想站着出去，还是想躺着出去？"

"安王爷息怒，息怒。"

凉风一闪，赫连苏乌眨眼工夫就在帐子里消失了。

萧瑾瑜默默舒了口气，看着满脸失落地望着帐门口的楚楚："楚楚，去洗澡、换衣服，然后来寝帐见我。"

"哦……"

楚楚梳洗干净来到萧瑾瑜寝帐里的时候，萧瑾瑜正坐在书案边写折子，听见楚楚的脚步声，萧瑾瑜不停笔，也不抬头，只说道："把饭吃了，不许剩下。"

楚楚看了一眼一旁桌上摆着的碗碟，一碗豆角炖粉条、一盘青椒土豆丝、一盘烤羊肉，还有一碗粥，一整天没吃东西了，她还真饿坏了。

楚楚只当萧瑾瑜是叫她来吃饭的，也没多想，坐下就吃了起来，待她吃饱萧瑾瑜也把那道折子写完了，看着搁下筷子的楚楚，萧瑾瑜淡淡地说了一句："自省再加一千字。"

楚楚一愣，低头看看被自己吃得精光的碗碟："我没剩下什么呀。"

萧瑾瑜嘴角僵了一下："不是因为这个。"

楚楚皱起眉头来，她可没觉得自己又犯了什么错，怎么又要自省了："那是为什么啊？"

"自省，就是让你自己想想为什么。"

"哦……"

萧瑾瑜静静看着这个已经进入冥思苦想状态的人："另三具尸体可以剖验了。"

一听这个，楚楚立马来了精神，"噌"地站了起来："那我现在就去验！"

"等等，"萧瑾瑜在她拔腿就要走的时候及时把她叫住，"晚上看不清楚，明早再去验，今晚还有别的事。"

"什么事儿呀？"

萧瑾瑜冷飕飕地丢出两个字："侍寝。"

楚楚愣愣地看了他片刻，眨着满是迷茫的眼睛："侍寝是什么意思啊？"

楚楚彻底明白侍寝是什么意思的时候，已经是第二天早晨了，萧瑾瑜已经坐在书案后一本正经地批公文了。

楚楚穿衣下床，看着端坐在书案后面的人："王爷。"

萧瑾瑜头也不抬，漫不经心地应了一声。

"给王爷当大夫也能侍寝啊？"

萧瑾瑜笔锋一顿，脸色一黑，还没抬头，就感觉一阵冷风蹿进来，同时响起一个带笑的声音："那得看是谁当大夫了。"

看见景翊，楚楚这才想起来，昨天晚上这人好像是出了点什么事来着。可现在看着神清气爽、脸色红润，眉眼间都带着笑意，哪像是出了什么事的样子。

"景大哥！"

景翊笑着把一个公文本子放到萧瑾瑜面前，一屁股坐到桌边，顺手从桌上的盘子里拾起一块苹果塞进嘴里，边嚼边道："昨晚的前后经过都写在里面了，我跟小月一块儿写的，保证没错。"

萧瑾瑜刚一打开，眉头就蹙了起来，纸上的字既不是景翊的也不是冷月的，一笔深一笔浅，歪七扭八，还赶不上赫连苏乌写得规整："这是你俩写的？"

"如假包换。"

看着景翊笑得满面春光，萧瑾瑜眉梢微扬："在哪儿写的？"

· 325 ·

"床上。"

萧瑾瑜脸色微阴："小月呢?"

"床上歇着呢。"

萧瑾瑜皱眉看着公文本子里的字，看了一半就抬头看向景翊："你昨晚没洗手?"

景翊一愣："洗了啊。"

"什么时候?"

"你走了以后，我俩洗澡的时候。"

萧瑾瑜脸色微黑："再往前。"

"前到哪儿?"

"摸完那些屎壳郎之后。"

景翊眯起狐狸眼，不急不慢地回忆着："摸完以后我就被你叫出去了，回去之后他们就已经收摊了。然后就跟小月溜出去了，好像是没有。"

"但你吃过东西?"

"烤羊肉嘛，总得尝尝熟没熟。"景翊脸色突然一变，"不对！我是用手抓的，然后还舔了舔手指头。"

萧瑾瑜看着脸色发绿的景翊，淡然点头："这就是了，你再回医帐探一件事。"

"还去?!"景翊哭丧着脸，"王爷，我昨儿晚上可差点儿就没命了啊。"

"不是还差着一点儿吗？你去问清楚，那些屎壳郎是谁喂的。"

"不是跟你说了吗，那个姓徐的老大夫养的啊。"

"他养的，未必是他喂的。"

"啊?"

"你查清楚，谁负责给这些屎壳郎喂食，喂的是什么。"

"王爷，屎壳郎，你说能喂什么?"

萧瑾瑜冷冷一眼看过去。

"成成成，我去，我去……"

"还有，军营里所有用屎壳郎治恶疮的方子，全部拿来。"

"是。"

看着景翊哭丧着脸飘出去，楚楚凑到萧瑾瑜身边，扯了扯萧瑾瑜的胳膊："王爷，景大哥昨天晚上是怎么啦?"

"立功了。"

楚楚睁大了眼睛："立的什么功呀?"

"现在还说不好。"萧瑾瑜又把目光埋回到了公文里，"你先去验尸，叫冷月跟你一起去，验完记得把尸单连同自省书一起交给我。"

"哦……"

楚楚去找冷月的时候，冷月正在沐浴，长发散落的半身影子隐约地印在一扇火红的丝质屏风上，再经过蒙蒙的雾气柔化，光是一个模糊的影子就把楚楚看得呆住了。

楚楚没进营帐的时候她已经听出楚楚的脚步声了，这会儿也隐约看见楚楚就在屏风前不远处站着，可半晌都没听见楚楚出声，冷月只好出声问了一句："楚姑娘？"

楚楚这才被她叫回了神来："冷……冷捕头！"

"楚姑娘有事？"

"唔……"

"急事？"

"急，也不太急。"

"等等啊，这就出来。"

"哦……哦，好……"

楚楚眼睁睁地看着冷月窈窕饱满的影子从水里站起来，伴着"哗"的一声水响，一个绝美的侧影完整地投到火红的屏风上，长颈、纤腰、腰背线条流畅，双腿圆润修长。

"冷捕头……"

冷月擦着身子，带着淡淡的慵懒应了一声："嗯？"

楚楚贪婪盯着这个影子咽了咽口水："冷捕头，你要是死了，肯定是世上最好看的女尸！"

屏风上的影子清晰地僵了一下。

冷月从小到大也没少听夸人的话，这种夸法还真是破天荒的……

"谢谢。"冷月穿好衣服出来，楚楚还盯在她身上，盯得她心里直发毛。

无论是在军营还是在安王府，她都是大男人堆里罕见的一抹艳红，对男人们如狼似虎的眼神早就见怪不怪了，这倒还是头一回被一个女人看得脊梁骨发凉。

"楚姑娘，什么事？"

"啊……我，我来找你剖尸的！"

冷月顿时感觉肚皮正中央迅速蹿起一道冰凉，汗毛都立了一片："剖谁？"

看着冷月见鬼似的神情，楚楚赶忙摆手："不剖你，不剖你！"说着笑盈盈地补了一句，"这么好看的尸体，我肯定舍不得下手。"

冷月嘴角抽搐了一下："谢谢楚姑娘……"

"我就剖两个人，淹死的那个和烧死的那个，王爷让咱俩一块儿去。"

"好。"

一进停尸的营帐，冷月向新多出来的那张席子上看了一眼："这是昨晚死的那个？"

"是呢，"楚楚掀开自己面前那张席子上的白布，露出一具几乎烧成炭块儿的焦尸，头也不抬地道，"那个人把自己剖开了，好像要在肚子里找什么东西。"

冷月眉梢微挑,转头看着蹲在焦尸身边收拾小包袱的楚楚:"找东西?"

"嗯,我找了半天都没找着,王爷说根本就没那个东西,我还没来得及问为什么呢,不过我还是特别喜欢那具尸体。"

冷月默默向后退了半步,直直地盯着白布覆盖下模糊的人形,握剑的手不由自主地紧了紧:"为什么?"

楚楚把一个整齐地插满各式验尸工具的布袋子展开摆好,扭头向那块席子的方向深深望了一眼,眼睛里全是满足的笑意:"我都好长时间没见过这么标准的男尸啦!"

"标……标准?"

"嗯!你掀开看看就知道,可好看啦!"

冷月听得头皮直发麻,可又禁不住想看看到底这标准好看的尸体是个什么模样,单膝跪下把白布一掀,待看清这个标准好看的尸体,整个人就僵在了原地。

转头见冷月愣愣地盯着尸体,楚楚得意地道:"我就说吧,他可好看啦!"

"这……"

冷月"这"了半天也没"这"出个所以然来,倒是那桃花一样的脸色变成煞白一片了。

楚楚搁下手里的活儿,转过身来看着像是天塌下来正好砸到脑袋上的冷月:"冷捕头,你认识他?"

冷月僵硬地点了点头。

"他是谁呀?"

"薛钦,薛太师的三儿子。"

冷月先前还在想,她爹再怎么爱兵,也不至于为一个小兵的死当众哭晕过去,现在算是明白了。

冷月明白了,楚楚还是一头雾水地看着那具好看的尸体:"薛太师是谁啊?"

冷月一怔:"你不知道薛太师?"

楚楚茫然地摇摇头。

"王爷没跟你提过?"

楚楚还是摇头。

冷月无声苦笑,把白布重新遮上:"薛太师是王爷的师父,王爷琴棋书画、验尸断案全都是跟他学的,比亲父子还亲。你剖过他家四公子,薛越。"

楚楚这才一脸恍然:"对!我剖过,我帮王爷剖的第一具尸体就是叫薛越,他是被如归楼的许老板害的!"

"这是薛越的三哥,平北将军薛钦。"

楚楚抿抿嘴唇,皱起了眉头:"可是,王爷好像根本就不认识他呀?"

"薛钦刚满十三岁就出来打仗了,在几个战场都待过,近几年一直在凉州军营,几乎没回过京，王爷应该没见过他。"冷月也拧起了眉头，"只要一着手查，王爷肯定会知道，恐怕……"

冷月没往下说楚楚就明白了。她还记得，当时王爷听到薛越死讯的时候把一碗滚烫的姜汤泼了他自己一身，现在想想，那会儿他心里肯定特别难受。

这回又是薛太师的儿子死了，还死得这么惨……

"冷捕头……"

冷月紧了紧手里的剑："放心，王爷一定没事。"

"真的？"

"嗯，开始验尸吧，不过我没剖过尸体，这个你得教我。"

"没问题！"

楚楚带着尸单和自省书去见萧瑾瑜的时候，萧瑾瑜没在寝帐里，楚楚一直等到过了晚饭的时候，萧瑾瑜还是没回来，不知什么时候起外面飘起了大朵大朵的雪花，大雪被烈风裹挟着，越飘越急，由点成线，由线成面，不多会儿就飘成了茫茫一片，从门口往外看去，连对面的营帐都看不清楚了。

楚楚还挺喜欢雪的，可从没见过这么大的风雪，大得像是要把天地间所有的事物全都冰封起来似的，一点儿也不好看，反而可怕得很。

听侍卫说凉州刺史来了，是薛太师的二儿子薛茗，萧瑾瑜一时半会儿回不来，楚楚就觉得这雪更可怕了。

楚楚刚想出去迎迎他，给他拿条毯子，萧瑾瑜就被侍卫送了回来，进门的时候从头到脚都被雪落白了，脸色也是白的，似乎比雪还要白。

"王爷！"楚楚奔过去时才发现他身上居然已经裹了一条厚厚的毛毯，一直裹到胸口，把手臂也裹了进去，楚楚帮他揭了落满雪的毯子，看见他手里还紧紧抱着一个手炉。

萧瑾瑜有点迷离地看着她，雪花化成水滴挂在他细密的睫毛上，朦胧中看清楚楚的模样，伸手捉住了她的一只手："冷不冷？"

"我不冷。王爷，你喝酒啦？"

"没喝多少。"

楚楚拂去他头发上的积雪，把他搀到床上，把炭盆拉到床边，脱掉他被雪打湿的外衣，给他裹好被子，再喂他吃了两颗解酒的药。

"你这些天一直胃疼，怎么能喝酒呀？"

"要赔罪，"萧瑾瑜紧拉着楚楚的手，嘴角是带笑的，眼睛里却满是苦涩，"昨晚死的是薛钦，就在我眼皮底下，死了我都不知道。薛茗说得好，我不光是个瘸子，还是瞎子、傻子。"

"才不是呢，才不是呢，他胡说八道！"楚楚心疼地抚上萧瑾瑜的眼睛，"冷捕头都告诉我了，你根本就不认识那个人，不能赖你！"

萧瑾瑜还是苦涩地笑着："只能赖我。"

"王爷，"楚楚抿抿嘴唇，"我已经知道他们为什么自杀了，我已经跟冷捕头说过一遍了，冷捕头也觉得就是这样。"说着坚定地补了一句："绝对不赖你。"

萧瑾瑜微怔，勉强把身子坐直了些："你说。"

"我剖开那个淹死的和那个烧死的，就是想看看那个淹死的吸了多少水，那个烧死的吸了多少灰。"

"嗯？"

"我发现那个淹死的吸进去的水和那个烧死的吸进去的灰，比死人吸进去的多，比活人吸进去的少。"

萧瑾瑜皱起眉来，那几杯接连灌下去的酒已经让他脑子犯晕了，他把楚楚这几句话翻来覆去琢磨了好几遍，才得出一个结论："你是说，他们死前既不是死人，也不是活人？"

"对啦！"

哪儿对了……

萧瑾瑜倚在床头哭笑不得地揉着胀得发疼的太阳穴："不死不活，那是什么？"

"行尸走肉。"楚楚认真地道，"我本来说是活尸体来着，冷捕头说叫行尸走肉更合适点儿，我也觉得冷捕头说的这个词更好。"

萧瑾瑜无可奈何地拉着楚楚的手："楚楚，我头晕，你说清楚些，好不好？"

楚楚抬手在他光洁的额头上像敲门一样轻敲了两下："王爷，你真是喝醉啦！你想呀，一个人要是死了以后扔进水里、火里，肯定就不喘气了，那就什么也吸不进去了。要是这个人活着，还能知道自己在干吗，被扔在火里烤或是扔进水里淹的时候肯定得挣扎，一挣扎就紧张，一紧张喘气就快，吸进去的东西就更多。"

萧瑾瑜总算听懂了几句，点了点头。

"我剖的这俩人确实吸进去东西了，可吸进去的东西比正常淹死、烧死的人少多了，应该是像平常人一样慢悠悠地小口喘气，一直喘到死的。"

"不会是因为很快就死了吗？"

楚楚摇摇头："那个烧死的人死的时候有好几个人都看见了，就是可惜那个人功夫太好，一下子就蹿进火里了，他们找水来救的时候也晚了。听师父说，那些看见他烧死的人都说，他是喊了声'娘'才跳进去的，进去以后抱着一根大木棍子就不撒手了。"

"可找到原因了？"

"他们被下药了。"

"什么药？"

"冷捕头说出好几种药丸、药粉来，我倒是觉得有种花最像。"楚楚抿抿嘴唇，看着眉心微蹙的萧瑾瑜,"王爷,你知道洋金花吧?"

萧瑾瑜点点头。

他当然知道洋金花,咳嗽、气喘、风湿、疼痛、痉挛、跌打损伤,这种花主治的毛病他身上全都有,就像是老天爷专门为他量身造出来的一样,但这种产于天竺的药至今在京城里还是个稀罕物,且不说这味药有多少人能用得起,就是知道这味药的人在京城里也是寥寥无几。

萧瑾瑜轻皱眉头:"你知道洋金花?"

"以前不知道,先前顾先生给你开的方子里只有这个药我不认识,我就问他了,是顾先生跟我说的,这是个好药,对你的病尤其好,但这也是个毒药,不能乱吃。他说这种花是长在佛祖家里的,那地方叫竹……竹什么来着……"

"天竺。"

"对,天竺!那边的人管这种花叫陀螺。"

"曼陀罗。"

"对对对,就是这个名儿!我也不知道为啥叫这个……"

萧瑾瑜轻咳:"叫什么都好,你知道这药的毒性?"

楚楚点点头:"顾先生跟我说了,这种花全身都是毒,籽最毒,还是甜的,人吃上几粒就会发疯,跟鬼上身一样,什么事儿都干得出来。但是只要把毒发那段时间熬过去,醒过来,那就跟没事儿人一样,只不过干过什么事儿说过什么话就全都不记得了。"

萧瑾瑜轻轻皱着眉头,他向来不信邪门歪道,但这回的事儿确实邪得很,尤其是在楚楚得出那个行尸走肉的结论后,他不得不承认,目前看来,在诸多可能里,毒药迷乱心性确实是最合理的解释。但和冷月一样,他所想到的毒都是价值不菲的成药,并且效果也只是类似,多多少少总是有些出入。

但如果是用洋金花的籽……

楚楚看着若有所思的萧瑾瑜,贴进他的怀里:"王爷,年三十那天晚上,你就是中了这种毒吧?"

萧瑾瑜一愣:"嗯?"

"我看着就像,你那会儿大半夜爬出去找我,抱着我就不撒手,一个劲儿地要我亲你,还非得提前娶我,我要是不答应你都要哭了,结果你醒了以后就全不记得啦!"

萧瑾瑜听得脸上直发烫,哭笑不得地在楚楚腰底轻拍了一下:"我是喝醉了。"

"那你现在醉了吗?"

"没有。"

"那你想让我亲你吗?"

萧瑾瑜噎了一下,说想,脸皮厚度不够,说不想,那是骗人的。

眼看着萧瑾瑜窘成了大红樱桃,楚楚黏在他怀里,捧着他的脸咯咯直笑:"王爷,你还是脸红的时候最好看啦!"

萧瑾瑜好气又好笑地瞪了一眼怀里的人,把话岔了出去:"自省书带来了?"

"当然带来啦!"楚楚一溜烟地奔到书案边,回到床边的时候手里拿着一叠纸页,笑嘻嘻地交到萧瑾瑜的手上。

萧瑾瑜翻过放在最前面的两份验尸单,刚扫到楚楚那份自省书的第一页就愣了一下,再往后翻几页,一口气差点儿没提上来。

纸页上写满了排得整整齐齐的小楷字,字数不用一个个地去数,看几眼就知道是不多不少正好的四千字,因为一共二十页纸,一页纸上十列字,每列字都由五个四字短句组成,总共一千个四字短句,前七百五十个是清一色的"我喜欢你",后二百五十个是清一色的"你吃醋了",清楚明白,一目了然。

萧瑾瑜的脸上黑红交替:"楚楚,这是自省书?"

楚楚上下睫毛对剪了一下,答得一本正经:"是你说的,心里怎么想的就怎么写啊。"

萧瑾瑜抽出一张写满了"你吃醋了"的纸:"这个呢?"

"是你说让我想想你为什么罚我的。"楚楚努了努嘴,"反正景大哥和冷捕头都说你就是这么想的,错不了。"

她还拿这事儿去向景翊和冷月讨教……

萧瑾瑜直觉得脸上一阵阵发烧,硬着头皮顶回去:"我没那么小气。"

楚楚噘着小嘴站起身来:"那我去给吴大哥煮汤去了。"

楚楚刚一转身,萧瑾瑜心里就倏地空了一下,醉意恍惚间突然有种她这一走就再也不会回来的感觉,那种痛苦他九岁那年经历过一回,直到如今还在自责,实在不想再经历一回。萧瑾瑜慌得一把抓住楚楚的手腕:"你别走!"

一急之下,萧瑾瑜的脏腑间突然蹿起一阵剧痛。

他记得顾鹤年叮嘱过,经脉伤损调养不易,最忌心绪不稳,可这会儿他管不了那么许多,只管紧抓着楚楚不松手。

楚楚被他突然白下来的脸色吓了一跳,赶忙扶住他探在床边的身子:"王爷,你怎么了?"

萧瑾瑜不由分说地把楚楚硬拉到怀里,紧紧抱住:"你别走。"

"我……我刚才瞎说的,我往后不对别人好了,就对你一个人好。"

萧瑾瑜使劲摇头,把楚楚抱得要多紧有多紧:"别对我好……"

楚楚只当他是酒劲儿上来说醉话,索性不接他的话,就躺到他身边任由他抱着,感觉到这个紧紧抱着她的人渐渐平静下来,楚楚以为他睡着了,却突然听见他轻轻说了一句:"楚楚,我想跟你过一辈子。"

"我也是这么想的。"

"所以,别急着一下子对我那么好,先攒着,慢慢来,不会厌烦得太早。"

楚楚一时没听明白，但萧瑾瑜轻得像片薄云一样的声音让她不由自主地心疼起来："王爷，我保证跟你过一辈子，一辈子都对你好。"

萧瑾瑜的声音轻如梦呓："慢慢来……"

楚楚不知道他究竟喝了多少酒，但看他后半夜吐得几乎虚脱，胃疼得一直蜷着身子发抖，还拉着她说了一大堆乱七八糟的话，就知道肯定不像他说的那样喝得不多。

第二天早晨睁开眼的时候，萧瑾瑜头疼得直想把脑袋往墙上磕，再看到趴在他身边正笑嘻嘻看着他的楚楚，顿时有种不太好的预感。

楚楚热乎乎的小手在萧瑾瑜的肚皮上慢悠悠地打转："王爷，你还难受吗？"

萧瑾瑜警觉地看着这个笑得不大对劲的人，声音有点发哑："没事了，就是喝多了，吃点药就好。"

楚楚笑盈盈地眨着眼睛："王爷，我昨晚跟你说了啥，你还记得吧？"

胃病犯起来之前的事，萧瑾瑜还记得清楚，但看着楚楚这副模样，不禁犹豫了一下："只记得……你说的验尸的事情。"

"记得这个就行，那你还记得昨晚你跟我说过啥吗？"

萧瑾瑜答得毫不犹豫："不记得。"

"我就知道你不记得了，"楚楚笑得美滋滋的，"不过景大哥跟我说过，你喝醉的时候说的话最算数了。"

"我……我说什么了？"

"你说，"楚楚凑到他耳边，一字一句说得格外清晰，"你想让我给你生孩子。"

萧瑾瑜一张苍白的脸"唰"地一下从右边耳根红到了左边耳根。平心而论，这事儿他确实是这么想的。只有他自己才知道自己有多喜欢孩子，前几年他甚至想过等身体好些的时候就收养个孩子，可身子偏偏一年差过一年，照顾自己都越来越吃力，这就成了一个越来越不现实的愿望，不现实到他几乎已经彻底死心了。他还没摸清楚楚楚是否有当娘的意愿，唯恐让她为难，从没跟她提过。

"你要是不愿意……"

萧瑾瑜话没说完，楚楚一下子扑进他怀里："我愿意，我愿意给你生！生多少都行！"

萧瑾瑜脸红得冒烟，胃都顾不上疼了："好，好，不急，小心让人听见。"

楚楚吐了吐舌头，声音放轻了些，可还是抑制不住激动："王爷，你说，你喜欢儿子还是闺女？我这就给奶奶写信，让奶奶帮我在楚水镇的那个观音庙里求求，求什么得什么，可灵啦！"

萧瑾瑜哭笑不得地抚着她激动得发红的脸颊，他很想告诉她，别说是生儿子，就是她给他生只兔子，只要是她生的，他都一样当掌上明珠捧着，当心头之肉疼着，但这话他肯定说不出口："你别急，别急，我都喜欢，不必麻烦观音娘娘了。"

"那我一样生一个！"

"好……"

"不行，两个不够，王府太大了，我想生五个，多子多福！"

萧瑾瑜看着她乐得发晕的模样，胃痛都消减了，轻轻抱着她："随你生，生多少我都养得起。只是当娘辛苦得很，你当真愿意？"

"我当然愿意啦！"楚楚扁了扁小嘴，声音轻了几分，"我从小就想跟别人一样有娘，可我连我娘长什么样都不知道。我就一直想，我要是当娘，一定当世上最好的娘。"

蓦地想起楚楚的身世，萧瑾瑜心里一疼，轻轻抚着她的身子，声音微沉："楚楚，我也没见过我娘。"

"你还是比我强，你知道谁是你娘，我都不知道我娘是谁。"

萧瑾瑜浅浅苦笑："我也不知道。"

楚楚一愣，从萧瑾瑜怀里抬起头来："王爷，你不是上上个皇上的儿子吗，怎么会不知道自己的娘是谁呀？"

话到嘴边，萧瑾瑜还是犹豫了一下，清浅一笑，抚上楚楚红润的脸颊，在她柔润的嘴唇上落下一个酒气未消的吻，沿着她光滑的后颈摸上她骨肉均匀的脊背，说道："我昨晚那么说，也那么做了？"

"可不是嘛，我不答应，你都不肯吃药。"

萧瑾瑜欲哭无泪地闭上眼睛，无声叹气："楚楚，以后我喝醉的时候，不用搭理我。"

楚楚摸着萧瑾瑜光洁却消瘦的身子，想起他昨晚拖着这副病身子硬喝了那么多酒的原因，好一阵才回给萧瑾瑜一句不搭边的话："王爷，我相信你。"

"嗯？"

"王爷，别管那个薛大人怎么说你，你肯定能把那个凶手抓出来，给薛太师的儿子报仇。"

萧瑾瑜浅浅苦笑："嗯。"

第六章

萧瑾瑜声音刚刚落定，帐帘倏地一开，一个脸色铁青的青年人带着两个中年人径直走了进来："抓凶手？我还真是长见识了，敢情鼎鼎大名的安王爷是躺在床上搂着自家大夫抓凶手的？"说着往床对面的桌子边一坐，两眼冒火地盯着裹在被子里的两个人，"抓啊！我看着你抓！"

楚楚被这突然闯进来的人吓了一跳，下意识地往萧瑾瑜怀里缩了一缩，可听到这几句带刺的话，立时就按捺不住了，只是被萧瑾瑜紧搂在腰上，动弹不得，刚想张嘴就听到萧瑾瑜镇定地道："薛大人请帐外稍候，本王更衣后与你详谈。"

青年人冷笑："更什么衣啊，安王爷身上还有东西可更吗？"

"薛大人。"

青年人冷眼看着正狠狠瞪着自己的楚楚："安王爷，你是被这个野丫头糊住脑子了吧？"

萧瑾瑜脸色一沉："来人。"帐外的侍卫闪身进来，萧瑾瑜冷厉地看着那人，不冷不热地道，"请薛大人帐外稍候。"

"是。"

不等侍卫走近，青年人冷哼一声站起身来，带着那俩中年人拂袖而去。

"下去吧。"

"是，王爷。"

萧瑾瑜轻皱眉头，闭上眼睛，楚楚小心地看着萧瑾瑜发白的脸色，抚着他微微起伏的胸口："王爷，你别生气。"

"对不起，下次不会让人随便进来了。"

"王爷，那个薛大人，是不是就是薛太师家当刺史的那个儿子啊？"

萧瑾瑜轻轻点头："嗯，凉州刺史，薛茗。"

"你是王爷，比刺史大，他这样说你，就不能治他的罪吗？"

萧瑾瑜无声轻叹，撑着身子慢慢坐起来："他只是喝醉了。我去办事，你在帐里帮我写好尸单。"

想着薛茗刚才那副要吃人的模样，楚楚搂上萧瑾瑜的腰："王爷，我能不能陪你去啊？"

"不行，这是公务。"

"我是你的大夫，还是仵作，我能帮你谈公务！"

萧瑾瑜浅笑，在她头顶轻吻："你是我的娘子。我得洗个澡，帮我拿身干净衣服吧。"

楚楚搭了把手，小心地扶他坐起身来："我帮你洗吧。"

"不用。"

侍卫送萧瑾瑜回来的时候天色已经暗了，风雪也小了不少，外面白茫茫的一片，可也没有萧瑾瑜的脸色白得厉害。

楚楚一直等在萧瑾瑜的寝帐里，见萧瑾瑜回来，赶忙迎过去："王爷，你回来啦！"

萧瑾瑜像是累坏了，虚软地靠在轮椅里，勉强扬了扬嘴角。

楚楚担心地看着他："王爷，薛茗是不是为难你了？"

萧瑾瑜微微摇头："他回刺史府了。"

楚楚伸手抓起萧瑾瑜搭在扶手上的手，这双早晨还在她身上温柔抚摸的手这会儿冷得像冰块一样，僵得握都握不起来，楚楚心疼地把这双手捧到嘴边哈气暖着："你去哪儿了呀，怎么冻成这样啊？"

"去几个案发的地方看了看，还有景翊出事的地方。我答应薛茗，明天日落前结案。"

"王爷，你已经知道凶手是谁啦？"

"还要等几个回话。初验和复验的尸单都理好了？"

"都弄好啦，保证没错！"

萧瑾瑜微微点头："辛苦你了。"

"不辛苦，王爷，我熬了点儿粥，在小炉子上热着呢，你吃一点儿暖暖身子吧。"

"好。"

楚楚转身去盛粥，把粥端来的时候，萧瑾瑜正靠在轮椅上紧皱着眉头，脸色比刚才还要白，额头上蒙了一层细密的冷汗，身子微微发抖着。

"王爷，你怎么啦？"

萧瑾瑜没答话，只是把手伸给了楚楚。在外面冻了几个时辰，回到帐里一暖，风湿一下子就犯了起来，这样的疼法，恐怕几个大骨节已经肿得不成样子了。

看到萧瑾瑜肿起来的手腕，楚楚二话不说就把他揽到床上，喂给他几颗药，再拿来药酒小心地给他揉着。

关节肿得厉害，轻轻一碰就会疼得全身发颤，萧瑾瑜咬着牙一声不出，渗出的冷汗把身下的床单都浸透了，嘴角还勉强牵着一丝笑，满目歉意地看着眼圈微红的楚楚。

楚楚给他仔仔细细地揉了两遍，又把他疼得发僵的身子按摩了一遍，才给他擦了擦汗，把两床被子严严实实地裹到他虚弱的身子上："王爷，你好点儿了吗？"

萧瑾瑜微微点头："不疼了。"

"你想喝粥，还是想睡一会儿啊？"

"喝粥。"

楚楚重新盛了碗热粥，坐在床边慢慢喂他吃，萧瑾瑜明显没有胃口，吃得很费劲儿，可还是努力吃着，一直把整碗粥都吃干净了。

萧瑾瑜充满歉意地看着楚楚惊喜的神情："结了这个案子，我一定好好调养身体……"

"王爷？"

"要生个健康的孩子，不能像我这样，苦了你。"

楚楚一愣，眼泪一下子掉了下来，一头扎进萧瑾瑜的怀里："谢谢王爷！"

"该我谢你。"

萧瑾瑜躺了不到半个时辰就发起烧来，裹着两床被子还冷得发抖，炭盆搁在床边也不管用，楚楚就钻进被子里抱着他，小火炉一样热乎乎的身子把萧瑾瑜暖得既舒服又安心，挨在她怀里不多会儿就睡熟了。

迷迷糊糊醒过来的时候天还没亮，烧也没退，头晕头痛得厉害，身子疲乏得像是被抽空了一样，萧瑾瑜往那个温热得恰到好处的怀抱里蹭了蹭，把这热源搂紧了些，舒服地轻哼了一声，眼皮都懒得抬一下。本想在这美好的怀抱里接着睡一会儿，可神思稍一清明就觉得似乎有点不大对劲儿。

这怀抱暖是很暖，可似乎宽了些、硬了些，并不像先前那么软绵绵的，闻上去也没有那股熟悉的皂角、苍术的气味，倒是有股格外香甜的胭脂味。腰背的线条粗硬了不少，皮肤虽光滑细腻却失了几分柔软。

一只手轻柔地抚上他的虚软无力的身子，虽然已经极尽温柔，可还是明显比楚楚那双温软的小手硬了许多，也大了许多。

要不是楚楚，还有谁敢躺在他的床上，还这样抱着他？

萧瑾瑜赶忙睁眼，抬头对上那张人畜无害的笑脸，差点儿一口气没提上来。

"景翊……松手！"

景翊指指萧瑾瑜还紧搂在他腰上的手："王爷，你得先松手啊。"

萧瑾瑜刚松开手就呛咳起来，咳得身子发颤，骨节中刚消停下来的疼痛又肆虐起来，眨眼工夫就出了一身冷汗。

景翊伸手顺着他起伏不定的胸口抚摸着道："要不你再抱一会儿？"

被一道恨不得立马把他端上剖尸台的目光瞪过来，景翊迅速扶萧瑾瑜躺下来，翻身滚出被窝一直滚到床角，抱头蹲好。

萧瑾瑜好半天才缓过劲儿来，身上仅有的力气和睡意一起消散得干干净净，侧头看着全身上下只有一条裹裤的景翊，深呼吸了好几口气，才沉声道："说，干什么？"

景翊头也不抬，声音里满是怨念："抱过瘦的没抱过这么瘦的，抱紧点儿就硌得全身骨头疼，我能干什么啊？"

萧瑾瑜脸上五色交杂，这会儿景翊要是离他足够近，鉴于没有揍他的力气，萧瑾瑜一定会毫不犹豫地咬他一口。

萧瑾瑜声音阴沉一片："我问你进来干什么！"

景翊抬头眨着满是无辜的狐狸眼，用一种委屈得都快哭出来了的动静道："不进被窝怎么给你暖身子啊？"

萧瑾瑜盖在被子里的手默默攥起了拳头，额头上的青筋一跳一跳的："我问你进我寝帐来干什么！"

景翊更委屈了："你不是说一旦查清随时来报吗？"

萧瑾瑜脸色铁青："你这是在报告吗？"

景翊满眼幽怨："我是要报告啊，可你家王妃娘娘非要让我等你睡够了再说。"

萧瑾瑜这才留意到楚楚压根不在寝帐里："她人呢？"

"给你煎药去了，怕你冷，让我上床替她给你暖身子。我这也是奉命办事儿，王爷你得念下情啊。"

这事儿要没有他那宝贝娘子的吩咐，借给景翊十个胆子他也未必敢干，萧瑾瑜只得深深呼吸："说，查到什么了。"

"那什么，"景翊抿了抿薄唇，指指萧瑾瑜身上的被子，"进去说行吗？"

"不行。"

景翊抱膝坐下缩成一团，满脸可怜兮兮地望着一脸冰霜的萧瑾瑜："冷……"

可惜他这模样萧瑾瑜见多了："下去，穿衣服。"

景翊快快地爬下去，慢条斯理地把扔在地上的衣服捡起来，在那身脏兮兮的军服里摸了一阵子，掏出两张纸放到萧瑾瑜床头的矮几上："那罐子屎壳郎是徐大夫养的，医帐里的大夫、伙计谁有空谁喂，就用军营里的马粪喂，军营里常用的带屎壳郎的药方都在这儿了。"说着满脸怨念地道，"要不是徐老头跟盯贼似的老盯着我不放，我也不至于这会儿才给你送来。"

"盯你？"

"就怕我碰他那些屎壳郎。他说上回赌完之后，我拿的那只屎壳郎就死了。"

萧瑾瑜眉心轻蹙："只你拿的那只死了？"

"是啊，所以我一问屎壳郎的事儿他就瞪我。"

"你再回去一趟，拿几只屎壳郎来。"

景翊一愣："啊？"

"还有，明日未时在中军帐开堂审案，"萧瑾瑜轻轻闭上眼睛，"相关文书会送至冷月处，明日我主审，你做堂审记录。"

景翊"噌"地跳了起来，动作之快都对不起他小腿上裹的那层厚厚的绷带："我做记录?!"

"要么你审，我做。"

"不是不是，"景翊快哭出来了，"王爷，你也知道这是谁的军营，看在我给你暖身子的分上你就饶了我吧！"

萧瑾瑜毫不犹豫："今晚把相关文书都整理好，明日审完立即整合卷宗，务必于两日内送入宫中。"

"王爷，这都三更了啊……"

"嗯，先把屎壳郎送来吧，小心行事，别惊动任何人。"萧瑾瑜扫了眼景翊光溜溜的上身，"明日听审的除了冷将军，还有凉州刺史衙门和北秦王子赫连苏乌，你记得穿好衣服。"

景翊一愣："你让赫连苏乌到营里听审？"

"堂审还需他帮个忙。"

"他能答应来吗？"

"能。"

景翊刚走楚楚就端着药碗钻进了帐子，笑嘻嘻地溜到床前："王爷，你醒啦？"

舍不得瞪她，萧瑾瑜索性闭起了眼睛。

"我看见景大哥出去啦。"

萧瑾瑜不出声，那只温软的小手抚上了他的额头。

"怎么还这么烫呀？药煎好了，趁热喝了出点儿汗，能好一点儿。"

这关切又担心的动静听得让人心疼，萧瑾瑜无可奈何地睁开眼："已经出汗了。"

"啊？"楚楚把手伸进被子里，摸了下他身上的衣服，还真是湿漉漉的，"是不是被子盖得多了，热的呀？"

"吓的。"

"吓的？"楚楚眨眨眼睛，满脸同情地摸上他惨白的脸，"你做噩梦啦？"

睡前还是被心爱的女人抱着，一觉醒来却是躺在一个大男人的怀里，他还迷迷糊糊地在人家怀里那样抚摸磨蹭，这能比做噩梦差多少？

"差不多。"

楚楚抚着他汗淋淋的额头，心疼地看着他："是不是又梦见你姐姐不要你了？"

萧瑾瑜一愕，身子一僵，怔怔地盯着楚楚："你怎么……谁告诉你的？"

"你自己说的呀，就是昨天晚上你喝醉的时候，有一阵子抱着我喊姐姐，一个劲儿求我，说你往后自己照顾自己，不给我添麻烦了，让我别走，别嫌你。"看着萧瑾瑜越发惨白起来的脸色，楚楚赶忙就此打住，"王爷，你别生气，我胡乱猜的。"

萧瑾瑜轻轻吐纳，看着楚楚满脸担心的模样，勉强扬了扬嘴角："已经生气了。"

"啊？"

"以后不许让别人抱我。"

楚楚忙道："不让不让！以后再也不让别人抱你啦！"

"喂我吃药。"

"好！"

"然后抱我睡觉。"

"好！"

楚楚被身边的动静惊醒的时候天刚蒙蒙亮，身边人正小心而吃力地坐起身来。

"王爷……"

萧瑾瑜在她额头上轻吻："我就在这儿看点东西，你睡就好。"

"你还发烧吗？"

萧瑾瑜抓起她的手放到自己额头上："不烧了。"

楚楚翻身窝进他怀里，搂住他的腰，睡眼惺忪地看着他："是要查案子吗？"

"嗯，还早，你再睡一会儿吧。"

楚楚揉揉眼睛坐起身来，扶他坐好，把枕头垫在他的腰后，下床把烛台从桌上拿到床头矮几上，然后才爬上床钻进被窝重新窝进他怀里，说道："我陪你看。"

萧瑾瑜轻笑："好。"

萧瑾瑜拿过景翊留在床头的两页纸，浅蹙眉心细细看着。楚楚本来就是想陪陪他，想着他风湿犯得厉害，活动起来极其困难，要是想拿点什么她还能及时帮帮他，可就是迷迷糊糊地往纸页上扫了一眼，楚楚也皱起眉头来。

"王爷，这是药方吧？"

"嗯。"

"你不是要查案子吗？"

"嗯，我在找凶器。"

楚楚一愣，抬头看着萧瑾瑜认真的神情，抿了抿嘴唇："王爷，是不是我验错了啊？"

萧瑾瑜微怔："嗯？"

楚楚坐直了身子："王爷，他们不是因为中洋金花毒自杀的啊？"

萧瑾瑜伸手把一脸失落的楚楚圈回怀里，在她圆滑的肩头轻抚，带着浓浓的笑意颔

· 340 ·

首看着她:"你不是总说,你验的肯定没错吗?"

楚楚抿着嘴唇,贴在他怀里小声地道:"我就怕万一验错,那个薛刺史又得说那种话了。"

萧瑾瑜浅浅苦笑,顺着她柔软的脊背说道:"薛茗是个好官,清正廉明、嫉恶如仇,就是性子太直、脾气太急,常常口无遮拦。他在京里任职三年就把大小官员全得罪光了,薛太师没法子,才求皇上把他调到这么偏远的地方来当官的。"

楚楚气鼓鼓地道:"那他现在也不能在凉州当官了。"

萧瑾瑜微怔:"为什么?"

楚楚噘起小嘴:"因为他把咱俩也得罪啦!"

萧瑾瑜差点儿笑出声来,摸着楚楚的脑袋:"傻丫头,他来军营之前还不知道薛钦的事,是驿丞告诉他我到军营来了,他怕我住在军营里受不了,来接我去刺史府住的,我没答应,他就生气了。"

楚楚半信半疑:"真的?"

萧瑾瑜微微点头:"那天喝酒回来的时候外面下着大雪,我不拿手炉、不盖毯子他就挡在门口不让我出去。"

"那他干吗催着你结案呀?"

萧瑾瑜苦笑:"他说凉州的雪一下就是好几天,我再磨蹭下去非冻死在这儿不可。"

楚楚摸着萧瑾瑜单薄的身子:"他还真是个好人。"

如今在她眼里,对王爷好的才能算是真正的好人。

萧瑾瑜好气又好笑,在这"墙头草"的小腰上轻拧了一下:"我就这么不济吗?"

楚楚毫不犹豫地用力点头,看得萧瑾瑜差点儿翻白眼。

"王爷,我要是没验错,那洋金花不就是凶器吗?"

"这凶器在哪儿?"

"在……在凶手那!"

萧瑾瑜啼笑皆非地揉了揉她的头顶:"那凶手在哪儿?"

楚楚一愣,一骨碌爬了起来,睁圆眼睛盯着萧瑾瑜:"王爷,你还不知道凶手是谁啊?"

萧瑾瑜淡淡地摇摇头,那股镇定劲儿好像楚楚问的是他吃没吃饭似的。

"你,你不是说,天黑之前就得结案吗!"

萧瑾瑜微微点头:"已经交代下去了,未时开堂,全营的人一起听审,赫连苏乌和薛茗也会来。"

楚楚急了,趴在萧瑾瑜的肩膀上,看着这个满脸淡然的人:"你还不知道谁是凶手,怎么审案啊?"

"凶手在堂上现找就好,要是升堂之前能把凶手害人的法子搞清楚,可以审得快一些。"萧瑾瑜浅浅苦笑,再次把那个热乎乎、软绵绵的小身子拉回怀里,"不然耗得久了,恐怕又得晕在堂上了。"

"凶手害人的法子不就是下毒吗?"

"怎么下的毒?"

楚楚抿抿嘴唇:"这个从尸体上看不出来,我不能瞎说。"

"这回还真要从尸体上看。"

"啊?"

"死的这几个人都是将军,常年出生入死,心思细密得很,往往除了自己谁都不信,想在他们身上打主意很难。"萧瑾瑜把手里的两张纸拿到楚楚眼前,"他们死前都受过伤、用过药,最可能动手脚的就是这些药。"

楚楚盯着纸页看了一阵:"这些方子里怎么都有屎壳郎呀?"

"都是军营里用来治恶疮的方子。他们四人死前都用过带屎壳郎的方子治恶疮,未免打草惊蛇,我没让景翊细问,只拿来了这些可能的方子。"

"唔……"楚楚皱着眉头仔细看了一会儿,突然指着其中一行说道,"这个!应该是这个!"

"为什么?"

"只有这个方子是用醋调制药末往身上抹的,我记得,除了那个烧死的,其他三个人的尸体上都有醋味,我第一回验尸的时候就闻见了!"

萧瑾瑜眉心微紧:"怎么没见你写在尸单上?"

楚楚小脸一红,埋到萧瑾瑜怀里:"我还以为是我吃醋的味儿呢。"

萧瑾瑜好气又好笑地拍拍她的脑袋:"你吃谁的醋?"

"谁伺候过你,我就吃谁的醋。"楚楚抬起头来看着这个显然没把她这话当回事儿的人,"我知道我伺候得不如她们好,不过早晚有一天我能超过她们!"

萧瑾瑜轻轻蹙了下眉头,脸上的笑意隐了下去,迟疑了一下才道:"楚楚,不是你伺候得不好,是我不想让你伺候我。"

楚楚身子一僵,一骨碌爬了起来:"为什么呀?"

萧瑾瑜静静看着她:"我娶你,不是为了让你伺候我,而是我想名正言顺地对你好。"

"那我想伺候你,也是想对你好!"

萧瑾瑜认真平静得像是在公堂上阐述案情一样:"这不是一回事。伺候人是苦差事,尤其是我这样身子不方便还总生病的,伺候一两天、一两年兴许还受得了,十年八年就会厌烦了。到时候你真的厌烦我了,我却习惯被你伺候了,让我怎么办?"

"谁说我会厌烦你呀!"

萧瑾瑜镇定地点头:"日子久了,会的。"

楚楚直觉得冤枉得很,急得脸蛋都涨红了:"不会!就是不会!你……你没证据,不能冤枉我!"

"有证据,"萧瑾瑜浅浅苦笑,"就是我昨晚喊的那个姐姐。从我记事起就是她一个人在照顾我的起居,像亲生母亲一样对我好,一直到我九岁的时候,突然就嫁人了,还高高兴兴地嫁给一个她不喜欢的男人。她说总比在宫里伺候人强。楚楚,我被最亲的人嫌弃过一回,不想再有一回了。"

楚楚突然想起来萧瑾瑜醉酒的时候说的那句话,让她别对他太好,先攒着,慢慢来。这会儿总算明白是什么意思了。

楚楚抿了抿嘴唇,冲着萧瑾瑜眨眨眼睛:"那好吧,往后咱俩就不在一块儿睡了,也不在一块儿吃饭,咱俩谁也别亲谁,谁也别碰谁,谁也别跟谁说话了。"

萧瑾瑜一愣:"为什么?"

楚楚噘着小嘴爬出萧瑾瑜的被窝,拉开叠在床尾的另一床被子把自己裹起来,一个翻身背对着萧瑾瑜蜷起身子:"我怕老是跟你在一块儿,你厌烦我呗。我要是习惯跟你一块儿睡,一块儿吃饭了,你让我怎么办呀?"

萧瑾瑜哭笑不得:"楚楚,不许胡闹。"

"你不相信我,我也不相信你。"

楚楚眼睛一闭,还当真不搭理他了。甭管萧瑾瑜怎么讲道理,楚楚全当没听见,萧瑾瑜急得咳嗽起来,她也没反应,萧瑾瑜碰她,她就装作睡着了,好像打定了主意这辈子就是不理他了一样。到底萧瑾瑜只得无可奈何地叹了口气,这丫头犟起来可一点儿都不比自己差:"楚楚,我相信你,全听你的,好不好?"

楚楚等的就是这句话,一骨碌爬起来,心满意足地钻回萧瑾瑜的被窝里,脸上那副早知道结果就是这样的神情看得萧瑾瑜差点儿翻白眼,好气又好笑地在她屁股上拍了一下:"你要是敢半道不管我了,我一定抓你严办。"

"没问题!"

萧瑾瑜板起脸来,把手里的纸页放到她脸前:"起来,先伺候我把这事儿办完。你刚才指的这个方子是外敷用的,洋金花能起作用吗?"

楚楚赖在萧瑾瑜怀里不起来:"当然行啦,顾先生说过,洋金花的毒敷在外面跟吃下去效果一样,就是毒发慢一点儿。"

萧瑾瑜细细地看着那个方子,方子很简单:把活屎壳郎放到蜜汤里浸死,再焙烧成末,用醋调匀敷到挑破的疮上就行了。

屎壳郎、蜜汤、醋……

"楚楚,洋金花毒对虫子有效吗?"

"我也不知道。"

萧瑾瑜轻叹,折起了手里的纸页:"只能试试了。"

"试什么呀?"

"你还想睡吗?"

楚楚摇摇头,一想到案子就兴奋,哪还有什么睡意?

"咱们赌一场吧。"

"赌什么呀?"

"屎壳郎。"

不知什么时候屋里的桌上多了只反扣着的碗,楚楚照萧瑾瑜的话掀开一看,果真有两只肥嘟嘟的屎壳郎争先恐后地爬了出来。

"王爷,这是哪儿来的呀?"

"景翊抓的。"

楚楚把这两只黑乎乎的小东西抓进碗里,饶有兴致地看着它们不死心地抓着光溜溜的碗壁,徒劳地把圆乎乎的身子往上拱:"王爷,怎么赌呀?"

萧瑾瑜松散地靠在轮椅里:"在桌子上画两条线,把它俩放在线上,赌哪只先爬到头。"

楚楚皱起眉头看着碗里这两只四处乱爬的黑胖子:"它们会爬直线吗?"

"爬歪了就拨回线上去,继续爬。"

"唔……"楚楚指着一只手脚并用,试图爬出来的屎壳郎,"我看它劲头大,肯定爬得快!"

萧瑾瑜浅笑:"随你选,不过我得给我的那只下毒,洋金花毒。"

楚楚咯咯直笑:"那你可得把它看好了,可别跑到一半就自杀啦!"

"好。"

楚楚在地上画了线,萧瑾瑜把楚楚留给他的那只放到一个茶杯里,从怀里拿出一个小纸包,往茶杯里倒了一小撮粉末,等这只慵懒的屎壳郎在里面慢悠悠地拨拉了一会儿,就掏出手绢把它捏了出来。

"王爷,准备好啦?"

"嗯。"

"一,二,三,开始!"

两只屎壳郎刚爬了两步楚楚就傻了眼,萧瑾瑜的那只虽然爬得不急不慢的,可就是乖乖沿着直线爬,她的这只爬得倒是挺快,可就是一会儿东一会儿西,把她忙活得出了一头汗,到底还是萧瑾瑜的那只先爬到了终点。

萧瑾瑜用手绢捏着,气定神闲地把两只屎壳郎收回碗中,笑着把气鼓鼓的楚楚拉到身边:"我赢了,有什么彩头吗?"

楚楚这才在他满眼的笑意里反应过来:"王爷!你早就知道呀?"

"不确定,所以才要试试。"

楚楚急红了脸："你……你要赖！"

萧瑾瑜笑意微浓："愿赌服输，仵作行的人不能说话不算数。"

楚楚咬咬嘴唇，眨眨眼睛，突然伸手捧起萧瑾瑜的脸，萧瑾瑜还没反应过来，一个吻已经落了下来。

"你……这算谁的彩头？"

楚楚理直气壮地看着好气又好笑的萧瑾瑜："你的就是我的，我的就是你的！"

第七章

未时不到，楚楚跟萧瑾瑜一块儿去中军帐的时候，诸将士已经按级别围着帐子四面列队站好了，黑压压齐刷刷的全是人，一眼看不到边儿。

跟薛茗说的一样，雪细细碎碎地下了一夜都没停，天亮之后又飞起了鹅毛大的雪片，这一群将士们的头上、肩上都落满了雪，一个个纹丝不动、满面阴云，看得楚楚心里直打鼓。萧瑾瑜倒是脊背立得笔直，一张脸上很是清冷，一路过去目不斜视，好像这群人根本就不存在似的。

中军帐四面的帐帘都卷了起来，老远就能看见帐中朝南的方向摆着一张案台，案台左右两边摆了几张红木大椅子，帐中已经站了不少人，楚楚一眼就认出了站在最前面的冷沛山和薛茗。这两个人一个比一个脸冷，其余几个下级官员一个比一个紧张，明明是大冬天，风吹着雪飘着，这些人脑门上的汗珠却是一个比一个饱满。

不说别的，单说这案子是安王爷奉皇命大老远赶来亲查亲审的，就绝对值得这些人紧张了。

楚楚紧跟在萧瑾瑜身边，一身利落的仵作打扮，冷沛山把他们迎进去之后，站在一边的薛茗冷飕飕地看了她一眼："安王爷是犯了什么毛病，升堂审案还得带着大夫？"

萧瑾瑜把楚楚往身边护了护，看着众人不急不慢地道："本王向诸位引荐，这位是本王正月初奉旨迎娶的王妃，奉皇上密旨作为本案仵作参办此案，因不愿扰乱军营秩序，特以本王随行大夫身份入营，今日需她以仵作身份上堂作证，特向诸位陈明其身份，以示正大光明。"萧瑾瑜从身上取出一个压着御用印鉴的信封，交给身边侍卫："皇上密旨在此，冒犯之处还请冷将军见谅。"

军令如山，但再大的山也是皇上家的，冷沛山盯着楚楚愣了半响，才把那声"娘娘"喊了出来，哪知楚楚连连摆手："我是来当仵作的，还叫我楚丫头就行啦！"

一想起那晚楚楚查验薛钦尸体面不改色的样子，冷沛山这个砍过无数脑袋的老将也禁不住全身冒寒气："使不得使不得，您就算当仵作，那也是娘娘。"

冷沛山话音未落，站在他旁边的薛茗就皱起了眉头，不冷不热地打量着楚楚："安王爷倒是一劳永逸，找媳妇还找了个会安排后事的。"

萧瑾瑜脸色刚一沉，就听到帐外传来一声爽朗的笑声："这话可不能乱说，小心安王爷活剥了你！"

楚楚扭头一看，一身北秦盛装的赫连苏乌由两个汉军将领带着走进帐来，身边跟着一身苗人打扮的都离，都离见到楚楚就龇牙一笑，萧瑾瑜冷着脸把楚楚拉到了身边。

赫连苏乌眯眼看着萧瑾瑜，笑得意味深长："安王爷，气色好多了嘛！"

萧瑾瑜不冷不热地回过去："劳苏乌王子挂念。"

"冷将军，"赫连苏乌转头看向盯着他两眼直冒火的冷沛山，目光柔和亲切得像看着分别已久的媳妇似的，"别来无恙啊。"

冷沛山冷哼了一声，拳头在身后捏得咯咯直响，楚楚还隐约听到了一声磨牙的动静。

赫连苏乌含笑看着一脸冰霜的薛茗："听说薛大人是出了名儿的暴脾气，这些年一直给薛大人添麻烦，薛大人能忍到这个份儿上，我还真是有点儿受宠若惊了。初次见面，带了两坛北秦的好酒，上回宴请安王爷的时候就喝的这个，王妃娘娘喜欢得很，薛大人可千万别嫌弃啊！"

薛茗脸色一阴，眼睛里立时聚起了火气，一句话刚到嘴边，余光瞥见一个往中军帐走来的身影，一愣，眼睛里的火气一下子烟消云散了。

萧瑾瑜本来还在犹豫是把薛茗的话拦下来，还是让他俩掐上一会儿热闹热闹，看到薛茗突然直愣愣地盯向帐外，于是也顺着薛茗的目光看了过去。

外面鹅毛大雪静静地飘着，一个身形高挑挺拔的女子穿着一袭石榴红的盛装长裙，手里擎着一把红油伞，不疾不徐地向大帐走来。长长的石榴裙绲着雪白的兔毛边，一直拖到雪地上，地上的积雪足有没过脚腕的深度，这女子却脚步轻盈得像踩着云彩慢慢飘来似的。

茫茫白雪里，这女子就像朵怒放的石榴花，媚而不妖、清绝出尘，娇艳得让人心疼，热烈得让人心动，萧瑾瑜坐在大帐里都能清晰地感觉到全军将士向这个女子投去的如狼似虎的目光。

赫连苏乌也眯眼看着，看得都离气鼓了腮帮子，在他眼前上蹿下跳地摆手阻挡，赫连苏乌一把把他揪到了身后。众人齐刷刷地看着这女人走到帐边轻轻地抖落伞上的积雪，把伞收起来立在帐边，领首款款走到萧瑾瑜面前委身跪拜："拜见安王爷。"

声音柔而不弱，谦恭中带着一分浅浅的怯惧，领首跪拜时几缕青丝垂下，如瀑的黑发在肩背上铺展开来，满帐落在此人身上的目光瞬间又炙热了一重。

萧瑾瑜浅浅蹙着眉头，据他所知，这军营里总共就两个女人，一个是站在他身边正两眼锃亮地看着这个美人的楚楚，一个是被他派去办事的冷月。这女人不及冷月饱满，但比冷月还要高挑，举手投足间清逸远多于柔媚，这样看着，隐约觉得有些熟悉。

萧瑾瑜脸上波澜不兴，含混地回了一句："起来吧。"

"是。"

女人一抬头，萧瑾瑜一怔，一张脸瞬间阴成了黑锅底。

就算有这样精致清丽的装扮包裹着，萧瑾瑜还是一眼就认出了景翊那双楚楚可怜的狐狸眼。

知道他怕冷沛山，还不知道他居然能怕到这个地步……

这会儿让他换回去也来不及了，替他请来的那道能让他光明正大出现在冷沛山面前的圣旨也白请了。

萧瑾瑜深吸了一口气，勉强扯起发抽的嘴角，向众人道："这是新入安王府掌管卷宗的小翊姑娘，此案一经审结，卷宗需立即呈入宫中，就直接由小翊姑娘来做堂审记录了。"

冷沛山眉头微紧："这姑娘是何时来的？也没见安王爷吩咐。"

景翊默默低头向后缩了一步，只听萧瑾瑜气定神闲地瞎编胡扯："小月昨天接来的，就跟小月住在一起了。"

冷沛山一本正经地抱了抱拳："怠慢姑娘了。"

景翊一丝不苟地浅浅一拜："不敢。"

赫连苏乌把都离扯在身后，正儿八经地在景翊身上来回扫了好几遍，最后盯着景翊不知道拿什么东西微微垫起的胸脯，眯着眼睛笑道："安王爷，你们汉人成天说自家物阜民丰，怎么女人的身子一个比一个平啊？"

景翊嘴角抽搐了一下。

萧瑾瑜眉心微蹙地看向景翊的胸脯，想必是有冷月倾力相助，这么看着已经比他上回扮女人的时候像样多了……

眼看着薛茗甩给赫连苏乌一道冷得足以杀人的目光，萧瑾瑜及时轻咳两声："既然人齐了，那就升堂吧。"

萧瑾瑜往案台后面一坐，满帐的牛鬼蛇神立马都消停了下来，赫连苏乌在案台左手边第一位落座之后，众人就按品级该坐的坐该站的站了。楚楚规规矩矩地站在最末位，远远地看着不怒而威的萧瑾瑜。

萧瑾瑜声音微沉:"一切繁文缛节都免了。只有一样,本案特殊,为保今日顺利审结此案,扰乱公堂者,立斩。"

"是。"

"来人,请死者。"

萧瑾瑜声音刚落,八名将士立马抬进来四个盖着白布的担架,整整齐齐地摆在地上。看着四个担架,冷沛山粗重的眉头拧成了一个死疙瘩,薛茗抿起了微干的嘴唇,都离早就缩到了赫连苏乌的椅子后面,眨着满是恐慌的眼睛。

"四名死者,分别是正五品将军程昱、正四品将军张鹏、从四品将军钟祥、正三品将军薛钦,经仵作检验皆系因病身亡。"

楚楚抿了抿嘴唇,只见薛茗身子僵了一下,赫连苏乌眉梢微挑,冷沛山差点儿跳起来大喝一声"不可能",但碍于萧瑾瑜说在前面的话,只得把一张饱经风霜的脸憋成了荔枝皮。

萧瑾瑜像是丝毫没注意到众人的反应,继续镇定地道:"来人,请医帐大夫三人、伙计一人。"

四个人被带上来的时候脸色一个比一个白得厉害,尤其是看到缩在赫连苏乌身后的都离的时候,有个身形瘦小的大夫一下子钻到了一个身宽体胖的大夫身后,两条腿哆嗦得路都走不顺溜了,冷沛山一眼狠瞪过去,小大夫膝盖一软,扑通一下就跪了下来,连连磕头:"王爷饶命!王爷饶命!"

小大夫这么一跪,剩下的三个人也都争先恐后地跪了下来:"王爷饶命!"

萧瑾瑜轻咳了两声,云淡风轻地看着堂下的四个活人:"别急,你们之中就只有一个该死,那个该死的喊饶命就可以,其他人不用喊了。"

堂下顿时没动静了。

"冷将军,"萧瑾瑜淡淡地看向脸色由荔枝皮变成了黑锅底的冷沛山,"这四人可都是你营中医帐里的人?"

"回王爷,正是。"

"他们是如何被选来的?"

"三位大夫是皇上命太医院精心挑选的,这伙计是在凉州城的一个医馆里找来的,原先也是个大夫。"

萧瑾瑜轻轻点头,向堂下扫了一眼:"几位既然行医经验丰富,那么,苏乌王子,可否允许这几位给都离先生瞧瞧?"

赫连苏乌转头看了看还缩在他身后的都离:"行啊,反正他毛病多得很。"

听赫连苏乌这么一说,吴琛一怔,赶忙磕了个头:"王爷明察,小民医术浅薄,不敢在三位大夫面前献丑。"

"不用怕。"萧瑾瑜不急不慢地道,"只需小心些,都离先生不会随便对人施法的。"

此话一出，四个人的脸全都白了一层。

吴琛硬着头皮磕了个头："是……"

"一刻内未出诊断结果者，与凶手同罪。你们所写的诊断结果皆会收入卷宗呈到皇上面前，务必要字迹清晰。"

四人立马争先恐后地爬起来，齐刷刷地冲向都离，都离被这阵势吓了一跳，还没来得及再往后缩，就被赫连苏乌一把拎到了前面。赫连苏乌板着脸用苗语对都离低斥了几声，众人都没听懂，都离倒是立马安静了下来，麻利地挽起袖子把左胳膊伸了出来。

四人匆匆摸过都离的手腕，奔到一张桌子前迅速写下诊断结果，果真在一刻钟之内齐齐地交到了萧瑾瑜面前。

萧瑾瑜草草地在纸页上扫了一遍，转头看向赫连苏乌，赫连苏乌看向都离，都离抿抿嘴唇，眨眨眼睛，干脆利索地抬手一指。

萧瑾瑜看着被都离指着的吴琛，抽出一张纸页道："我记得你叫吴琛，对吧？"

吴琛愣了一愣："是……是。"

萧瑾瑜静静看着他："你知道都离先生为什么指你吗？"

"小的不知。"

"因为你给他摸脉的时候手最稳。"

冷沛山一愣，错愕地看向勾着嘴角的赫连苏乌，这事显然是萧瑾瑜和赫连苏乌商量好的，但这个冷脸铁面的王爷和这个嬉皮笑脸的兔崽子怎么就搞到一块儿去了……

"都离先生没冤枉你。你们四人交上的诊断书里你的字不是最好看的，但却是最清晰工整的。"萧瑾瑜沉下眉心，冷然看着这个脸色微微发白的人，"他们都怕都离，比怕皇上还怕，只有你不怕，因为只有你知道都离根本就不会什么法术，苗疆巫师施法害人的流言就是从你这儿传出去的，对吧？"

众人的目光一时间全聚在了这个其貌不扬的熬药伙计身上。刚才他还低着头、白着脸、缩着身子，一副战战兢兢的模样，这会儿倒是镇定了许多，一张既明朗又老实巴交的脸实在没法让人相信这是个把全军营搅和得乌烟瘴气的杀人凶手。

楚楚更是难以相信，那个在她伤心难过的时候陪她在外面冻了一晚上的好人怎么看都不像会害人的，可她如今更不信王爷会平白冤枉好人。

"回王爷，"吴琛跪在地上，规规矩矩地低着头，"小民不怕，是因为小民祖上三辈都是大夫，向来不信这些邪门歪道的事儿。"

"是吗？刚好，本王也不信。"萧瑾瑜牵起一丝比外面的冰雪还凉的浅笑，"依你看，这四个人要不是被邪门歪道害死的，那该是怎么死的？"

"回王爷，小民刚才在外面听见王爷说了，这四个将军是病死的。"

萧瑾瑜眉梢微挑："本王是这么说的吗？"

吴琛一愣，众人也都愣了一愣，萧瑾瑜转向景翙："本王刚才是怎么说的？"

景翊颔首看着记录簿，用一种既温柔又笃定的声音道："回王爷，经仵作检验，皆系因病身亡。"说罢抬起头来，很像那么回事儿地冲萧瑾瑜谦恭温婉地一笑。看得萧瑾瑜很想丢给他一个白眼。

好在这会儿众人的注意力都在那个长得很不像凶手的凶手身上。

"吴琛，你可听明白了？"

不只吴琛没听明白，在场的人就没有一个听明白的。

"小民愚钝，请安王爷明示。"

"本王只说这四人乃系因病身亡，从没说过这四人是病死的。"

一群大夫迷茫相望，赫连苏乌都快哭了，他本来觉得自己的汉文已经学到跟汉人差不到哪儿去的程度了，现在听着萧瑾瑜的这句话，顿时有种想踏平中原的冲动。

"他们身上确实都有病，还是一样的病，不过他们不是病死的，而是你利用了他们这种病，蓄意谋杀。"萧瑾瑜看向正听得入神的楚楚，一直含在目光里的冷意浅了些许，"楚楚。"

楚楚赶紧一步站出来："在！"

"告诉他们，这四名死者是怎么被人害死的。"

楚楚向下跪的吴琛看了一眼，抿了抿嘴唇："是！"

楚楚不急不慢地走上前去，挽起袖子、戴上白布手套，蹲下身子伸手揭开了盖在第一具尸体身上的白布，看着尸体清清亮亮地道："这个人张嘴瞪眼，颈部前面有交叉的勒痕，勒痕浅而淡薄，往左右两侧偏前的方向使劲儿，是被勒死的。这人就死在他自己的床上，是用自己的裤腰带把自己勒死的，被人发现的时候还没咽气，但是已经晚了，断气的时候是那天晚上的子时刚过。"

楚楚说罢，又干脆利索地掀了第二张白布。

"这个人两眼凸出，两手握拳，身上有白疱。剖验发现，这人的胃里和气管里都有水，肺上有血点儿，是淹死的。"

众人的脸色已经白得可以向萧瑾瑜看齐了，几个大夫跪在地上埋头直打哆嗦，薛茗的一张脸也白成了石灰色，都离干脆缩进了赫连苏乌的怀里死活不肯出来，害得赫连苏乌一张脸又黑又白。

楚楚继续清清亮亮地道："据冷捕头说，他是洗澡的时候脑袋扎进澡盆里淹死的，因为当时有几个人就在他的帐里等着找他谈事情，一直等在他帐里，所以能确定他是自己把自己淹死的。他是亥时死的，被人发现的时候已经死了小半个时辰了。"

众人还没缓过劲儿来，楚楚又利落地揭开了第三张白布。

"这个人全身焦黑，四肢蜷曲紧缩，外皮上有凝固了的油脂，里面的肉都熟透了。"

午饭吃了满满一盘子烤羊肉的赫连苏乌顿时觉得胃里一阵翻江倒海，心里一遍遍地咒骂着自己年少无知时过于旺盛的求知欲，吃饱了撑的学他娘的什么汉文，这会儿活该听得这么清楚明白。

楚楚顺着焦尸身上那道从喉咙一直延伸到小腹的剖口从上到下地指过去："尸体口鼻、喉咙、气管和肺里都有烟灰，说明他是被烧死的。冷捕头也证明，他死的时候很多人都看见他是喊着'娘'自己冲进火里活活烧死的。"

薛茗惨白着一张脸，紧张地看向景翊，景翊正低着头飞快地记录着楚楚说的每一个字，比起各种尸体，被萧瑾瑜勒令返工重做卷宗还是可怕得多。

"这一个，"楚楚掀了最后一张白布，"他是自己把肚子剖开，割坏了几个内脏，失血过多死的，我赶到的时候他还没咽气。"

看着楚楚指着薛钦的肚子上各种触目惊心的刀口，一时间众人直觉得头皮发麻肚皮发冷，赫连苏乌默默把视线投到了对面冷沛山的身上，才发现冷沛山正青着脸色红着眼圈默默盯着自己，顿时有了一种同是天涯沦落人的错觉。

楚楚抿抿嘴唇："他们都是自杀的，但都不是他们自己愿意自杀的。"

赫连苏乌听得额头微黑，汉文里说的"夫妻相"大概就是这么个意思吧，这俩人连说话绕弯子的弯法都是一样的。

景翊看着自己写下的话，想到过两天皇上看到这些句子时候的脸色，默默叹了口气。

"他们都是中毒了，中了洋金花的毒，脑子迷糊了，根本就不知道自己在干什么。"

在众人消化这句话的空当，楚楚利落地把薛钦从担架上翻了过来，背面朝上，露出了薛钦背上一道长长的刀伤。

赫连苏乌眉头微挑，他记得这道伤，这伤还是他用弯刀亲手砍的。

楚楚指着刀伤周围的几个脓疮道："这四个人生前都长了恶疮，毒就是趁着敷药的机会下在这些疮上的。"

萧瑾瑜淡淡地看向已经被楚楚这轮解说吓蒙了的吴琛："吴琛，据本王查证，这四人治恶疮的药都是从你手里给出去的，你可还记得所用的是哪个方子？"

吴琛看着横在自己面前的四具尸体，脸色惨白："不……不记得了。"

"军营里治恶疮的方子就那么几个，想起来了吗？"

"没有。"

"这些方子里都有一味屎壳郎，要将其制成末使用，这一步都是你来做的。要不是你手脚不利索，让其中一只没用的也沾到了毒药，阴差阳错差点儿害死一个赌屎壳郎的伤兵，兴许升堂还要再迟些时候。想起来了吗？"

"没、没有。"

萧瑾瑜扯起一丝冷笑："楚楚，他对验尸也颇有兴趣，你就仔细跟他说说吧。"

"是！他们用的方子是把活屎壳郎泡在蜜汤里淹死，然后烧成末，放在醋里搅和匀敷在疮上。我验尸的时候就闻见一股很淡的醋味。"楚楚摸出一把小刀来，看着紧咬牙关的吴琛，"我可以剖开疮口给你闻，肯定还能闻见！"

吴琛觉得头皮一阵发麻，全身的汗毛都竖了起来："不用了，我、我想起来，想起来了。"

萧瑾瑜浅浅冷笑："还想起来什么了？说吧。"

吴琛抿起发白发干的嘴唇，温和的眉头沉了下来，看向四具尸体的目光也从恐惧变成了冷厉："我想起来这四个人都是混蛋、贱骨头、狗娘养的！"

没等薛茗和冷沛山跳起来，萧瑾瑜把手边的惊堂木重重拍在案上："说人话。"

吴琛冷笑："他们干的不是人事，让我怎么用人话说他们？"

冷沛山铁青着脸："你——"

"冷将军！"萧瑾瑜一眼瞪过去，一字一句道，"扰乱公堂者，立斩。"

冷沛山捏着拳头，咬住了牙，一双虎目狠狠瞪着一脸冷笑的吴琛，恨不得用眼神在他身上剜下一块肉来。

楚楚也错愕地看着他，刚才心里还抱着那么一点儿想法，兴许这是王爷施计引诱真凶的，可现在听吴琛说出这样的话来，楚楚的心一下子凉了半截。

"冷将军，"吴琛勾着嘴角看向冷沛山，"你还是瞪大眼睛好好看看你这几个宝贝将军吧，你拿他们当儿子，他们可是拿你当傻子呢。你肯定不知道，你这几员猛将早就是北秦家的看门狗了。"

薛茗一怔，冷沛山脸色倏地一沉："胡说八道！"

萧瑾瑜没再瞪向冷沛山，只是看着吴琛蹙紧了眉头。

吴琛满目嘲弄地冷笑着："你只知道他们花钱到凉州驿寄家书，你就没查查，那些家书都寄到哪儿去了？"看着冷沛山错愕的神情，吴琛笑得更冷了："我看冷将军连凉州驿的驿丞被人换过都不知道吧？"说着看向薛茗："刺史薛大人？"

"不可能！"薛茗脸色阴沉一片，拍案而起，"本官自上任起每十日必去一次凉州驿，凉州驿驿丞每日必向刺史衙门呈递公文，逢军情紧急时一日五报、十报也是正常。每道军情急报皆准确无误发至京师，从未有误，本官见他比见自己亲爹次数还多，他是真是假本官还看不出来吗？"

吴琛静静定定地听薛茗吼完，嘴角的弧度更深了几分："薛大人当然看不出来，因为在您上任之前这人就已经被人暗中换掉了。"

薛茗身子一僵，错愕地盯着这个眉目温和的青年人："你……你怎么知道？"

"我知道的多着呢，薛大人，我还可以告诉你，驿丞在把那些军情急报准确无误发至京师的同时，也把自己抄下来的那份准确无误地发给北秦人了。"

吴琛玩味地看着脸色青白交杂的冷沛山："冷将军，看在你管我吃管我住的分上，我索性告诉你，你要是不信我这些话，就在这四个贼子的屋里搜搜，要是搜见什么家信，就拿水泼湿了再看看。看完你就知道，凭你的领兵经验，凭你手里的兵马数量，怎么就啃不下北秦这块骨头了。你跟他们商量怎么打，他们可转头就跟北秦人商量去了！"

冷沛山不由自主地摸上自己的胸口，有封家信就在他铠甲里放着……

"我要是在他们死前告诉你，这会儿躺在堂上的肯定就是我了。"

萧瑾瑜眉心紧成了一个"川"字："你到底为什么杀他们？"

吴琛嘲弄地笑着，围着自己的嘴唇慢慢添了个圈儿："向安王爷学习，为民除害啊。您说，为军营铲除这样的卖国求荣之徒，该判个什么罪才好？"

萧瑾瑜脸色阴寒："吴琛，你是什么人？"

他升堂前确实已经让人查了这四个大夫的底细，吴琛的底细确如冷沛山所说，就是凉州城里一个医馆里普通的大夫，身家干净得连个沾得上边儿的亲戚都没有。可现在这么看着，似乎完全不是这么回事儿。

"我是什么人？"吴琛像是听到了一个极好笑的笑话，笑得直不起腰来，捂着肚子笑了好一阵子，才抬起了头来，"我还以为安王爷趁着吃醋的劲儿就已经把我祖宗八辈儿都查清楚了呢。安王爷，您实在太嫩了点儿，还是回京再向您那位恩师多学两年吧，省得保不住他老人家的儿子，还丢尽了他老人家的脸皮子！"

吴琛说完就盯着赫连苏乌放声笑起来，刚笑了三声，突然喷出一口血来，趴在地上大幅抽搐，侍卫刚要上前，一直没出声的赫连苏乌突然沉着脸色喝了一声："别碰他！"

侍卫一滞，吴琛已经七窍流血断气了。

赫连苏乌在众人愕然的目光中缓缓站起身来："他在嘴唇上涂毒了，剧毒，别直接碰他的身子，拿绳子拴着脚拖出去，找个没人的地方烧了吧，免得祸害活人。"

冷沛山这才回过神来，"砰"地一拳砸在手边的方桌上："赫连苏乌！你不用在这儿装模作样！"

赫连苏乌扯开黏在自己怀里的都离，静静定定地看向同样静静看着他的萧瑾瑜："安王爷，我要说这事儿跟我屁大的关系都没有，你信吗？"

萧瑾瑜没回答，向堂下扫了一眼，眉心缓缓舒开，沉声道："来人，把尸体都抬下去，落下帐帘，冷将军、薛大人、苏乌王子留下，其他人都退下。楚楚，先把都离带到我的寝帐里去。"

"是。"

待众人散去，帐帘落下，帐中燃起了灯，橙黄的光线并没把冷沛山和薛茗的脸色映得柔和起来，看那两人的脸色，要不是萧瑾瑜在这儿，他俩一定会扑上去把赫连苏乌撕成碎末。

萧瑾瑜掩口轻咳了两声才缓缓开口："苏乌王子，我记得你已有四五年没与我军打过仗了。"

赫连苏乌点点头："萧珙被调走之后觉得打着没意思，就去西边跟西渠国打去了，这几年一直是我大哥赫连图罗的军队在跟你们打。"

"那你为何突然回来？"

· 353 ·

赫连苏乌浓眉轻蹙："我大哥在一场仗里受了点伤，损了不少兵马，我父汗大怒，把他撤回去把我换上了。"赫连苏乌镇定地看向冷沛山："这事儿冷将军应该很清楚。"

冷沛山狠瞪了他一眼，冷哼了一声，没说话。

"冷将军，你打了大半辈子的仗，心里应该有数。"赫连苏乌一字一句地说，"这四个将军要是帮着我的，我现在已经能打到你们皇上家门口了。"

冷沛山紧咬着牙，一声没出。

赫连苏乌看向萧瑾瑜："安王爷，这个吴琛要是我的人，我今天也没必要来自找麻烦，还就带着都离一个人来。"说着转头看向一脸阴沉的薛茗，"薛大人，你在凉州当刺史当了快十年了吧，按刚才那个人说的，换驿丞那会儿我最多也就十三岁，我要是那会儿就有这样的心眼儿和本事了，现在也不至于还在这儿跟冷将军耗着。"

薛茗看向萧瑾瑜，萧瑾瑜一张脸上静得不见任何波澜。

"苏乌王子，"萧瑾瑜淡淡地道，"得罪之处还望见谅，请回吧。"

赫连苏乌转头就走，走到帐帘边上停了一停："安王爷，你还是早点离营吧，案子结了，也该打仗了。"

"好。"

看着赫连苏乌掀开帐帘大步走出去，薛茗沉着脸色看向微微蹙起眉头的萧瑾瑜："安王爷，他说你就信？"

"如果北秦那边搞鬼的真是赫连苏乌，迟早能把他抓回来。如今无凭无据，若贸然拿他，激怒北秦汗王重兵压境，纵是冷将军的兵马顶得住，边境的百姓可受得住？"萧瑾瑜眉心紧了紧，"打仗的事我不清楚，我只知一点，外敌可御，内鬼难擒，薛大人，你最好立即带人去凉州驿看看。"

薛茗一怔，转而一惊，匆匆出帐。

萧瑾瑜看向脸色青黑如铁的冷沛山："冷将军不必自责，此事主谋者是个心思缜密且手眼通天的人，若不是因为什么非下手不可的理由，恐怕再有十年你我也未必可知。"

冷沛山突然听出点味儿来，错愕地看向萧瑾瑜："王爷，你说这事儿主谋的，是咱们朝廷的人？"

萧瑾瑜轻轻点头，脸色微沉："冷将军，你可知这四人中洋金花毒为何会自杀，又为何会选这四种不同的死法自杀？"

"请王爷明示。"

"我让小月查了这四人的背景，程昱，五年前原配妻子遭强暴，在家中自缢身亡；张鹏，三年前家乡大水，半数亲人溺死；钟祥，四年前家中失火，老母亲葬身火海；薛钦，他夫人千里迢迢来凉州陪他，给他怀了个孩子，生产的时候因为难产母子都没留住。据说他有一次醉酒的时候骂老天爷不长眼，说这么危险的活儿为什么不让爷们儿干。"

看着冷沛山恍然的神情，萧瑾瑜沉声道："洋金花毒产生的幻觉实际上是放大的渴望，若不是有这样的背景，他们或许不是如今这样的死法，也或许中毒后的反应根本就不是自杀。吴琛选洋金花毒，一定对他们的过去了如指掌。"

冷沛山拧起剑眉："这些事儿都不是什么秘密，北秦人连咱们驿站的驿丞都能换，查出这些事儿来应该也不难。"

萧瑾瑜轻轻摇头："这些事他们或许能查，但驿丞不是他们想换就能换的，还换得这么恰到好处，前凉州刺史离任与薛茗上任之间最多只差了一两日。还有萧玦突然由凉州调到南疆，赫连苏乌紧接着就转头去打西渠，你与赫连图罗久持不下，突然就大胜了一场，北秦马上就换来了赫连苏乌，这些都太巧了。何况隐瞒身份并非易事，连小月也没查出吴琛的身份有疑，此人必有靠山。"

萧瑾瑜看着脸色微白的冷沛山："冷将军，你尽管专心打仗，薛茗必会将凉州驿的事安排妥当，我必须马上返京，你千万记得，谨防小人。"

"是，安王爷保重。"

萧瑾瑜回到营里的时候，楚楚已经沐浴更衣完毕，还把两人的行李都收拾好了，正坐在桌边等他。

"楚楚。"

"王爷，"楚楚迎过去把萧瑾瑜冷得发僵的手捧到怀里暖着，小心翼翼地看着他青白的脸色，"侍卫大哥说咱们马上就得走？"

萧瑾瑜轻轻点头。

"王爷，那个吴琛到底是什么人呀？"楚楚满脸歉疚，"我都没看出来他这么坏，还拿他当好人呢。"

"不怨你，谁都没看出来，不过，他兴许是真的想对你好。"

萧瑾瑜起初也怀疑吴琛接近楚楚是有所图谋的，甚至怀疑楚楚验尸之事也是他在医帐里传开的，但景翊查下来，这事儿跟吴琛毫无关系。萧瑾瑜记得很清楚，那晚在大夫们的寝帐里，吴琛说起楚楚的时候眼睛里不由自主地流露出的那种神采，就是功力深厚的戏子也装不出来。

楚楚努了努嘴："我才不愿意让那种人对我好呢。"

萧瑾瑜把楚楚往身边揽了揽，一根绷紧的弦在楚楚身上传来的温热中渐渐松了下来，几乎冻僵的身子上也有了暖意："这个案子破了，你功劳最大，回去我替你向皇上请功。"

"才不是呢！我要是第一次验尸就仔细验好了，你肯定早就破案了，没准薛钦就不会死了。"楚楚抿抿嘴唇，"他是卖国投敌的坏人，可他也是你师父的孩子。"

"案子就是案子，死者就是死者，凶手就是凶手。"萧瑾瑜轻轻抚上楚楚的眉眼，"要是有一天我成了死者，你也一样会剖开验我，验得一清二楚，对不对？"

楚楚紧紧搂住萧瑾瑜的脖子："不对！"

萧瑾瑜浅浅苦笑，顺着她的脊背抚摸着："你是仵作。"

"我是你的娘子！"

"对，"萧瑾瑜笑意微暖，"你是我的娘子。"

番外·冰糖雪梨

景翊的娘子

景翊闪进帐里来的时候，冷月正在把叠好的衣服往摊在床上的包袱里塞，小小的包袱满得都快裂开了，衣橱里还躺着半橱子的衣服。

看到突然从背后投过来的人影，冷月头也不抬："桌上那堆东西是王爷让人送来的，明天升堂之前记得折腾完，桌上那壶浓茶是给你泡的，半壶茶叶半壶水，足够你精神到明天晚上了。"

景翊往桌上那摞小山高的公文案卷瞥了一眼，有气无力地从后面圈住了冷月裹得紧紧的细腰，下巴抵在她白生生的侧颈上，可怜兮兮地道："折腾不完怎么办？"

"急什么？到时候王爷肯定会用实际行动告诉你。"

景翊的脸颊在她细嫩的脖颈上磨蹭着，惹得冷月没好气地一肘子把他顶开，扭头瞪他一眼："还不干活去！"

景翊揉着被顶疼了的肚子，满眼委屈地看着冷月："明天横竖得死，你就不能让我提前死在你的石榴裙下吗？"

冷月扬手向后丢出一条石榴红的大长裙子："死去吧。"

好一阵没听到动静，冷月转头一看，景翊脑袋上盖着那条大裙子正规规矩矩地站在她身后，跟刚送进洞房等着男人给揭盖头的小媳妇似的。

冷月好气又好笑，上前一把给他揭了下来，正对上他一副委屈得都快哭出来的模样，"噗嗤"乐出了声，抬手在景翊胸口上擂了一下："你是光长岁数不长出息啊？"

景翊幽怨地捂上被她砸疼了的胸口："要出息干什么？又不能当媳妇使。"

冷月忍不住翻了个白眼，向桌上的公文案卷扫了一眼："你又不是第一回干这活，一晚上理十份的时候都有，就这么一份你叫唤什么呀？"

"理卷宗死不了人，可你爹也得把我给活埋了。"

冷月一愣："我爹知道你在营里了？"

"王爷让我明天给他做堂审记录。"

"呵呵，呵呵……"冷月一脸同情地伸手顺了顺景翊的头顶，"我明早出去给王爷办事儿，估计晚上才能回来，想要什么材质什么款式的棺材？我顺道给你买回来。"

趁着冷月把手抬起来摸他脑袋的工夫，景翊迅速在冷月腰上一揽，低头凑到她耳边软软地道："就这么绝情啊？"

很小的时候他就发现，再寻常的话只要凑到她耳边说，都能把她说得脸红起来。长大以后更是，甭管她发着多大的脾气，只要对着她的耳朵吹几口气，她就脸红得一句话也说不出来了。

"你混蛋……"

景翊一手搂着她，眯着狐狸眼又在她耳边轻声道："你不喜欢？"

想想十八岁成婚到现在已经四年了，因为各地案子的事儿聚聚散散，每次见她，她都比上回更让他惊艳，唯一不变的是，从新婚开始，每到这种时候她对他的称呼就从直呼大名变成了大喊"混蛋"。

有一回就是因为这个响亮的称呼，他家的护院大哥三更半夜带着四个兄弟抄家伙就冲进花园里，把夏夜荷塘边上两个正你侬我侬的人看了个精光。

感觉冷月的身子在他怀里颤了一下，景翊低头吻住冷月柔嫩幽香的红唇，把又一声"混蛋"及时地堵了回去。

这可是在他岳父大人的军营里，这会儿要是有人冲进来，可就不只是看看那么简单的了。

嫁给他之前冷月就知道他是混蛋，从小就知道。

景翊周岁生辰那天，景老爷子兴高采烈地邀请朝中好友参加他这模样最讨喜的小儿子的抓周仪式，哪想景翊什么都不抓，偏偏伸手就抓了冷夫人从几个月大的小冷月手上摘下来的银镯子，惹得众宾客一阵哄笑，他俩的娃娃亲也就这么定下了。

越是长大，景翊的风流名声就越响亮，恨不得全京城的女妓男伶都跟他有交情，害她爱他爱得神魂颠倒，却又恨他恨得咬牙切齿，直到洞房之夜她才知道这人是一清二白的。

于是嫁给他后，这人就成了货真价实的混蛋，虽然事后她总能把他收拾得哭天抢地求爷爷告奶奶，但这还是没法阻挡他变得越来越混蛋。

"混蛋……混蛋……"

美人他见得多了，比她美的也大有人在，可鲜有她这样美得活色生香，美得五味俱全，美得回味无穷，还美得极对他胃口的。

所以每每景老爷子训他不长脑子的时候，他都能有力回击，他打小就长了个很灵光很有远见的脑子，刚满一岁就为自己挑了个有才有貌有情有义还有滋有味的媳妇。

虽然把她据为己有的过程崎岖坎坷还险象环生，但那都是很久以前的事儿了，现在他和她的宝贝儿子都抓过周了，两年前的事儿，小家伙抓了冷月拿出来的那块出入安王府的令牌。

想到那个还寄放在老爷子府上的小家伙，景翊手上的抚摸少了几分嬉闹，多了几分温柔。

景翊打横抱起她，把她抱到床上，贴在她发红的耳根上轻声道："小月，我们再生个女儿吧。"

冷月深深浅浅地喘息着："滚，你把我的衣服弄乱了！"

"不弄乱衣服怎么生？"

冷月在他肚皮上狠掐了一把，掐得景翊差点儿跳起来，这才得了机会翻身起来，指着地上的一片狼藉："我说我刚才叠的衣服！"

刚才好不容易塞进包裹里的一堆衣服已经被他这番折腾打回原形了。

景翊看着那条被冷月甩到他头上的石榴裙，嘴角一勾："我知道怎么给你省点儿棺材钱了。"

"啊？"

景翊抓起冷月的一只手放在自己的左胸上，抓起她的另一只手放到她的左胸上："你有办法把我这个弄成你那样吗？"

冷月脸色一黑，一巴掌抽了过去："混蛋！你成这样我怎么办？"

"不是，就……看起来这样。"

冷月脸色更黑了，掐着景翊的脖子："你学怎么勾搭女人不过瘾，还想装女人学学怎么勾搭男人是不是？"

"不是，不是……"

"那你想干吗？"

"你爹……"

"你还想勾引我爹?！"

"不想，不想，我想让你爹认不出我来，升堂的时候……"

冷月这才松开景翊被她掐红了的脖子，没好气地扫了眼景翊平坦坦的身子："就你这底子，弄成我这样的不现实，反正大冬天的多穿几件谁也看不出来。"

"那要弄什么地方？"

冷月白了他一眼，裹上衣服翻身下床，在一地狼藉里翻出几件扔到景翊身上，其中就有那条缍着兔毛白边的石榴红大长裙子："这条裙子买长了，你穿着应该合适。穿好之后我再给你挑几件首饰，然后敷敷粉，保证倾倒众生……我爹除外。"

景翊默默拎起那条果然很长的裙子："买长了你还带出来？"

冷月捡着地上剩下的衣服，漫不经心地回道："我没带衣服出来啊。"

景翊看着还半满的衣橱："那这些衣服？"

"一路上买的啊！你又不是第一天知道我爱买衣服。"

景翊一边往自己身上套衣服，一边在心里默默盘算着。

下次办案得求王爷给个挣钱的差事了，就算老爷子财大气粗，他还是情愿自己挣钱养媳妇、儿子和那个还不知道在哪儿的宝贝闺女。

冷月抱手看着景翊慢悠悠地换衣服，景翊本来就长得秀气，这么穿上女人的衣服居然还挺像那么回事儿的："景翊，要是哪个男人看上你了，三年之内不许告诉他你是男人。"

"啊？"

"不答应我就立马把你拎到我爹帐里去。"

景翊立马两手护胸："别别别……不说，一定不说！"

"要是没人看上你，你就勾引勾引人家吧。"

"为什么啊？"

"我就想看看我梳妆打扮的技术怎么样，反正你底子也不算太差。"

"那要是真有人跟我表白怎么办？"

"你就告诉他，你二十二年前就已经是我冷月的人了。"

第五案 冰糖肘子

第一章

　　从军营里刚上马车，马车就飞快地跑起来，楚楚还以为又要日夜兼程地赶路，结果太阳刚落下，萧瑾瑜就吩咐停车休息了。

　　回京的一路上都是如此，白天飞快地赶路，晚上太阳一落就停车休息，楚楚看得出萧瑾瑜在尽力避免体力过度虚耗，可到底经不住长途颠簸，更经不起没日没夜地收发突然间就多得像雪片一样的公文信函，临近京城的时候病得厉害，连笔都提不起来了。

　　楚楚实在看不得他吐得死去活来的样子，想找家客栈让他好好歇两天再走，萧瑾瑜也不愿意以这副虚弱不堪的模样回王府，也就答应了。可不知怎么的，一路过去居然家家客栈都人满为患，别说空房，就连张空床也没有。

　　看着楚楚再一次又急又气地钻回马车里，萧瑾瑜突然想起点儿什么，说道："楚楚，今天什么日子了？"

　　"二月初一啦。"楚楚伸手摸上萧瑾瑜滚烫的额头，眉心拧了个浅浅的结，"王爷，你别着急，再往前走走肯定有不满的客栈，我记得离京城越近的客栈也越贵，那些贵得要命的客栈肯定没人住！"

　　萧瑾瑜嘴角微扬："不用找了，这个时候，再贵的客栈也一定住满了。"

　　"为什么呀？"

　　"今年有春试，初九开考，各州府的考生都来了，能不满吗？"萧瑾瑜轻轻捉住楚楚的手，"直接回王府吧，也快到了。"

　　被萧瑾瑜虚弱无力地抓着手，楚楚不但没安心，反而更担心了，摸着萧瑾瑜明显又瘦下去的脸，不管她再怎么小心伺候，好像都没法帮他消除一丁点儿的痛苦："你还受得了吗？"

　　"睡一会儿就好，你抱着我吧。"

　　"好。"

想要睡觉的是萧瑾瑜，可抱着萧瑾瑜发热的身子，被萧瑾瑜轻抚着、轻吻着，被马车摇晃着，楚楚迷迷糊糊地就睡着了，醒来的时候马车已经停住了，她还紧紧地抱着萧瑾瑜，萧瑾瑜正含笑看着她，脸色惨白，却笑意温柔。

楚楚揉揉眼坐起来："王爷，到啦？"

"嗯，有一会儿了，看你睡得熟，没叫你。"

看到她睡熟的时候满是疲惫的小脸，萧瑾瑜歉疚得很。这样的长途颠簸对身强体健的人来说都是件很累的事情，何况她还得分出大把精力来照顾他这个病人，难得睡得这么安稳，他怎么舍得叫醒她。

楚楚跳下床，从窗缝往外看了看："王爷，这是上回见皇上的那个院子吧？"

"嗯，一心园，咱们就住这个院子。"

楚楚笑得甜甜的："这就是咱们的家了吧？"

萧瑾瑜心里一热，浅浅笑着，头一次觉得这个大得有点儿冷清的院子很有些家的味道："嗯。"

楚楚说话就要搀他起来，萧瑾瑜却在她手臂上轻轻拍了拍："吴江就在外面候着，让他来扶我就好。你先进去，让人帮我准备点洗澡水。"

"好！"

萧瑾瑜被吴江推进卧房，吴江想搀他上床歇着，萧瑾瑜却摇了摇头，看着那张换上了全新被褥的大床，嘴角微扬道："身上脏，沐浴后再说吧，积下来的公文案卷就送到这儿吧，这几日恐怕去不了三思阁了。"

"是。王爷，除了公文案卷，还有些求访帖，您可要过目？"

萧瑾瑜眉头轻蹙，笑意一下子消散了："这些人……说过多少次了，有事说事，怎么还投这些没用的东西耽误工夫。"

"王爷息怒，不是官员们投的，都是今科考生投的。"

萧瑾瑜微怔："考生？"

"是。"吴江小心地看着萧瑾瑜的脸色，"应该……应该是来提前巴结您的。"

"胡闹，"萧瑾瑜紧着眉心靠在椅背上，"要巴结也该巴结礼部的人，找我干什么？"

轮到吴江一怔，错愕地看着微恼的萧瑾瑜："王爷，您没收到皇上的圣旨？"

萧瑾瑜又怔了一下，不过才离京一个多月，怎么就有了种与世隔绝的错觉："什么圣旨？"

"皇上钦点，您和薛太师是今科春试的主考，一个月前就定下了，您真没收到圣旨？"

萧瑾瑜直觉得脑仁发疼，有气无力地摇头："你马上进宫，替我问清楚。"

"是。"

楚楚进卧室来的时候，萧瑾瑜还阖着眼坐在原处，揉着疼得快要爆开的太阳穴。

"王爷,你怎么啦?"

萧瑾瑜缓缓睁开眼睛,把疼得要命的脑袋挨在楚楚怀里:"没事,应该是个误会。"

"谁误会你了呀?"

"一群小鬼。"

楚楚笑嘻嘻地捧着他的脸:"你可是玉面判官,还怕小鬼呀?"

萧瑾瑜好气又好笑,这丫头非但没把六扇门忘干净,反倒是把九大神捕的名号和安王府的人挨个对上号了,如今说得连这群人自己都要当真了。他轻声说道:"什么玉面判官,都满脸胡楂了。"

"洗个澡修个面就好啦!"

"陪我一块儿洗。"

"好!"

楚楚先帮萧瑾瑜脱了衣服,把他搀进那个香柏木制成的大浴桶里,扶他在桶壁上靠稳,然后才站在浴桶边一件一件脱下自己身上的衣服。

虚弱不堪的身子被微烫的水包裹着,隔着轻薄的水汽,萧瑾瑜目不转睛地看着那副美好的身子慢慢展现在他眼前,渐渐觉得自己的身子已经比这一桶热水还要烫了。

楚楚迈进浴桶里,扑在萧瑾瑜滚烫的身子上,看着他从额头一直红到胸口,不禁问道:"王爷,是不是水太烫啦?"

萧瑾瑜摇摇头,用尽力气搂紧了楚楚的腰,把她牢牢圈在怀里。

这是他们的家,她是他的,他也是她的。

去年这个时候要是有人告诉他,此时此刻他会靠在浴桶里,和一个相识不到两个月的丫头片子抱在一起,他还会舒服得几乎想要睡过去……

那人一定是活腻味了。

可眼下这样不可思议的事就是发生了,不现实,不过是幸福得不现实。

萧瑾瑜正沉浸在这种不现实的幸福里昏昏欲睡,倏地听到浴室门外传来吴江支支吾吾的声音:"王爷,您……您忙完了吧?"

萧瑾瑜皱着眉头睁开眼睛,这话可不像吴江平日里沉稳的口气:"什么事?"

"皇……皇上来了。"浴室门外传来吴江支支吾吾的声音。

萧瑾瑜一阵头疼,还没来得及开口,楚楚听见"皇上"俩字儿一下子来了精神:"王爷,皇上!皇上来啦!"

"听见了。"

萧瑾瑜刚想说请皇上到偏厅用茶时就听到又一个满是笑意的声音传来。

"七皇叔、七皇婶,朕等这么老半天了也不在乎多等这么一会儿了,你俩别着急,慢慢来,慢慢来啊……"

萧瑾瑜穿好衣服被楚楚推出浴室的时候，皇上已经坐在屋中了，正觑着那张和景翊异曲同工的人畜无害的笑脸笑眯眯地打量着两个人。

吴江也站在皇上身边，低头看着地面，一张英气十足的俊脸红得要滴出血来了。

皇上这回还真是一听说萧瑾瑜病得不轻就匆匆从宫里赶来了，一身龙袍都没来得及换，虽然脸上还是一副好脾气公子哥的模样，楚楚还是被他胸口绣着的金色盘龙吓得赶紧往下跪："皇上万岁万万岁！"

"别别别，"皇上一把扶住楚楚，笑得眼睛都弯了，"从先皇起就准七皇叔免跪拜之礼，朕今儿就把七皇婶的跪拜之礼也一块儿免了。"

楚楚看向萧瑾瑜，萧瑾瑜无力地点了点头。

"谢谢皇上！"

"七皇婶应得的，七皇叔虽然清减了不少，但是脸色明显好多了，七皇婶厥功至伟啊！"

萧瑾瑜使劲儿干咳了两声，把楚楚溜到嘴边的话堵了回去："皇上，京中传言，今年科考臣与薛太师为主考，这是谣传吧？"

"不是不是，"皇上变戏法似的从身后抽出一卷圣旨，"本来一拟好就想给七皇叔送过去的，但听景翊说七皇叔是微服出游，就没敢打扰，一耽搁就压箱底了，一压箱底就忘干净了，幸好七皇叔回来得及时啊！"

萧瑾瑜差点儿翻白眼了，他的好侄子他清楚得很，不是什么忘干净了，根本就是怕他想法子推辞，索性连给他想法子的时间都不留，不到最后一刻坚决瞒着他。要不是吴江多问了这么一句漏了风声，恐怕他到开考前一天才会把圣旨从"箱子底"翻出来吧。

拿病情来推辞是不可能了，萧瑾瑜只得道："皇上，臣手上还有几个要案未结，事关重大，实在无暇分身。"

"七皇叔上的折子朕都认真看过了，都不是一时半会儿能解决的事儿，何况那些事七皇叔都已经交代下去了。"皇上说着把脸严肃起来，沉声道，"科举是为本朝选拔人才的大事，直接关乎社稷存亡，然科举舞弊现象历朝历代屡禁不止，纵观本朝百官，也唯有七皇叔与薛太师心清目明、独具慧眼，能担此选贤任能之大事，还请七皇叔为江山社稷的长远发展着想，万万不要推辞！"

楚楚被这一席话说得热血沸腾，满脸崇拜地看着这为江山社稷挑大梁的叔侄俩。只见萧瑾瑜脸色凝重地听完，眉心微沉，轻启薄唇，淡淡地说了一句："这话是谁教的？"

皇上一张人畜无害的笑脸瞬间闪了回来："景大人教的。"

许久没上朝，还是能准确无误地听出景翊他爹的油滑味儿，想必这应该是景家世代相传的油滑味儿。

萧瑾瑜无声叹了口气，这架势明显得很，他要是不答应，今儿皇上一准儿就赖在他家不走了。

这事儿他的好侄子绝对干得出来，而且已经干过不止一回了。

"主考可以当，不过我要改些考场里的规矩。"

皇上干脆地回话："朕回去就给礼部下旨，一切全听七皇叔的！"

"不只礼部，六部都用得着。"

"七皇叔尽管开口！"

萧瑾瑜无力地一叹，答应到这个份上了，他还能说什么，只得回道："谢皇上。"

眼看着皇上把圣旨往萧瑾瑜怀里一塞，乐得屁颠屁颠地溜出去，吴江心里一慌，赶紧按刀跪了下来："卑职什么都没听见！"

萧瑾瑜瞥了眼吴江那张红上加红的脸皮，冷着脸摊开圣旨，也不说让吴江起来："去三思阁，把那些访帖一并拿到我房里。"

"是！"

萧瑾瑜回到房里就直挺挺地躺到了床上，眼睛紧闭着，眉心拧了个结，额头上的青筋还在一跳一跳的。

"王爷，"楚楚扯过床上松软的锦被，小心地把萧瑾瑜的身子包裹起来，"你不想当主考呀？"

萧瑾瑜浅浅叹气，缓缓抬起发沉的眼皮："楚楚，你知道会试主考要怎么当吗？"

楚楚摇摇头："我家全都是当件作的，没人能参加科考，不过刚才听皇上那么说，当主考可真威风！"

萧瑾瑜苦笑："要是告诉你，大半个月都要见不到我了，还威风吗？"

"啊？"楚楚急得扑到萧瑾瑜怀里，"为什么呀？"

"为防徇私舞弊，考官接到任命当日就要进贡院，考完发榜前不得离开、不得见客、不得与外界往来。"

楚楚听得快哭出来了，别说大半个月见不到他，就是一天见不到他，她也会想他想得要命，急忙道："不行！不行！"

萧瑾瑜抚着她摇成拨浪鼓的脑袋，他比她更想说"不行"。

皇上虽然嘻嘻哈哈地说了一堆没用的，但他这样选任主考的意图，萧瑾瑜清楚得很。皇上从登基起就无数次旁敲侧击地提醒他，他在朝中得罪了太多人，如不在朝中强壮势力，一点火星都能蔓延成熊熊烈火，把他烧得尸骨无存。

这些年萧瑾瑜确实强壮了安王府的势力，但聚拢来的不是小官小吏，就是江湖草莽，没几个能站在朝堂里说话的。

皇上再怎么煽风点火，萧瑾瑜都是装糊涂，毕竟这样的事当皇上的决不会挑明了说，就是皇上自己憋不住，景翊他爹也一定会帮他憋住了。

让他当主考，还是和他情如父子的恩师一起当主考，这一轮考下来，今科得中的考生就名正言顺地成了他俩的门生。说白了,就是朝廷的新锐力量先紧着他挑。

还不知道他这个羽翼尚不丰满的侄子是顶了多少压力、费了多少口舌、花了多少代价才办到的,他就是没有拢聚势力的心,也不忍拂了皇上这么贵重的好意。

所以再怎么不想当这个主考,他还是得当。能亲自为皇上把把人才关,也好。

"这是圣旨,没法子的事儿。"

"那我跟你一块儿去!"

萧瑾瑜不舍地顺着她黑亮的头发:"这回不行,你在府里歇几天,歇够了就让人陪你出去转转。上回来京城光顾着考试,没出去玩儿吧?"

楚楚紧搂着他的脖子,黏在他因为发烧而格外温暖的怀里,声音里满是委屈的哭腔:"我哪儿也不去,就跟你在一块儿!就跟你在一块儿!"

"楚楚。"

"我找皇上说去!你生病了,我得陪着你!"

"楚楚,听话。"

"不听!"楚楚扑簌簌地往下掉着眼泪,隔着一汪泪水看着苍白消瘦的萧瑾瑜,"王爷,我还给你当大夫,要不当丫鬟也行,我就在你住的地方等着你,不乱跑,不跟人说话,不给你惹祸。"

"楚楚,"萧瑾瑜心里揪着直发疼,抬手轻轻抹着那些像断线珠子一样的眼泪,要是别的事,他一准儿一口答应了,可这回不行,"帮我收拾几件衣服,好不好?"

"我不……"

萧瑾瑜声音温柔地一锤定音:"收拾好了,陪我好好吃顿饭,我明早再走。"

不管楚楚再怎么哭,再怎么求,萧瑾瑜忍着心疼就是一言不发,只是温和又留恋地抚着她起起伏伏的脊背。

生怕自己一旦开口,就忍不住想要答应她……

楚楚没法子了,只能抹着眼泪帮萧瑾瑜收拾衣服,看她魂不守舍地在屋里转悠的身影,萧瑾瑜真想不管不顾地把这差事推了。

"楚楚。"

楚楚抽着鼻子:"王爷,你放心吧,我就在王府里等你,你当完主考,一定早点儿回来。"

"一定。"

一整晚楚楚都紧紧搂着他,一心园卧房的床很大很宽,楚楚却在他怀里缩成了一个小团,睡梦里还滚下两行眼泪来,被萧瑾瑜轻轻吻掉了。

楚楚还没醒,萧瑾瑜就悄悄走了,他实在不知道自己能对她狠心到什么程度,受不受得了她恋恋不舍的目光。

从王府到贡院的一路上，萧瑾瑜眼前还都是楚楚嘟着小嘴的睡颜，直到有人拦了他的轿子，喝令他下轿搜身。

轿外传来吴江的喝声："你放肆！"

那个声音里的怒气比吴江的还重："你放屁！"

紧接着传来刀剑出鞘的刺耳声响，萧瑾瑜忙伸手掀了轿帘。

轿子就停在贡院前庭，轿前一个身披铁甲的黑壮大汉把一柄沉甸甸的大刀直挺挺地杵在地上，浓黑的剑眉直飞入鬓，黑白分明的眼珠子瞪得都快凸出来了，活脱脱的一个黑煞神转世。

吴江就站这黑煞神对面，张手拦着身后几个已经炸了毛的年轻侍卫。

不怨这些侍卫年轻气盛，只是在京城里还从没有人敢对萧瑾瑜这样说话。

黑煞神见萧瑾瑜掀了轿帘，也不跪拜，握着大刀两拳一抱，声如闷雷地说了一声："末将王小花请安王爷下轿搜身！"

本来是震天撼地的一嗓子，几个年轻侍卫却差点儿没绷得住脸。

吴江下巴都快掉到地上了："你……你是，小花将军？"

那张黑黢黢的脸又黑了一层："老子是云麾将军！"

不吼还好，这么一吼，几个侍卫真的笑出声儿来了。

吴江心里默默滑下一滴汗，他知道这次领兵守卫贡院的是个刚从西南边疆打仗回来的叫王小花的从三品将军，可听这名字……他知道自己想多了。

萧瑾瑜掩口轻咳，掩饰掉嘴角的一抹浅笑，淡淡地道："王将军，请便吧。"

吴江把萧瑾瑜连人带椅从轿中抬了出来，王小花伸手就摸上萧瑾瑜的身子，萧瑾瑜下意识地把身子往后靠了一下。吴江一惊，刀鞘一扬就向王小花黑乎乎的手腕子砸去，王小花利落地一个反手，扣住刀鞘，吴江手一退，眨眼把刀抽了出来，银光一闪，架到了王小花的脖子上，大声喝道："退下！"

"吴江，"萧瑾瑜静静定定地道，"松手。"

吴江皱了皱眉，还是迅速把刀撤了下来。

王小花黑着张脸把抓在手里的刀鞘甩给吴江："老子得空了再好好跟你比试比试。"

吴江收刀入鞘，护在萧瑾瑜前，不冷不热地道："老子向来没空。"

"吴江。"

吴江盯着王小花，移步退到萧瑾瑜身侧，王小花冷哼了一声，再次伸出粗厚的手掌，脱掉了萧瑾瑜的外衣和鞋子，把萧瑾瑜从脖颈到脚底摸了个遍，又打开楚楚给萧瑾瑜整理的包袱，然后打开萧瑾瑜的药箱，一样一样拎出来抖了个遍，最后把一摞用细绳捆扎好的名帖拿到萧瑾瑜面前。

只见那黑脸上两条粗眉挑得高高的，阴阳怪调地道："安王爷，这是干什么用的？"

萧瑾瑜淡淡地看着他："给你的。"

王小花一愣："给我？"

"这些是到本王府上投帖求见的考生留下的，本王已对帖上的书法与行文句法做了批改，但名帖数量众多，考生居住分散，不便一一归还。请将军派人展开贴到贡院大门口，好生看管，等人认领吧。"

王小花愣愣地看了萧瑾瑜一阵，吞了吞唾沫，没再说话，转头带着几个冷脸的手下又把吴江和几个侍卫仔仔细细搜了一遍后才把那一堆翻得乱七八糟的东西还给萧瑾瑜，再张嘴的时候声音里的戾气已经消减了大半："进去吧。"

"有劳将军了。"

吴江陪萧瑾瑜到后院主考的居室安顿下来，看萧瑾瑜脸色白得厉害，不禁蹙起眉头："王爷，那黑子伤着您了？"

萧瑾瑜微微摇头："吹了点凉风，有点头疼，不碍事。"

想到萧瑾瑜刚才只穿着一层中衣在初春的寒风里吹了那么老半天，吴江忙把炭盆搬到他身边，倒了杯热茶递上去："您到床上歇会儿吧。"

"不要紧，"萧瑾瑜轻轻揉着胀痛的额头，"让他们几个回去，你留下吧，顺便替我问问，薛太师住哪间屋子。"

"是。"

吴江走了没多会儿，萧瑾瑜就觉得身子烫了起来，骨节中的疼痛愈演愈烈，脊背发僵，靠在轮椅里迷迷糊糊就睡了过去。

醒来的时候天已经黑了，屋里燃着灯，人已经躺在了暖融融的被窝里，额头上铺着一块儿凉丝丝的帕子，喉咙干得发疼，身上酸软无力，但骨节里的疼痛已经消减了不少。

床边守着一个人，头还疼着，视线模糊得很，萧瑾瑜只当是吴江，轻声说道："倒杯水。"

床边的人倒来一杯温热的清水，揭了他额头上的凉帕子，坐到床边伸手要扶他起来，手往萧瑾瑜肩上一搭时觉得萧瑾瑜的身子僵了一下。

倒不是碰到痛处，只是萧瑾瑜清楚地感觉到，这不是吴江的手。

等看清坐在床边帮他端水的人时，萧瑾瑜一惊，慌得就要起身："先，先生……"

床边坐着的正是那个他最为敬重，如今也最无颜相见的人。

薛汝成平静得像深湖之底，一张略见苍老的脸上看不出丝毫情绪，只有那双熬红了的眼睛出卖了他满心的担忧，薛汝成小心地把萧瑾瑜扶到自己怀里，把水杯送到他发白的嘴边："快喝，要凉了。"

萧瑾瑜望着薛汝成，一口一口把整杯水都喝了下去，最后一口喝得急了，突然呛咳起来。

薛汝成搁下空杯，不轻不重地顺着萧瑾瑜咳得起伏不定的胸口，看萧瑾瑜连咳嗽都咳得有气无力，薛汝成轻轻皱起眉头："怎么把自己累成这样？"

咳嗽止住后，萧瑾瑜不等把气喘匀就回道："不碍事……"

薛汝成板起脸来，扶他躺好，给他掖好被角："睡了四天才睡醒，烧得都拉着老夫喊'楚楚'了，还叫不碍事？"

萧瑾瑜脸上一阵发烫："瑾瑜失礼了。"

薛汝成慢慢站起身来："再睡会儿吧，晚会儿让人把饭送到屋里来，多少吃一点儿。"

"先生，瑾瑜有负您的栽培，薛越和薛钦……"

"王爷，"薛汝成浅浅皱了下眉头，声音微沉，"办案不能有情绪，案子就是案子，死者就是死者，凶手就是凶手。说了这么多年还没记住，等下得来床了，再写三百遍。"

"是，先生。"

"老夫就住在隔壁，写完自己送来。"

"是，先生。"

等薛汝成走出门去，吴江闪了进来。

"王爷。"

萧瑾瑜撑着身子勉强半坐起来："我睡了四天？"

"是，"吴江垂着头，"您一直烧得厉害，薛太师给您摸脉，说是累的，又染了风寒，都怨卑职照顾不周。"

萧瑾瑜微微摇头："是我先前休息得不好，薛太师何时来的？"

"这四天一直在这儿，全是他在照顾您。"

萧瑾瑜鬼使神差地问了一句："楚楚呢？"

吴江一愣："娘娘在王府啊。"

萧瑾瑜一怔，揉着额头苦笑，心里空落落的："在王府就好，先前送进宫的折子，皇上可都批复了？"

"当日就批复了，原由吏部选定的同考官十八人现已全部撤出贡院，将由皇上在开考前夜另行点派。考生的文房四宝及日常所需皆由户部拨款统一置办，礼部已贴出官榜告知诸考生，任何物品一律不得带入贡院。工部已调派千名工匠把九千间考棚的草顶都换成了瓦顶，重新粉刷内墙，更换桌椅床铺。御林军派了百余人来，专门监管贡院内的各级官员。"

萧瑾瑜轻轻点头。

吴江苦笑："王爷，您这下子可把大半个京城的官员全得罪了。"

"不碍事，"萧瑾瑜缓缓闭上眼睛，"又不是他们给我发俸禄。"

会试是从二月初九开始的，九天共考三场，每场考三天。这三场的考题本应由主考来出，但作为隐瞒萧瑾瑜的代价，这回的考题是由皇上和薛汝成俩人商量着出的，萧瑾瑜接到圣旨那会儿题目就已经封存入库了。所以，从昏睡醒来到开考前一天，萧瑾瑜唯一干的一件与科考沾边的事，就是完成今科考试的另一位主考罚他写的三百遍警句。

开考前一天晚上，萧瑾瑜才抱着一笔一画写完的三百遍去敲隔壁房门，轮椅停在灯火通明的屋门口犹豫了好一阵子，才抬起手来准备叩门。

他在三法司挑大梁也有些年头了，可每回见薛汝成还是像小时候一样惴惴不安，总觉得自己还有什么功课没写完似的。

还没敲上那扇红漆木门，只听身边一声干咳："反了。"

萧瑾瑜一惊，转头发现薛汝成不知什么时候已经板着脸站在他身侧了，看着萧瑾瑜怔怔的模样，薛汝成抬手指了指萧瑾瑜房间的另一侧隔壁，说道："那间。"

看着那间没点灯的屋子，萧瑾瑜一阵发窘，出门的时候一紧张，下意识就奔着有光亮的这间来了。可吴江住在他房间的外间，除了薛汝成，谁还能住在他这个当主考的王爷的隔壁？

"先生，这间住的何人？"

"这是那个……"薛汝成卡了下壳，皱着眉头想了想，"花花将军？"

窗子倏地一开，探出个黢黑的脑袋，同时响起一声震天狮吼："老子是云麾将军！"

萧瑾瑜被吼得一怔，薛汝成却还是如深湖静水一般的波澜不惊，玩味地打量着那颗黑脑袋："哦……你叫什么花来着？"

"王小花！"

薛汝成露出两分恍然的神情："年纪大了记性不好，光记得有个花了，这名字好啊，真好，一听就是本分人家出来的，可有婚配了啊？"

一张黑脸在夜色下隐隐发绿，闷哼一声，脑袋往回一缩，"砰"地关了窗子。

"先生？"

薛汝成小声嘟囔了一句："让他欺负你。"

"谢谢先生。"

萧瑾瑜把那摞纸页交上，薛汝成看也没看就搁到了一边，给萧瑾瑜倒了杯清水："大夫说你不易入睡，晚上不要喝茶的好。"

"是。"

"老夫这儿也没有茶叶了。"

"我房里还有，回头给您送来。"

"嗯，身子可好些了？"

"多谢先生照顾，已好多了。"

薛汝成看着埋头喝白水的萧瑾瑜："想媳妇了？"

萧瑾瑜差点儿呛出来，一张脸憋得通红："没，没有。"

薛汝成眉梢微扬，萧瑾瑜心里一慌，脱口而出："想。"

"嗯。"那张脸又恢复了波澜不兴，"明日开考，可有什么打算？"

萧瑾瑜坐直了脊背："明日考生入场，我去贡院大门亲自监督搜查，如查出意图舞弊者，立即押送刑部严惩，以儆效尤。"

薛汝成点点头。

"考试期间我将亲自到考棚监考，对九千间考棚进行抽查，以防有投机取巧者勾结舞弊。"

薛汝成又点了点头。

"此外，我已发文告知刑部，如在考试期间抓到舞弊考生，要暂时监禁于贡院之中，待到此门考试的三日之期结束时方可押送刑部处理，以免舞弊考生与刑部官员勾结，为仍在考棚中的考生再行舞弊之事。"

萧瑾瑜说完了，薛汝成好像还在等着他说些什么，萧瑾瑜只得道："瑾瑜想到的只有这些，请先生指点。"

薛汝成干咳了一声，清了下嗓，把声音放轻了几分才道："皇上的差事，你准备怎么办？"

萧瑾瑜一怔，说道："先生。"

"皇上这样的安排不无道理，王爷，大胆想，小心做。"

萧瑾瑜还错愕着，薛汝成清清淡淡地道："不早了，睡去吧，别忘了茶叶。"

"是。"

从萧瑾瑜走的那天早晨起，楚楚就开始掰着手指头过日子了。

白天她还能在王府里转悠着四处帮帮忙，二月初了，正赶上王府里栽花种菜，楚楚栽种的手艺不差，点子也多，帮着收拾收拾这个，又摆弄摆弄那个，忙得热火朝天的，也不算难挨。

可一到夜深人静各回各屋的时候，楚楚一个人守着一心园空荡荡的大屋子，看着满屋都是萧瑾瑜的痕迹，不知不觉地就想他想得要命。

每晚她都睡得很早，想着一觉睡醒这一天就过去了，离他回来就又近了一天。萧瑾瑜虽不回来住，可楚楚睡觉之前还是把灯油添得足足的，睡觉的时候就抱着萧瑾瑜的衣服蜷成一个小团，闭着眼睛闻他衣服上残余的药香，有一句没一句地跟他的衣服说话，想象着他就在身边，跟以前一样。

越是这样想，就越是想他，说着说着就会哭起来，眼泪把怀里抱着的衣服打湿了一遍又一遍，哭得眼睛发干发涩了才能睡着。睡着了还在盼着，盼着一睁眼就躺在他的怀里，被他温柔地看着、抱着、吻着。

楚楚明知道不可能，这才是初九，开考的第一天。

今天白天的时候她忍不住偷偷跑去贡院附近，躲在贡院对面的小巷子口往贡院大门里张望，她看见萧瑾瑜穿着那身暗紫色的官服，就坐在贡院大门里面不远的地方。他脸色不好，像是又大病了一场，冷着脸训斥几个夹带小抄被抓的考生的时候还按着胸口咳了好一阵子，咳得实在厉害，吴江就把他推走了。

楚楚差点儿就要冲过去了，可还是咬着嘴唇忍住了。

她答应他了，要在家里好好等他，可还是忍不住盼着他能回来，早点儿回来。

眼泪流着流着就迷迷糊糊地睡着了，睡梦里听见有人喊"娘娘"，喊得着急，楚楚猛然惊醒过来，看见王府里的一个侍卫站在床前，一骨碌就爬了起来。

侍卫脸色微沉："娘娘，贡院来人请您去一趟。"

贡院……

楚楚心里一紧，急忙问道："王爷怎么啦？"

侍卫紧锁着眉头："没说，只说让您收拾些衣物，进了贡院就不能出来了。"

想起白天看到他咳得上气不接下气的模样，楚楚慌忙地跳下床："好，我马上就去！"

第二章

楚楚匆忙扯过一身衣服穿上，随手绾上头发，胡乱往包袱里塞了几件衣服，不坐轿子，拉出一匹马骑上就跑。也不知道她是哪儿来的本事，没骑过几回马，竟比侍卫跑得还快，等到了贡院门口追上楚楚的时候，侍卫一张脸都吓白了，下马的时候膝盖直发软，差点儿趴到地上。

萧瑾瑜就坐在白天监督考生入场的地方，吴江站在他身边，楚楚一愣，鼻子一酸，奔进门就扑到了萧瑾瑜怀里，搂住萧瑾瑜的脖子喊道："王爷！"

萧瑾瑜突然觉得空了几天的心一下子被填满了："楚楚。"

"你吓死我了！吓死我了！"

萧瑾瑜怜惜地抚着她跑乱的头发："对不起。"

楚楚把萧瑾瑜仔细看了又看，摸了又摸，确认他除了风寒未愈之外没什么别的毛病，才抹着眼泪道："王爷，为什么叫我来呀？"

萧瑾瑜打发了那个几乎是摔进门的侍卫回府，把楚楚带到门房的一间小厅里，吴江很识趣地接过楚楚的包袱，关了门在外面守着。

有了上回的经验，他算是明白了，自从有了娘娘，王爷已经什么都干得出来了。

萧瑾瑜并没打算干什么，只是拉着楚楚坐到他腿上，散下她乱糟糟的头发，仔细地帮她绾着："傻丫头，跑这么急，摔着怎么办。"

楚楚委屈地嘟着小嘴："都怪那个送话的，不说明白，我还以为你……你怎么了。"

萧瑾瑜用修长的手指挑起她的一缕青丝："贡院里的事考试结束前一律不得外传，不怨送话的人。"

"那……王爷，到底为什么叫我来呀？"

萧瑾瑜声音微沉："有人死了。"

"啊？"楚楚一下子回过头来，萧瑾瑜手一松，还没绾好的头发又松了大半，萧瑾瑜好气又好笑地伸手把她的小脑袋转了回去："啊什么，没见过死人吗？"

"王爷，什么人死了啊？"

萧瑾瑜一边重新给她绾头发，一边低声道："三个考生，今天考试的时候被抓的作弊考生，暂囚在贡院后院，今晚后半夜两班看守交班检查的时候发现他们吊死在房梁上了。"

"是不是他们害臊，自杀了呀？我奶奶说过，读书人的脸皮子都可薄啦！"

萧瑾瑜微窘，这句话在他身上倒是不错。

"我与薛太师简单看过尸体，你放心，只是远远看了一眼。死者颈上勒痕并无可疑，但卷宗里需要件作验尸的尸单，就让人把你喊来了。"

萧瑾瑜本没想让她来，贡院这种地方就像坐牢似的，四角有瞭望楼，院里重兵把守，他这个主考官还处处束手束脚，一举一动都有军队的监视。

可他实在太想她，一天不知道有多少回鬼使神差地喊出她的名字，都快把吴江吓出毛病来了。

"王爷，我来了能不能就不走了啊？"

萧瑾瑜轻笑："你想走也走不了了。"

"太好啦！"

"再动就自己绾头发。"

"哦。"

萧瑾瑜细细地给她绾好头发，把她胡乱裹上的外衣一个结一个结地整理好，倒了杯温热的茶水，笑着看她牛饮一样"咕咚咕咚"喝下去。

他自己都不知道哪儿来的力气完成这些事，昨晚突然又烧了起来，凌晨时分都快把肺咳出来了，早晨强撑着去监督考生进场，吹了半个时辰的冷风就不得不回去躺着了，要不是接到这三个舞弊考生吊死在房里的消息，这会儿他还在房里躺着呢。

可楚楚一来，看着她对自己哭，对自己笑，萧瑾瑜觉得病立马就好了大半似的。

萧瑾瑜和楚楚从屋里出来的时候，吴江也看得一愣，这几天萧瑾瑜的脸色一直是让人看得揪心的白，吃多少药都不见好，这么一会儿工夫，居然就有了点儿血色，还带着浅浅的笑意。恍然之间吴江都开始怀疑先前是他家王爷真心不愿干这差事，故意装病的了。

要么……他家王爷得的就是相思病吧。

楚楚给萧瑾瑜推着轮椅，吴江拿着包袱在前面引路，三人来到后院的时候，那间吊死人的屋子外面除了负责把守的官兵，就只剩薛汝成和王小花两个管事儿的了，显然是在等萧瑾瑜把那个负责扫尾的人带来。

萧瑾瑜把楚楚带到薛汝成面前："楚楚，见过薛太师。"

一听这是那个和萧瑾瑜亲如父子的人，楚楚赶紧往下一跪："楚楚拜见薛太师！"

没料到这当了娘娘的人上来就跪他，薛汝成忙搀她起来："跪不得，跪不得，娘娘的大名，老夫久仰了。"

"我也久仰您的大名，王爷提起您好多回啦！"

薛汝成轻轻勾着嘴角，意味深长地看向萧瑾瑜："这些日子王爷可是没白没黑地提起娘娘啊。"

看着自家学生苍白的脸色瞬间转红，薛汝成这才满意地看向杵在一边瞪圆了眼睛的王小花说道："娘娘，这位是……呃……"

吴江一见薛汝成卡壳，赶忙识时务地指了指手里包袱皮上的小碎花，薛汝成若有所思地看了好几眼："呃……这位是，碎花将军？"

王小花脸色漆黑一片，刀柄一顿，气壮山河地吼了一声："云麾将军！"

"哦，"薛汝成认真看着他，"你的名字是叫王碎花，对吧？"

"王小花！"

"哦，年纪大了，年纪大了。"

"你叫王小花呀？"楚楚眨着亮晶晶的眼睛看着这个黑脸将军，"这个名字好，真的，我们镇上有些姑娘都叫小花，都是好人家的姑娘，而且都嫁给好人家啦！"

王小花漆黑的圆脸在黑夜中的存在感越来越微弱，只听薛汝成镇定地添了一句："老夫刚才说什么来着……"

王小花顿着刀柄，浓黑的眉毛一跳一跳的："你们不是说找仵作吗，仵作呢？"

楚楚下巴微扬，清清亮亮地道："我就是仵作。"看着王小花怀疑的眼神，楚楚补了一句："我家全是仵作，我爷爷的爷爷就是当仵作的啦。"

· 375 ·

这话说的，比那些说自己是娘娘的女人口气还骄傲一百倍，王小花盯着楚楚吞了吞唾沫，嘟囔了一句："还有娘儿们……娘娘当仵作的？"

"不相信我验给你看！"

王小花发愣的工夫，楚楚已经钻进了屋。

三具尸体已经被人从房梁上解了下来摆在地上，尸体的不远处倒着三把椅子，从尸体脖子上解下的布带依次摆在三具尸体的脚边，看得出来是用这三人的外衣扯成布条接起来的。

楚楚一进屋，外面的几个人也跟了进来，只见楚楚跪到尸体旁边，三下五除二地把三具尸体脱了个干净，看得几个人直往萧瑾瑜身上瞟，把萧瑾瑜的一张白脸活生生看成了鲜红色。

薛汝成慢慢捋着胡子，微微点头，轻叹道："好手艺。"

楚楚把三具男尸一寸不落地从头摸到脚，脖子上的伤痕更是看了又看、摸了又摸，还要来了一把剃刀，把三具尸体的头发仔细剃干净，看了好半天才字句清晰地报道："三名死者男，一个年约三十，两个年约四十，是两个时辰前死的。"

楚楚伸手指着其中一具较年轻的尸体："死者闭着眼、张着嘴、露着牙、舌头外伸，喉结下面有一道深紫色的勒痕，斜向耳后，两手握拳。"

楚楚说着又抖出其中一个人的衣服，面不改色地指着："死者的衣服前襟上挂有浓稠的口水，裤子上也有流出的粪便。"

看着几个人微变的脸色，楚楚冷冷静静地做了个结论："可以证明他们是吊在房梁上的时候断气的。"

几个人一口气还没松完，就见楚楚又蹲下了身来，摸上其中一具尸体的下身："不过，这具尸体的下身比那两具都粗硬得多，不知道他是死前干啥了，还是死前想啥了。"

吴江默默抬头看房梁，装作研究那三个人吊死的位置。

萧瑾瑜的脸色也变成了黑白交替，刚才还因为突然而至的幸福有种做梦的飘忽感，这会儿算是彻底清醒了，除了他的宝贝娘子亲临，什么梦里也不会出现这样的场面。

就连薛汝成那张鲜有波澜的脸也在微微发抽，所谓百闻不如一见，形容的就是眼下这种刺激感吧……

王小花一张脸黑里透红，这会儿要是有人敢说这丫头片子不是当仵作的，他一定二话不说，拍黄瓜一样地一刀拍死他！

楚楚说完看向萧瑾瑜："王爷，这样行吗？"

"行，回头整理下来就好。"

"是！"

楚楚跟萧瑾瑜回到房里，洗完澡出来的时候，萧瑾瑜靠在床头像是睡着了，楚楚想扶他躺下来，手刚碰到萧瑾瑜的身子，萧瑾瑜就睁开了眼睛。

看着楚楚爬上床来，萧瑾瑜微笑着展开了怀抱。

照惯例，这丫头一定会迅速窝进他怀里，紧紧搂住他的腰，一边在他怀里磨蹭，一边既满足又委屈地哭诉他多么无良地把她一个人扔在家里，她想他想得有多难受，一天到晚有多担心他挂念他，然后再求他答应以后再也不这样了。

萧瑾瑜还没想完，温和又怜惜的笑意还挂在嘴角，楚楚就手脚麻利地掀了被子，把他按到床上躺好，像刚才扒那三具尸体一样三下五除二地把他扒了个干净。

"楚楚……"

可楚楚没像以前那样扑上来吻他又见消瘦的身子，而是若有所思地问道："王爷，我在想那具尸体，你说男人上吊的时候下身会起反应吗？"

萧瑾瑜深深吸了一口气，这会儿还在想死人的女人，恐怕只有他家娘子了吧？他只好说道："楚楚，我没上过吊。"

楚楚像是突然想起来了什么似的，利落地翻身跳下床，穿上鞋子，抓起衣服就往外跑，边跑边道："王爷，你等我一会儿！我马上就回来！"

楚楚很快就跑了回来，一进屋就兴奋得直喊"王爷"，萧瑾瑜明明被她折腾得还没有丝毫睡意，但就是紧闭着眼睛不搭理她。

楚楚见连叫了几声萧瑾瑜都不答应，不禁抚上了萧瑾瑜的额头，轻声问道："王爷，你怎么啦？"

萧瑾瑜眼皮都不带动一下："死了。"

楚楚"噗嗤"笑出声来："死人还会说话呀？"

"我是鬼。"萧瑾瑜无力地睁开眼睛看着这个笑嘻嘻的人，满是怨气地道。

楚楚笑得眼睛都弯了，说道："王爷，我怀疑那三个人根本不是自己愿意上吊的。"

萧瑾瑜深深呼吸，认真诚恳地看向一脸严肃的楚楚："我胃疼。"

"啊？"楚楚一愣，慌得松了手，紧张地看着脸上一阵红一阵白的萧瑾瑜，"疼得厉害吗？"

萧瑾瑜强忍着把她一把拉过来的冲动，眉心紧蹙，软绵绵地伸出手搭上楚楚细嫩的手臂，声音微微发颤："帮我煎药。"

"我这就去！"

楚楚端着药回来的时候，萧瑾瑜脸色苍白地躺在床上，额上蒙着一层细汗，整个人像是虚脱了似的，楚楚吓了一跳，慌张地说道："王爷，你没事吧？"

萧瑾瑜微微摇头。

楚楚摸上萧瑾瑜的额头，只觉一阵滚烫，叫出声来："呀！王爷，你发烧啦！"

"不碍事。"

这些日子每晚都在高烧，不烧起来都不习惯了，先前整颗心全扑在她身上才没觉得烧得有多难受，事实上早已体力透支，刚才一松懈下来就疼痛难忍。

说胃疼也不全是骗她的，贡院里做饭到底没那么周到，胃病已经犯了两三天了，药也不起作用，吃点儿东西就吐得厉害，就只能喝下点儿白粥。

楚楚一勺一勺地喂他把药喝完，结果刚喝下去就全吐了个干净，胃里抽痛得像被粗麻绳拴着使劲儿往两边拧似的，单薄的身子抖得像风中落叶一样。

这几天这样的场景没少出现，不一样的是如今有他心心念念的人搂着他虚软的身子，用温软的小手一下一下抚去那种生不如死的痛苦。能缓解他身上的痛苦，除了她，谁也做不到。

疼痛缓下来，萧瑾瑜歉疚地看着楚楚身上被自己吐脏的衣服说道："对不起。"

楚楚微微噘着小嘴，小心地扶他躺好："你在凉州军营里的时候就答应要好好养身子了，怎么老是说话不算数？我可不信你了，往后你去哪儿我就去哪儿，这才几天啊，又瘦了。"

"对不起。"

楚楚轻轻地拨开他被冷汗黏在脸颊上的碎发，在他发白的嘴唇上轻轻落下一个吻，温柔说道："你睡一会儿吧，我陪着你。"

"嗯。"

萧瑾瑜不知道有多想抱着她好好睡一觉，但这几天晚上的固定戏码轮番上演，先是高烧，再是咳嗽、呕吐……

凌晨时分被折磨得神志不清了，连目光都涣散了，抱着楚楚一个劲儿地求她别走，楚楚见过他比这病得还重的模样，可从没听过他比这更低声下气的语调，听得又心疼又害怕，紧紧搂着他不敢撒手。直到天蒙蒙亮的时候，萧瑾瑜才退了烧，也耗尽了力气，昏昏睡过去。

萧瑾瑜再次迷迷糊糊醒过来的时候，天已经大亮了，楚楚仍被他抱在怀里，正仰头眨着眼睛看他。

"王爷，你醒啦？"

萧瑾瑜想抬起手来摸摸她的脸，却发现身上提不起一丝力气，连挪挪胳膊都办不到，只得略带无奈地笑了笑，浅浅唤了她一声："楚楚。"

楚楚抚着他清瘦的身子，退烧之后，这身子就清冷得像从未被温暖过的玉石一样，她心疼地问道："王爷，你还难受吗？"

萧瑾瑜微微摇头，看着楚楚有点儿发红的眼睛说道："没事，就是着凉了。"

"我去给你做点儿吃的吧？这几天你肯定没吃好。"

"不急，"楚楚的身子刚从他怀里挣出来萧瑾瑜就觉得心里一空，好像自己身上重要的一部分被剥离了一样，"再躺一会儿，跟我说说，那三具尸体怎么了？"

楚楚愣愣地看着他："尸体？"

"你昨晚说，怀疑那三人不是自愿上吊的。"

昨晚想让她忘，她不肯忘，这会儿倒是忘得干净了。

"哦，对！"楚楚一下子来了精神，一双温柔的眼睛倏地闪亮起来，嘴角上还扬起了一道神神秘秘的笑，趴到萧瑾瑜身边，"王爷，我去了其中一个死者的房里。"

萧瑾瑜若有所思地问道："有什么新发现吗？"

楚楚毫不犹豫地点头："想起先前只验了尸体，加上那人尸体上有和其他两人不一样的特征，我总觉得有什么疏漏。昨天晚上去那人屋里看的时候，我发现了他被窝里有黏糊糊的东西，还湿着呢，色泽淡黄，应该是忍了好些日子了。"

楚楚丝毫没发现萧瑾瑜一张惨白惨白的脸现下已经红得冒了烟，泰然自若地继续说道："王爷，你说，他干这事儿的时候，怎么会突然想起来去上吊啊？"

萧瑾瑜无法想象要用什么样的神情和她谈这个，索性阖眼假装闭目沉思："你不是验过那三具尸体，确定都是上吊身亡的吗？"

楚楚毫不犹豫地点头："他们确实是吊在房梁上的时候断气的，不过，应该不是他们自己愿意吊上去的。"

萧瑾瑜微怔，眉心轻蹙，睁开眼睛看着一脸认真的楚楚："你是说，不是自杀？"

"对！"楚楚目光一亮，"如果是把人勒到半死不活的时候吊到房梁上，死状就跟上吊死的一样，根本看不出来！"

萧瑾瑜微愕，这一点他不是不知道，只是薛汝成看过尸体后说是上吊死的，楚楚那么一丝不苟地检验之后也说是上吊死的，屋里没有闯入和挣扎的明显痕迹，屋内残余的食物、水里也一干二净，所以他就理所当然地判断是悬梁自尽了。

萧瑾瑜额上沁出一层薄薄的冷汗，恩师在侧尚未提出异议，他一时松懈，竟差点儿出了这么大的疏漏，所幸尚未结案。

"楚楚。"

"唔？"

萧瑾瑜浅浅苦笑："你若没说出来，兴许我就活不多久了。"

楚楚的笑容僵在脸上："啊？"

"我自掌管三法司起就立了规矩，本朝官员如因疏忽误判案子，至少要坐牢三月反思。当年薛太师一时失察误判了萧玦的案子，就在牢里反思了整整一年。"萧瑾瑜看向楚楚的目光多了几分说不清的留恋，"我若坐牢，恐怕连三天也熬不过去。所以，谢谢你，楚楚。"

他发现不知道从什么时候起，自己居然也贪生怕死了。

"不会！"楚楚一下子扑进他的怀里，"你最厉害了，你是六扇门的老大，你才不会断错案呢，一定不会！"

没力气抱住她，萧瑾瑜只能微微颔首，在她的头顶轻吻，然后说道："谢谢你。"

"王爷，我一辈子都帮你查案子！"

萧瑾瑜晨起沐浴之后，身上总算有了几分活气。考棚是去不得了，萧瑾瑜还是让楚楚帮他换了官服，然后唤了吴江来，吩咐他带昨晚前半夜负责看管那三名作弊考生的官兵来。

吴江去了半晌，却是一个人回来的："王爷，王小花不肯放人。"
"为什么？"
"他说还没罚完，等他罚完了再带来让您处罚。"
萧瑾瑜微怔："现在人在何处？"
"后院营房。"
"吴江，你去考棚请薛太师到死者房里。楚楚，跟我去营房。"
"是。"

营房离萧瑾瑜住的地方不近，春寒料峭，楚楚拿了张毯子盖在萧瑾瑜的腿上，然后才把萧瑾瑜推过去。

"王爷，"刚看见营房的院门，楚楚就指着前面叫了起来，"你快看，门口怎么绑着两个人呀！"

营房院门两侧各有一棵一抱粗的老槐树，两个壮汉被一左一右反手绑在树干上，光着膀子，老远就能看见他们胸口上一片血肉模糊，萧瑾瑜还是从他们的裤子和靴子上看出来，这两个是守卫贡院的兵，王小花的那伙兵。

想起刚才吴江说的话，萧瑾瑜眉心紧成了浅浅的川字："去看看。"
"好！"

靠近了才发现这两人胸口上密密麻麻的血口子那么触目惊心，除去新伤之外，小麦色的皮肤上还爬满了蜈蚣一样的旧疤。

见两人毫无生气地垂着头，胸口起伏微弱，楚楚奔上去就要给他们解绳子，但被萧瑾瑜低声叫住："等等。"

楚楚急得很，可还是乖乖跑回了萧瑾瑜身边，说道："王爷，他们快不行了！"

萧瑾瑜镇定得好像压根没看见这俩人似的："别慌，你去院里看看王将军在不在里面。"

楚楚一愣："王将军？"
"小花将军。"

楚楚刚露出一脸恍然的神情，又听到院里的一声震天吼："云麾将军！"

吼声尚还在清寒的空气中飘着，王小花就提着大刀、顶着黑脸大步流星地走了出来，见了萧瑾瑜也不跪，只说道："安王爷。"

但冷硬的目光看向楚楚的时候明显软了不少:"娘娘。"

楚楚一步上前,着急地道:"小花将军,你赶紧救救这俩人吧!"

王小花主动忽略了那个被楚楚叫得格外认真又亲切的称呼,看着两个半死不活的部下,一声闷雷似的冷哼:"娘娘别急,后天晚上他俩就能下来了。"

楚楚瞪大了眼睛,错愕地看着两个奄奄一息的人:"后天?为什么呀,他俩已经快不行啦!"

王小花粗着嗓子,字字铿锵地道:"国有国法,军有军规,大意失职者,鞭刑二百,示众三日,以儆效尤。"

楚楚被他说得一愣,只见萧瑾瑜眉心微沉,清清冷冷地道:"这是哪路军的规矩?"

王小花刀柄一顿,牛眼一瞪:"老子军里的规矩!"

"哪些是你的军?"

王小花大刀往后一甩,刀尖直指院门:"里面全是老子的军!"

萧瑾瑜静静看着这个眼睛里几乎要喷出火来的人,清淡且清晰地道:"王将军,若按本朝国法,你此言该当何罪?"

王小花虎躯一僵,高扬的刀尖也往下垂了垂,张口结舌地看着面无表情的萧瑾瑜。

"王将军,本王想与这二人说几句话,请行个方便吧。"

王小花咬牙瞪眼,两簇浓眉高扬,一只大手把刀柄攥得紧紧的,另一只手握成了铁球一样的拳头。

他只要动一根手指头就能让这个单薄得跟窗户纸一样的人瞬间归西,可这人脸上没有一丝波澜,双眸深不见底,连他身边的那个丫头片子都没有一点儿惧色,好像他说什么就一定会是什么似的。

事实上,除了按这个人的话照办,王小花还真找不着第二条可走的路。

王小花大刀一挥,"咔嚓"两声,电光石火之间就把捆在那二人手上的绳子斩断了,两个人立马像过水的面条一样软塌塌地倒在了地上。

"他俩住西边左数第三间,安王爷自便吧。"

王小花说罢提着刀就进了院子,把两个五大三粗还神志不清的大男人留给了一个身形娇小的姑娘和一个这会儿连只碗也拿不起来的病人。

楚楚跑过去摸了下两个人的脉:"王爷,他俩脉象还挺好的,还能活!"

萧瑾瑜看了看躺在地上的两座大山:"楚楚,你身上有碎银子吗?"

楚楚一愣,往腰间的小荷包里摸了摸:"有。"

萧瑾瑜低声道:"进院里找两个人,就说是帮我扛点东西,旁的别说,他们一答应就立即打赏他们一点银子,然后带他们到这儿来,记得小心避开那个小花将军。"

楚楚会意地一笑:"好嘞!"

转眼工夫楚楚就带着两个壮小伙子溜了出来，俩人一眼就看见了趴在地上的同袍，立马明白萧瑾瑜要他们扛的东西是什么了。

难怪王妃娘娘刚才说得那么含糊。

可是声儿也应了，赏也拿了，这会儿临阵退缩就是对王爷、王妃大不敬，俩人只好硬着头皮迅速扛走，往床上一撂就一溜烟儿跑没影了。

楚楚为难地看着受伤的两人前胸上皮开肉绽的伤口："王爷，得赶快给他们清理伤口，上点儿药呀，还是叫个大夫来吧？"

萧瑾瑜往伤口上看了几眼，浅浅蹙着眉头在屋里扫视了一圈："楚楚，你找找看，屋里应该有药。"

"好！"

楚楚在屋里一通乱翻，还真在衣橱里找出一包药来，不但有治各种跌打损伤的药膏、药粉，连纱布、绷带、剪刀、镊子都一应俱全。

楚楚抱着那个布包满脸崇拜地看向萧瑾瑜："王爷，你怎么知道屋里有药呀？"

"你看他们身上的疤。"

这两人虽然健硕，可身上都是伤疤叠伤疤的，再想起王小花刚才那些话，这种事儿在他营里肯定是司空见惯的，再粗枝大叶的兵也该有所准备了。

楚楚抿抿嘴唇，低头看着那片触目惊心的伤口，小声道："王爷，以后咱们的孩子，能不能不当兵呀？"

萧瑾瑜微怔，一时没说话，楚楚也没等他开口就到床边小心地帮那两人处理起伤口来。

楚楚下手很轻，满脸心疼，满目温柔，眉头浅浅地蹙着，嘴唇微抿，专心致志，却又不像那些见惯生死的大夫一样娴熟到了淡漠的程度，这也是萧瑾瑜不愿见大夫，不愿被任何人碰，却同意并已习惯把自己交给她的重要原因。

被她照顾，从不觉得自己是个正在被他人掌控命运的病人，也不觉得自己是个正在接受他人施舍的废人，只会觉得自己是个正在被认真地心疼着，仔细地爱着的人。

他舍不得看她因为自己生病而心疼劳碌的模样，却也曾因贪恋这点舒适的温存舍不得病愈。现在，这个温柔可爱的人已经是自己的娘子了，每每想到这一点，都觉得老天爷待自己实在太好。

萧瑾瑜正看她看得出神，楚楚已经给这两人上了药，包好了伤口，慢慢把一杯清水送到其中一人发干的嘴唇边。

一阵呛咳，那大汉醒了过来，看清给自己喂水的人时，吓得差点儿从床上滚下来。昨晚楚楚来的时候他还候在那间吊死人的屋子外面，清楚地听见那些人叫她"娘娘"，还是安王爷家的娘娘。

"末将该死，末将该死！"

楚楚急得死死按住他的肩膀，到底是个粗壮大汉，伤成这样还是力气不小，楚楚几乎整个人都要压到他身上了："你别动，你别动！再动又出血了！"

大汉被这架势吓得僵在床上一动也不敢动，生怕一个不小心冒犯了安王爷的心头肉，传说中那个冷脸、无情、脾气差的人就该把他剁成碎末了。

萧瑾瑜看得脸色微黑，生硬地干咳了几声："楚楚，看看那一个。"

"哦，好！"松手前还瞪了身下的人一眼，"你不许动！"

"是，是……"

楚楚摸摸另一个人的脉，又扒开那人的眼皮看看，试着给他也喂水，水却全顺着那人的嘴角流了出来。

楚楚拧起眉头："王爷，得给他叫个大夫了。"

萧瑾瑜微微点头，看向那个躺着不敢动的人："我问你几句话，昨夜你当值时，屋内可曾有异响？"

"没、没有。"

"屋外呢？"

"也没有。"

"死者三人可曾外出过？"

"不曾。"

"可有外人进去过？"

"没有。"

"嗯。"萧瑾瑜淡然得不见一丝表情，"你先歇着，晚些时候会有大夫来。"

"谢王爷，谢娘娘。"

楚楚陪萧瑾瑜到案发的屋子时，吴江和薛汝成已经等在门口了。

萧瑾瑜向薛汝成微微颔首："先生。"

楚楚赶忙跟着脆生生地喊了一声："先生好！"

薛汝成看了眼裹在萧瑾瑜腿上的毯子，眉梢微扬，眼睛里透出隐隐的笑意，抬眼看着萧瑾瑜道："娘娘也不错。"

萧瑾瑜脸上一红："先生，瑾瑜有要事请教。"

"王爷请。"

这屋子有一间小厅、四间卧房，那三个人就吊死在厅里，楚楚却推着萧瑾瑜径直去了其中一间卧房，等薛汝成和吴江也进来了，楚楚奔到床边伸手把被子一掀："你们看！"

被褥都是深蓝色的，淡黄色不规则形状的印子格外明显，两个年轻男人扫了一眼脸上就飘起了红云。

"先生。"

薛汝成轻轻点了下头，萧瑾瑜还没说话，薛汝成已经知道自家学生想问什么了，说道："考场里的事不少，忙你的吧。"

"多谢先生。"

薛汝成一走，萧瑾瑜无声地舒了口气，转头看向默默仰视房梁的吴江："把被褥收起来，这是本案物证。"

"是。"

第三章

回到房里的时候，萧瑾瑜额上已渗出了一层冷汗，两只手冷得一丝热乎气儿都没有，楚楚给他焐了好一阵子，那双修长清瘦的手才暖了过来。

楚楚看着他白得几乎透明的脸色："王爷，你躺一会儿吧。"

"不碍事，把那三根布条拿出来吧。"

听着萧瑾瑜的声音温和平静，楚楚这才把萧瑾瑜让她从停尸的柴房里拿来的上吊布条取了出来。

萧瑾瑜想接过来看看，胳膊却沉得像是灌了铅，试了两次都抬不起来，只得对楚楚道："拿近些，我想看看。"

楚楚把三根布条捧在手里递到他面前，萧瑾瑜靠在轮椅里蹙眉看了一阵，牵起一丝苍白的笑，自言自语似的道："让我死在牢里也不屈。"

楚楚被萧瑾瑜说得心里一慌："王爷？"

萧瑾瑜嘴角牵着毫无笑意的笑："楚楚，你看看这些结。"

"这些结怎么啦？"

萧瑾瑜无声浅叹："全是一样的。"

楚楚一愣，把三根布条放到眼下仔细看了一阵，还真像萧瑾瑜说的那样，三根布条上所有的结都是一个模样的，虽然缩疙瘩的方向不一样，可结的松紧和打结的法子都是一样的，就跟三个人商量好了似的。

这三个人当然不可能先商量好怎么系布条再一块儿上吊，也不大可能是其中一人在自杀前还热心到帮其他两人准备自杀工具，那就只能是那个先把他们勒个半死，再把他们吊上房梁的凶手干的。

楚楚一下子明白过来萧瑾瑜那话的意思，忙把布条搁下，抓起萧瑾瑜还在发僵的手，着急地道："王爷，这事儿不怨你！"

萧瑾瑜苦涩地浅笑，如此明显的证据，自己怎么就像没长眼一样？

"王爷，你肯定能把凶手抓出来！"

"嗯，再帮我件事。"

"你说！"

"解一根布条，看看能不能拼起一件衣服。"

"好！"

楚楚也不知道萧瑾瑜这是要干什么，还是立马抓起一根布条，专心致志地对付起来，萧瑾瑜静静看着她，看着看着视线模糊起来，想唤她的时候已经没了出声的力气，不知不觉地就失去了意识。

再醒过来的时候已经是后半夜了，躺在床上的身子烫得像根燃着的枯木，楚楚穿得整整齐齐地坐在他身边，给他用凉毛巾擦着脸，满眼焦急地看着他，像是等他醒来等了好一阵子了。

萧瑾瑜烧得喉咙干痛，声音也发哑了："楚楚。"

"王爷，你醒啦，还难受吗？"

"不要紧，"见楚楚眼睛里的焦急之色丝毫不见消减，萧瑾瑜不禁问道，"薛太师来过了？"

楚楚咬着嘴唇点点头。

萧瑾瑜吃力地摸上她按在床边的手，勉强微笑着："没事，换季的时候总这样，过几天就好。"

楚楚把他滚烫的手握住，点点头，嘴唇微抿："嗯，薛太师说了，你就是染了风寒，又因为脏腑有伤损才病得这么厉害，只要按时吃药，多喝点滋补的汤水，歇歇就没事了。"

萧瑾瑜眉心微蹙，她的眼睛很干净，清可见底，再小的事都藏不住，不禁问道："楚楚，有事？"

楚楚又咬上了花瓣一样的嘴唇，犹豫了一下："王爷，我解了一根布条，拼出来了，是一件衣服。"

"完整的？"

"嗯，扯得挺整齐的，挺容易就拼好啦。"

萧瑾瑜静静地看着楚楚，那张粉嘟嘟的小脸因为担忧都变得发白了，肯定不只为了这事："还有什么事？"

楚楚小心翼翼地看着萧瑾瑜满是病色的脸，小声道："王爷，又死人了。"

萧瑾瑜的手明显僵了一下，楚楚慌张地把他的手攥得紧紧的："王爷，你别着急，大哥已经去看了，薛太师也去啦！"

薛太师……

若不是这次险些误判，他都没意识到自己对薛汝成的依赖早已扎根到了骨血里。独立侦办案件的时候他除了自己的判断谁也不信，可薛汝成在侧，他下意识地只信薛汝成，连自己都不信了。

昨晚但凡多打一个问号，加一点小心……

萧瑾瑜嘴角隐约牵起一丝凄然苦笑，看得楚楚心里一阵发凉："王爷？"

"楚楚，可验过尸了？"

楚楚摇摇头。

"去吧，告诉吴江，仔细查看。"

楚楚怔怔地看着安然躺在床上的萧瑾瑜。

"我想再睡一会儿。"

"好。"

楚楚回来的时候已经很晚了，萧瑾瑜正静静睡着，楚楚困得眼皮上像是挂了秤砣似的，想在窗边小榻上眯一会儿再洗澡上床，哪知道和衣往上一躺就睡着了，一觉就睡到了大天亮。

一醒来就感觉到身子被一床暖融融的被子包裹着，刚在舒适的被窝里蹭了两下，倏地想起昨晚明明是躺在小榻上什么都没盖的，慌得一骨碌爬了起来，发现自己还是睡在小榻上的，心里这才松了下来，可往床那边一看时又吓了一跳。

萧瑾瑜没躺在床上，而是靠着床边坐在地上的，单薄的身子被一床被子松垮垮地盖着，两条在白色裤管里显得格外细瘦的腿有大半截露在被子外面，那张白得像梨花一样的脸上安详得好像感觉不到丝毫冷意，嘴角还挂着一丝温和的浅笑。

楚楚赶忙从榻上跳下来，不敢直接碰他，就隔着被子推了推他的肩膀："王爷，你快醒醒！"

萧瑾瑜细密的睫毛动了动，缓缓睁开了眼睛，看见是楚楚，笑意微浓起来："醒了。"

"王爷，你怎么睡在地上了啊？"

萧瑾瑜看了看窗下榻上的被子，满足地笑着。天蒙蒙亮的时候，他一醒来就看见楚楚和衣窝在那张榻上，身子蜷得紧紧的，已经冷得缩成了小小的一团，还睡得那么香甜。看得他既心疼又歉疚，没力气把自己的身子挪到轮椅里，就索性抱着被子爬过去给她盖上，再爬回来的时候已经没力气爬上床了，只得扯下另外一床被子，坐在床下等她睡醒。

能在妻子熟睡的时候亲手给她盖条被子，还没有把她惊醒，萧瑾瑜高兴得像是第一次撑着拐杖晃晃悠悠站起来的时候一样。

"去洗澡吧，叫吴江来帮我。"

"好，我这就去！"

楚楚站在一边看着吴江连人带被子地把他抱到床上，又给他掖好被角，见他一副心情大好的模样，这才匆匆跑了出去。

"王爷，"吴江小心地看着萧瑾瑜不见血色的脸，"可需请薛太师来看看？"

萧瑾瑜微微摇头，笑意还清浅地挂在嘴角："昨晚辛苦你了。"

"都是卑职分内之事。"知道萧瑾瑜等着听什么，吴江接着道，"昨天下午考棚那边又抓到一名舞弊考生，关在后院，王小花把这考生的衣物全脱干净拿走了，还派了两个人在外面看守，结果半夜交班检查的时候发现这人已经撞墙死了。"

"撞墙？"

"是，撞得头破血流的，据娘娘说，这人是当场就死了。"

萧瑾瑜眉心微紧，双目雪亮如鹰："现场如何？"

"人是撞死在里屋东墙上的，门窗无破入迹象，给他送的食物和水也没碰过，西墙角有摊尿液。屋内无可疑脚印，但卑职查看窗台时发现，里屋窗台破旧，台上木刺颇多，沾有一道极细的新鲜血痕。"

萧瑾瑜眉梢微扬："可在尸体上发现类似伤口？"

"娘娘没说。"

"考棚里的考生可知此案？"

"暂时不知。"

萧瑾瑜若有所思地点了点头，半响才开口："帮我拿身中衣。"

吴江一愣。

"还在床尾的衣橱里。"

"是，是。"

吴江拿出一套雪白的中衣交到萧瑾瑜手里，正在想着是不是斗胆问问他需不需要帮忙，就听到萧瑾瑜淡淡地道："转身。"

"是。"

吴江背对着萧瑾瑜站了好一阵子才听萧瑾瑜道："好了。"

吴江转过身来的时候，萧瑾瑜已经换好了衣服盖上了被子。

吴江微愣地看着萧瑾瑜满额的细汗，他连自己翻个身的力气都没有，不知是怎么自己把衣服换上的。

那身换下来的中衣就扔在床边的地上，就这么松散地堆着，能清晰地看见一片雪白上沾染的灰尘。

"拿去让人洗了，别让楚楚看见。"

"是。"

楚楚带着一身朦胧的水汽跑回来的时候，萧瑾瑜正躺在床上等她，看着沐浴过后水灵灵、粉嫩嫩的楚楚，萧瑾瑜不由自主地扬起嘴角。

"王爷，你没事吧？"

萧瑾瑜摇摇头，目不转睛地看着这雨后初荷一样娇嫩的人："没着凉吧？"

楚楚使劲儿摇摇头，爬上床钻进被窝，两只温热的小手在他僵得知觉麻木的腰上仔细揉捏，揉着揉着眼圈儿就红了："王爷，我身体好，不怕冷，你不用对我这么好。"

他对她多么好？

萧瑾瑜笑里有点发苦，她没日没夜地围着他转，公事私事都竭心尽力地帮他，累得和衣而眠，冻都冻不醒，他不过是帮她盖了一条被子。

"楚楚，我若说我疼惯了，不怕疼，你还管我吗？"

"当然管！"楚楚揉在他腰上的手力道又温柔了几分，满眼都是心疼，"哪有不怕疼的人呀？"

萧瑾瑜深深看着她："也没有不怕冷的人。"

"王爷……"

萧瑾瑜吃力地抬起手，摸上被楚楚咬紧的下唇，把那瓣柔润的嘴唇解救出来，用微凉的手指轻轻抚着："能不能……亲我一下？"

楚楚凑上去，认真地在他发白的嘴唇上吻了一下。

"楚楚，说说验尸结果吧。"

"哦，"楚楚边揉边道，"那个人没穿衣服，是用脑袋撞墙死的，撞得特别厉害，撞完就咽气了。"

"嗯。"

楚楚揉着他瘦得见骨的脊背，拧起眉头："不过，这个人撞死得有点儿怪。"

"嗯？"

"他死的时候是瞪着眼、张着嘴的。"楚楚说着低头在萧瑾瑜脖子上亲了亲，惹得萧瑾瑜轻哼了一声，"他这里还有点儿发红，像是被捏过，不过还得等会儿再看看才好确定。"

楚楚又沿着萧瑾瑜的脊柱一路用手指下去："这里、这里、这里，我指的这些地方都是尸体身上有细小摩擦的地方，不过应该都是他贴着墙坐着的时候磨蹭出来的。"

楚楚继续说道："尸体腰下还有瘀伤，应该是一屁股坐到地上摔的。"

楚楚把萧瑾瑜翻了个身，抓起他的手臂，握住他的双手手腕："这一圈都有点儿发红，应该是被人抓的。"

萧瑾瑜点点头："嗯。"

松开他的手，楚楚又轻轻扯开他的衣服，指着他的胸膛说道："这里，还有这里，"萧瑾瑜刚想让她抓住，楚楚突然下移，抚上了他的小腹，"还有这里和这里都有抓痕，可能是人家扒他衣服的时候他不愿意，拉扯的时候抓伤的。"

楚楚又叹了一口气，收了手："我就只验出这些了。"

"很好。"萧瑾瑜暗自松了口气。

"王爷，"楚楚朝门口方向望了望，忧心地皱起眉头，话音小心地压低了些，"现在这贡院里面，真的什么人都出不去了吗？"

贡院严格封闭，这回恐怕就是景翊在这儿，想要溜出去也要费些工夫。

萧瑾瑜轻轻"嗯"了一声："后悔进来了？"

楚楚忙摇头，眉眼间的忧心丝毫不减，还又把话音压低了些："要是谁都出不去的话……如果这些人不是自杀的，也就是说，杀人凶手就在贡院里？"

这正是他最庆幸的，也是他最担心的。

"别怕，我会尽快查清楚。不过你要记得——"

"不能随便信人，我记住啦。"楚楚坚定地打断了萧瑾瑜的话。

贡院里到底不比军营，即便因为出了人命要加强巡逻守卫，但也没见到有那种剑拔弩张的紧张，尤其到了厨房这一片，烟火气一浓，简直都不像是在严格封闭的地方了。

楚楚去厨房给萧瑾瑜熬汤、煎药，见厨房里有新鲜的鲫鱼，想着给他炖碗鲫鱼豆腐汤，一问才知道豆腐昨晚用完了，过会儿才能送来。

楚楚把鱼拾掇好了就在厨房门口等着，等了一小会儿，看见一个满头大汗的老大爷拉着一辆摆着几个大水桶的板车慢悠悠地往这边走过来，一个身形瘦小的老婆婆跟在后面推着，腿脚不大利索，走得颤颤巍巍的。

板车在厨房前面的那口大水井旁停了下来，老婆婆扶着车走过去给老大爷递了条毛巾："歇歇，歇歇吧，都两趟了。"

老大爷把毛巾接了过来，却擦上了老婆婆的额头，一边搀着她晃悠悠的身子，一边拧着眉头责备着："让你别动，非跟着跑，能帮得了啥忙，磕着碰着咋办？"

老婆婆拿袖子给他抹着汗："你一个人干活，我不放心。"

老大爷脖子一梗，看着老婆婆皱纹满布的脸说道："有啥不放心啊，京城里还有比你好看的闺女不？"

"死老头子。"

楚楚捂着嘴偷笑，她不知道在萧瑾瑜眼里自己是不是全京城最好看的闺女，反正在她眼里，萧瑾瑜就是这世上最好看的人。

老大爷搀老婆婆到树底下坐好，转身到井边打水往车上的水桶里倒，老大爷提了两三桶就有点儿吃力了，楚楚刚想过去帮帮忙，厨房伙计就过来道："娘娘，豆腐送来了。"

"哦，好，给我留一小块就行，我先去帮那个大爷把水提了。"

"使不得使不得！"

楚楚这两天总来厨房煎药，伙计也知道这个娘娘不讲究也没脾气，就直接张手拦到了楚楚前面："娘娘心肠好，小的替秦大爷谢谢您了，不过您可千万帮不得，要不他老两口就活不成了。"

"为什么呀？"

伙计把楚楚请进厨房，然后小声道："他老两口在贡院干活快二十年了，都八十了还干，就为了找儿子，要是丢了这个活儿，他俩非恨上您不可。"

楚楚抿抿嘴唇，隔着窗户偷眼看着外面卖力提水的秦大爷："他俩的儿子在贡院里？"

"他俩是这么说的，他俩是潭州乡下的，秦大娘身子不好生不了娃，家里穷得叮当响，就一个从地里捡来的儿子，宝贝得不得了，供他吃喝还供他念书，那孩子三十年前来京里考会试，说考不上就不回去，结果还真就一去几年没音信了。他俩砸锅卖铁找到京里来，一直没找着，就在贡院找了这么个活儿，平时帮着各院打扫，到考试的时候就给考棚送水，就为了能在贡院里找儿子，结果找到现在了也没找着，人耗得都快不行了。"

伙计说着也一脸同情地看着外面："这里干活的都可怜他俩，可谁也不敢上去帮，就怕把他俩这活儿给帮丢了，那可就真要出人命了。"

楚楚吐吐舌头："我知道啦，谢谢你！"

"娘娘客气了，小的给您拿豆腐去。"

"好！"

楚楚拎着食盒回去的时候，萧瑾瑜正靠在床头翻看一叠案卷，看起来精神好了不少，那双好看的眼睛里也有了神采。

每次萧瑾瑜这样专注地看案卷的时候，楚楚心里都莫名地发酸，她吃醋，吃他手里拿的那叠纸的醋，因为那叠纸能被他这么小心地拿着，全神投入地看着，一看就是好长时间，吃饭睡觉全都能忘得干干净净。

楚楚知道这样的小心眼儿不好，可就是忍不住，一见萧瑾瑜把那叠纸搁下，立马钻进萧瑾瑜的怀里，把头埋在他胸口满足地磨蹭。

萧瑾瑜好气又好笑地轻抚她的头发："又吃卷宗的醋了？"

这可不是一回两回了，楚楚第一回红着小脸悄悄告诉他的时候，向来笑不露齿的萧瑾瑜都笑出声来了。

楚楚一脸失落地抬起头："王爷，我验尸的时候，你会不会吃醋呀？"

萧瑾瑜浅蹙眉头，认真地想了想："有时候会，有时候不会。"

楚楚的眼睛一下子亮闪闪的："什么时候会呀？"

萧瑾瑜轻轻道："你把他们从头摸到脚的时候。"

楚楚笑得美滋滋的："那什么时候不会呀？"

萧瑾瑜轻叹："你把他们剖开的时候，满意了吧？"萧瑾瑜闻着满屋子诱人的浓香，啼笑皆非地抚着怀里咯咯直笑的人，"能赏口饭吃吗？"

"能！"

楚楚给他盛了满满一碗，萧瑾瑜拿起勺子尝了一口，连日被白粥和药汤折磨得麻木的味蕾在浓香中一下子苏醒过来："好吃。"

"那你多吃点儿，晚上再给你炖点别的！"

"谢谢。"

萧瑾瑜埋头慢慢地喝着汤，温热的汤水暖着他退烧之后隐隐发凉的身子，半碗汤下去，整个身子都暖了过来，脸上也隐隐有了血色。

楚楚看他吃得半饱了，才抿抿嘴唇道："王爷，我想求你一件事儿。"

萧瑾瑜手里的勺子一滞，他还清楚地记得上回她这么一本正经地求了他一件什么事，说道："这回也要剖尸？"

"不是不是！"楚楚连连摆手，"不是尸体，是活人的事儿！"

"说吧。"

"王爷，你能帮我找个人吗？"

萧瑾瑜微怔："什么人？"

"我也不知道。"

比这离奇的寻人请求萧瑾瑜也碰见过不少，只是他一时想不出，才出去这么一会儿，她能丢个什么人？

"楚楚，你为什么找这个人？"

楚楚咬了咬嘴唇："他爹娘找他找了好多年了，快找不动了，我就想帮帮他们，让他们家早点儿团圆。"

"他爹娘是谁？"

"就是在贡院里给考棚送水的秦大爷、秦大娘，听厨房的人说，他们的儿子就在贡院里考试呢。王爷，我跟这里好几个干活的都问过了，这事他们都知道，应该不是骗人的。他们太可怜了，你帮帮他们吧。"

萧瑾瑜眉心轻蹙："嗯，你去跟吴江仔细说说，他若查不出来，我再想办法。"

"谢谢王爷！"

萧瑾瑜吃过饭，又服了药，然后出去把两次案发的屋子都里里外外看了一遍，回到房里的时候，吴江已经带着王小花和上次被萧瑾瑜和楚楚救下来的两个兵在他房里等着了。

"王爷，贡院的大夫已经到营房去了，那俩人伤得不轻，不知道救不救得回来。"

吴江说着狠瞪了王小花一眼，他也是从军营里出来的，进安王府之前也上过战场，当过兵也带过兵，可从没见过把自己的兵往死里治的将军。

王小花只冷冷哼了一下，手里握着那柄大刀，耀武扬威地看着萧瑾瑜。

萧瑾瑜对吴江微微点头，目光从王小花身上飘过，径直看向那俩还带着病色的兵："伤可好些了？"

两人慌张地跪下："谢王爷救命之恩！"

王小花粗重地冷哼一声，招来吴江更狠的一瞪。

萧瑾瑜像是压根没注意到屋里有王小花这个人似的，只是淡淡地看着跪在地上的两个兵："案发那晚的事，你二人可还记得？"

"回王爷，记得。"

"从上岗开始，一直到发现尸体，其间三个时辰你二人做过什么，看到过什么，无论巨细，全说一遍。"

"是……是。"

萧瑾瑜静静听着他俩你一言我一语地把三个时辰内的大事小情说了一遍，微微点头，云淡风轻地道："再从发现尸体到上岗倒着说一遍。"

两个人一噎，看萧瑾瑜不像是闹着玩儿的，只好硬着头皮说起来。

"交班的时候开门检查时就发现三个人吊在梁上了。"

萧瑾瑜突然插话："谁开的门？"

"末将开的，钥匙在末将手里。"

"谁第一个进门？"

"也是末将，末将把锁一开，推门就进去了。"

萧瑾瑜这才微微点头："嗯，往前说。"

"往前，往前是一只猫从门前蹿过去，吓我俩一跳。"

萧瑾瑜又突然问道："黑猫白猫？"

"黑……黑的……"

萧瑾瑜眉梢微扬："刚才不还是花猫吗？"

"对，是花猫，花猫，末将一时口误。"

"嗯，接着说。"

另一个兵咽了咽唾沫，这才道："然后是秦大娘推车子给考棚送水，经过门前。"

"秦大娘？"萧瑾瑜静静看着满头大汗的两人，"刚才不是说是一个老大爷吗？"

"是……是老大爷！"

萧瑾瑜脸色微沉："是你俩说实话，还是本王把秦家二老传来问问？"

两个兵慌张地磕头："王爷息怒！末将该死，末将该死！"

萧瑾瑜冷然道："若是自己说出来，本王就按本朝律法治你二人隐瞒案情之罪，若是本王查出来，就交由王将军，按军规重新治你二人失职之罪。"

萧瑾瑜话音未落，两人就抢道："末将自己说，自己说！"

"说。"

"我二人见到的确实是秦大娘。"一个兵正了正脊梁骨，"那天晚上秦大娘一个人拉着板车往考棚送水，那么大年纪的人了，身上还带着病，走到屋前摔了一跤，爬不起来。末将们都是家里有爹娘的人，看不得这个，我说我给大娘拉车子，大娘还怕让贡院的人看见，不让她在这儿干了，就见不着儿子了。我就把车子拉到考棚附近，他把大娘背过去，我俩才回来的。"

王小花翻了个白眼，吴江皱起眉头，萧瑾瑜眉心微展："秦大娘是否说过，不让你们告诉秦大爷？"

两个兵一愣："是啊，王爷怎么知道？"

萧瑾瑜没回答："你俩先回营房，把那晚的事情前后如实地写出来，再有一个字作假，便是蓄意欺瞒本王之罪了。"

"是！"

两个小兵一退，萧瑾瑜对脸色青黑的王小花道："王将军，今日酉时第一门考试结束，如若抓到舞弊考生，劳烦交由吴将军押送刑部。"

王小花一下子瞪起了牛眼，刀柄一顿："王爷，你什么意思？"

"没什么意思，"萧瑾瑜清清淡淡地看着王小花，"酉时一到，数千考生皆可走出考棚，在贡院前院范围内活动筋骨，届时恐生动乱，还需王将军坐镇。"

王小花咽了下唾沫，没好气儿地道："这本来就是我的事儿。"

"那就拜托将军了。"

"嗯。"

吴江脸色铁青地看着王小花大摇大摆地走出去，然后说道："王爷，这人什么时候落到咱们手里，您一定得把案子交给我，我查不死他……"

"不急，楚楚让你查的东西，可有眉目了？"

吴江拧着眉头摇摇头："还没有，卑职去见了秦家二老，两位老人一口咬定儿子就在考生当中，但多年不见儿子，说得很模糊，唯一可当证据用的就是他们儿子后腰上有个铜钱大的黑痣。"

萧瑾瑜微微点头："你知道他二人住在何处？"

"知道，就在西边的下人房。"

"去柴房告诉娘娘，忙完了就回来一趟，我等着她一起去秦家二老的住处看看。"

"是。"

萧瑾瑜换上一身干净的白衣，坐在桌边刚翻了几本加急公文楚楚就风风火火地跑回来了。

"王爷，我回来啦！"楚楚直奔到衣柜前，打开衣柜抓出一身衣服钻到屏风后面，"我刚才没碰尸体，熏点草药、换身衣服就能走！"

萧瑾瑜一怔，搁下手里的折本子："没碰尸体？"

她出门的时候不是说去验尸吗？

"嗯，我就看了看那三个吊死的人穿的衣服。"

屏风是绢帛的，遮得住形，挡不住影，萧瑾瑜清楚地看到屏风后面的人利落地脱了外衣，萧瑾瑜赶忙过去关严了朝向外面走廊的窗子。

楚楚倒是平静得很，从屏风后面探出头来邀功似的看着萧瑾瑜："王爷，你猜我发现什么啦？"

萧瑾瑜忙把目光投到一株盆景上："不，不知道……"

楚楚缩回身去，往屏风后的炭盆里丢了把皂角和苍术，趁着烟雾升腾，从火盆上跨过来跨过去的。

"王爷，我拿着拼出来的那件衣裳跟那个人的中衣比，发现这件衣裳的外衣袖子比中衣要长好大一截嘞，这衣服要真穿在他身上，肯定跟唱戏的一样了！"

楚楚玲珑有致的身子被烟雾轻轻包裹着，隔着屏风看过去飘渺如仙，萧瑾瑜出神地看着，鬼使神差地道："嗯，那件外衣是凶手的。"

"啊？"楚楚不等把衣服穿好就一下子从屏风后面蹦了出来，"王爷，你早就知道了呀？"

从她说那布条裁剪整齐，很容易就拼出一件衣裳开始，萧瑾瑜就有所怀疑了。

"刚……刚确认。"

楚楚脸上的沮丧之色一扫而光："那我就没白验啦！"

秦家二老本来说什么都不肯让吴江帮着送水，可听吴江说掌管天下刑狱的安王爷要亲自来帮他们找儿子，两位老人家立马就答应了，对着吴江千恩万谢之后，把那间一眼就能看到尽头的破屋子来回收拾了好几遍，楚楚和萧瑾瑜到的时候，秦大爷已经搀着秦大娘在门口跪着等了老半天了。

楚楚推着萧瑾瑜还没走近，两个老人就一阵磕头："王爷千岁！娘娘千岁！"

正是白天干活的时候，下人房的院里人不多，清静得很，两个老人这么一喊，几个人头零星地从窗口、门口里冒了出来。

"不必多礼，请起吧。"

等轮椅靠近了，萧瑾瑜清淡又客气地说了这么一句，楚楚才赶忙上前把跪得腿脚虚软的秦大娘搀起来。

"王爷、娘娘，外面风凉，快请里面坐，里面坐。"

楚楚帮着把秦大娘搀到椅子上坐下，见秦大爷要拎壶倒水，赶忙抢在前面拎了过来，利索地把四个旧得不见原色的茶杯满上热水，说道："大爷、大娘，你们喝水！"

萧瑾瑜看着拼命道谢的两个老人，一阵啼笑皆非，这丫头真是到哪儿都不把自己当外人。

屋里就两把椅子，楚楚非让秦大爷坐下，待给萧瑾瑜递上热水杯子暖手之后，就挨在萧瑾瑜身边乖乖地站着，再加上一身粉嫩嫩的打扮，宛然一副小媳妇见爹娘的模样。

看着乖巧可人的楚楚，想着自家儿子要是还在家里，也该有这么一房知冷知热的媳妇了，两个老人家心里一阵发酸，秦大娘瞅着楚楚就哭了起来："我的儿啊……"

楚楚赶紧过去挽着秦大娘的胳膊，从怀里扯出块手绢给她擦着眼泪："大娘，你别难受，王爷肯定能把你家儿子找着！"

秦大爷一声叹气，眼圈儿也隐隐发红了："都找了二十几年了，再找不着，就真见不着了。"

秦大娘靠在楚楚怀里哭得上气不接下气，楚楚的眼眶也跟着红起来，转头看向微微蹙眉的萧瑾瑜："王爷……"

萧瑾瑜轻咳了两声："老先生，你何以认为儿子就在贡院之中？"

"这……他走的时候就说考不上不回来，也没说啥别的，我俩都是大字不识几个的，也不认识啥人，就只能在这考试的地方等着他来啊。"

"你儿子的姓名是什么？"

"秦、秦天来，"秦大爷揉着发湿的眼角，"他是在我家地里捡的，当时就琢磨着，肯定是老天爷开眼，赏给我俩的，哪知道……"

萧瑾瑜微微点头："他当年可是独自进京考试的？"

"是啊，一个人就带着点儿干粮，再带着几本书就走了。"

萧瑾瑜若有所思地看着手里的水杯："敢问老先生，当年潭州刺史是哪位？"

秦大爷拧着眉头望着房梁说道："这还真记不清，姓孙……不是，好像是有个孙字。"

"公孙隽。"

"是是是，"秦大爷连连点头，"就是这个名！他……他跟找我儿子有啥关系啊？"

"只是问问，其他的事吴将军还会来叨扰，我就再问一句，考棚那边半夜可需送水？"

秦大娘的身子明显一僵，萧瑾瑜的目光却丝毫没落在她身上。

"不用啊，"秦大爷摆摆手，"白天干一天，天黑不透就睡得啥都不知道了，哪还送得了水啊？"

"多谢了，"萧瑾瑜把杯子放回桌上，"我尽力而为。"

"谢谢王爷，谢谢娘娘。"

从秦家二老那里回房的一路上，萧瑾瑜一句话也没说，楚楚也没敢出声，一直到进了屋，楚楚给萧瑾瑜递上热茶才小心翼翼地道："王爷，你是不是特别忙呀？"

萧瑾瑜从思绪中回过神来："嗯？"

楚楚轻咬嘴唇："你要是忙不过来，我能去帮秦大娘找，你忙你的就行啦，别累着。"

她一时可怜两个老人，居然忘了这人平日里有多忙，现在又有了案子，他的病还没好，他肯定是怪她不懂事才不愿理她了吧？

楚楚眼圈儿微微发红："你别生气。"

萧瑾瑜浅笑，搁下杯子，拉她坐到自己腿上，抚着她因为胡思乱想而僵硬起来的脊背："没有，就快找着了。"

楚楚眼睛一亮："真的？"

"嗯。"

楚楚激动地搂上萧瑾瑜的脖子："王爷，你真好，真好！"

萧瑾瑜两颊微红，啼笑皆非地顺着楚楚的脊背："楚楚，我今晚有公务，你就在房里，别乱跑，早点儿睡。"

"王爷，你晚上不回来啦？"

萧瑾瑜本想点头，可看她那副像是害怕被人丢弃的猫儿一样的可怜模样，实在点不下去："回来，可回来要很晚了，不必等我。"

"多晚我都等你！"

"听话。"

楚楚紧黏在他怀里，大有一副不答应就别想走的架势。

萧瑾瑜只得松了口，嘴角苦笑，心里温热一片："好。"

差一刻酉时，萧瑾瑜换上了官服，让吴江陪着去了考棚。

楚楚马马虎虎地吃过晚饭就去厨房要了只老母鸡给萧瑾瑜熬汤，砂锅刚放到灶火上，就见到一个伙计急匆匆地跑进来喊道："乱了乱了，前面全乱了！"

厨子嗤笑了一声："鸡飞了还是猪跑了啊？"

"考生……考生乱了！"伙计没看见小灶边的楚楚，唯恐天下不乱地叫着，"也不知道咋搞的，他们卷子一交就都知道死人的事儿了，闹着非要出去，那些当兵的都快跟他们打起来了！好几千个人啊，连安王爷和薛太师都压不住阵了！"

另一个伙计慌得直摆手："娘娘在这儿呢，你说什么胡话！"

"啊……啊？"

那伙计还没看见楚楚的影子，楚楚就已经奔出厨房去了。
"你这人，嘴上怎么老没个把门的啊？"
"我哪知道她……"

楚楚一口气奔到前院，果然是乱糟糟的一片，考生的叫嚷声混着官兵的斥骂声，不时还能听见王小花的大吼惊雷一样地在人群里炸一下子，然后淹没在数千人的"嗡嗡""嘤嘤"声中。

乱成这样，要是有人伤着王爷……

楚楚刚想冲过去找萧瑾瑜，就被不知从哪儿冒出来的吴江在背后拍了一下。

"大哥！"一见吴江没和萧瑾瑜在一起，楚楚更急了，"大哥，王爷呢？"

吴江伸手做了个噤声的手势，低声道："娘娘随我来。"

楚楚跟着吴江从后面走进前后院交界处的不起眼的小楼里，走上三楼发现萧瑾瑜正和薛汝成面对面在下棋。

一枚乌黑的墨玉棋子夹在萧瑾瑜白皙的指尖中，萧瑾瑜全神贯注看着棋盘，目光澄亮，不急不慢地在棋盘上落下棋子。

楚楚看得愣在门口。

那伙计不是说，这俩人是在前面压阵压不住了吗？

薛汝成在藤编的棋盒里拈出一枚莹白的羊脂白玉棋子，在指尖揉搓了半晌，深不见底的目光扫着棋盘看了好一阵子，两指一屈，"啪"地把棋子一弹，棋子"哐当"一声落在棋盘上，大半棋子被震乱了位，棋盘边上的几颗更是稀里哗啦地掉了出去。

薛汝成一甩手，站起身来说道："王爷赢了，外面的事就随你处置吧。"

"多谢先生。"

"记得把棋子收好，送我房里去。"

"是。"

第四章

看着薛汝成走出去，萧瑾瑜把落在自己身上的棋子一颗颗拾起来，黑是黑白是白地扔进棋盒里。

每次下棋下输后，薛汝成一定会把棋子甩一地，然后拂袖而去，让萧瑾瑜一颗一颗拾起来。

自打染了风湿，行动越发不便，萧瑾瑜和薛汝成下棋就再也没敢赢过。

这回，不得不赢。

看着傻愣在门口的楚楚和吴江，萧瑾瑜浅浅苦笑，指指散落在地上的棋子："帮忙。"俩人这才赶紧跑过来，七手八脚地帮萧瑾瑜捡棋子。

吴江记得他出门的时候萧瑾瑜还在和薛太师你一句我一句地对诗，吴江虽然从小就是个舞刀弄枪的，但也算通文墨，能听得出来两个人对的是你侬我侬的艳诗，薛汝成对的那些句子格外露骨，把萧瑾瑜听得脸上红得直冒烟，还不得不硬着头皮往下接，还接得更为香艳露骨。

刚才上楼的时候吴江还在兴致盎然地想着，要是楚楚听见那样的诗句从萧瑾瑜嘴里一本正经地念出来会是个什么反应。

不过就是出去找个人的工夫，俩人怎么就下起棋来了？

楚楚把手里的棋子分好放到两个棋盒里，一边收拾桌上的一片狼藉，一边轻皱眉头看着像是打了场大仗一样累得满头大汗的萧瑾瑜说道："王爷，你跟薛太师吵架啦？"

"一点分歧，"萧瑾瑜从袖中拿出手绢，慢慢地擦着顺颊而下的汗水，"跟先生比画、比诗、比棋，全赢了他才肯听我的。"说着又轻叹了一声："先生这回算是下狠手了。"

楚楚笑着看他："你全赢啦？"

萧瑾瑜有气无力地点点头："险胜。"

楚楚一脸崇拜地看着萧瑾瑜："王爷，我想看看你们写的诗！"

萧瑾瑜的脸"腾"地红成了大樱桃，吴江咬牙抿嘴，低头默默捡棋子。

"我们空口念的，没写出来。"

楚楚抓住萧瑾瑜的胳膊摇晃着："能看看你们画的画也行！"

"烧……烧了。"

薛汝成起什么题不好，非要比画春宫，还要工笔细描。得亏先比了那两局，否则让楚楚看见那画听见那诗……真是不堪设想。

"哦，"楚楚有点儿失望地松开萧瑾瑜的胳膊，转身继续收拾棋盘，"那改天你一定画给我看，我还没见过你画画呢！"

萧瑾瑜忙点头："好，好。"

"王爷，"吴江运足了内功把脸绷紧，郑重地把最后两把棋子各归各位，低头沉声道，"十名监考官都被那群考生泼得满身墨汁，回后院换身衣服马上就来。"

"好，你先去把棋盘、棋子还给薛太师吧。"

"是。"

吴江一走，楚楚就凑到窗口，低头看着前院的一片混乱，看着看着突然反应过来，转过头来指着窗外道："王爷，你跟薛太师比赛，是为了外面这群人？"

萧瑾瑜微微点头："算是吧，我准备当众把那个凶手揪出来，以示光明磊落，安定人心，薛太师更主张暗中审问，以免旁生枝节。"萧瑾瑜静静地看着楚楚："让你选，你选哪个？"

楚楚连连摆手："我是当仵作的，这个我不能管！"

"不是让你管，"萧瑾瑜追问，"你就说说，你要是个查案的，以眼下这样的情势，怎么办更合适？"

"我觉得，"楚楚抿抿嘴唇，看了眼窗外几乎开始大打出手的混乱场面，想了一阵，"我要是个查案的，就只管查案子抓凶手，怎么抓都一样，反正能快点儿抓着就行啦。"

萧瑾瑜莞尔，被她这么一说，还真觉得刚才和薛汝成争那一场矫情得很了。

难不成从一开始薛汝成就是嫌他拘泥矫情，才拿那样的赛题羞他？

他居然还一本正经地从头比到尾。

萧瑾瑜浅浅苦笑："你说的对，外面乱得很，你就先在这儿吧。"

"好！"

"不过一会儿有官员来见，你得到后面稍作回避。"

"行！"

等了有一刻的工夫，吴江出现在门口："王爷，十位监考官到了。"

"请吧。"

吴江侧身让开门口，十个身穿便服的官员鱼贯而入，在萧瑾瑜面前齐齐一拜。

"卑职等拜见安王爷！"

萧瑾瑜也不说让这十人起来，只静静扫着他们的头顶，不冷不热地道："外面的情势诸位应该比本王更清楚，你十人身为监考，昼夜不离考棚，想必知道是何人最先向考生透出命案之事。"

十个人一片静寂。

"距酉时交卷到现在还不到两个时辰，这就记不得了？"

跪在最边上的人硬着头皮小声道："回王爷，考生众多，突然乱起来，下官等实在看不过来。"

"看不过来？"萧瑾瑜的声音倏然冷硬了一重，"本王坐在这里都能看见是哪排考棚先乱起来的了，你们当中有一人就在那排考棚正前方，有两人在那排考棚十步范围内，还有两人在五十步范围内，全瞎了吗？"

十个人仍是埋头不语。

"吴江。"

吴江按刀一步站出来："王爷。"

"告诉他们，本王先前与皇上商定，今科会试相关官员的渎职之罪如何论处。"

吴江微微一怔，立时会意，声音一沉道："鞭刑二百，示众三日，以儆效尤。诸位大人要是不信，昨晚看守不力的两位仁兄这会儿还在营房里抢救着呢，随时可去探望。"

十个人忙不迭地一阵磕头："王爷息怒，王爷息怒！"

萧瑾瑜满脸冰霜，目光落在中间一人的头顶上，一字一句地道："本王再问一遍，是何人最先向考生透出命案一事？"

还是跪在最边上的那人抢道："回、回王爷，是年字号附近，是那一片先嚷嚷起来的！"

萧瑾瑜眉梢一挑："齐英，刚才不是看不过来吗？"

听着连自己的大名都被点了出来，那小官慌得又是一阵磕头："王爷息怒，下官糊涂，糊涂，没……没看清具体是何人，不敢……不敢乱说。"

"你离年字号考棚将近百步，看清了才是有古怪。"

"王爷英明，王爷英明！"

一听到萧瑾瑜连人都认清了，那几个真正离得近看得清的官员忙道："回王爷，是年字号，是年字号！"

萧瑾瑜静静地看着其中一人："公孙延，你离年字号考棚最近，可还记得年字号考生的相貌？"

"记……记不太清了。"

"是吗，"萧瑾瑜不冷不热地道，"本王依稀记得，那人身高七尺有余，身形细瘦，气色上佳，但进贡院大门之时中衣外面裹了五六件外衣，言说体弱畏寒，王将军把他拖进门房扒了个干净，确认衣服里并无夹带才放了进去。此人在门房里号啕大哭了好一阵子，出来的时候哭得连路都没法走，还是让人架进考棚的。公孙大人，想起来了吗？"

"想起一点儿了。"

萧瑾瑜继续扫着十个人的头顶："几位大人，可都想起此人了？"

"想起来了，想起来了。"

萧瑾瑜微微点头："那几位大人可有印象，此人在案发那两夜是否离开过考棚？"

想起刚才吴江说的话，十个人同时答话："没有，没有，绝对没有，绝对没有！"

"那就好，"萧瑾瑜端起桌上的杯子缓缓喝了一口浓茶，淡淡地道，"劳几位大人去前面帮王将军维持一下秩序，跟那些读书人说，什么时候他们有读书人的样子了，本王就什么时候滚出去跟他们说清楚。"

"是，是！"

吴江带着十个监考官一退下，楚楚就从里屋钻了出来，直奔到萧瑾瑜身边："王爷，我也去跟你抓凶手！"

"不行，"萧瑾瑜听着外面吵翻了天的动静，轻轻皱眉，"你听听这些人，还不知要闹成什么样子，你就待在这儿，想看什么在窗口都能看见。"

楚楚急得跳脚："我不是要去看热闹！"

"楚楚，"萧瑾瑜把她揽到身边，"吴江会保护我，不用担心。"

楚楚脖子一梗，杏眼瞪得溜圆："谁担心你啦？我是仵作，你抓凶手我就得出来作证！"

萧瑾瑜一噎，啼笑皆非，还是他自作多情了。

"今天不用，今天不是升堂，只是把那个凶手揪出来，让外面这些人安分下来，安心准备明天的考试。"

楚楚一脸正色，两手扒上萧瑾瑜的肩膀，直盯着他的眼睛："你抓人就得有证据，尸体上的证据就是死者说的话，是最重要的证据，尸体是我验的，我说的才作准，你不能瞎说！"

萧瑾瑜被她说得一愣："我……我不会瞎说。"

"你就是会！"楚楚气鼓鼓地瞪着这个一脸无辜的人，"你刚才就胡说来着，那个渎职之罪。"

萧瑾瑜哭笑不得地抚着她的腰背："楚楚，审讯跟验尸不一样，这是技巧，不是胡说。"

"我不管！反正尸体上的事儿不能让你胡说！"

"好，"萧瑾瑜缴械投降，"就跟我一起去吧，不过你要跟紧我，千万不能乱跑。"

"好！"楚楚立马伸手搂住萧瑾瑜的脖子，咧嘴露出八颗小白牙，"我就站在你身边，保准谁也不会欺负你！"

萧瑾瑜好气又好笑地在她腰底轻拍了一下："还说不是担心我？"

"就顺便担心一点儿。"

萧瑾瑜眉梢一扬："嗯？"

"可担心可担心啦！"

"嗯。"

萧瑾瑜把那一杯浓茶喝到一半，外面已经静得差不多了，可萧瑾瑜一出现在考棚，考棚立马又炸了锅。

王小花的一队兵能排起人墙把聚众的考生挡起来，可挡不住考生一声高过一声的叫骂。

"杀人者偿命！"

"装什么公正廉明，就是你私设刑堂草菅人命！"

"作弊者也是人，草菅人命者偿命！"

"把我们囚在这算什么本事？"

"搞那么多花样，连个砚台都不让自己带，是不是官商勾结，中饱私囊？"

"天子门生由不得贪官污吏如此戏弄！"

"偿命！偿命！"

虽然萧瑾瑜出来之前就说过，这些人一定会说些不好听的，可这么亲耳听着数千人言辞凿凿地大骂自己心爱的人，楚楚还是气得直咬牙，要不是吴江紧紧把她拦在后面，她肯定要上去跟叫骂的人拼命了。

被人这么骂着，萧瑾瑜脸上依旧静得不见一丝波澜，淡淡地看着冲在最前面一排的这些喊哑了嗓子、瞪红了眼的考生。

十名监考官手忙脚乱地呵斥了好半天，王小花都要跳到屋顶上去吼了，考生的叫骂声这才渐渐小了下来。

萧瑾瑜轻轻咳了两声，一字一句地冷声道："子曰：'是可忍，孰不可忍。'"

萧瑾瑜声音不大，但声音所及之处都倏地一静。

这群都是读书人，都清楚这话是什么意思，也都清楚这话本身不可怕，可怕的是这句话后面往往会跟着的内容，尤其说这话的还是个有权有势的人。

刚才叫得跟群魔乱舞一样的考生顿时有一多半往后缩了缩脑袋，连十个监考官的脊梁骨都隐隐发凉了。

这些都是京官，都知道安王爷狠起心来是个什么样的主儿。

连吴江都握紧了刀柄，就等着萧瑾瑜的一句话。

一片死寂里只听到萧瑾瑜清清冷冷地道："都是读过书的人，谁能说说这话是什么意思？"

朦胧的月色下，数千张黑脸若隐若现。

考棚中部的一间号房里倏然传出一个慵懒中透着不耐烦的声音："这都能忍，还有什么不能忍的啊？"

萧瑾瑜轻勾嘴角，仍然波澜不惊地道："本王问这话没别的意思，只是提醒诸位，王将军的这些兵都是刚从西南战场上回来的，最见不得终日饱食还无事生非的文人。王将军手中有遇暴乱先斩后奏之权，他们若是忍不下去了……所谓秀才遇到兵，有理说不清，诸位各自掂量吧。"

王小花一张黑脸上的两个眼珠子瞪得比牛眼还大，什么先斩后奏之权，这人怎么就能睁着眼睛把瞎话说得比真的还像真的啊！

一阵鸦雀无声，萧瑾瑜冷眼扫向冲在最里面叫得最起劲儿的几个年轻考生："本王问你们，可曾亲眼见过刑堂是个什么模样？"

人群里一片死寂。

"可有人知道，官商勾结的第一步是什么？"

又是一阵死寂。

"可有人知道，想要中饱私囊，最关键的是什么？"

人群里静得只剩喘气声。

萧瑾瑜轻轻咳了两声："本王既当了今科主考，不提点你们些什么，恐怕有负皇恩。"

楚楚站在萧瑾瑜身边，一颗心都要提到嗓子眼儿了，王爷不会气昏了脑袋，真要在贡院里教人怎么当贪官吧？

萧瑾瑜脸上看不出一丝愠色，脊背立得笔直，声音冷冷得像是要把这竖起耳朵来的数千人冻死在当场："想要中饱私囊，最关键的就是不要脸，要做到官商勾结，第一步就是不要命，至于刑堂，你们今晚好好看看，本王的刑堂是什么模样。"

萧瑾瑜话音未落，吴江就会意地闪身出来，眨眼工夫闪到考棚某排最末端的年字号考棚，一把将坐在墙角抱腿缩成一团的人拽了出来，拎着那人的后脖领子，像拎猫、拎狗一样地拎到了萧瑾瑜面前。

吴江满眼嫌恶地看着这个一落地就又蹲到地上缩成一团的大男人，一把按在他白生生的后颈上："跪下！"

那男人居然一头栽在地上，抽抽搭搭地哭了起来。

吴江火大了："你再装！"

人群里立时有人愤愤地高喊："不许侮辱斯文！"

吴江一把揪起倒在地上的男人，毫不客气地按着他跪好，没好气儿地道："听见没，你同窗都嫌你有辱斯文了，还哭！"

吴江退回到萧瑾瑜身边，楚楚扯扯吴江的袖子，毫不吝啬地比给吴江一个大拇指，看得吴江一张脸又红又黑，抽着嘴角回给楚楚一个很谦虚的微笑。

萧瑾瑜微微蹙眉看着这个哭得抽抽搭搭的大男人："你在年字号，那就是叫李如生，对吧？"

王小花打进门搜身那会儿就烦透了这个比女人毛病还多的男人，刀柄狠狠一顿，两眼一瞪："说话！"

"学……学生是，是。"

"自己说说吧，怎么杀的人？"

"学生没……没有！"

李如生抬起一张梨花带雨的脸，这人看起来四十有余了，可那张脸还白净秀气得很，再挂上两行清泪，把楚楚生生看得心软了，差点儿想上前给他递块手绢。

"不是我，不是我……"

萧瑾瑜静静看着他："你没杀人，那为何没出考棚就知道有人死了？"

"听……听说的，"李如生颤抖着一只修长的白手，向监考官那边一指，"他们说话，学……学生听见了。"

萧瑾瑜向十名监考官瞥了一眼，十个脑袋齐刷刷地往后一缩。

"好，且当你是听来的。"萧瑾瑜不疾不徐地道，"你可敢把衣服脱了，以示清白？"

众人一静。

楚楚怔怔地看向萧瑾瑜，王爷是不是烧糊涂了，清白……哪是这个意思啊！

李如生桃花一样的脸色瞬间变得惨白，一下子把衣襟捂得死死的，缩在地上直发抖："不，不脱。"

萧瑾瑜沉声道："吴江。"

吴江深深呼吸，硬着头皮铁着一张脸走过去，眨眼之间扯下了李如生严严实实裹在最外面的那层衣服，露出第二件衣服。

吴江愣了一下，那些本来握紧了拳头正要抗议的考生也全僵在了当场，十名监考官的下巴都要掉到地上了。

这会儿裹在李如生身上的竟是一件贡院监考官的专用官服。

王小花急了，进门搜身的时候这人身上那五六件分明都是粗布衣裳，里面的两三件上还打着层层的补丁，怎么突然就冒出件官服来："你他娘的哪儿来的这身皮？"

吴江不管这人哭成什么模样，皱着眉头干脆利落地把这件官服从他身上扒了下来，呈到萧瑾瑜面前。

萧瑾瑜把官服反过来，扫了眼上面格外粗糙的针脚："李如生，这衣服是哪儿来的？"

"做，做的。"

王小花一听就炸了毛："不可能！这兔崽子进来的时候本将军都把他扒干净了，他身上一块儿这样的布头都没有，怎么做啊！"

萧瑾瑜看着缩在地上还抽抽搭搭哭着的人,轻轻浅浅地道:"自然是在外面做好了,有人给他递进来的。"

王小花大刀一顿,急红了眼:"放屁!老子的人盯得紧着呢,除了这十个没事儿瞎溜达的,就光是那俩送水的老头子、老婆子了,"王小花突然像是被人扇了一巴掌似的,一愣,再是一声大吼:"就是他们俩!"

"不急,"萧瑾瑜轻咳两声,"王将军不想知道,他一个考生为何要穿官服考试吗?"

王小花长刀一挥架到李如生颈项的脖颈上:"说!"

李如生哭得更凶了,一双水汪汪的泪眼可怜兮兮地望着王小花,把王小花看得脊梁骨直发麻,额头上的青筋凸得像雨后蚯蚓一样,黑脸一抽一抽的:"再哭,再哭老子一刀阉了你!"

吴江差点儿没绷住脸。

这会儿也没人再嚷嚷"侮辱斯文"什么的了,都目不转睛地看着这个犹如老天爷一道神来之笔一般的同窗。

萧瑾瑜又掩口咳了两声:"王将军,还是本王替他说吧。他穿这身官服是为了三更半夜溜出去的时候不惹眼,年字号在考棚末端,夜间光线昏暗,他前两夜身穿自制官服溜门撬锁大摇大摆走出去,再大摇大摆地走回来。你那些守在考棚外围的手下人就只当成是监考官巡夜了。"

王小花脸黑如炭,看着哭得上气不接下气的李如生:"他娘的,长得跟个娘们儿似的,还学人家杀人,还敢蒙老子的兵!"

"没有,学生没有……"

萧瑾瑜静静看着李如生身上所剩的衣服:"那你说说,不过三天工夫,你身上这几件衣服怎么都短了一截?贡院的饭没那么好吃吧。"

楚楚这才看见,李如生修长的胳膊上三件外衣袖子长短不齐,且都比中衣短了那么一截,露出一段磨毛了边的中衣袖口。

楚楚猛地想起来那三根扯开衣服接起来的布条,脱口而出:"这是那三具尸体的衣服!"

满场目光倏地聚到安王爷身边这个水灵灵的小丫头身上,只听那小丫头又雄赳赳气昂昂地添了一句:"不信你脱下来比比,就是那三个作弊考生的!"

李如生突然像是着了魔似的,也不管王小花架在他脖子上的刀了,一骨碌从地上爬起来,三两下扯掉那三件不合身的外衣,丢在地上一通猛踩,一边踩一边哭着大骂:"畜生,贱人!让你作弊,让你作弊,让你作弊!"

萧瑾瑜不动声色地把楚楚往后拦了拦,吴江抢在王小花反应过来之前闪身过去反扣了李如生的双手,按着肩头押跪了下来。

李如生梗着脖子看向萧瑾瑜,号啕大哭:"他们都该死!都该死!"

萧瑾瑜静静看着他："为什么？"

"为什么？"李如生秀气的眼睛里泪光闪闪，凄凉得让楚楚心里一阵发寒，"他们作弊，作弊的都该死，都该死……"

"格老子的！"王小花被他哭得太阳穴直发跳，刀柄都快被他那只大黑手攥断了，"你他娘的杀人还有理了？"

"学生没杀人，没杀人！"

"能不能让本王看看你的手？"

李如生点点头。

吴江把李如生带到萧瑾瑜面前，松开反扣在他手腕上的手，扣住他瘦削的肩膀。李如生看着萧瑾瑜，战战兢兢伸出两个白生生的手背。

萧瑾瑜眉心微蹙："翻过来。"

李如生两手微抖着展开手心，右手雪白的手心里赫然横着一道扎眼的红印子。

"楚楚。"

光线昏暗，楚楚抓过李如生冰凉的手，凑在眼前仔细地看着："这是划伤的，在刺状的东西上划的，应该是……"

楚楚刚把那只手往眼前凑得更近了些，李如生突然一挣，狠狠推了楚楚一把。

吴江一惊，闪身扶住往后倒的楚楚，电光石火的工夫，李如生已伸手掐住了萧瑾瑜的脖子，原本凄凉的眼睛里几乎要喷出火来："我杀的不是人，是畜生！畜生！"

吴江一手稳住楚楚的身子，一手抽刀出鞘，刀背刚触到李如生的后脑勺，王小花大刀已至，从背后一刀穿透李如生单薄如纸的身子，刀尖从李如生肚膛里刺出，贴着萧瑾瑜的前襟戛然而止。

黏稠滚烫的鲜血喷溅在萧瑾瑜的身上、脸上，那双掐在他颈上的手非但没因临死的痛楚而放松，反而拼死使尽最后一分力气，把萧瑾瑜掐得眼前一黑，刚听到楚楚的一声惊叫，还没来得及看就失去了意识。

天灰蒙蒙的，不知是什么时辰了，萧瑾瑜被入骨的疼痛唤醒，睫毛微颤，试了几次才勉强睁开眼睛，视线还一片模糊就急着找那个总会守在他床边的人。

"楚楚……"

"王爷。"

吴江沉沉的声音从床边传来。

萧瑾瑜吃力地侧过头来，这才看见吴江垂头跪在床边，想起昏过去之前楚楚那声惊叫，心里倏地一沉。

"楚楚呢？"

眼看着萧瑾瑜一下子变了脸色，吴江连忙道："王爷放心，娘娘煎药去了。"

萧瑾瑜心里一松，整副身子疼痛愈演愈烈，从脏腑到骨节都疼得像无数把钝刀子来回割着似的，差点儿重新昏过去，他紧攥着身下的床单忍了好一阵子，把床单都抓破了，可让吴江看到的也不过是张眉心微蹙、嘴唇轻抿的面孔。

疼痛之余，萧瑾瑜感激得很，除了感激吴江及时护住楚楚，萧瑾瑜甚至感激那个差点儿掐死他的李如生，谢他伤的不是自己心爱之人。

歇了半响，萧瑾瑜才轻轻道："辛苦你了，起来吧。"

吴江紧绷嘴唇，结结实实地给萧瑾瑜磕了个头："卑职就想当面给王爷认个错，这就抓王小花一块儿领罚去，我俩都是当将军的，该抽三百鞭子。"

吴江站起来扭头就走。

"回来。"

萧瑾瑜的声音平静虚弱，吴江却像是被施了咒似的，一下子定在原地。

"不急，"萧瑾瑜淡淡地道，"先攒攒，帮我办件事。"

吴江原地转过身来，对萧瑾瑜颔首道："是。"

"到三思阁把公孙隽的案卷取来。"

"是。"

"顺便看看府里可有闲人，另外，详查李如生。"

"是。"

"留心尾巴。"

"王爷放心。"

吴江走后，萧瑾瑜就在接连的疼痛中迷迷糊糊睡过去了，沉沉的睡梦中感觉到那只熟悉的小手握在他疼得知觉麻木的手上，不顾浓浓的睡意，他迫不及待地睁了眼："楚楚……"

楚楚慌忙抹掉挂在腮帮子上的泪珠："王爷，你还疼吗？"

煎药回来见他疼得满头是汗，怕他穿着汗湿的衣服睡觉着凉，想给他换身干衣服，刚掀开被子就看见他紧抓着床单的手，鼻子一酸就禁不住掉下泪来。

"不疼，"萧瑾瑜想给她擦擦眼泪，手腕刚抬离床单就牵痛了半边身子的骨节，力气一松，虚软地落了回去，到底还是只能心疼地看着她，"别哭。"

楚楚使劲儿抹干净泪痕，眨眨水蒙蒙的睫毛："我没哭，就是小虫子飞进眼睛里去啦。"

萧瑾瑜看着那双发红微肿的眼睛，浅叹道："谁让你的眼睛这么好看，连虫子都喜欢。"

楚楚"噗嗤"一声笑了出来，水汪汪的眼睛里顿时漾开一片笑意，像极了沾着雨水盛放的桃花，鲜活明媚得让萧瑾瑜心里一亮。

"真好看。"

楚楚抿着嘴直笑，低头小心地帮他解开汗湿之后黏在身上的衣服："王爷，你疼迷糊了吧？"

萧瑾瑜笑意未消就轻轻蹙起眉头："伤到哪儿了吗？"

"没有，他刚推我大哥就把我接住啦。"

衣襟一开，衬着萧瑾瑜雪白的胸膛，颈上那几抹掐痕变得格外刺眼，还有几个半月形的血口子，看得楚楚眼泪直打转儿。萧瑾瑜身子弱，平日里不小心磕碰一下就有淤伤，淤青、淤紫好些日子都下不去，这几道扎眼的印子还不知道要挂到什么时候。

"薛太师说，他要是再多掐一小会儿……幸亏小花将军一刀把他给杀了，要我说，就一刀太便宜他，得十刀八刀……一百刀也不够！得剁成碎末！"

"楚楚。"

楚楚抽抽鼻子，硬把眼泪憋了回去，微噘起小嘴："不过也怪小花将军，他要是先把那个疯子拽到一边再杀就好了，那疯子死了以后还不撒手，指甲都掐到你肉里去了。小花将军气得要把他的手砍下来，大哥不让，拽了好半天才拽开，还溅了你一身的血，害得你尸毒都犯了……还好我把爷爷给的方子背过了。"

萧瑾瑜轻皱眉头："王将军在房里吗？"

楚楚摇摇头，小心翼翼地把他湿透的上衣换了下来："我出去给你煎药的时候他正好也准备出门，眼睛瞪得跟烧饼一样，脸黑得跟砚台一样，可吓人了。"

"知道去哪儿了吗？"

楚楚摇头。

萧瑾瑜眉心紧成了一个结："楚楚，去帮我把他找来。"

"等会儿你吃过药我就去。"

萧瑾瑜摇头："就现在，晚了要出事了。"

"哦……好！"

楚楚急匆匆地跑了出去，萧瑾瑜阖眼静静躺了一阵才听清窗外淅淅沥沥的雨声。

这时候下雨，难怪骨节里疼成这样。

那丫头这么匆匆跑出去，不知道拿没拿伞……

她虽然身体不弱，可近日没少劳累，万一在贡院里着凉生病了……

万一病得厉害，薛汝成没法子……

万一一时没有必需的药……

万一——

萧瑾瑜正胡思乱想到躺都躺不安稳的时候，楚楚"噔噔噔"地跑了进来，手里那把油纸伞没来得及搁就奔进里屋来，看见全身干干爽爽、脸蛋跑得红扑扑的楚楚，萧瑾瑜揪紧的一颗心这才松了下来。

"王爷，真出事了！"

第五章

"不急，慢慢说。"

楚楚把伞丢下，凑到萧瑾瑜床边，秀气的眉头拧起一个浅浅的结："王爷，小花将军去找秦大娘、秦大爷了！"

萧瑾瑜默叹，他担心的就是这个："他去问送官服的事了，是不是？"

楚楚连连点头："小花将军大吼大叫了好长时间，下人房的人全听见了，还听见他把秦大娘骂哭了，秦大爷跟他吵了一架，小花将军一发火就揪着秦大娘、秦大爷去看李如生的尸体了！"

萧瑾瑜微微点头："现在还在停尸的柴房吗？"

楚楚抿着嘴唇点点头："王爷，秦大娘没了。"

萧瑾瑜一时没反应过来："嗯？"

楚楚咬着嘴唇，眼睛里水光闪闪的："秦大爷、秦大娘刚进去的时候都不敢看尸体，小花将军就卡着尸体的脖子拎起来放到他们眼前逼他们看，秦大娘一眼看见李如生后腰上的那颗黑痣，抱着就喊儿子，结果一口气没上来，就，就没了。"

萧瑾瑜微愕："现在呢？"

"秦大爷要跟小花将军拼命，正好有几个贡院的大人路过，把秦大爷给拉走了。"

"去哪儿了？"

"我也不知道，小花将军一气就走了，我追他没追上，就赶紧回来了！"

萧瑾瑜浅蹙眉心，微微点头："做得好。"

"王爷，怎么办呀？"

"别急。"

萧瑾瑜后半句话还没说出来，窗户倏地一开，一道熟悉的白影落了进来。

楚楚像看到神仙下凡一样，眼睛一亮："景大哥！"

萧瑾瑜默默叹气，果然，府里的闲人永远只有这么一个。

"楚楚，去柴房整理一下秦大娘的尸体吧。"

"好！"

"别忘了带伞。"

"哎！"

看着楚楚跑出去了，景翊觍着一张人畜无害的笑脸走到床边，盘腿坐到床下，从怀里取出一叠纸页双手呈到萧瑾瑜面前："王爷，要不是我在礼部当过半年差，哪那么容易偷……偷偷找人借出来啊！"

萧瑾瑜闭起眼睛："放床头上。"

景翊把纸页往他枕边一放，扫见他惨不忍睹的脖子，眉毛一挑："王爷，动手啦？"

萧瑾瑜皱皱眉头，睁开眼睛："嗯？"

景翊往萧瑾瑜脖子上指了指，一脸同情："娘娘挠的？"

萧瑾瑜额头一黑，毫不留情地扔给他一个白眼。

景翊笑得意味深长："这事儿我有经验，哄哄就好。"

萧瑾瑜一眼瞪过去，景翊立马换上一张公事公办的脸："王爷，这种事儿做了就是做了，没做就是没做，你执掌天下刑狱之事，更要内外兼顾，表里如一，方能服众。再说了，咱们娘娘是通情达理好脾气的人，你高兴的事儿她肯定也替你高兴，不如全说开了，免得造成误会，弄得你里外不是人，威严扫地就不好了。"

萧瑾瑜被他说得一阵云里雾里，太阳穴一跳一跳地发疼："说人话。"

景翊语重心长地道："王爷，不是我要插手你的家务事，但是人家姑娘家带着儿子都找到贡院门口了，你再这么藏着也不是长久之计啊。"

萧瑾瑜不但没明白，反而更晕了："什么姑娘？什么儿子？"

景翊摇头叹气："王爷，这事儿你得摆正心态，勇于面对。让一个柔弱女子带着个七八岁的儿子在贡院门口把你翻过来倒过去地骂，影响更不好啊。"

"骂我？"

景翊摊摊手，瞅着萧瑾瑜可怜兮兮的脖子："要不是薛太师在外面挡着，这会儿挠你的恐怕就不止一个娘娘了。"

"那女子……什么人？"

景翊一双狐狸眼睁得溜圆，满脸崇拜地看着萧瑾瑜："王爷，儿子都那么大了，你还不知道他娘是什么人啊？"

萧瑾瑜这会儿才把景翊这堆云牵雾绕的话串起来，脸色瞬间漆黑一片，额头上的青筋一跳一跳地往外鼓。

眼看着萧瑾瑜风云变色，景翊一骨碌爬起来找到最近的墙角抱头一蹲："我我我……我就是随口一说，认不认当然还得由王爷亲自裁决！"

萧瑾瑜深深呼吸，如今这副身子完全不适合跟这个人较真："我问你，那女子骂我什么？"

"我就听见几句，什么无良、狠心、该千刀万剐，还有让她孤儿寡母怎么活什么的，她说的不是我说的！"

"那个男孩呢？"

"喊爹啊，喊着要爹，喊得那个凄凉啊。"

"那女子还说什么？"

"倒是没说什么别的，不过抬来一口棺材，看来是想不成功就让你成仁了。"景翊说着抬起头来，一脸同情地望着萧瑾瑜，"王爷，你明知道自己身子不好，招蜂引蝶还招这种暴脾气的。"

"景翊！"

"在！"

"出去。"

"是！"

"滚出去。"

"王爷——"

"滚出去的时候别让人看见。"

"是……"

楚楚到柴房把秦大娘和李如生的尸体安置好，回来匆匆洗了个澡，还没回到里屋就听到一阵不急不慢的敲门声，开门一看，薛汝成正站在门口，一张老脸板得连皱纹都拉平了。

甭管薛汝成顶着个什么样的脸，在案子一团乱麻，萧瑾瑜还不得不卧床休息的时候，见到这样一个能顶事的人来，楚楚心里顿时一热："先生好！"

"娘娘，"薛汝成低了低头，"老夫找王爷说几句话。"

"王爷就在里屋歇着呢！"

薛汝成进来的时候，萧瑾瑜正皱着眉头闭目躺着，楚楚唤了萧瑾瑜两声，萧瑾瑜一点儿反应也没有。

楚楚刚想要凑近看看，只见薛汝成摆了摆手，坐到床边把手伸进被子里，刚搭上萧瑾瑜的脉就见萧瑾瑜嘴唇微启，微弱又急切地说了句什么。

薛汝成两条眉毛一块儿往里凑了凑，印堂微微发黑："王爷，此事需从长计议。"

楚楚没听清萧瑾瑜的话，看着薛汝成这副严肃郑重的神情，忙问道："先生，王爷说什么啦?"

"王爷说,他只跟老夫生孩子。"

楚楚一愣,凑上去摸了下萧瑾瑜的额头,手刚触到那片滚烫就赶紧道:"先生,王爷发烧说胡话,您可别当真!"

薛汝成微微点头:"不在其位,不谋其政。"

楚楚不懂这两句话是啥意思,但看见薛汝成点头,知道说的不是什么坏事,也忙跟着连连点头。

薛汝成小心地把手撤出来,仔细地掖好被子,抬头看到萧瑾瑜枕边的那叠纸页,眉头紧了紧,刚伸出手去楚楚已经一把抓到了自己手上,小脸微红,吐了吐舌头:"我今天还没帮王爷收拾屋子呢,他一忙起来老是把东西扔得满屋子都是!"

"娘娘辛苦了。"

楚楚把那叠纸页抱在胸前,笑得甜甜的:"先生也辛苦啦!"

薛汝成缓缓站起来:"王爷还按旧方子服药就好,老夫晚些时候再来叨扰。王爷若是醒了,还请娘娘代为转告,请王爷无论如何万万速结此案,否则必生事端。"

"我记住啦!"

第二天日近正午的时候萧瑾瑜才在骨节里绵延的疼痛中醒来,只要外面天还阴着,吃多少药、揉多少遍药酒也是徒劳。

可身边这人还在执着而小心地帮他揉着。

"楚楚。"

楚楚抬起头来朝他暖融融地笑了一下,又低下头去认真地揉着他肿得变形的膝盖:"王爷,你醒啦?"

萧瑾瑜微垂睫毛,轻蹙眉头看着自己瘦得皮包骨的双腿:"楚楚,别管它了。"

"就快揉好啦。"楚楚头也不抬地揉着,"薛太师说了,让你一定马上结案,你肯定又得忙了,我给你揉揉,一会儿你坐起来能舒服一点儿。"

萧瑾瑜微怔:"薛太师来过了?"

"昨天晚上来的,你发烧说胡话,非要跟他生孩子,把他给吓跑啦!"

萧瑾瑜脸上一阵发烫,顿时漫开一片红云:"是吗……"

"是呢!薛太师说,让你一定赶紧结案,否则就要出事了。"

萧瑾瑜眉心微蹙:"还说什么了?"

楚楚又往手上倒了点儿药酒,不轻不重地揉上萧瑾瑜苍白的脚踝:"也没说什么了,对啦!"楚楚嘴唇轻抿,抬起头来看向萧瑾瑜,小心地道:"薛太师想拿你枕头边上的那叠纸,你以前说过,你身边的纸不管带字还是不带字,只要没你的准许谁都不能看,我就给你藏到枕头底下啦。"

"谢谢。"

"早晨的时候大哥也回来啦，你要的东西他都给你拿来了，就放在桌上。"

萧瑾瑜侧过头去，看到屋子中间的桌上那摞一扎高的卷宗："好。"

楚楚给他揉完药酒，又仔细地帮他洗漱干净，换好衣服，搀他坐到轮椅上，还不忘在他腰后垫上一个松软的靠垫，等到把笔墨纸砚都给他摆放好，再倒给他一杯温热的清水放到手边后才跑出去给他煎药、熬粥。

萧瑾瑜看着楚楚把这一切干得井然有序，任何一个插手帮忙的空都没留给他，嘴角清浅的笑意不禁微微发苦。

可如今她若不在，他还能活几日？

刚刚把放在最上面的卷宗盒子拿下来打开，苦笑还没隐去，房门突然被不轻不重地叩了三下。

吴江颔首站在房门口，脸色铁青："王爷，王小花死了。"

萧瑾瑜一愕："在哪儿？"

"就在隔壁，他房里。"

"我去看看。"

萧瑾瑜双手刚触到轮椅的轮子，突然听见一阵齐刷刷的队列行进声朝他房间这边靠近，还没听出蹊跷，齐刷刷的脚步声已停，只见一人迈进房中。

吴江迅速按刀回身，看到进门那人时身子一僵，利落地屈膝下跪："末将拜见皇上！"

萧瑾瑜眉心微沉，看着一向笑不离脸的皇上眉头紧锁地走进来，颔首见礼道："皇上。"

"吴江，朕跟七皇叔谈点事。"

"是。"

吴江起身退出去，关上房门。皇上这才把拎在手里的那个食盒搁到桌上，打开后取出厚厚的一叠折子，萧瑾瑜打眼看过去，至少三十本，搁在最上面的是张沾血的白布。

皇上也不坐，只是紧皱眉头看着神色淡然的萧瑾瑜，伸手抖开那张白布："七皇叔，这是朕登基以来第一回有人告御状，告你私设刑堂，误断冤案，纵容手下，草菅人命。"

萧瑾瑜这才看出来，这张沾血的白布是份写得歪七扭八的血书，字迹很稚嫩，句法简单粗糙，像是学字不久的孩子写的。

想起昨晚景翊的话，想起薛汝成让楚楚转告的话，萧瑾瑜眉心微紧："可是李如生的妻儿告我？"

"还有他爹！"

萧瑾瑜微愕："他离开贡院了？"

"你问朕朕问谁啊！"皇上"砰"地把血书往桌上一拍，"七岁的孩子写血书，八十岁的老人滚钉板，那个瞎眼的妇人在宫门口把脑袋都快磕破了，你跟朕说清楚，到底怎么回事？"

萧瑾瑜静静看向那摞折子："想必诸位大人已经代臣解释过了，皇上心中也有裁决了。"

听着萧瑾瑜不带一丝情绪的声音，皇上一怔，片刻之后长长叹出口气，从桌下拉出凳子往上一坐，摆摆手道："朕被朝堂上那群老东西闹了一早晨，脑子里跟进了猪油似的，七皇叔莫怪。"

萧瑾瑜把手边那杯温水推到皇上面前："茶叶都给薛太师了，只有清水，皇上凑合一下吧。"

皇上端起杯子闷了一口："七皇叔，这摞折子参的不光是这事儿，还翻出一大把陈芝麻烂谷子来。"

萧瑾瑜笑意微冷。

"也有一件是新事儿，"皇上又狠狠闷了一口清水，"今天早朝兵部尚书当堂参你，说你多次私会北秦王子赫连苏乌，并私放其离开我营。"

萧瑾瑜轻轻点头："臣前后共与赫连苏乌见过三次面，两次放他离开我营，此事臣在回京途中已向皇上如实奏报。"

皇上眉宇间凝起鲜有的严肃："问题是，你说第一次放赫连苏乌和都离离营的时候，帐里除了两个从御林军里调去的侍卫，就只有七皇婶了，兵部如何知道此事？"

萧瑾瑜薄唇微抿，一言未发。

皇上声音微沉："七皇叔，于公于私，都要先委屈你一阵了。"

萧瑾瑜缓缓点头："应该的。"

"朕着人尽量打点好牢中一切，七皇叔可有什么要求？"

"不必麻烦。"萧瑾瑜淡如清水地看了眼桌上的案卷盒子，"容臣把李如生一案的东西带走就好。"

皇上紧了紧眉头："这案子已经移交大理寺，朕点了景翊来查，有首辅大人的面子在，那群老东西没什么话说。"

萧瑾瑜无声轻叹，抬手合上案卷盒子："谢皇上。"

"那七皇婶……"

萧瑾瑜薄如剑身的嘴唇微抿："她是这案子的仵作，景翊还用得着她。"

"七皇叔可要收拾什么？"

"不必了，就带着那箱药吧。"

"朕让人进来帮你拿。"

"谢皇上。"

皇上来的时候就精心安排过，悄无声息地来，又带着萧瑾瑜悄无声息地走，没惊动

· 414 ·

贡院中任何一个不必要的人。

从贡院到关押王公贵族专用的天牢，萧瑾瑜一言未发，也不知道皇上一直走在前面的轿子什么时候转道离开的，到天牢门口下轿的时候只剩四个宫中侍卫。四个侍卫把萧瑾瑜送进那间整洁宽敞的牢房，搁下萧瑾瑜的药箱，一拜而退。

萧瑾瑜不是第一次来天牢，却是第一次要在天牢里过日子，看着这间整洁宽敞却照样潮湿阴暗的牢房，萧瑾瑜平静得像是坐在王府书房里一样。

皇上的意思他听得很明白，于公，皇上要安稳人心；于私，皇上要保他性命。

他知道自己早晚会有这么一天，只是没想到是在这个时候，因为这样的事。

牢中潮气比外面阴雨天的时候还要重，阴寒如隆冬，萧瑾瑜刚想打开药箱翻出点儿止疼的药来，就听到牢门处传来一声阴阳怪气的动静。

"安王爷。"

萧瑾瑜转头看过去，等看清铁栅门外那张百褶包子脸的时候，心里一沉，脸上依旧静如冰封："谭大人。"

一阵钥匙拧动铜锁的刺耳声响之后，门上铁链被"哗啦啦"地扯了下来，铁栅门"吱呀"一开，谭章挺着越发浑圆的肚子抬头迈进门来，眯着眼睛笑意浓郁地打量着萧瑾瑜。

"不敢当，不敢当。安王爷，别来无恙嘛。"

萧瑾瑜漠然地看着迈起八字步慢慢踱过来的谭章。

时隔一个多月，谭章已经扒了墨绿色的刺史官服，穿上如风干血迹一般暗红色的司狱官官衣，品级几乎是一跌到底，腰身却丝毫不见消减，反倒还丰润了一圈，一对小眼笑得眯成了细缝，在那张油光锃亮的大饼脸上若隐若现。

萧瑾瑜记得，一出上元县他就把谭章的案子交给了刑部，最后是刑部跟六王爷和吏部商议，决定查抄谭章全部家产，并削去他刺史官职，那道判决公文是萧瑾瑜在登门拜访楚家的前一夜签字落印后发回京师的，所以记得尤其清楚。

不过才一个多月，他竟钻进了京城，当起了八品司狱官。

看他这副嘴脸，显然是比当四品升州刺史那会儿过得还滋润百倍。

萧瑾瑜云淡风轻地道："谭大人也别来无恙。"

谭章走近来细细打量着萧瑾瑜，目光落在萧瑾瑜血痕未消的脖子上，鼠眼里的笑意又浓了几分："安王爷，下官自打来了京城，没有一日不念着您的好啊，当日要不是您把下官一贬到底，下官哪有机会来京城补这个肥缺啊？这里来的都是您这样有身份的人，打点一回就能顶上刺史三年的俸禄，下官可得好好谢谢安王爷。"

萧瑾瑜置若罔闻，从轮椅后面取下拐杖，勉强撑起身子，缓缓站了起来，扶着药箱边沿在里面不急不慢地翻找着。

谭章背着手，兴致盎然地环视着霉迹斑斑的牢房墙壁："安王爷，您可别小瞧这间牢房,这间可是天牢里的上房,没有皇上的关照就是拿多少银子都进不来,您知道上一个住在这儿的人是谁吗?"谭章说着连连摇头:"瞧下官这脑子,那会儿您还在娘胎里呢,上哪儿知道去啊。"

谭章美滋滋地踱到一面墙壁前,伸手摸摸墙上已干成黑色的陈年血迹:"上一个住在这儿的也姓萧,宁郡王萧恒,二十几年喽,当年也是个人物啊,瞧瞧这血溅的,啧啧啧,听说是个硬骨头,比吴郡王还硬呢。对了对了,"谭章扭过头来,走到还强撑着站在大箱子边上找药的萧瑾瑜身边,抬手指着药箱紧贴着的墙壁:"隔壁,隔壁那间就是当年吴郡王住的,吴郡王出去以后再没住过人,那些血还是吴郡王淌的呢。吴郡王就在那间屋里跟狗似的爬了一年,还是安王爷亲自翻案把他救出去的呢,那可是唯一一个活着从天牢出去的人啊,您要是想去那间看看,怀念一下,下官一定看在老交情的分上亲自搀您过去。"

萧瑾瑜撑在箱子边上的手指骨节握得发白,身子因为体力虚耗有些微微发抖,转头冷眼看向笑得一脸皱褶的谭章:"谭大人,狱中琐事颇多,公务繁忙,就不必在本王身上耽误工夫了,这地方,本王比你熟悉得多。"

"那是那是,"谭章连连点头,五官笑成了一团,"不过安王爷来一回不容易,碰巧这几日是下官当值,下官说什么也得把您伺候得顺心才是。"

谭章饶有兴致地扫了一圈屋里的陈设,一边走着一边道:"安王爷清正廉洁,断断不能用特殊待遇毁了安王爷的清名。"

谭章说着,伸手把床上厚厚的铺盖揭了个干净,统统扔了出去,只在光秃秃的床板上留下一床薄被,又撤了墙角的炭盆、小火炉和桌上的茶壶、茶杯。

萧瑾瑜一直漠然地看着,直到谭章一把抓过他的轮椅,"咣"地一声扔了出去。

谭章抬手拍打了一下身上的薄尘,笑眯眯地看着目光冷厉的萧瑾瑜:"安王爷,劳烦您挪挪身子,这天牢里可没有准许犯人自己带药进来的规矩。"

萧瑾瑜脸色微微发白:"谭章,你还是给自己留点退路的好。"

谭章凑近几步,近到浑圆的肚子几乎贴到萧瑾瑜身上了,满足地看着已经摇摇欲坠的萧瑾瑜:"退路二字怎么写,下官日后一定好好请教请教安王爷,不过下官现在就想问问安王爷,什么叫搬起石头,砸了自己的脚?"

话音未落,谭章发出一阵冷笑:"不对不对,下官失礼了,失礼了,安王爷的脚本来就是个摆设,砸烂了也不知道疼吧?"

谭章狠狠一脚踢在萧瑾瑜还未消肿的膝盖上,只见萧瑾瑜身子一晃,像断了根的枯木一样结结实实地摔在地上。

谭章不急不慢地把药箱拖出去,转身回来的时候把一身破旧的囚服扔到萧瑾瑜身边:"安王爷,是您自己换,还是下官伺候您换啊?"

"出去。"

谭章笑着把撑在地上的萧瑾瑜翻了过来，看着他白中发青、冷汗涔涔的面孔，阴森森地道："安王爷身子如此不便，下官要再不好好伺候，那真是天理难容了啊。"

"王爷，王爷……"
萧瑾瑜意识模糊中听到熟悉的声音在唤他，很近，近得像是就在身边。
做梦了吧……
从在谭章石头一样的拳脚中昏死过去之后，萧瑾瑜已经无数次听到这个声音了，可总是在心中一暖睁开眼睛之后愣愣地看着空荡荡冷冰冰的牢房，心就只能再冰冷回去，冷得跟这副几乎没有知觉的身子一样。
牢房里只有一扇极小的窗子，昏暗得不辨昼夜，只能凭谭章送来冷饭的次数上推测，他在床边的地上已经趴了整整一天了。
他第一次醒来之后发现连拐杖也被谭章拿走了，就试着爬去那张床，爬到床下就重新昏了过去，再醒来的时候已经连翻身都做不到了。
谭章每次都是把一碗冷饭放到铁栅门边上，萧瑾瑜过不去，于是一整天水米未进。
有这样的幻觉，也是正常吧。
听着她的声音，觉得牢中的寒意都消减了几分。
"王爷，你醒醒，我是楚楚……"
她进不来，也不该来，她是个很好的仵作，决不会扔下案子不管。
"王爷，你醒醒呀。"
要命的幻觉……
萧瑾瑜到底忍不住，吃力地睁开眼睛，昏暗的光线下模模糊糊地看到一个温柔的轮廓，一愣，心里倏地一沉。
这样真实的幻觉，是这副身子撑到极限了吗？
"王爷，你醒啦！"
萧瑾瑜贪婪地看着，不敢眨眼，不敢喘息。
"王爷，你快把药吃了。"
两颗黑色的药丸被一只温热的小手送到他冷得麻木的嘴边，萧瑾瑜不由自主地微启嘴唇，两颗药丸就被送进了口中。
陌生的药味在口中慢慢化开，越来越苦，越来越浓重。
幻觉不会真实成这样。
萧瑾瑜下意识地想要伸手摸摸眼前的人，却根本感觉不到自己身子的存在，垂下目光来看，才发现自己正枕在日思夜想之人的臂弯里，一条厚厚的锦被裹在他几乎知觉全无的身子上，他艰难地唤道："楚楚……"
萧瑾瑜的声音微弱得几不可闻，楚楚却高兴得破涕为笑，暖融融的脸蛋贴上萧瑾瑜冰冷的脸颊："王爷！"

萧瑾瑜费力地把两颗药丸吞下去，喉咙干痛得像是被刀子划过一样，身子不受控制地微微发颤。

"你怎么来了？"

楚楚拿来搁在床头的白瓷茶杯，把一杯温热的清水小心地喂进萧瑾瑜口中，耐心地看着他一点一点喝完，擦去他嘴角的水渍，扶着他慢慢躺下去。

萧瑾瑜这才发现自己已经躺在了那张被谭章揭干净的床上，只不过这会儿床上已铺上了厚厚的被褥，身上那件褴褛的囚衣也换成了干净的中衣，床尾的墙边立着一口木箱子，比原来的那口小了一圈，不过箱口开敞着，能看到里面装得满满的药瓶、药包。

楚楚抓着萧瑾瑜的手，小心地看着他，像是生怕他赶她走似的："王爷，你别生气，我把尸体验好了才来的！"

萧瑾瑜怔怔地看着她桃腮上的两道泪痕："你怎么……"

"景大哥说我验好了尸体他才能救你出来，我就验了好几遍，全验清楚了，他就给了我一块牌子，我也不知道是什么东西，给牢里的人看那个牌子他们就让我进来了，也让我把带来的东西全拿进来了。"楚楚一口气说完，眼睛里又蒙起一层水光，"王爷，我都验好了，全验好了，景大哥一定马上就救你出去。"

"楚楚……"

楚楚攥着萧瑾瑜知觉麻木的手："王爷，我看见那个谭大人了，上元县的那个谭大人，是不是他欺负你呀？"

"楚楚，抱抱我。"

楚楚爬上那张窄小的木板床，钻进被窝里，把萧瑾瑜的身子抱得紧紧的。

"楚楚，我没知觉。"

楚楚抚着萧瑾瑜冰冷的身子："我刚进来的时候你身上的骨节都肿得变形了，还到处都是青一块儿紫一块儿的，我怕你疼得厉害就给你吃了薛太师送的药，身子知觉弱些就不疼了。你都睡了一天了，怎么叫你都不答应，薛太师说醒了就给你吃刚才那两颗药，一会儿就没事啦。"

萧瑾瑜把唯一有知觉的头挨在楚楚温热的怀里，留恋地呼吸着她身上浅淡的草药味，好一阵才轻轻地道："听话，回去吧。"

本以为她会抱着他哭闹起来，哪知楚楚竟一抿嘴唇笑了："王爷，我要跟你说一件事，这样你就舍不得让我走啦。"

萧瑾瑜一怔，吃力地抬起目光看她。

楚楚抓过萧瑾瑜的一只手，轻轻放在自己软绵绵热乎乎的小腹上："王爷，咱们有孩子啦。"

萧瑾瑜愣愣地看着她，一时没反应过来。

"我一听说你进了天牢，一急就晕过去了，醒过来的时候薛太师就说我是有身孕了。"楚楚美滋滋地看着呆住的萧瑾瑜，"薛太师说才刚一个月，没准儿就是成亲那天晚上有的呢！"

萧瑾瑜怔怔地看着楚楚还扁扁的肚子，一直到手指知觉恢复，感觉到覆在手掌心下的那片温软才声音微颤着道："楚楚……"

"唔？"

"你……你咬我一下。"

楚楚"噗嗤"笑出声来，在萧瑾瑜的嘴唇上轻轻咬了一下："现在相信了吧！"

萧瑾瑜一时想哭又想笑："楚楚……"

"王爷，"楚楚看着眼眶微红却嘴角带笑的萧瑾瑜，"你喜欢吗？"

萧瑾瑜用力地点点头，痴痴地看着她："谢谢你。"

楚楚笑得甜丝丝的："也得谢谢你！"

萧瑾瑜用尚不灵活的手指在楚楚小腹上留恋地摸了好一阵子，轻轻蹙起眉头："楚楚，快回去吧，这地方……不好。"

楚楚赖皮地往萧瑾瑜怀里一钻，搂住萧瑾瑜的腰："你能把我扔出去我就走。"

萧瑾瑜哭笑不得，用胡楂微青的下巴轻轻磨蹭她的头顶："听话。"

"你声音太小啦，听不见听不见！"

"楚楚。"

"有只苍蝇嗡嗡嗡，讨厌死啦！"

萧瑾瑜好气又好笑："讨厌我还抱得这么紧。"

"你不是没感觉吗？"

萧瑾瑜刚抬起手臂抚上楚楚的脊背就听到牢门口传来两声干咳，萧瑾瑜身子一僵，用尽力气把楚楚紧搂进怀里，转头看向那道阴森森的铁栅门。

谭章若敢碰她一丝头发，他就是死在这儿也不会让谭章活过今天。

等看清铁栅门后的那张脸时，萧瑾瑜一怔。

薛汝成站在门口慢悠悠地捋着胡子："王爷、娘娘，你们再抱一会儿，还是现在就出来，给老夫腾个地方？"

楚楚一听到"出来"俩字儿，一骨碌爬了起来："王爷，咱们能出去啦！"

萧瑾瑜却留意到了后半句，错愕地看着门外的薛汝成："先生……"

一个陌生模样的司狱官把门打开，薛汝成不急不慢地走进来，饶有兴致地打量着这间牢房："王爷，你要真指望着景老头家那个小色鬼替你翻案，就做好在这屋子里给娘娘接生的准备吧，接生这事儿老夫好像还没教过你。"

萧瑾瑜脸上一阵红一阵白，被楚楚搀着勉强坐起身来："先生，不能让您代瑾瑜受过。"

"教不严师之惰，本来就是老夫的过失。"薛汝成皱着眉头伸手摸了摸墙上的陈年血迹，漫不经心地道，"何况，指望你把老夫弄出去，比指望景翊把你弄出去现实得多，皇上也待老夫不薄，准老夫来这牢房里的上房住住，机会难得，王爷就成全老夫吧。"

萧瑾瑜被薛汝成噎得不知道从哪儿下嘴反驳，还没张嘴就听薛汝成补道："贡院的事就全靠王爷了，考卷要尽快批阅，以免影响殿试，否则不等老夫出去你就得回来了，老夫还得再挪地方。"

"是，多谢先生。"

薛汝成的马车明显比安王府的那辆大马车小了不知道多少圈，人在里面就只能坐着，太师府的车夫帮楚楚把萧瑾瑜搀进车里，萧瑾瑜起初还能自己勉强撑住身子，车走了没多远就不得不挨到了楚楚肩上，脸色白里隐隐发青。

楚楚知道他肯定是腰背疼得厉害，想扶他躺到自己身上，萧瑾瑜不肯，勉强直了直身子，苍白地笑笑，半真半假地道："没事，就是饿了。"

楚楚抚上他凹陷下去的肚子："你都快三天没吃饭了，能不饿吗？回到贡院我就给你做好吃的！"

萧瑾瑜突然想起些什么，有些费力地抬起头来看向眼底微青的楚楚："楚楚，你昨天在牢里吃的什么？"

楚楚抿抿嘴，昨天一早进来就看见他裹着破烂的囚衣趴在床下，身上冷得一点儿活气都没有，全身骨节肿得惨不忍睹，气息时有时无的，楚楚吓得要命。又是给他灌药又是给他揉药酒，一直忙活到今天早上，见他气息均匀了，脉搏也清晰了，这才松了一口气，根本就没想起来吃饭这事儿。

萧瑾瑜这么一说，楚楚的肚子就像是替她答话一样，"咕噜噜"地叫了起来。

"楚楚，跟车夫说，先不回贡院，去东市。"

"去东市干吗呀？"

萧瑾瑜无声叹气，轻轻摸上楚楚的小腹，声音温柔得像是要把楚楚暖化了："给你俩吃点儿好的。"

"好！"

走过东市的红漆大牌坊马车就慢了下来，萧瑾瑜不时地抬手掀开窗上的布帘往外看看，直到走到东市中央最热闹的地方，萧瑾瑜轻叩车厢壁叫停了马车。

楚楚下车才看见马车停在一家光看门楣就知道贵得要命的酒楼门口。

楚楚上回来京城考试的时候曾经满大街地寻找便宜的饭馆、客栈，京城里什么样的地方贵，什么样的地方便宜，楚楚已经可以一眼认出来了。

"王爷，"楚楚转头看向正坐在轮椅上等着她推他进门的萧瑾瑜，小声地道，"要不，咱们换一家吧。"

萧瑾瑜微怔："为什么？"

楚楚抿抿嘴唇，凑到萧瑾瑜耳边："王爷，这家店比周围的铺子都新，一看就是花了好多钱弄的，掌柜的肯定得把这些钱从菜价上找补回来，还有上面那块儿金字牌匾，连理楼，京城里有这么文绉绉名字的饭馆都可贵啦！"

听着楚楚说得一本正经，萧瑾瑜笑意微浓，饶有兴致地看着那块乌木金字牌匾上的三个大字："楚楚，不认得这字迹吗？"

"啊？"楚楚怔怔地抬头，皱着眉头看了好一阵子也没看出啥名堂来，突然看到旁边落款上的"卯玉"两个字，"呀！王爷，这是你写的？"

萧瑾瑜轻轻点头，笑里带着点儿难得一见的得意。

楚楚脸上的得意之色比萧瑾瑜还浓："王爷，我知道你为啥来这里吃饭啦！"

萧瑾瑜眉梢轻挑："为什么？"

"你给他们酒楼写牌匾，他们就给你算便宜点儿吧！"

萧瑾瑜默默叹气，哭笑不得，敢情他的墨宝在她眼里还抵不上一顿饭钱。

午饭已过，晚饭不到，酒楼里清静得很，两人在门口的说话声引出一个中年妇人，妇人迎上来一拜，热乎乎地招呼道："王爷、娘娘，快里面请！"

楚楚定睛一看，惊喜地叫出声来："凤姨！"

先前那个穿着粗布衣服顶着满头油烟的厨娘如今成了一副京城里大户人家端庄妇人的打扮，薄施粉黛，脸色也比上元县的时候红润多了，要不是那个笑盈盈的模样一点儿都没变，楚楚可真认不出来了。

"凤姨，你真好看！"

凤姨笑得满面春风："都是托娘娘的福，就是好歹拾掇拾掇，这抛头露面的，不能给王爷、娘娘丢人啊！"

楚楚被凤姨说得一愣，突然想起头顶的牌匾，扭头看向浅浅含笑的萧瑾瑜："王爷，这是你给凤姨题的字号吧？"

萧瑾瑜微微点头，还以为她真的忘干净了。

凤姨眯眼笑着，连连摆手："这可不是我的字号，是安王府的字号，我就是个替王爷看店面的！"

楚楚睁大了眼睛看着一脸云淡风轻的萧瑾瑜："王爷，这是你开的酒楼呀？"

萧瑾瑜没答话，只对着凤姨道："看着上几道能填肚子的菜吧。"

"是！"

"我想吃糖醋排骨！"

"好，我这就给娘娘做去！"

凤姨把两人带到一楼最里面的房间里，两人一进门，凤姨端上两杯热茶就关门退出去忙活了。

房间有里外两屋，桌椅床榻一应俱全，布置得清雅之极。

墙角吊兰架子边上有张竹榻，榻上铺着莹白的狐皮，看着就又暖又软，楚楚搀着萧瑾瑜躺上去，扯过榻尾那张轻软的羊毛毯子给他盖上，伸手帮他揉着坐得僵硬的腰背。

楚楚美滋滋地看着闭目养神的萧瑾瑜："王爷，你真好。"

萧瑾瑜被她揉得舒服，懒得睁眼："哪儿好？"

"你起的名儿好！"楚楚抿着嘴唇笑，"我知道连理是啥意思，你喜欢我，想让我永远都当你的娘子！"

话是这么说的不错，萧瑾瑜也是这么个意思，但被楚楚这么直白地说出来，萧瑾瑜还是禁不住脸上一窘："嗯。"

"我答应你啦！"

"谢谢。"

萧瑾瑜在楚楚恰到好处的按摩下昏昏睡了过去，不知睡了多久，突然一声破门的动静把萧瑾瑜惊醒过来。

楚楚也吓了一跳，"噌"地从榻旁站了起来，然后看见一个似曾相识的漂亮女人冷着脸闯了进来，身后跟着因阻拦无果而气急败坏的凤姨。

"王爷、娘娘，这人……"

萧瑾瑜半撑起身子，眉心微蹙："无妨，忙你的吧。"

"是。"

凤姨瞪了这女人一眼才退出去关了门。

萧瑾瑜在楚楚的搀扶下慢慢坐起来，看着闯进来的女人微微含笑："十娘。"

楚楚一下子想起来，这不就是那个连王爷都敢骂的如归楼楼主！

十娘扫了两人一眼，余光瞥见桌上不知何时摆好的菜品，目光落在一盘切得薄如蝉翼的刀切羊肉上，细眉一挑，自言自语似的冷哼了一声："这小子藏到这儿来了。"

萧瑾瑜微怔："谁？"

"没你什么事儿。"十娘兀自往桌边一坐，满脸冰霜地盯着萧瑾瑜，"我来就问你一件事，薛汝成为什么进天牢？"

萧瑾瑜没回答，只是侧头看向楚楚："楚楚，见过十娘。"

楚楚还没张嘴，十娘一眼狠剜过来，吓得楚楚往萧瑾瑜怀里缩了一缩。

萧瑾瑜浅浅苦笑："十娘，楚楚身怀有孕。"

十娘一愣："薛汝成的？"

萧瑾瑜狠噎了一下："我的。"

十娘美目一瞪："那你跟我说什么啊！我没工夫听你扯那些没用的，你说明白，薛汝成到底怎么回事儿？"

萧瑾瑜沉下眉心，神色微黯："先生是代我受过，我会尽快救先生出来。"

十娘冷哼一声，骂了声"神经病"，起身大步走了出去。

直到十娘的脚步声彻底消失了，萧瑾瑜已躺了回去，楚楚这才扁了扁嘴，心有余悸地道："王爷，楼主到底是个啥官儿啊，她怎么一点儿都不怕你呀？"

萧瑾瑜轻轻揉着胀痛的太阳穴："她不光是楼主，还是公主，她是我十姐，长我十一岁，就是先前在宫里照顾我的那个姐姐。"

楚楚惊讶得下巴都要掉到地上了："她一点儿也不像。"

萧瑾瑜眉心微微紧着，牵起一丝苦笑："她原来是个很温柔的人，后来奉旨嫁人，不到一年驸马暴病身亡，自那之后她性子就全变了。"

楚楚抿抿嘴唇："那她干吗要找薛太师呀？"

萧瑾瑜无声轻叹，话到嘴边又摇了摇头："楚楚，去叫凤姨来，我有事问她。"

见萧瑾瑜脸色发白，楚楚也不敢再问了："好。"

凤姨刚进门，萧瑾瑜就指着那盘刀切羊肉，开门见山问道："这是何人做的？"

凤姨一怔，看着满桌一筷子没动的菜品，想料不是菜品不合胃口，稍稍放了点儿心："回王爷，这是个自己找上门来的厨子，挺年轻的，刀工好得跟会仙法似的，就是人有点儿懒散，他叫穆遥。"

萧瑾瑜眉心微紧："可知他原来是干什么的？"

"听他自己说，是在一个叫如归楼的酒楼干活的，那边关门了，他就来这儿干了，王爷要见见吗？"

萧瑾瑜轻轻摇头："你忙吧。"

"是。"

萧瑾瑜提不起胃口，只勉强吃下半碗南瓜小米粥，剩下的一桌子菜几乎被楚楚扫了个干净，萧瑾瑜看得既心疼又满足。

回贡院的路上萧瑾瑜体力不支睡了过去，一觉睡得很沉很安稳，醒来的时候已静静躺在贡院房间的床上了，好像前两天不过是一场荒唐的噩梦。

外面天已经黑透了，屋里的一切被昏黄的烛光笼罩着，轮廓全都温柔起来，包括那个正坐在桌边认真写着什么的人。

"楚楚。"

听见萧瑾瑜的声音，楚楚赶紧搁下手里的笔，奔到床前："王爷，你睡醒啦？"

"什么时辰了？"

"刚过子时，我又给你揉了一遍药酒，你身上还疼吗？"

萧瑾瑜摇摇头，又看向桌上的纸笔："在写什么？"

"我想把这个案子的尸单再整理一遍。"楚楚认真地皱着眉头，"还有两天会试就考完啦，考完之前要是不能结案，考完一散场，那个杀小花将军的凶手肯定就跑了。我把尸单理得清楚一点儿，你就能少花点儿力气，也能快点儿抓住那个坏人。"

萧瑾瑜听得微怔："楚楚，你相信是李如生杀了之前那些人？"

楚楚点点头："你断得肯定没错。"说着抿抿嘴唇，又道："可要真是李如生杀的，那秦大爷和秦大娘就太可怜了，还有李如生的娘子和儿子，他们来认尸的时候我见着他们了，他的娘子是个瞎子，儿子又瘦又小，穿得破破烂烂的，太可怜了。"

楚楚抓着萧瑾瑜的手小声却坚决地道："要是万一错了，那我就陪你住三个月牢房。"

萧瑾瑜听得心里又酸又暖："放心，不会。"

"那我就继续写啦！"

"不急，"萧瑾瑜把楚楚拉住，"不早了，睡吧。"

"没事儿，我还不困呢！"

"上来，"萧瑾瑜掀开被窝，"跟我说说王小花的死因。"

楚楚一向抵挡不住被萧瑾瑜搂在怀里的诱惑："好！"

第六章

楚楚满足地窝进萧瑾瑜的怀里，其实除了他发烧的时候，萧瑾瑜的怀抱一向是清冷清冷的，再加上萧瑾瑜被病痛折磨得一日瘦过一日，事实上他的怀抱并不舒服，但楚楚就是喜欢被他抱着。

楚楚抱住萧瑾瑜的腰，头埋在萧瑾瑜的胸口上蹭了几下，像只向主人撒娇讨爱抚的猫儿一样，萧瑾瑜仔细地扯过被子覆住她的身子，忍不住吻上她的头顶，柔柔地顺着她的肩背，浅叹道："辛苦你了。"

如今于公于私都这样依赖于她，实在难为这副娇小柔弱的身子了。

"你才辛苦呢，"楚楚心疼地亲在萧瑾瑜愈见突兀的锁骨上，"光干活不吃饭。"

萧瑾瑜笑出声来，在楚楚后腰上轻拧了一下："现在相信我是清官了吧？"

"不信！"

萧瑾瑜一噎："为什么？"

"你太有钱啦！"

萧瑾瑜明知道这人在坏心眼地闹他，还是忍不住当真："那都是我辛苦挣的，改天你沿着京城转一圈，但凡看到有我题的牌匾的都是安王府的产业，每天除了管案子，还要管生意，累得要命。"萧瑾瑜伸手在楚楚屁股上拍了一下："你还冤枉我。"

萧瑾瑜本来就没什么力气，又决不会舍得对她下狠手，可这一记下去楚楚吃痛地呜咽了一声，吓得萧瑾瑜一下子白了脸，顿时起了一身冷汗，她可是有身孕的人。

萧瑾瑜慌忙轻轻揉抚着楚楚的脊背："对不起，对不起。"

怀里的人"噗嗤"一声笑喷出来，笑得都要喘不过气来了，萧瑾瑜一愣，额头一黑，差点儿停住的心脏怦怦乱跳起来，一时好气又好笑，却一点儿辙都没有。

楚楚有恃无恐地仰头看着这个干瞪眼的人，笑嘻嘻地亲亲他黑下来的脸："王爷，我早就知道你是好官啦！你是玉面判官！"楚楚"咯咯"笑着，摸上萧瑾瑜漆黑一片的脸，"现在是黑脸判官啦！"

萧瑾瑜被她笑得一点儿脾气都没了，脸上微微泛红："不许笑。"

楚楚笑个不停，萧瑾瑜微恼，抬手捧住她的脸，还没来得及堵住那两瓣笑弯了的嘴唇就被楚楚一个翻身按住了肩膀，动弹不得。

"王爷，你不是要我说说小花将军吗？"

楚楚这个眼神他认得。

"不许拿我当尸体。"

楚楚小嘴一撇，翻身滚到一边，背对萧瑾瑜躺着："那你自己看尸单吧！"

那个温软的身子一离开他的怀抱，萧瑾瑜整个身子都倏地一冷："好，好，你轻点儿就好。"

"好！"

萧瑾瑜闭上眼，破罐子破摔地张开双臂乖乖仰躺着，要是他能挪动自己的腿，一定摆出一个标准的大字形，最大限度地任她折腾。

楚楚这回倒是没有扒下萧瑾瑜的衣服，而是搓热了手掌心，隔着一层中衣打圈儿揉在他胃的位置上："我去验尸的时候，一进门就闻见一屋子酒味儿，还有呕吐物的酸味儿，味儿重得呛鼻子。"

中衣很薄，楚楚的手心很暖，萧瑾瑜这几天一直隐隐作痛的胃被温和的暖流包裹着，舒服得全身都放松了："嗯。"

楚楚抿抿嘴唇，大面积地轻揉着他瘦得凹陷的腹部："我进去才知道，里面不光有小花将军的尸体，还有个小姑娘的尸体。"

萧瑾瑜一怔，睁开眼睛："小姑娘？"

楚楚点点头，手下温柔不停："我问贡院里的人了，是在厨房里管烧热水的丫头，叫杏花，才十三岁。她就死在小花将军身边，身上一件衣服都没有，下身全是血，身上到处都是淤伤，还有几处骨头被折断了，是被活活糟蹋死的。"

萧瑾瑜眉心微紧："那王小花是怎么死的？"

"中毒死的，砒霜的毒。"楚楚又搓了搓手心，揉上萧瑾瑜发凉的胯骨，"眼耳口鼻七窍流血，上吐下泻，吐得满身、满地都是，都吐出白沫来了，他裤裆里都是带着血丝的泻物。我怕验错，又把他剖开验了一遍，别的都没毛病，就是被毒死的，是景大哥准我随便怎么验都行的！"

萧瑾瑜点点头。

楚楚向下揉上他瘦得皮包骨的双腿："小花将军身上有好些抓伤，杏花的指甲里正好有好些黑乎乎的皮屑，应该就是她抓的。"

萧瑾瑜又道："那些呕吐物是在杏花身上还是身下？"

楚楚想了想："都有。"

萧瑾瑜微微点头："这两人是什么时候死的？"

"就是你进天牢的前一天晚上，丑时左右。是大哥发现的尸体，他说那天早晨他帮你把东西从王府拿来之后就想训训小花将军，让他以后别再那么暴脾气了，结果进门就看见他和杏花死在屋里了。"

萧瑾瑜眉心微紧："丑时……楚楚，你那晚可听到什么动静？"

一个女子在隔壁活生生被糟蹋死，理应有不小的动静，他发烧昏睡可能没听到，楚楚在他生病的时候总是睡不沉，不至于什么都没听见。

楚楚摇摇头，搓热手心揉上萧瑾瑜一向冰凉的脚底："杏花出不了动静，他们说了，杏花是个哑巴，我剖验过了，她的喉咙天生没长好，还染了病，一点儿动静都喊不出来。"

萧瑾瑜若有所思地点点头。

楚楚揉暖了他的身子，刚要扯过被子，却被萧瑾瑜抬手一拦："不急，再帮我个忙。"

"好。"

萧瑾瑜摊手躺好："验验我。"

楚楚一愣："验你？"

萧瑾瑜轻轻点头："验我身上被谭章打的伤，如实记录。"

"王爷，真是那个谭大人打你？"

萧瑾瑜又轻轻点头："嗯。"

想起萧瑾瑜瘦得见骨的身子上那些大片大片的青紫楚楚心里就揪着发疼，恨得直咬牙："那你快让大哥去抓他呀，得砍了他的脑袋才行！"

"要有证据，"萧瑾瑜淡淡地看着楚楚，"验吧，有你写的验伤单，我才能判他。"

楚楚咬着嘴唇点点头，下床搬了个凳子摆在床边，把纸笔搁在凳子上，伸手解开萧瑾瑜的衣带，刚揭开他的衣襟，露出他伤痕累累的胸膛，楚楚就红了眼圈。

"王爷，"楚楚扑进萧瑾瑜怀里，"我不想验你！"

萧瑾瑜轻叹，抬手顺着她的头发："听话，就当我是个普通的伤者，像你先前在刑部考试的时候验我那样，只是别再说我脑袋被门挤了就好。"

楚楚"噗"地笑出声，抹着眼泪抬起头来。

萧瑾瑜轻轻抚上她的小腹，浅浅笑着："看在孩子的面子上，就帮我申申冤吧。"

"好！"

花了半个时辰才仔细地记完萧瑾瑜身上的每一处刺眼的伤痕，楚楚晚上睡觉做梦的时候都梦见萧瑾瑜倒在地上被谭章毒打，她在睡梦里紧紧抱着萧瑾瑜，说梦话都在念叨着"不许打他"，一直到天快亮的时候才睡安稳。

萧瑾瑜白天睡饱了，晚上没睡沉，听着楚楚这样的梦话，看着她睡梦中连连滚下的泪珠，心疼了整整一晚上。

楚楚在萧瑾瑜怀里醒来的时候，萧瑾瑜正温和地看着她，轻吻她的额头。

"王爷，你已经醒啦？"

楚楚一骨碌爬起来，揉揉还沉得很的眼皮："你再睡会儿吧，我给你做早饭去。"

萧瑾瑜伸手把她拉回身边，拉过被子仔细地把她的身子裹好，轻轻摸了摸她的头："怀孕耗身子，你得好好歇着，我去案发那屋子看看，你再睡一会儿，我回来喊你吃早饭。"

萧瑾瑜声音温柔得像首催眠曲，楚楚实在太困，还没来得及应一声就在一片温柔中昏昏睡过去了，萧瑾瑜在她微启的嘴唇上吻了几下也没惊醒她。

萧瑾瑜出门就让吴江把窝在外屋房梁上酣睡的景翊揪了下来，景翊打了个饱满的哈欠，揉着惺忪的睡眼："王爷，我能走了吧？"

"走吧。"

"谢王爷开恩。"

"跟我走。"

"没事儿没事儿，我飘出去就行，那群摆设看不见我。"

"跟我去勘查现场。"

萧瑾瑜把轮椅停在王小花的房门口，皱眉盯着那两道交叉着贴在门缝上的黄底红字的纸："景翊，念上面的字。"

景翊打眼一看，睡意顿时灰飞烟灭，咽了咽唾沫："那什么……"

"念。"

"我也认不全，我猜着应该是……"景翊硬着头皮一咬牙，"天灵灵地灵灵。"

萧瑾瑜一眼瞪过来，景翊赶紧闭嘴，手忙脚乱地扯下那两张黄纸，揉巴揉巴塞进自己怀里："那什么，我忘了大理寺封条上该写什么字了，想回大理寺拿来着，一出门就碰上一个小道士，我看着这符长短宽窄正好，我也想着正好超度超度那俩可怜人，顺便辟辟邪，"景翊笑得跟朵花似的："这玩意儿比封条好使多了，干坏事儿的人都怕遭报应！"

萧瑾瑜白他一眼："你不怕遭报应？"

景翊满脸讨好地笑道："有王爷的正气照着，什么都不怕！"

"进去。"

景翊利索地把门一推，弯腰对萧瑾瑜做了个请的手势。

"你进去，我在这儿听你报。"

景翊快哭出来了："王爷，那一地吐的，我还没吃早点呢。"

"要么进去，"萧瑾瑜抬手指指景翊被揉成团的道符塞得鼓囊囊的胸脯，"要么我去跟首辅大人谈谈此事。"

"别别别，我进，我进。"

"里外看清，该摸的摸，该闻的闻，不得有丝毫遗漏。"

"是……"

景翊硬着头皮抬脚迈进门去，刺鼻的酸臭味让景翊空荡荡的胃里一阵抽搐，抽搐的同时听到背后传来萧瑾瑜冷飕飕的声音。

"描述气味。"

景翊脱口而出："恶心，"话音未落，景翊就觉得脊梁骨上有两道寒光划过，马上改口，"酒、血和呕吐物搅和到一块儿的恶心气味！"

清冷声音又起："没有恶心。"

景翊幽怨地回头看过去："真挺恶心的。"

在两道寒光再一次落在身上之前，景翊赶紧扭头继续道："地上有脚印，干了的泥脚印！"

"谁的？"

一阵沉默后景翊笃定的声音传来："俩人的，王小花和杏花的，这俩人的鞋都在屋里呢，大小、纹路正好合适。"

"地上还有什么？"

"要什么有什么，"景翊满脸怨念地跳过一摊内容丰富的秽物，"地上有个碎了的酒坛子，还有碎了的瓷碗、勺子——"

"勺子？"

"就是……"景翊盯着地上断了把的白瓷勺子，"圆头，长柄，能把汤水舀起来送到嘴里的那个玩意儿。"

"我是问你为何会有勺子。"

景翊一愣："有碗有勺子不是挺正常吗？"

"你用勺子喝酒吗？"

"我也没说那是酒碗啊，"景翊拾起一块碎碗，凑到鼻底闻了闻，毫不犹豫地道，"醒酒汤。"

"何以确定？"

景翊丢下碎碗，拍拍手："我爹每晚必喝，小时候我还以为是什么好东西呢，经常偷喝，我娘加的蜂蜜多，还挺好喝的。"

"有何功效？"

"美容养颜啊。"

"醒酒汤？"

"我说的蜂蜜，醒酒汤，就醒酒、安眠嘛，"景翊两指拈起一件被扯破的红肚兜，微微眯起狐狸眼，"可能还会滋阴壮阳吧。"

门口传来两声警告的轻咳："砒霜毒在汤中还是酒中？"

景翊扔下肚兜，从怀里拈出大拇指甲那么大的一小块儿碎银，丢进破酒罐子底残余的酒液里，又捞出来丢进碎碗底残余的汤汁里，看着发黑的碎银扬了扬嘴角："汤。"

"床上可有什么异样？"

景翊对着那张乌七八糟的床挑了挑眉毛，两个指尖从被窝里拈起一条污渍斑斑的亵裤，又看了看枕边那只脏成土黄色的袜子："没什么异样，就是异物多了点儿。"

"有什么痕迹？"

"有被人……使劲儿睡过的痕迹。"

隔着一间屋子一堵墙，景翊都能感觉到那人眼睛里传来的寒意："那什么……还有从床单上滚过的痕迹！"

屋外传来两声干咳："可有遗失物品？"

"恐怕只多不少，"景翊跳过地上那摊被扯破的女人衣服，三蹦两跳地来到窗边，伸手推推窗子，"窗户都是反闩的，门是被吴江一脚踹开的，除非上房揭瓦，否则应该没人能出去。"

"嗯，还有什么？"

"我看看，地上除了床边有挣扎的痕迹之外别的地方都挺正常，房梁上灰尘均匀，蜘蛛网完整，没有埋伏的痕迹。"

屋外的人沉默了一阵："据你推断，案情如何？"

"先奸后杀呗。"

"为什么？"

景翊隔着衣服摸摸自己汗毛倒竖的膀子："看这挣扎程度，应该不是先杀后奸吧。"

"我问你，王小花为何对杏花如此？"

"酒后乱性，男人喝多了什么事儿都干得出来，王爷你又不是没试过。"

屋外的声音顿时高了一度也冷硬了一度："景翊，本王问你，杏花是个烧水丫头，为何半夜到王小花房里来？"

景翊被那声"本王"吓老实了："送醒酒汤！"

"为何偏给他送？"

"就他一个人喝醉了啊。"

"杏花怎么知道他喝醉了？"

景翊愣了一阵："杏花……暗恋他？"

"滚出来。"

"王爷，地上忒脏了。"

屋外人无动于衷。

"王爷，破坏现场证据就不好了。"

"飘出来吧。"

白影一闪，景翊顶着一张比哭还难看的笑脸落到萧瑾瑜面前。

萧瑾瑜云淡风轻地扫着那张脸："这是你第几次进这间屋子？"

景翊一怔："第一回啊，我保证没动过现场任何证据！"

萧瑾瑜静静地盯着景翊："也就是说，从皇上点你查案到现在，这三天里你做的所有的事，就是在案发房间门上贴了两张道符？"

景翊心里一阵发毛，勉强扯着嘴角僵笑："那什么，我就知道皇上舍不得把你一直关在那种鬼地方，肯定没两天就把你放出来，你说这案子你都查了一半了，我再插手，万一搅和乱了，对吧？"

萧瑾瑜心中对薛汝成的崇敬与感激之情瞬间升华到一种前所未有的高度。

萧瑾瑜微微点头："查不查随你，不过让你查案的是皇上，所以此案只能由你升堂主审。"

"别别别，王爷开恩，王爷开恩。"

萧瑾瑜一锤定音："我做堂审记录，梳理卷宗，明日酉时会试结束之前必须审结，何时升堂你自己掂量吧。"

景翊一愣："为什么会试结束前必须审完？"

"会试结束前不把薛太师放出来，你就替我批考卷。"

楚楚一直睡到萧瑾瑜回来，在他抚着她的头顶把她吻醒时才迷迷糊糊地睁开眼，若有所思地看着满目温柔的萧瑾瑜："王爷，我做了个梦。"

萧瑾瑜看着这个半睡半醒的人，轻笑着道："梦见我了？"

楚楚摇摇头："我梦见一棵人参，它老跟着我，喊我'娘'。"

萧瑾瑜哭笑不得，轻揉着她软绵绵的刘海："急什么，才刚一个月。"

楚楚一骨碌爬起来，一脸认真地看着萧瑾瑜："我听我奶奶说过，这叫胎梦，可准啦！"

萧瑾瑜盯着她扁扁的肚子："你是想跟我说，你怀了一棵人参？"

楚楚笑出声来，搂上萧瑾瑜的脖子，笑嘻嘻地看着他："王爷，我要是真生了棵人参怎么办呀？"

萧瑾瑜无奈地抱着她："你生什么我都养着，放心了吧？"

"王爷，你真好！"

"好人也得吃饭，起床，早饭一会儿就送来。"

"好！"

萧瑾瑜刚在楚楚的威逼利诱下把一碗八宝粥吃干净，吴江就铁着一张脸低头站到了房间门口。

"王爷，谭章跑了。"

萧瑾瑜浅浅蹙了下眉头，楚楚瞪大了眼睛。吴江的脑袋埋得低低的："卑职无能。"

"无妨，"萧瑾瑜淡淡地搁下手里的空碗，"秦大爷可找到了？"

"滚钉板伤得太厉害，当天就死了，尸首已带回来了，暂置在柴房。"

楚楚咬了咬嘴唇，萧瑾瑜凝起眉心："李如生的妻儿可带来了？"

"带来了。"

"让他们进来吧。"

"是。"

吴江把李家母子带来的时候，桌上的早饭还没来得及撤走，那个牵着年轻妇人的手的小男孩一进门就直勾勾地盯住了桌上的盘子。

贡院官员的饮食是按官职品阶定质定量的，萧瑾瑜既是主考又是王爷，身边还带着个有身孕的王妃，早饭光糕点就得有八个花样，萧瑾瑜吃下一碗粥都很勉强，楚楚再能吃，大清早的也吃不了八盘子糕点，桌上虽是两人吃剩的，可看着还跟没动筷子一样。

小男孩抿着发白的嘴唇直咽口水，连吴江让他跪下都没听见。

楚楚先前说过李如生的娘子是个瞎子，儿子又瘦又小，可萧瑾瑜没想到竟是这么一副难民的模样。

下跪的女子苍白如雪，手脚细长，鬓发蓬乱，这么个春寒料峭的时候只裹着一件男人的破棉衣，没有焦点的双目里满是血丝，空洞地望着前方。站在女子身边的小男孩裹着几件明显大了许多的旧衣服，瘦得皮包骨头，脸色蜡黄，嘴唇白里发青，痴痴地看着一桌子饭食，看得萧瑾瑜心里揪了一下。

萧瑾瑜对吴江微微摇头，扬手示意他退下，可有了上回李如生的教训，吴江往萧瑾瑜身边一站，扬起下巴看向房梁，装傻充愣。

想起楚楚正有身孕，经不得丝毫闪失，萧瑾瑜也就权当没看见了。

楚楚上回见到这母子俩的时候就想给他们些吃的穿的，只是那会儿满心满脑子全都是身陷囹圄的萧瑾瑜，一扭头就把这事儿忘了个干净，这会儿看到小男孩这副神情，赶紧给他端去一盘豆沙芸豆卷。

小男孩还没伸手，跪着的女子像是觉察到什么，慌张地一把将小男孩搂进怀里："别过去，他们杀了你爹，就是他们杀了你爹。"

小男孩一下子挣开女子的怀抱，上前一巴掌把楚楚手里的盘子打到地上。

萧瑾瑜就坐在楚楚身边，赶忙一把将楚楚拉起来，拦到轮椅后面。

小男孩正要扬起拳头往萧瑾瑜身上打，已经被闪身过来的吴江拎着后腰的衣服一把揪了起来。

小男孩悬在半空中奋力地踢打，用稚嫩的嗓音恶狠狠地喊着："你还我爹！你还我爹！坏人，我杀了你们！"

楚楚赶紧扶上萧瑾瑜的肩膀，生怕萧瑾瑜一气之下治了这可怜孩子的罪。

萧瑾瑜脸上一点儿表情都没有，连眉头都没皱一下，只轻轻拍了拍楚楚的手。

女子看不见出了什么事，惊慌之下身子虚软得站不起来，朝着男孩喊叫的方向无助地摸索着："你还我儿子！萧瑾瑜，你王八蛋！你该千刀万剐，天打雷劈！你还我儿子！还我儿子！"

萧瑾瑜镇定地看着趴在地上朝吴江哭喊的女子，不轻不重地咳了两声："我才是萧瑾瑜。"

萧瑾瑜的声音清淡得像凉白开一样，却把女子听得一僵："你……你还我儿子！"

萧瑾瑜面无表情地看着凄然的女子："你把儿子教成这样，还给你，耽误他一辈子吗？"

"你……你这狗官！狗官！"

小男孩在吴江手上踢打得更卖力了："不许欺负我娘！不许欺负我娘！"

萧瑾瑜冷眼看着小男孩："你爹虽走了歪路，好歹是个正儿八经的读书人，怎么教出这么没规矩的儿子？"

"不许说我爹！"

小男孩气鼓鼓地瞪着萧瑾瑜，手脚却安稳了下来，不再踢打了。

萧瑾瑜仍然不说放他下来，就静静地看着他："你爹教没教过你，杀人者偿命？"

"我爹没杀人!"

萧瑾瑜眉梢微挑:"证据呢?"

小男孩憋红了脸:"反正我爹没杀人!"

萧瑾瑜端起手边的茶杯缓缓喝了口茶:"血亲的证词只可做断案参考,不能上堂为证,你说他没杀人,不算。"

"萧瑾瑜——"

"闭嘴!"萧瑾瑜狠瞪了女子一眼,"按本朝律法,侮辱皇室宗族者当受杖责,你自己数数骂过本王多少句,再想想你这身子能挨多少板子,想让你儿子流落街头,自生自灭,就把刚才那句骂完吧。"

女子被斥得不敢说话,趴在地上痛哭起来。

小男孩又踢打起来:"狗官!你不许欺负我娘!不许欺负我娘!"

萧瑾瑜冷冷地看着小男孩:"七岁的人了,《三字经》读过吧?'子不教父之过',你爹已死,你再敢放肆,我就罚在你娘身上。"

小男孩立马老实下来,瞪着萧瑾瑜:"男子汉一人做事一人当!"

"我问你几句话,你如实回答,我就放你们母子回去。"

"你说话算数?"

萧瑾瑜没回答他:"你如有半句瞎编胡扯,责罚一样算在你娘身上。"

"行!"

萧瑾瑜微微点头,吴江这才把男孩放了下来。男孩两脚刚落地,就奔过去抱住伏在地上的女子,伸出枯瘦的小手抹着女子满脸的眼泪:"娘,你别害怕,我能保护你。"

女子抱着儿子哭得说不出话来,把楚楚看得眼圈都红了。

这一幕要是搁到刚认识萧瑾瑜那会儿,楚楚一定会觉得萧瑾瑜是个坏人,一定会站到这对可怜的母子这边,帮他们一块儿骂萧瑾瑜是个冷血无情的狗官,可这会儿楚楚就站在萧瑾瑜身后,扶着他微微有点儿发颤的肩头,抿着嘴唇一声也没出。

哪怕一时想不明白,楚楚也愿意相信他有他的道理。

萧瑾瑜不动声色地看着小男孩:"可以了?"

小男孩一扬脸:"你问吧!"

萧瑾瑜也不急,端起茶杯浅呷了一口才道:"你叫什么名字?"

"李成,"小男孩从女子的怀里挣出来,叉腰站着护在女子前面,响亮地补了一句,"成功的成。"

萧瑾瑜微微点头:"你娘叫什么?"

小男孩抿着嘴回头看看女子:"我……我爹叫我娘云妹。"

萧瑾瑜眉心微蹙:"别人叫你娘什么?"

小男孩攥着衣角:"没人叫我娘。"

女子勉强跪起身子，朝着萧瑾瑜的方向说道："我叫——"

"闭嘴，"萧瑾瑜冷冷喝住女子，"没你的事。"

小男孩张开细弱的胳膊把女子挡住，气鼓鼓地瞪向萧瑾瑜："不许瞪我娘！"

萧瑾瑜冷然看着他："连你娘叫什么都不知道，还好意思喊不许？"

小男孩涨红了脸："我就叫她娘！"

萧瑾瑜不急不慢地道："你娘看不见，哪天要是走丢了，或是出了什么事，你去衙门报官，就只会说你娘不见了？"

小男孩咬着嘴唇不说话，张开的胳膊也垂下来了。

女子愣愣地跪着，实在不知道这个夺走她丈夫的大官要耍什么花样。

萧瑾瑜浅浅抿了口茶："我只说一遍，你记清楚，你娘叫云姑，早先是大户人家的丫鬟，后来得病失明，身体虚弱，无法做工，就被逐出门去，以乞讨为生，险些饿死街头的时候被你爹救起，这才留下一条性命，成了你娘。"

想起那个救她、疼她的男人惨死，女子身子发抖着，泣不成声。

小男孩显然是头一次听说自己娘亲的身世，不知所措地看着泪水涟涟的女子："娘……"

女子哭得说不出话来。

萧瑾瑜置若罔闻，静静地看着小男孩："我问你，你爹除了读书备考，平日还做什么？"

"我爹什么都做！"说起自己的爹，小男孩立时一脸骄傲，"我爹什么活都会干，我家的草屋就是爹盖的！他教我念书，还给大官家里抄书挣钱，抄一本书能给娘买一天的药！"

楚楚一低头就能看到萧瑾瑜白如凝脂的脖子上那几道刺眼的血痕，可这会儿不知怎么的，她已经恨不起来那个弄伤她心爱之人的疯子了。

女子突然伏在地上磕起头来，惨白的额头把地面砸得"咚咚"直响，无助地哭喊着："安王爷，求求你，求求你，生哥是好人，他是冤枉的，他是冤枉的啊！"

小男孩被女子哭得慌了神，也跟着跪了下来，连连磕头："我爹是冤枉的！"

楚楚想拉拉萧瑾瑜的袖子，抿抿嘴唇，还是忍住了。

萧瑾瑜看都没看女子一眼，只静静地看着小男孩："李成，抬起头来，你爹的死讯，可是那个大官告诉你们的？"

小男孩抬起头来，脑门上已经磕红了一片，疼得眼睛里泪汪汪的，但还是一脸倔强地看着萧瑾瑜："是，是大官家的管家老爷来说的。"

萧瑾瑜声音淡了两分："也是那个管家老爷说，是我害死了你爹？"

小男孩噙着眼泪的眼睛里一下子满是怒火："是！是你对我爹严刑拷打，逼他招供，还让人把他杀了！"

萧瑾瑜神情淡然得像在听曲一样:"告御状也是那个管家老爷出的主意?"

"是,"想起告御状,小男孩眼里的怒火又旺了一重,小手攥起了拳头,"你还害死了我爷爷奶奶!"

萧瑾瑜眉心轻蹙:"你以前可听你爹提过爷爷奶奶?"

小男孩咬咬嘴唇:"没有,但是我爷爷认出我爹了,他认得我爹腰上的黑痣,他还为给我爹告状滚钉板,还把他和奶奶攒的钱全给我们了!"

萧瑾瑜微微点头:"你爹可与你说过,他为何屡考不中?"

"我爹是学问最好的!就是……就是有人害他!"

"为何害他?如何害他?"

小男孩紧抿嘴唇,攥起衣角不说话了。

女子连磕三个响头,声音里早没了先前的愤恨,只剩下凄凉无助:"求安王爷让云姑为生哥说句话吧,给我上什么大刑都好,求求王爷,求求王爷……"

萧瑾瑜静静地看着已经磕破了头的女子:"说。"

"谢王爷,谢王爷,"女子跪直身子,垂下头,努力压住哽咽,"云姑眼瞎,不识字,出不了门,什么都不懂。我只知道生哥是好人,他把我捡回来,给我吃穿,给我治病,还不嫌我人贱身子脏,跟我成亲。为了供我吃药,出去没白没黑地干苦工,读不成书,还累出了一身病,就一直考不中,他也不埋怨我,他老是说,他考不中不是因为学问不好,是因为他头一回来京城考试的时候告发了一个作弊的官家少爷,结果贡院的人说他诬告,当天晚上就把他给打出来了,打得差点儿断气。他得罪了人家,后来就怎么也考不中,都把他逼疯了,白天好好的,一到夜里就抱着我哭,说胡话,我知道生哥心里憋屈,可我就是啥忙都帮不了,还老是生病,给他添麻烦。"

楚楚听得眼泪直打转,萧瑾瑜还是面不改色,声音平静得像从天外传来的一样:"李如生是何时起给那官家抄书的?"

"两年了,他说那个活计好,能温书,那个官老爷还管他饭吃,他说今年肯定能考中,能当官,能过好日子,他不会杀人啊!"

女人哭得说不下去,小男孩的眼泪也跟断了线的珠子似的往下滚,可就是咬着嘴唇不让自己哭出声来,直直地瞪着萧瑾瑜。

萧瑾瑜轻轻蹙着眉头:"李如生曾说自己体弱畏寒,所以穿了好几层衣服来考试,可是实情?"

女人哭着点头:"家里过冬的炭就剩一点儿了,我让他拿着,他说多穿几件就行,把炭留给我们娘儿俩了。"

萧瑾瑜眉心轻展,微微点头:"你二人可想知道李如生究竟为何而死?"

女人连连磕头:"生哥是冤枉的,冤枉的,云姑说的全是实话,有一句胡扯就让老天爷劈死我!求王爷开恩,求王爷给生哥一个公道啊!"

小男孩也跟着磕起头来："我说的也都是实话！我爹是冤枉的！"

"明日会在贡院里升堂审理此案，你二人若想知道李如生为何而死，今日就暂留于贡院中，如今负责此案的是大理寺少卿景翊景大人，我可以让他听你们喊冤。"

小男孩仰起头来："你说话算数？"

萧瑾瑜冷然看着他："我有条件。"

女子连忙道："只要能为生哥伸冤，让我干什么都行！"

小男孩脖子一梗："我也干什么都行！"

萧瑾瑜看着小男孩，眉梢轻挑："你说话算数？"

"君子一言，驷马难追！"

萧瑾瑜微微点头："你二人把桌上的饭食吃干净我就把景大人找来。"

看着愣在原地的母子俩，萧瑾瑜神色清冷："吴江，你留下监工。"

"是。"

"楚楚，跟我去后院。"

"哦……好！"

楚楚刚把萧瑾瑜从里屋推到外屋就转头把里屋屋门一关，溜到萧瑾瑜面前，捧起那张还不带表情的脸就吻了上去。

楚楚背对着开启的房门，眼前就只有萧瑾瑜，萧瑾瑜的视线却能延伸到门外的走廊、走廊外的庭院、庭院里摆弄花草的杂役……

被杂役们意味深长的目光偷瞄着，萧瑾瑜一张静如深湖的脸顿时窘得一片通红，却被楚楚吻得没法出声，楚楚把他吻得快要喘不过气了才把这红透了的人松开："王爷，当你的娘子真好！"

萧瑾瑜正儿八经地喘了几口气，这才哭笑不得地道："好什么？"

"你是好人！"

萧瑾瑜靠在椅背上轻轻顺着胸口，好气又好笑地看着眼前笑得美滋滋的人："我可不会盖房子，也干不了什么苦工。"

"才不用你干呢！"楚楚抿嘴笑着，"你会教孩子，我生一大堆孩子，以后让咱们的孩子给你干活！"

萧瑾瑜一怔，轻勾嘴角："你怎么知道我会教孩子？"

楚楚指指里屋的屋门："你刚才就教啦。"

萧瑾瑜笑意微浓："我不是在为难他吗？"

"才不是呢！"楚楚挨到萧瑾瑜身边，小声道，"那个小孩的爹死了，他娘又是个病歪歪的瞎子，以后他家就全靠他了，他要是光会哭光会闹，他和他娘就都没活路了，对吧？"

萧瑾瑜揽上她的腰,略带惊喜地看着满脸认真的楚楚,他根本没指望这丫头能一眼看明白他的心思,她不怨他不讲人情,他就已经很知足了。

楚楚脸上带着得意的笑:"我还知道,你肯定会帮他们,但肯定不会给他们送钱。"

萧瑾瑜饶有兴致地看着她:"为什么?"

"要是一下子给他们好多钱,肯定会招来坏人,要是一次给一点儿,常常给,那个小孩突然过上好日子,可能就学懒了,学坏了,那就更害了他们娘儿俩了。"

萧瑾瑜笑着点头,她这脑袋瓜里想的比他考虑的要简单得多,但还算说得过去:"有理,那你说,我准备如何帮他们?"

楚楚吐吐舌头:"这我就不知道啦。"

萧瑾瑜轻叹,伸手抚上楚楚的肚子,轻声感慨:"两个人的心眼儿果然是比一个人的多了不少。"

楚楚愣愣地看着萧瑾瑜:"什么意思呀?"

"没什么。"

楚楚鼓着腮帮子瞪他:"有什么!"

"我是说,有你这样的娘子真好。"

楚楚笑起来:"哪儿好呀?"

"哪都好。"萧瑾瑜在她腰底轻轻拍了拍,"再陪我去查件事,我就能整理卷宗了。"

楚楚一愣:"景大哥还没破案呢,怎么整理卷宗啊?"

萧瑾瑜轻叹:"我不理好卷宗他破不了案,薛太师还在牢里呢。"

第七章

楚楚和萧瑾瑜从后院回来的时候,李家母子已经把桌上的碗碟打扫得干干净净的,一点儿碎渣也没留下。

萧瑾瑜淡淡地看了一眼还在贪婪地舔吮手指的小男孩,转头看向吴江:"带他们去见景翊。"

吴江皱了皱眉头，凑到萧瑾瑜耳边，压低了声音："王爷，景翊在哪儿啊？"

萧瑾瑜轻咳两声，掩口轻声回道："我哪知道？各屋房梁上找一遍。"

"是。"

吴江把李家母子带出门去，刚听到屋门关合的声音，萧瑾瑜就把立得笔直的脊背虚软地靠到了椅背上。

楚楚给他端来一杯温热的清水，萧瑾瑜手都懒得抬一下，就在楚楚手上喝了一口，然后轻轻摇头，闭起眼睛。

昨天才在天牢中捡回一条命来，今天就忙了一个上午，虽然没干什么体力活，但对萧瑾瑜下半截不能着力的身子来说，正襟危坐本身就是种折磨。

楚楚解了他的腰带，伸手探进他的衣服里，在他冰凉僵硬的腰上恰到好处地揉着、暖着："王爷，你到床上躺一会儿吧。"

这会儿躺下去，起来就难了。

萧瑾瑜摇摇头，勉强笑笑："不要紧，尽快收拾完，晚上早睡一会儿就好。"

楚楚抿了抿嘴，皱起秀气的眉头："咱们的孩子要是一生下来就会查案子就好了。"

萧瑾瑜哭笑不得："那不成妖精了？"

楚楚嘟着红润的小嘴，满眼都是心疼："妖精就妖精，反正能让你歇歇，看把你累的。"

萧瑾瑜笑着抚上楚楚的肚子："等这案子一结，我就把事情分下去，陪你在府里调养身子。"

"我才不信呢。"

萧瑾瑜一脸真诚："我对孩子发誓。"

"你要是反悔，我就告诉他，他爹是个大骗子，每天说一百遍！"

"好。"

说是忙完了早点儿睡，可萧瑾瑜对着一摞卷宗盒子一直忙到天黑，刚把卷宗理好，又送来一批加急公文，一直批到大半夜才上床躺下，躺下没多会儿就胃疼得厉害，不愿吵醒刚睡着的枕边人，又没有自己下床拿药的力气，一直忍到快天亮才昏昏睡着，楚楚唤醒他的时候，萧瑾瑜还是满脸的倦意。

要是没有十万火急的事儿，楚楚根本舍不得叫醒他。

"怎么了？"

"王爷，景大哥刚才让人来传话，说午时就要升堂了。"

萧瑾瑜微怔，侧头看了看一片大亮的窗子："现在什么时候？"

"还差一刻就午时了。"

萧瑾瑜急着起身,手按到床上刚一使劲儿,腕上就传来一阵刺痛,眉心旋即拧成了结。

"王爷,你怎么啦?"

萧瑾瑜微微摇头,风湿还没消停就写了大半天的字,今天恐怕连勺子都捏不稳了,先前说的堂审记录……

"楚楚,帮我更衣吧。"

"好。"

萧瑾瑜梳洗整齐,换好官服,从里屋出来的时候吴江已经等在外面了,一直到贡院公堂门口,都看见立候两侧的十名监考官了,萧瑾瑜这才侧首对吴江道:"今日升堂,你来做堂审记录吧。"

吴江手里的刀差点儿掉到地上:"王爷?"

萧瑾瑜一脸云淡风轻:"久不练笔,别荒废了那手好字。"

吴江很想跪下给他磕三个响头:"王爷,卑职写字的速度哪跟得上景翊那张嘴啊!"

"若记得好了,可抵你的失职之罪。"

吴江哭丧着脸:"王爷,您还是抽我三百鞭子吧。"

萧瑾瑜意味深长地看过去:"你可不光是失职之罪,该挨罚的地方还多得很,还是攒点力气的好。"

吴江一愣,顺着萧瑾瑜笑里藏刀的目光看到自己腰间的一个香囊,脸"腾"地红起来:"王爷,不是,我记!我记!"

"嗯。"

楚楚纳闷地盯着那个让吴江方寸大乱还立马妥协的小物件:"大哥,这是什么呀?"

吴江红着脸一把扯下来,匆忙而小心地塞进怀里:"没、没什么。"

萧瑾瑜进门才发现十个监考官分站在案台两侧,一边站五个人,每人手里抱着一根棍子,面无表情目不斜视地看着前方。

吴江老老实实地在案台边的一张小案后面坐下,楚楚把萧瑾瑜推到案台左手侧首位落座,把旁边方几上的茶杯捧给他,转身规规矩矩地站到了大门边,刚站好就见十个监考官齐刷刷地把棍子往青石地砖上一阵猛戳,扯开嗓子就喊:"威——武——"

萧瑾瑜手一抖,差点儿把茶杯扔出去。

喊声未落,景翊背着手不慌不忙地从后堂走了出来,一身深红色的官服被那张笑开了花的脸衬得端庄全无。

景翊往堂下扫了一眼,看到吴江坐在书吏的位置上,正一手握笔严阵以待,脸上的笑意又浓郁了几分:"看来人都齐了。"

景翊忍着不看萧瑾瑜那张漆黑一片的脸,清了清嗓,眯起狐狸眼,满脸堆笑:"首先，本官要感谢安王爷无私提供的一系列重要破案线索，感谢王妃娘娘亲自为本案死者验尸，感谢吴将军百忙之中抽出宝贵时间为本案做堂审记录，当然也要感谢诸位监考大人能不怕苦不怕累，克服种种困难，心甘情愿为本次升堂充任差役一职。"说罢转头向正在奋笔疾书的吴江一笑，无比谦和地道："吴将军，本官还没说升堂呢，这些就不用记了。"

楚楚隔着老远都看到了吴江原本飞快移动的手倏地一顿，接着传来一声纸页被撕裂下来蹂躏成团的声音。

"咳咳，那什么，不早了，升堂。"景翊往案台后面一坐，抄起惊堂木"砰"地一拍，"众尸体请上堂！"

十名监考官顿时觉得公堂内阴风四起。

"不是，请众尸体上堂！"景翊扭头对吴江小声补了一句，"刚才那句划了不要，写这句。"

几个官兵抬出八个盖着白布的担架，齐刷刷地摆在堂下，官兵刚要撤回后堂就被景翊大手一挥拦住。

"鉴于娘娘写的验尸结果足够详尽，诸位监考大人还有公务在身，时间紧迫，特殊情况特殊对待，尸体就不当堂检验了，抬下去。"

几个官兵脸色一黑，齐刷刷地转头看向萧瑾瑜，见萧瑾瑜一副事不关己的模样，才咬咬牙把一众尸体怎么抬上来的又怎么抬下去了。

景翊转头看向吴江："这段你自己润色润色啊。"

景翊又抓起惊堂木"砰"地一拍："来人，带活的！"

萧瑾瑜索性闭起了眼睛。

两个官兵把李家母子带到堂前，一个官兵被景翊留下："你先等会儿，公孙大人，来来来，把你手里那根棍子给他拿着。"

公孙延一头雾水地把手里的棍子递了出去。

"你到那儿替公孙大人站着，公孙大人，来来来，你跟这娘儿俩跪一块儿，对对对，就是这样。"

公孙延在景翊人畜无害的笑容中鬼使神差地跪下，膝盖磕着地面才反应过来："景大人——"

景翊做了个噤声的手势，指指埋头苦写的吴江："吴将军写字辛苦，咱都少说两句啊，本官先把此案真相说一遍，一会儿会给你们时间狡辩的。"

又一声惊堂木响。

"公孙大人，把衣服脱了。"

公孙延一愣："景大人……"

"悠着点儿，光脱上面的就行，王妃娘娘看着呢。"

公孙延僵着不动:"景大人……"

景翙好脾气地笑着:"公孙大人,不用紧张,让你脱衣服就是走个过场,随便看看。"

公孙延神色稍松。

"反正你昨儿晚上洗澡的时候我就在房梁上,该看的不该看的早就看完了。"

公孙延顿时脸色煞白。

景翙勾着嘴角:"公孙大人,你身子白白净净的也没什么赘肉,不就是后腰上有颗铜钱大的黑痣嘛,没什么见不得人的。"

吴江手腕一僵,倏地抬头看向公孙延。

楚楚也睁大了眼睛,腰上有颗黑痣,这不是和李如生一样吗?

"景大人——"公孙延刚张嘴就被景翙摆摆手堵了回去,"肃静肃静,我还没说完呢,你先想想清楚,留着待会儿一块儿狡辩。那颗黑痣看似是公孙大人自己的事儿,跟旁人无关,实则本案丧命于贡院中的众死者多少都跟这颗黑痣有那么点儿关系。"

"咱们从近的往远说,本案最后一个死者,云麾将军王小花,经检验是中砒霜毒而死,砒霜毒是下在一碗醒酒汤里的,那碗醒酒汤是从哪儿来的呢?是本案倒数第二名死者,贡院厨房的烧水丫头杏花给他端进屋里来的。杏花是怎么死的呢?杏花是被王小花凌辱致死的。王小花为什么会欺负一个十三岁的小丫头呢,因为他喝多了,那这两个人的死跟黑痣有什么关系呢?"

景翙眯起狐狸眼看着堂下的公孙延:"因为据安王爷查得,杏花是在卖身葬母的时候被一个身上带黑痣的人买下来,利用职务之便送到贡院里混饭吃的。当晚杏花就是被这个人从床上叫起来,给醉酒闹脾气的王小花送醒酒汤,砒霜就是这个人下的,选中杏花帮他干这件事,就是看中杏花不会说话也不识字,还对自己感恩戴德言听计从。本来这事儿是王小花一个人死,偏偏王小花酒后乱性,活生生把体弱多病的杏花糟蹋死了,完事儿还心慌,一心慌就想咽点儿什么压压惊。"

正想咽唾沫的公孙延一口唾沫僵在喉咙口,咽也不是吐也不是。

景翙笑得温柔如水:"所以王小花就抓起现成的醒酒汤喝了,一喝进去就让这个身上带黑痣的人得逞了,是这样吧,公孙大人?"

公孙延含着唾沫不吭声。

景翙满意地点点头:"既然都没什么异议,那我接着说。再往前一个,死的是贡院里送水的秦大娘,是看见一具腰上有黑痣的男尸,认为是自己三十年没见的儿子,就伤心而死了,当然,此黑痣非彼黑痣,但此黑痣却也是因彼黑痣而死的。"

萧瑾瑜忍无可忍地干咳两声。

"那什么,"景翙立马挺直腰板坐得端正,"据安王爷不辞辛劳夜以继日遍览案卷调查所知,李如生,他其实是扬州人。"

萧瑾瑜隐约感到额头上的青筋蠢蠢欲动。

"而秦大娘是潭州人,那么谁在撒谎呢?"不等堂下的母子俩开口,景翊已经顺嘴说了出来,"这个问题不重要,重要的是不管李如生是不是秦大娘的儿子,他这次进贡院除了考试,另一件事就是要装孙子……不是,装儿子,装秦家的儿子。"

景翊再次温柔地笑着看向公孙延:"谁让他好巧不巧地长了那么一颗痣,又好巧不巧地让人看见了呢,是吧,公孙大人?"

公孙延低头看着地面:"下官不知。"

景翊眯起眼睛:"嗯,下回撒谎记得要看对方的眼睛。"

公孙延抬头看向景翊的狐狸眼:"下官所言句句属实。"

景翊挑起嘴角:"这么快就用上了?"

景翊满意地看着噎得干瞪眼的公孙延:"不怨公孙大人,你考中进士都是二十七年前的事儿了,'知之为知之,不知为不知,是知也',这些早忘干净了吧?"

公孙延还没张嘴,李如生的儿子"唰"地举起小手:"我知道!"

景翊一愣,还没反应过来就听到这小男孩一本正经地背起来:"《论语·为政》里写:'子曰:由,诲汝知之乎!知之为知之,不知为不知,是知也。'意思是知道就是知道,不知道就是不知道,这才是聪明的。"

萧瑾瑜嘴角微扬。

景翊愣了好一阵子才转头对吴江道:"这句……你看着办吧。"

景翊笑眯眯地看向公孙延:"公孙大人,想起来了吧?"

公孙延正琢磨着这句话该抬头答还是低头答,就听得景翊又道:"慢慢想,不着急,我先说我的,继续说李如生的事儿,李如生为什么要装儿子呢?其实他自己都不知道自己装的是儿子。两年前的某天,李如生给某户官家干苦工,天儿那个热啊,李如生就把上衣脱了,这么一脱,就露出那颗黑痣了,黑痣一露,从此就从苦工变成抄书先生了,云姑,有这么回事儿吧?"

云姑连连点头:"正是,正是。"

景翊看着公孙延:"这户官家对李如生真是百般照顾啊,管吃管喝还给工钱,李如生一直想找机会报答,于是会考前这官老爷开口请李如生帮个小忙,李如生二话没说就答应了。这官老爷让李如生帮的也不是什么大忙,就是嘱咐他要多穿几件衣服,要在贡院门口检查的时候大哭大闹惹人注意,要在贡院送水的秦大娘手里把私制的官服接过来穿在里面,然后就该干吗干吗了。当然,这官老爷不让李如生跟家里人说,所以云姑让李如生把家里的炭带去考场的时候,李如生没说考场里今年什么都不让带,而说多穿几件就行了,顺理成章地穿走了一堆衣服还没惹家人怀疑。"

景翊看向一脸错愕的云姑:"李如生走前跟云姑说,这回一定能考中,为什么呢?因为他知道,那个欣赏他同情他的官老爷任的就是本科监考,他看到公平的希望了。公孙大人,你在礼部当官,估计不大清楚刑律上的事儿,在我点名道姓地说出来这龟孙子到底是谁之前,这龟孙子要是自己招出来,那量刑的标准就不一样了,运气好了没准儿还能留一命。"

公孙延咬着牙没出声儿。

"公孙大人,你这辈子也够不容易的,五十岁的人了,就那么一个刚满两岁的儿子,还不是自己亲生的。"

公孙延突然从地上跳起来:"你胡说!"

景翊一脸无辜地望着他:"我说错了吗?我昨儿晚上在房梁上看得清清楚楚的,你下面是空的,看伤口的模样应该至少有二十年了,难不成公孙夫人怀了二十多年才生下这么一个宝贝儿子啊?"

"你闭嘴!"

众人的目光齐刷刷地投到公孙延的下身上,连萧瑾瑜都睁开了眼睛,楚楚更是好奇地凑到了前面来。

景翊人畜无害地笑着:"你要嫌我眼力差看错了,咱们这儿还有个眼力好又懂行的王妃娘娘呢,你把裤子脱了让王妃娘娘一验就清楚了。"

萧瑾瑜一眼瞪过去,还没来得及张嘴,就听到楚楚清清亮亮地道:"行!"

吴江手一抖,纸页中央顿时多了一道漆黑。

萧瑾瑜脸上一阵黑一阵白,公孙延直感觉两腿间飕飕冒冷气,景翊满眼笑意:"公孙大人,王妃娘娘可是剖尸的一把好手,下刀子那是又准又稳,保证给你验得一清二楚,真相大白。"

公孙延腿一软,"咚"地跪了回去,两手紧捂住腿间的虚空,仿佛那沉寂多年的生不如死的疼痛又重新发作起来,身子一时间瑟瑟发抖:"别、别,我自己说,我说……"

楚楚失望地抿抿嘴,站了回去。

萧瑾瑜默默松了口气,重新阖眼。

公孙延咬了咬牙,抬起头来阴森森地看着萧瑾瑜:"安王爷、景大人,你们这些出身尊贵的人根本不知道寒窗苦读是个什么滋味,要不是当年秦家那对贼夫妇把我从公孙家偷走,我也不至于落到这步田地!"

萧瑾瑜皱了皱眉头,轻轻睁开眼睛。

公孙延冷笑:"你们都被那对老不死的骗了,什么记挂我才来找我,分明就是自己作孽太多生不出孩子来,死皮赖脸地缠着我给他们养老来了!"

公孙延咬着牙,眼睛里几乎要喷出火了:"他们还有脸说找我,我在他们家吃的什么,穿的什么?要不是他们把我偷走,我一个堂堂礼部尚书的儿子,会因为揭发舞弊的官家少爷被打出贡院吗?会因为重伤流落街头被官家少爷的家奴打成残废吗?要不是及时被我爹发现,我早就暴尸街头了!

"还好我爹认识我身上的痣,给我治伤,跟我讲了我的身世。第二次考会试我就考中了，好多家小姐上赶着来提亲，就算我身子这样也愿意，原来在那对贼夫妻家里的时候，连乡下丫头都不正眼看我！我想着他们好歹是把我养大了，我有家有业也就不找他们算账了，谁知道这两个不要脸的居然找到京城来了，还等着在贡院里堵我。好在他俩不知道我已经跟亲爹相认了，就傻等在贡院里，我也过了一段清静日子。

"我年纪也不小了，家业不能没人继承，我知道我家那个贱妇早就不老实了，索性就睁一只眼闭一只眼，认下了她肚子里的那个野种。可那野种一生下来，我只要看见他就会想起来在街上被那群走狗毒打的场景，那户的官家少爷已经病死了，但贡院里还会有这样的人，我就是咽不下去这口气。刚好我看见在府上干泥瓦活的李如生，他后腰上有颗跟我一样的黑痣，我就想索性一举两得……

"我知道李如生曾跟我同科，也曾因为揭发舞弊被打出来，后来屡考不中，心里一直憋着这口气。我本想借刀杀人，没想到李如生居然憋屈出了疯病，一到晚上就犯病，根本办不成事，但来不及再找别的考生，索性让他当幌子，我亲自来干，万一事发就把他往外一推，他胆小嘴笨，对我又感恩戴德，肯定落不到我身上。"

公孙延越说越兴奋，脸颊微红，眼睛里泛着亮光："我先在街上买了个卖身葬母的哑巴丫头，把她送进贡院里，既不显眼又不怕她多嘴，以备不时之需。我上下打点，如愿当了监考官，一进贡院我就找上那个贼婆子，三十年没见我，贼婆子也眼花了，根本没认出我来，我装作同情她，答应用职务之便帮她找儿子，但要她答应按我的吩咐办事，还不能让那贼老头子知道，她还真就答应了。

"进考场之后第一次送水的时候，我就让贼婆子把那件官衣偷偷拿给李如生。监考官只值前半夜的班，一换班我就去那屋子附近等着，贼婆子一旦把官兵引开，我就用监考官的身份轻轻敲开其中一个房间的窗子，骗他说要偷偷放他走，趁他不注意就用李如生的衣服撕开系成的布条把他勒晕，然后到另外两屋把那两个人也勒晕，把他们挨个挂到房梁上，拿走他们的外衣，再让贼婆子给李如生递进去。

"本来第二天晚上也想这样的干的，没承想那个黑子居然把那个作弊考生扒光了，我就只能堵上他的嘴把他撞死在墙上，再把堵他嘴的布条拿走。翻窗出去的时候不小心被窗框上的木刺划破了手，我怕有破绽，就趁夜潜过去划了李如生的手，反正他前一晚也在哭闹，周围考棚的考生也都不当回事儿了。"

公孙延得意地看向萧瑾瑜："我让李如生散布舞弊考生被杀的消息，果然闹得一片大乱，安王爷情急之下就按着我留的线索一步步把李如生揪了出来，正巧是在晚上，李如生犯着疯病，一点就着，还差点儿把安王爷当场掐死。虽然我很感谢那个没脑子的黑子，但那黑子运气实在不佳，赌气喝酒喝得晕乎乎的时候正好撞见我把那贼老头子放出去，虽然被我搪塞过去了，但还是怕他酒醒之后想起点儿什么来，正好用上那个哑巴丫头，谁知道那个哑巴丫头也福薄，居然就这么被那个黑子糟蹋死了，倒也省了我的事儿。

"我府上管家接到我的信儿，把李如生死的事儿告诉了这母子俩，这俩人果然来闹，放出去的那个贼老头子也找上了这娘儿俩，我管家一说告御状，这三个人立马就去了。"公孙延勾着嘴角，"能除了那对贼夫妇，能除了四个舞弊的祸害，还能把大名鼎鼎的安王爷送进天牢待了几天，我也算死而无憾了。"

云姑哭得说不出话，李成咬着嘴唇跪在一边，搀着云姑，狠狠地瞪着满脸得意的公孙延。

萧瑾瑜轻轻咳了两声，缓缓开口："本王确实一时失察，让你钻了空子，坐那几日牢也实在应该，不过本王得告诉你，你在本案中虽步步算计得清楚，但还是有件事被人算计了。"

公孙延狐疑地看向景翊。

"不用看他，"萧瑾瑜声音微沉，"他虽然缺德，但还不至于那么缺德。"

吴江心满意足地记下这句。

萧瑾瑜又咳了两声，声音冷了一度："你生父公孙隽说，你是被秦家二老偷走的，如今令尊已仙逝多年，秦家二老也已亡故，无法当面对证，但据本王查证，公孙隽三十年前任潭州刺史时曾与府中一名丫鬟有染，暗结珠胎。孩子生下后不久就被善妒的公孙夫人发现，让人把孩子扔了出去，并严刑毒打这名丫鬟，丫鬟死后还被扔在下人房的院子里暴尸十日，闹得尽人皆知。据说公孙隽由始至终一声没吭，还在家里跪了三天搓衣板。"

景翊听得心里一阵发毛。

萧瑾瑜静静看着目瞪口呆的公孙延："公孙大人的运气倒是不错，令尊在京城遇上你的时候公孙夫人已亡故多年，否则公孙大人一定会暴尸街头了。"

公孙延直觉得全身冰凉："那秦家……"

"公孙大人若是不信，尽管找景大人讨要令尊的案卷来看，令尊为官数十年，沉沉浮浮，可记入案卷之事可比公孙大人的要丰富得多。"

公孙延呆了好一阵子，突然扬起头来看向景翊："景大人，我是自己招的，全是自己招的，你说能留我一命的！"

"唔？"景翊无辜地眨眨眼，"我说过？"

"你说过，你说过！"

景翊一本正经地看向吴江："吴将军，你查查看，本官说过类似的话吗？"

吴江看都没看："我记得清清楚楚，一句也没说。"

景翊摊摊手，耸耸肩："那就不好意思了，再辛苦一下几位临时差役大人，把这个自己全招清楚的龟孙子找个地方吊起来吧，最好是让考生考完一出考棚就能看见。跟考生解释这案子的任务也交给诸位了，辛苦辛苦，回头咱们再聚。"

看着九个监考官加一个官兵把瘫软如泥的公孙延拖出去，李家母子一个劲儿地对景翊磕头："谢谢大人，谢谢大人……"

"别别别别别，"景翊从案台后面飘出来，一手一个把母子俩搀起来，"我得谢谢你俩，昨儿说得那么清楚，今儿在堂上又这么老实，谢谢捧场，谢谢捧场。"

李成仰着头看向景翊："景大人，你说过我今天在堂上乖乖听话，不吵不闹，就给我活儿干的。"

云姑为难地皱起眉头，把李成揽在怀里："景大人，你行行好，还是让我干活儿吧，孩子还太小。"

景翊笑笑："这活儿还真就是孩子才能干，李成，我家有个儿子，今年三岁了，我想在给他请先生之前先找个小先生教教他，也陪他玩玩儿，省得总赖在他爷爷奶奶家，都被惯坏了。这活儿你愿意干吗？"

李成一个劲儿地点头："愿意，愿意！我背过好多书，一定能教好他！"

景翊揉揉他的小脑袋："你要是教得好，等再过几年我给他请先生的时候，你就给他当伴读，陪他一块儿念书。"

"谢谢景大人！"

景翊看着激动得直掉眼泪的云姑，轻勾嘴角："你也住到我府上来吧，省得他老惦记着你，没法安心给我干活儿。你放心，我媳妇的脾气是大了点儿，不过一向是对男不对女，吃软不吃硬，肯定不会难为你俩。"

云姑听着就要往下跪："谢谢恩公，谢谢恩公，云姑一辈子做牛做马报答你。"

"别别别，这话可千万别让我媳妇听见，听见我就得做牛做马了。"

景翊好不容易把千恩万谢的娘儿俩哄去后堂，这才发现萧瑾瑜和楚楚已经不在公堂里了，只有吴江铁着一张脸坐在案后奋笔疾书。

景翊一愣："你还写什么呢？"

吴江从牙缝里挤出一句话，用利到能杀人的目光看向景翊："你还没说退堂。"

"退，退，这就退，"景翊蹿到墙边抄起一根差役棍子，"退堂！威——武——"喊完之后扔下棍子向吴江人畜无害地一笑，"好了好了，退完了，退完了……"

吴江扔下笔，抓起堂审记录簿从桌案后面走出来，黑着脸把记录簿往景翊怀里一拍："记得，主审官员要对堂审记录校核纠错。"

"记得，记得，辛苦，辛苦……"景翊笑意满满地翻看记录簿，刚扫一眼就差点儿哭出来，"吴江，谁告诉你堂审记录能用狂草写？"

"我只知道王爷主审的案子规定必须用小楷字做堂审记录，你主审的案子，好像没什么规矩。还有，我劝你趁还记得自己说过什么，赶紧用小楷字誊一份出来，这案子是你主审的，卷宗要落到大理寺，年底王爷要审查卷宗的时候肯定还是得你来整理。"

只见景翊一脸为难，吴江又大声道："记得自己润色一下。"

· 446 ·

番外·蟹黄汤包

吴江的秘密

吴江到萧瑾瑜房里时，楚楚已经去厨房煎药了。

"王爷，"吴江颔首站到萧瑾瑜面前，"卑职已把堂审记录交给景翊了。"

萧瑾瑜微微点头，浅浅地喝着手里的一杯温水，漫不经心地道："什么时候的事？"

吴江一怔："就……退堂之后。"

萧瑾瑜抬眼看着他腰间原本挂着香囊的地方："我没问堂审记录。"

吴江一愣，脸顿时红起来，低着头像野兽低鸣一样含混不清地说了一句："元宵节。"

"哪年的元宵节？"

"今……今年的。"

萧瑾瑜云淡风轻地点点头："让她来王府坐坐吧。"

吴江一下子慌了神，倏地抬起头来："王爷，她可是——"

萧瑾瑜摆了摆手："我知道她是谁，我还认得她的绣活。"

想起那个总怯怯地低着头的小丫头，萧瑾瑜微微含笑，轻轻摩挲着手里的白瓷杯子："我也有日子没见她了。"

见吴江抿着嘴唇不应声，萧瑾瑜轻勾嘴角："我亲自请她？"

"不敢。"

"就这两天吧，过两天忙起来又脱不开身了。"

"是。"

从贡院出来，吴江骑在马上，头一次感觉到如坐针毡是个什么滋味，那匹狮子骢跟平时一样跑得既快又稳，可吴江就是觉得心跳得乱七八糟的，好像一肚子的零碎都要被这畜生给颠出来了。

在宫门口勒住缰绳翻身下马的时候，吴江一张脸白里发青，剑眉之间拧出了一个死疙瘩，也没应宫门守卫的见礼，把马一交就闷头走进去了，径直走到御书房院门口。

吴江除了当安王府的侍卫长之外还有公职，隔三岔五就要进宫当值，吴江不是多话的人，但宫里人没几个不认识这个年轻将军的，就是没见过脸，也一定听说过这个人。

朝里二十来岁的将军本就不多，能居三品的更是凤毛麟角，能常年守在京里的就这一个，何况还是忠烈之后。

一见吴江铁着张脸走过来，立侍在院门口的小太监老远就摆好了笑脸，吴江还是客客气气地对他抱了抱拳："祁公公，卑职有事求见皇上，烦劳通报。"

小太监笑盈盈的："吴将军，可是安王爷要呈什么折子啊？"

吴江取出一个折本子，双手递上："烦请祁公公代呈，还请祁公公通报一声，卑职有要事面奏皇上。"

"吴将军稍候。"

"有劳公公。"

小太监转身迈着小碎步走了进去，没一会儿就出来了，吴江却觉得熬了好几个时辰，握紧的手掌心里冰凉凉的全是汗。

"吴将军，"小太监出来的时候白生生的脸上堆满了笑，"久等了。"

吴江有点儿僵硬地点了点头："祁公公，卑职可以见驾了？"

小太监抿嘴笑着，意味深长地看向吴江，把折本子捧还给他："吴将军，安王爷的折子皇上已经仔细看过了。皇上说，一切就按安王爷的意思办吧。"

萧瑾瑜那本折子上写的什么吴江一点儿也不知道，跟往常一样，萧瑾瑜让他送进宫来，他就送来了，不该问的他决不会多问一句。

于是吴江接过折子，沉稳地应了一声："是。"

小太监笑得眼睛都弯了："那就不耽误吴将军办事了。"

吴江一愣："皇上，不见我？"

小太监笑着指指吴江手上的折本子："皇上说不用见了，一切就按安王爷的意思办吧。"

吴江怔怔地展开那本折子，刚扫了两眼，一张英气满满的脸一下子涨得通红。

"吴将军，皇上已让人传长宁公主到晚晴楼了。"

小太监话音还未落，眼前已经不见人影了。

晚晴楼就在从前殿到后宫的必经之路上，小楼建在高台之上，视野开阔，是整个宫中看夕阳最好的地方。

这个时辰西天已经开始泛红了，红得媚而不妖，可吴江完全没有心思留意这些。

年初一的时候皇上照例大宴群臣，萧瑾瑜不在王府，吴江就只好受召赴宴了，一夜推杯换盏之后，微醉中看到皇后身边依着一个娇小的身影，正浅浅柔柔地对他笑着，神情刚一恍惚，就又被人拉去喝酒了，下半夜的时候再回头去找，已经不见那人了。

初一的晚上明明没什么月亮，吴江次日酒醒后却总觉得前夜看到了一片温柔又明媚的月光，却记不得是在哪儿看到的，也记不得那片月光的周围有些什么，只记得自己曾沐浴在那片宜人的月光下，整个身子都轻飘飘的。

一直到元宵节再次受召入宫赴宴，皇上提出由四十岁以下武官比武助兴，彩头是皇上的亲妹妹长宁公主萧湘亲手绣制的香囊。

吴江得萧瑾瑜影响已久，向来不会在这样的场合显山露水，他正在琢磨着不给安王府丢人又不至于锋芒毕露的比武路数，蓦然看见拿出香囊给众人展示的长宁公主，顿时想起来自初一之后总在他梦里出现的月光是哪儿来的了。

于是那场比武之后，再没有文官武将在背后念叨一个王府侍卫长凭什么占着三品将军衔了，吴江也如愿地在那片思慕多日的月光中接过香囊，佩在腰间。

和那晚一样，萧湘只看着他浅浅柔柔地笑了笑就转身离开了众人的视线。在吴江眼中，就像是乌云突然遮了月亮，整夜都是满场黯淡的，尽管十五的圆月就挂在当空，明亮如镜。

吴江不记得当晚是怎么回王府的，只知道二十五年来头一回有这样百爪挠心的感觉。

他很清楚地知道自己想娶她，发疯一样地想。

可是娶不得。

他是三品将军不假，但能年纪轻轻战功平平就爬到此位，有一半的原因是托了早年为国捐躯的父亲的福。

他十六岁那年母亲也病故了，他又是家里的独子，如今手里唯一的产业就是父母留在苏州的一处老宅，唯一的依靠就是向来不谋权势名利的安王府。

他凭什么去跟皇上说喜欢上了一位小他七岁的嫡出公主？

何况那么美好的人，又凭什么看上自己？

可那只香囊他还是舍不得取下来。

没承想就这么被王爷看出来，还在神不知鬼不觉中让他自己给皇上递去了那道折子，自己那点儿心思全被王爷抖给了皇上不说，皇上还同意了王爷的提议，让他自己去问萧湘的意思！

只要萧湘点头，皇上立马就拟旨赐婚。

可若是……

就算她摇头，他还是得完成萧瑾瑜的任务，请她去安王府。

吴江也不知道皇上命人传她的时候说了多少，一时顾不得那么许多，一口气奔上小楼，头都没敢抬，对着那个鹅黄色的身影就是一拜："卑职吴江拜见公主！"

吴江听了好一阵自己乱七八糟的心跳声，然后才听到一个柔而不软、甜而不腻的声音："吴将军不必多礼。"

吴江手忙脚乱地从地上爬起来，埋头看着脚尖："卑职，卑职……"

一肚子的话想说，堆到喉咙口却一句也说不出来，生生地把一张俊脸都憋红了。

"吴将军，"明显轻了一层的声音里带着细细的颤抖，"你若不喜欢那个香囊，扔了便好，不必拿来还我。"

吴江一愣，蓦然抬头，那个朝思暮想的人正看着他腰带上原本系着香囊的地方，一双灿若晨星的眸子里满是黯淡的绝望，樱花瓣一样的嘴唇轻轻抿着，隐隐发白，看得他向来强健的心脏倏地一疼。

"……不是，"吴江慌忙从怀里抓出那个仔细收好的香囊，"卑职只是没……没挂在腰间。"

一对好看的叶眉微微往中间蹙了蹙，那双眼睛里却带上了柔柔的笑意："吴将军为何把香囊放在怀里？"

吴江几乎感觉不到自己脑子的存在，顺口抓了个词儿："暖……暖和。"

萧湘"噗嗤"笑出声来，赶忙用袖子掩了口，只留给吴江一双笑意满满的眼睛。

吴江被笑得发窘，又把脑袋垂了下去："卑职无礼，公主恕罪。"

比起刚才那模样，吴江倒是更愿意看她笑，哪怕她是在笑自己，也比看到她那副明显是伤心绝望的模样心里好过得多。

"吴将军，"萧湘声音里还带着温柔的笑意，"你既然不是来还香囊的，那是为何要见我？"

吴江又是一愣："皇上……没说什么？"

萧湘轻轻摇头，带出一阵轻微的步摇声响："皇兄派来的人只说，来了自会知道。"

吴江的一颗心又提到了嗓子眼，看着被夕阳映衬得既温暖柔和又光彩熠熠的人，脑子一热，一句话脱口而出："我想娶你。"

话音还未落，突然意识到自己说了什么，吴江慌张地跪下来："卑职该死！"

"你起来。"

吴江的身子像是不受自己控制一样，不知怎么就站了起来，低埋着头。

"你，"那声音里又带了点儿细微的颤抖，却也带着三分收敛不住的笑意和两分不由自主的羞恼，轻轻地道，"你可不能死，你死了怎么娶我呀？"

吴江呆了好一阵子才抬起头来："公主，你……你答应了？"

不知是不是被夕阳衬的，萧湘白嫩的脸上满是红云，微微低着头，抿嘴含笑："吴将军还没仔细看过那只香囊吧？"

他怎么会没仔细看过？还不知道翻来覆去看了多少遍，一看到那些细密整齐的针脚就能想到一颗七窍玲珑心。

"吴将军没看过里面吧？"

香囊里面……不就是香料吗？

吴江着急又小心地解开那根绕在袋口的细绳，里面果然是一小包用纱布封起来的香料。

"你把香料袋拿出来，看看里面。"

吴江仔细地取出香料袋，把香囊外皮翻了个面，这才发现外皮是里外两层绣花的，里面那层赫然绣着一个篆体的"吴"字，从手工到丝线材质，都比外面那层要精美不知多少倍。

吴江一愣："公主。"

萧湘垂着头，有点儿局促地揪着指尖，像个犯错的孩子似的，一张俊俏的小脸羞得红红的："我……我好几年前就听过你的很多事，但我只能在晚晴楼上偷偷地看几眼。后来我就绣了好多这样的东西，不知道怎么给你，也不知道你肯不肯收。"

她从小就是内向怕羞的性子，不会讨父皇、母后欢心，得到的恩宠也就少得可怜，她就安安静静地窝在清冷的院子里，不哭不闹不多话，更不与人争，所以一直埋没在偌大的后宫里。

自从十三岁那年听到这样一个名字，知道这样一个人，断断续续地从宫女口中听到这个人的故事，心里就有了一分说不清道不明的惦记。

十五岁那年第一次陪皇上到晚晴楼上看夕阳，第一次在皇后的指点下看到那个人走进御书房的挺拔的身影，之后每次听到这个名字都会格外用心，听到他立功受赏就会高兴好几天，听说他生病受伤就会一直担心到有人说起他平安的消息。

她最擅长绣活，也不知道自己在暗地里绣了多少想要送给他的东西，甚至绣好了自己的嫁衣、红盖头、鸳鸯枕、芙蓉被……可就是鼓不起勇气找皇上去说。

直到年前听见皇上和皇后商量要给自己的心上人说媒牵线，这才按捺不住，但又怕襄王无梦，不愿勉强他，最终还是忍了下来，只求皇上让她参加初一和十五的晚宴，让他能看到她。

两次面对面之后吴江竟一丝回音都没有，宫里得到的消息都是他在忙，萧湘本已在试着说服自己死了这条心，可现在……

萧湘从没觉得自己的日子如此鲜活过。

吴江不知道自己这会儿到底是想哭还是想笑："收，我都收！"

"那……"萧湘温柔的嘴角轻轻扬着，"你得问问我皇兄才好。"

吴江再一次有种为萧瑾瑜赴汤蹈火都在所不辞的冲动："皇上和安王爷都答应了，只要公主答应！"

萧湘微微一愣，旋即笑得清甜，脸上红云密布，浅浅地点了点头："我答应。"话音未落就跌进一个温暖宽敞的怀抱里。

怀里的人羞得声音发颤，却还是贪恋着这个怀抱里的温度，不但不挣开，反而小心翼翼地搂上他结实的腰背："吴将军……"

吴江不出声，也不松手，就这么静静地抱着，只有这么真实的体温，这么真实的幽香，才能让他相信这不是一个万分遥远的梦。

第一次这样抱一个女人，觉得怀里的身子清瘦清瘦的，有点凉，还在微微发颤，不由得心疼起来，抱得更紧了些。

不知道这个安静美好的人在幽深冷寂的宫苑里受了多少委屈……

"吴将军，这里的夕阳很美。"

"我只喜欢看月亮。"

"那……以后我陪你看。"

"好。"

王爷的承诺

萧瑾瑜本是打算会试一结束就立刻回王府的，所以酉时不到就盯着景翊写好折子送进宫里。

哪想到薛汝成一口咬定自己的罪过不是这么一两天就能反省好的，死活不肯从天牢里出来，皇上睁一只眼闭一只眼，萧瑾瑜只得一个人连熬五天批完了几千份卷子，累得差点儿吐血。

薛汝成恐怕这辈子都不会知道，这短短五天内他被自家得意门生的媳妇咒了多少个花样，如果这世上咒人的话都能应验，那这五天之内他应该已经把天上飞的、地上跑的、水里游的东西都当了一遍了。

楚楚以为出了贡院萧瑾瑜就能歇歇了，可轿子刚进安王府的大门，萧瑾瑜就直接让人把他的轿子抬到十诫堂去了。

萧瑾瑜回到一心园的时候还满脸都是藏不住的疲惫，眉宇之间却带着清晰的喜色，不等楚楚搀他上床休息就拉着楚楚坐到了自己腿上，轻抚着楚楚还不见凸显的小腹："楚楚，谭章抓到了。"

楚楚一喜，伸手搂住萧瑾瑜伤痕未消的脖子："真的？"

萧瑾瑜轻轻点头："谭章本想乔装躲起来避避风头，但本性难移，不肯吃苦，竟跑到连理楼去吃饭，以为新开的酒楼没人认得他，却被凤姨认出来，让那个刀工极好的厨子把他绑着押送来了。"

楚楚连拍了几下巴掌："凤姨真厉害！比大哥还厉害！"

萧瑾瑜笑意微浓："以后不能叫大哥了。"

楚楚一愣："为什么呀？"

"以后按辈分算，他得喊你一声'七婶'了。"

"啊？"楚楚眨眨眼睛，抿了抿嘴唇，想了好一阵子才贴在萧瑾瑜耳边小声地问，"那……是吴郡王看上他了，还是皇上看上他了呀？"

"楚楚，我除了有侄子，还有侄女。"

"哦……"

萧瑾瑜哭笑不得地顺着她的头发："皇上下旨，给长宁公主和吴江赐婚了，月底就办喜事，吴江执意留在王府，湘儿也愿意住到这儿来，我没什么意见，你可愿意？"

"愿意！"楚楚兴奋得两眼直放光，"人多了才好，咱们家太大了，人多了才热闹！"

"咱们先说好，湘儿胆小得很，你可不许拿死人的事吓她。"

楚楚笑嘻嘻地看着萧瑾瑜："你答应说话算数，我就答应不吓她。"

萧瑾瑜苦笑："我何时说话不算数了？"

楚楚嘟着小嘴："你说把贡院的案子办完就把事情都交代下去，然后跟我一块儿在家里调养身子的，结果一进家门又去办案子啦！"

"不是办案子，是召集他们议事，把案子都交代下去了。"看着又笑起来的楚楚，萧瑾瑜好气又好笑，"我可不想让孩子一生下来就会骂我骗子。"

他相信这事儿她当真干得出来。

"才不会呢！我一定天天跟他说，他爹是好人，大好人！"

"嗯，我天天在家听着你说。"

"好！"

楚楚本想在这个没谋面的侄女嫁过来之前给她张罗着准备点儿什么，可回到王府没两天就开始吐得厉害，正经饭吃不下去，一天到晚就只想吃些酸梅、酸枣，困倦得在椅子上坐一会儿就能睡着，一张小脸蜡黄蜡黄的，总也提不起精神，折腾了不到半个月就缩在床上爬不起来，整个人都瘦了一圈。

叶千秋每回来看都淡淡定定地说正常，萧瑾瑜还是担心得要命，寸步不离地陪着她，也不知道从哪儿来的精力和体力，每天亲自把楚楚从头伺候到脚，还特意让人把凤姨请来专门给她做饭。

凤姨看了楚楚却乐得合不拢嘴，直说这孩子磨娘，肯定是个小子。

萧瑾瑜完全没心思去想闺女还是小子的问题，偶尔楚楚被折腾得意识模糊了，窝在他怀里直喊难受，他都心疼得想要狠狠心索性让叶千秋开服药，宁肯不要这个孩子也不愿看着她受这个罪。

可楚楚好受点儿的时候又总笑着让他摸她的肚子，问自己的肚子是不是鼓一点儿了，每次看到楚楚满脸期待的神情，萧瑾瑜都会把脑子里的那个念头打消得干干净净。

楚楚从小就很少喝药，受不了一天一碗又苦又涩的安胎药，可叶千秋说她在刚怀孕的那个月里经受过长时间的车马颠簸，又受过几次惊吓，不按时服安胎药的话孩子随时都可能没了。楚楚虽然乖乖听话，可萧瑾瑜到底舍不得让她受这份罪，就总在药里加勺糖，亲手喂她喝光，再端来各种花样的甜点心哄她。

一直到四月中旬楚楚缓过劲儿来，吃饭睡觉都正常了，脸色也红润起来，萧瑾瑜才算是松了口气，感觉到被她吓飞的魂儿又回到了自己的身体里，也才感觉到自己实在累坏了。

晚上萧瑾瑜靠着床头批阅积压下来的加急公文，楚楚就窝在他身边静静地看着他。

有些事萧瑾瑜能交代下去，有些事就只能他自己亲自来办，只要他不至于太累，楚楚也不会真去拦他。

即便如此，吴江、景翊一干人等还是忙得叫苦不迭，不过倒也忙得心甘情愿。

一直等到萧瑾瑜把最后一本公文看完后，楚楚在他腰间撒娇地磨蹭几下："王爷，今天公主给咱们的孩子送了一身小衣服，她自己做的，可好看啦！"

萧瑾瑜轻笑着点头，柔柔地顺着她的腰背。

自打楚楚好些了，萧湘就总来找楚楚聊天，萧湘跟楚楚是同年出生的，性子温柔内向，平日在王府里很少言语，却跟楚楚有说不完的话，尤其爱听楚楚给她讲《六扇门九大神捕传奇》，萧瑾瑜也乐得让这两个人在一块儿。

"王爷，我也想给公主送点儿东西。"

"嗯，"萧瑾瑜慢慢躺下来，轻轻阖眼，"除了尸体，什么都好。"

"当然不是尸体啦！"楚楚窝在他怀里笑着，"我想送给她一套人骨架子。"

萧瑾瑜瞪大了眼睛看着正为自己这个好主意兴奋不已的楚楚。

"我给她讲九大神捕的故事的时候，她总听不明白我说的那些骨头的名字，我送她一套人骨架子，她摆到屋里多看看就能明白啦！"

人骨架子，还摆在屋里……

"楚楚，"萧瑾瑜已经有两个月没跟楚楚说过"不"了，一句话想了好一阵子，说出来的时候已经委婉到不辨原意的程度了，"湘儿是个姑娘家。"

"我知道，她的脸皮比你的还薄呢！"楚楚抿嘴直笑，"我一说吴江这两个字，她都要羞得脸红呢，我一定给她找副好看的女人骨头架子，不然她肯定不好意思看！"

萧瑾瑜被她最后一句话狠噎了一下，啼笑皆非："楚楚，你就不怕吓到她吗？"

楚楚眨眨眼睛，一脸无辜："一把骨头，有什么吓人的呀？"

"楚楚，再想想，送点别的吧，珠花、簪子、胭脂水粉，什么都行。"

"对啦，她说过想学炖汤来着，没人敢教她，我就教她炖汤吧！"

"好，"尽管萧瑾瑜并不情愿让她在这个时候下厨房，但总比任由她给萧湘送副骨头架子的后果好得多，"当心身子就好。"

"好！"楚楚抚着萧瑾瑜仍然瘦得骨骼突兀的身子，想着前些日子这个人拖着那么病弱的身子无微不至地照顾她，心里既疼又暖，"王爷，你想吃什么，明天我给你做。"

"不用，你好好吃饭就好。"萧瑾瑜轻轻吻在她的额头上，"等你把孩子生下来，再一块儿补给我。"

楚楚临盆是在十月初，稳婆早在一个月前就从宫里请来了，叶千秋也再三确认过，楚楚的身子完全经得住分娩，可谁也没想到，到了该动手接生的时候，安王爷守在娘子身边就是不肯出去。

"王爷，"楚楚已经疼得意识模糊了，稳婆急得一头汗，可就是不敢动手，"您就到外面歇歇吧，产房不吉利。"

萧瑾瑜狠剜了稳婆一眼："是本王不吉利，还是王妃不吉利，还是本王的孩子不吉利？"

"奴婢不是这个意思，王爷息怒，王爷息怒。"

萧瑾瑜一手给楚楚紧攥着，一手怜惜地擦着楚楚脸上的汗水，手上的动作和看向楚楚的目光都极尽温柔，说给稳婆听的话却冷硬如铁："你要么在这儿接生，要么出去领死，自己选吧。"

"是。"

稳婆只得全当萧瑾瑜不存在，到底是一把老手，就是百般紧张之下也没让楚楚吃什么苦头。

即便如此，听着楚楚接连不断的呻吟声，萧瑾瑜还是一直悬着一颗心，明明紧张得手心直出冷汗，还在温声细语地安慰着楚楚。

直到听到一声细弱的啼哭，萧瑾瑜那颗几乎要从喉咙里跳出来的心脏才算落了回去，感觉到楚楚的手倏地一松，萧瑾瑜反手把那只脱力的小手握住，也顾不得有稳婆和打杂的丫鬟在场，俯身在她疼得发白的嘴唇上轻吻："辛苦你了。"

见楚楚目不转睛地看着稳婆怀里的孩子，萧瑾瑜连忙让稳婆把孩子抱了过来。

"恭喜王爷，恭喜娘娘，"稳婆小心翼翼地把孩子放到楚楚身边，"是个小王爷！"

萧瑾瑜轻抚着楚楚满是汗水的额头："谢谢你。"

楚楚盯着襁褓里那个眯着眼睛直哭的小家伙看了好一阵子才道："王爷……"

"嗯？"

"他怎么一点儿都不好看？"

萧瑾瑜本来眼眶都发红了，结果被她一句话噎得哭也不是笑也不是，哪有当娘的见着儿子第一句话就是嫌他难看的呀？

稳婆也被楚楚这句话逗得差点儿笑出来，见萧瑾瑜噎得说不出话来，忍不住插话道："娘娘，小孩儿生出来都是这个模样，奴婢在宫里接生这么多年，小王爷可是数得着的漂亮孩子啊！"

萧瑾瑜抚着她的头顶，好气又好笑地道："听见了吗？不许嫌我儿子难看。"

楚楚美滋滋地笑着："好像是挺好看的。"

"什么好像，就是好看。"

"嗯。"

第六案
满汉全席

第一章

　　自从萧瑾瑜的儿子出世，整个安王府就没消停过。

　　不算那些借着小王爷出世的名义上赶着来巴结讨好萧瑾瑜的，光是这小家伙大病小病不断，就把这对爹娘和府上那个暴脾气的大夫折腾得不轻。

　　萧瑾瑜担心是自己身上的病传给了儿子，叶千秋却断定这小家伙的体弱多病纯属自由发挥，多半是因为这一胎本来就不稳，能生下来个活的就实属难得了，何况男孩小时候本来就容易生病。

　　叶千秋说得轻松，小家伙却难熬得很，奶还吃不利索就开始扎针吃药，一样病刚好就又接着染了下一样，又开始一轮扎针吃药。小家伙很是安静乖巧，极少哭闹，叶千秋给他施针的时候，小家伙总是眨着亮闪闪的眼睛盯着叶千秋，时不时地还对他笑笑，常常把见惯生死的叶千秋看得下不去手。

　　孩子越是乖巧，楚楚就越是心疼得厉害，不肯把孩子往奶娘手里交，萧瑾瑜更是提心吊胆，小家伙一病他就闭门谢客，实在是非他不可的事也将就着在一心园的书房里处理了。

　　萧瑾瑜从没试过这样放手公务，真放开手了才发现，安王府门下的人个个都是属骆驼的，越忙活越来本事，一段日子忙下来就成了习惯，连景翊都能同时接手三五个案子，除了堂审过程惨不忍睹之外，基本案情还是可以搞得一清二楚的。

　　萧瑾瑜几天不过问公务，这些人照样忙而不乱，萧瑾瑜才得以安心地陪着儿子，亲手给他喂药、给他洗澡，再和楚楚一块儿哄他睡觉。

　　在这小家伙刚满月的时候皇上就给他赐封了成郡王，萧瑾瑜给他取名清平，不求他有多大作为，一辈子清清静静、平平安安就好。

　　清平一岁生辰之前正在发烧，萧瑾瑜也没心思折腾什么酒宴了，赵管家却说满月酒就没摆，百日酒也没摆，再不摆周岁酒，孩子就一点儿喜气都沾不上了，以后更容易被邪气缠上。

萧瑾瑜不信这个邪,楚楚却信,萧瑾瑜也就答应了,吩咐赵管家说请几个亲戚朋友就好,其他随意。宾客名单是吴江把关的,萧瑾瑜看都没看,于是清平生辰前夜家丁来报萧玦、冷嫣求见的时候,萧瑾瑜被刚送进喉咙口的那口茶水呛得半晌没说出话来。

萧玦和冷嫣的来意很明确——参加酒宴,顺便送来了个很实惠的大礼。

萧玦恭敬而清浅地笑着:"七叔府上什么都不缺,我和嫣儿也不知道送些什么好。听说平儿身子不太好,想着也是时候把顾先生还给七叔了。"

萧瑾瑜这才留意到,站在冷嫣身后的顾鹤年身上穿着一件艳红的袍子,袍子的胸口位置还有个用金丝线绣出来的变了形的"寿"字,一把白胡子被编成了麻花辫,用一根红丝带系了起来,还在辫梢上打了个可爱的蝴蝶结,往那儿一站像足了一件用红纸包好的寿礼,喜庆得很。

一看就是只有冷家女人才想得出来并干得出来的事儿。

跟萧玦和冷嫣相处久了,顾鹤年没少被一肚子坏水儿的冷嫣拿来寻开心,起初还顾念着这是将门之后又是皇后的金兰姐妹。后来被欺负得频繁了,萧玦还总是睁一只眼闭一只眼,他也就不跟冷嫣客气了,顾鹤年毫不留情地瞪着冷嫣的后脑勺,在冷嫣耳边压低了嗓门嘟囔道:"你这卸磨杀驴的臭丫头。"

冷嫣回头嫣然一笑:"急什么?不杀你,就给你换个磨,接着干活。"说着还笑眯眯地揪了揪垂在顾鹤年下巴上的白麻花,"好好干。"

萧瑾瑜不得不承认,这份礼实在送到他心坎上了,他先前确实动过另请高明的心,可想找到一个比叶千秋医术更好的大夫着实不易。萧瑾瑜向气得七窍生烟却只能对着冷嫣干瞪眼的顾鹤年恭恭敬敬地拱了拱手:"犬子就拜托顾先生了。"

顾鹤年忙站出来回礼:"王爷客气,都怨小徒学艺不精,老朽责无旁贷。"

冷嫣跟着顾鹤年去卧房看孩子,萧瑾瑜在厅中坐着,看着气色明显好了很多的萧玦,禁不住问道:"身子好些了?"

萧玦笑得有点儿发涩:"顾先生已尽了全力……"萧玦目光微垂,无奈地看看自己仍然瘫软在轮椅里的身子,"都习惯了。"

萧瑾瑜微微点头,萧玦这样的心情他比谁都清楚,但到底还是只能说一句:"好好调养。"

萧玦点点头,收敛笑意,轻轻蹙眉:"七叔,我来还有一事。"

萧瑾瑜眉心微动,声音低了一分:"近两年意图加害于你的人,我一直在查,只是尚未找到主使,眼下只能派人暗中护你。"

这是两年来萧瑾瑜唯一上心的一桩案子。有人想要萧玦的命,两年来明里暗里下了无数杀手,每次死里逃生之后,萧玦都会想个法子赶冷嫣离开,无论冷嫣如何软硬兼施,刀架到他脖子上都没能让他低头拜堂。

萧瑾瑜都难以想象这两个人为此吃了多少苦头，萧玦却神色淡然得像是在听萧瑾瑜唠家常一样，只轻描淡写了一句："劳七叔费心了，不为这事。"

萧玦说罢便用不太灵便的手小心地从怀里取出一个信封递给萧瑾瑜，萧瑾瑜拆开信封、展开信纸，还没看到内容，先扫见了那片熟悉的字迹，皱着眉头把信纸塞回了信封里。

看着萧瑾瑜一副不耐烦的神情，萧玦小心地问道："七叔，这是六叔上个月找上门来，让我转给你的，他说你要是再不搭理他，他就要找到你府上来了。这是出什么事了？"

"没事……"萧瑾瑜淡淡然地收起信封，"你这次来京，也不光是为了平儿的生辰吧？"

"不瞒七叔，请柬是来京途中收到的，这次来京是为了一份皇差。"

萧瑾瑜微微点头，没追问，只道："你和嫣儿就先住在我府上，我这里总归比外面清静些。"

"多谢七叔。"

萧瑾瑜莞尔："该我谢谢你们的大礼。"

萧瑾瑜回到房里就发现清平对萧玦和冷嫣的这份大礼很是受用，他躺在顾鹤年怀里，小手抓着顾鹤年的白胡子玩儿得不亦乐乎，还直往嘴里塞。

冷嫣见萧瑾瑜进来，便一拜而退。

"王爷，"顾鹤年又一次小心翼翼地把自己可怜兮兮的胡子从清平嘴里救出来，"小王爷身上别的毛病倒都好说，只是生有心疾，此生都要小心调理。"

萧瑾瑜轻轻点头，这话在叶千秋第一次来看这孩子的时候两人就听过一遍了，听到顾鹤年说其他毛病不碍事，两个人反倒安心了些。

楚楚从顾鹤年怀里把儿子抱过来，笑看着还在恋恋不舍地盯着顾鹤年那把胡子的小家伙："他可比王爷乖多啦，肯定能调养好。"

萧瑾瑜窘了一下。

在孩子生病这件事上，楚楚远比萧瑾瑜要乐观得多。刚知道清平天生就有心疾，这辈子都离不开药，还随时可能有生命危险的时候，萧瑾瑜惊得差点儿病发。楚楚错愕过后却来了一句：身子再差也比他爹强吧，他不过是心脏有问题，他爹可是五脏六腑没一块儿好地方，她能把他爹养得好好的，肯定也能把他养好。

就这么一句，愣是把萧瑾瑜满心的焦灼瞬间烧成了灰，化成一缕黑烟飘没影了。

顾鹤年看着明显跟两年前大不一样的楚楚，那会儿这小丫头就只会站在一边抹眼泪，他原本还担心这话说出来又要惹得她哭一场，没承想居然听见这么一句话，要不是顾念萧瑾瑜那层薄如蝉翼的脸皮，顾鹤年一准儿要笑出声来。

"王爷娘娘放心，老朽一定竭尽全力。"

这丫头脸上甜甜的笑容和清亮的嗓音倒是一点儿都没变："谢谢顾先生！"

"娘娘客气。"

顾鹤年给清平施了一套针，小家伙当晚就退了烧，在楚楚怀里睡得格外安稳，萧瑾瑜放下心来，就去书房处理又积压了几日的公务。

这两年他几乎没有亲自接手过案子，但考虑到他自己办案还偶尔会有疏漏失察的时候，所以凡是牵涉人命或牵系重大的案子他还是会过过目，如有存疑，照样发回重查。

几日下来，案卷又堆了满满一桌子。

萧瑾瑜刚坐到书案后，手还没碰到案卷盒子，半启的窗子倏然大开，一抹月白色闪进来，在暮秋夜晚的凉风吹到萧瑾瑜身上之前悄无声息地关了窗子，掸了掸衣服上的薄尘，落座在窗边的椅子上。

书案上的灯焰纹丝未动。

这人轻功不及景翊，武功深度和毛病广度却远在景翊之上。

萧瑾瑜不看也知道是谁，不禁无声轻叹。

窗边坐着的男子身形修长，一身月白华服，领口绲着轻软的银鼠毛边，肤色白皙柔和，一张带着清晰惬意的脸棱角分明，五官深刻，一双白净修长的手十指交叉，随意地搭放在小腹上，明显一副常年养尊处优的模样。

普天之下，有钱、有闲、有色、有胆如此的，除了那个跟他一胎出生、长他一个半时辰、天天泡在钱罐子里的六皇兄——瑞王萧瑾璃——不会再有第二个人了。

萧瑾璃微眯起眼睛，打量着书案后面的人，这人已经开始继续旁若无人地翻看卷宗了，萧瑾璃声音里带着薄如秋凉的火气："大前年找你，你说你到丈人家提亲；前年找你，你说你媳妇怀孕；去年找你，你说你儿子生病。现在医仙都住到你家里来了，你还想拿什么理由搪塞我？"

萧瑾瑜头也不抬："等等，正编着呢。"

萧瑾璃噎了一下，白璧一般的脸上顿时浮起一层黑烟："我是托你查案子，又不是让你犯案子，你躲什么躲啊？"

萧瑾瑜提笔圈出手中案卷上的一处错误："没说不给你办，是你不肯让吴江接手。"

萧瑾璃声音低了一度，也沉了一度："事关你六嫂的身世，什么外人染指我都不放心，必须你亲自查。"

萧瑾瑜对"外人"二字轻轻皱了下眉头，漫不经心地回道："我没空。"

萧瑾璃抓起椅边茶几上的茶壶倒出一杯茶来，本想喝口茶压住火气，保持风度，没承想茶水刚进到嘴里就不得不喷了出来。

萧瑾璃皱着眉头掏出一方上好的丝绢擦着嘴边的残渍："老七，你这是什么茶！"

"隔夜茶，"萧瑾瑜说着又云淡风轻地补道，"隔了好几夜了吧，这几天有卷宗堆在这儿，就没让人进来收拾。"抬眼看到萧瑾璃一副吃了苍蝇似的表情，萧瑾瑜浅笑着把手边的一杯温水往前推了推："你要是不嫌脏，喝我这杯吧。"

萧瑾璃翻了个白眼，这人明知道他从小就有洁癖，决不会用别人动过的杯碟碗筷。

萧瑾璃深深吸气，再缓缓呼气："老七，你要是再不肯查，今年三法司的开销你就自己想办法解决吧。"

萧瑾璃是给皇上挣钱管钱的，虽然平日里神出鬼没行踪不定，但每年全国的税收都比不上他一个人挣的零花钱多，他要是说不给三法司拨款，户部绝对一个铜板都不敢出。

而三法司一年的开销决不是安王府一年的进账就能填补得了的。

萧瑾瑜脸上不见一丝波澜，轻勾嘴角："你知道唐严吗？"

萧瑾璃一愣："什么盐？"

"唐严。"萧瑾瑜镇定地道，"安王府门下的捕头，早年是个侠盗，最擅长劫富济贫。"

萧瑾璃脸色一黑："老七……"

萧瑾瑜轻咳两声，掩去嘴角的笑意："查案可以，我有条件。"

顾鹤年一来，萧瑾瑜悬了一年的心就放回了肚子里，其实看到萧玦送来的那封信的时候他就已经准备着手调查这事了，只是没想到这人如此沉不住气，自己送上门来，那就怪不得他要在这个一向财大气粗的人面前摆摆架子了。

"说。"

"十万两黄金。"

"十万两？！"

萧瑾瑜抬头看了眼从椅子上跳起来直瞪眼的人，这人虽富可敌国，却是个不折不扣的铁公鸡，平日里锱铢必较，十万两黄金跟要他割腕放血没什么区别。或许在这个人看来，割腕放血还更划算些。

萧瑾瑜不是缺钱，只是单纯地想报复一下这人不请自来的陋习。活该他摊上萧瑾瑜心情正好的时候。

萧瑾璃咬咬牙："五万两。"

萧瑾瑜浅浅含笑，享受地看着对面那张青一阵白一阵的脸："十万。"

"七万。"

"十万。"

"九万，不能再多了！"

"那可是我六嫂的事，十万。"

萧瑾璃深深吸气，再缓缓呼气："十万就十万，就当是我给我侄子的礼钱了。"

萧瑾瑜还在淡然浅笑："礼钱一万两银子，另算。"

"萧瑾瑜！"

"嫌多就算了，京里待办的案子多得很。"

萧瑾璃紧咬后槽牙，从嗓子眼里挤出一句："不多。"

"好，我要现钱，什么时候够数了，什么时候着手查。"

"老七！"

"我还有公务，六哥慢走，不送。"

次日一大清早，做早点的厨子们才刚起床，院子还没扫，萧瑾璃府上的管家就带人把裹着红布的礼金箱子成车成车地拉进了安王府，浩浩荡荡一连进了十辆马车，把安王府宽敞的后院挤了个满满当当。

家丁把睡得正香的赵管家喊来的时候，箱子已经全都卸完了，萧瑾璃的管家只说了一句是给安王爷的，连张礼单都没留下就带着一伙人从哪儿来的回哪儿去了。

赵管家迷迷糊糊地打开箱子一看，顿时被满箱的金砖吓醒了盹儿。

这么多金子，还是向来一毛不拔的六王爷送来的金子，赵管家生怕里面有什么古怪，愣是把萧瑾瑜从床上叫了起来。

萧瑾瑜小心地松开正窝在他怀里熟睡的楚楚，慢慢下床，特意往摇篮里看了一眼，见没惊醒那好不容易睡上一回安稳觉的小家伙，才不急不慢地把轮椅推到屋外，轻轻阖上房门，压低了声音问道："什么事？"

各种世面都见足了的赵管家这会儿跟亲眼见了鬼似的："王爷，六王爷府上送来……送来十车金银。"

萧瑾瑜扫了眼窗外还早得很的天色，眉梢轻扬："可数过有多少？"

赵管家声音有点儿抖："黄金十万两，白银一万两。"

萧瑾瑜微微点头："点查清楚入库就好，不用记账。"

"王爷，这全是六王爷送给小王爷的礼钱？"

萧瑾瑜轻勾嘴角："不是，别拆箱，日后有用。"

"是。"

清平的周岁酒宴要从中午一直摆到深夜，赵管家和吴江商量着请来的都是安王府的自己人，萧瑾瑜只在开宴的时候露了个面，喝了三杯酒就回了一心园，由着他们在前院闹腾了。

他当甩手掌柜的日子着实辛苦了这些人，正儿八经地请他们吃顿好的，让他们聚在一起放开了热闹热闹，也算是萧瑾瑜的一点儿心意了。

至于周岁酒宴的主角，顾鹤年说清平的身体状况经不得吵闹，萧瑾瑜就没让楚楚把他抱出来。

萧瑾瑜回到一心园的时候，楚楚正抱着清平在院子里晒太阳。看到萧瑾瑜过来，小家伙立马朝萧瑾瑜张开了手:"爹爹,抱抱!"

萧瑾瑜浅浅笑着,从楚楚手里把儿子接过来,小心地抱在怀里。

清平生来体弱,有时病得连吮奶水的力气都没有,身形上比平常的孩子要瘦弱不少,一岁了还不能走路,抓东西也抓不牢。万幸的是这些乱七八糟的病都没影响小家伙的聪明劲儿,他开口说话很早,学东西也极快,多少让萧瑾瑜欣慰了些。

萧瑾瑜摸了摸清平温度适中的额头,抬头看着站在身边暖暖笑着的楚楚:"吃过饭了吗?"

楚楚满脸都是藏不住的高兴:"吃过啦,刚刚喂过才带他出来的,他今天吃得可多啦!"

"我是问你。"

"啊?"楚楚一愣,笑着吐吐舌头,"我一高兴就忘啦。"

萧瑾瑜微微苦笑,浅叹着摇头:"让厨房送饭菜来,我陪你吃。"

"好!"

楚楚把爷儿俩送进屋,又转身出去让人到厨房取菜,回来的时候清平已经被萧瑾瑜哄睡着了,小家伙窝在萧瑾瑜的怀里,睡熟了还虚攥着萧瑾瑜垂在胸前的一绺头发。

萧瑾瑜虽然一向睡眠不好,但楚楚发现,他的怀抱比任何宁神茶、安神汤都管用,只要被他轻轻地抱着、温柔地哄着,不管是她还是儿子,都会很快进入梦乡。

楚楚轻手轻脚地走过去,把清平从萧瑾瑜怀里接过来放进摇篮里,转身搂住萧瑾瑜的脖子,低身在他脸上亲了一下。

这两年间萧瑾瑜暂时搁下了繁重的公务,每天陪着楚楚按时吃饭睡觉,原来瘦得骨骼突兀的身子明显丰润了些,脸色也好看得像初夏最柔嫩的蔷薇花瓣,尤其是这样温柔含笑的时候。

"楚楚,"萧瑾瑜轻轻抚上楚楚笑嘻嘻的脸,别人家生回孩子总会胖些,她却生生瘦了一大圈,"明天起把平儿交给奶娘带吧。"

楚楚立马摇头:"他还病着呢。"

"顾先生和叶先生都在,可以照顾好他。"

楚楚还是摇头:"大夫是大夫,娘是娘,我不能不管他。"

萧瑾瑜轻轻蹙了蹙眉,拉过楚楚的手:"楚楚,眼下有个案子,牵系皇亲的身家背景,我必须亲自去查,可能需要你帮我。"

楚楚一怔,轻抿嘴唇。

"此案不能让外人染指,你若不帮我,我就只能自己查。"

别的理由楚楚都能摇头,唯独这个不行。

楚楚为难地看看摇篮里熟睡的孩子,又看看眉心微蹙的萧瑾瑜,咬了咬嘴唇:"那就先交给奶娘,案子查完,我再把他抱回来。"

萧瑾瑜微微点头："可以。"

楚楚把声音放轻了些："是不是吴郡王的事呀？"

萧瑾瑜摇头："六王爷家的事。"

楚楚眨眨眼睛，水灵灵的眼睛里闪出久违的光芒："他家有人死啦？"

萧瑾瑜哭笑不得，这话，这神情，好像巴不得六王爷家死人似的："没有。"

"那我能帮什么忙呀？"

事实上，目前萧瑾瑜对这价值十万两黄金的案子的了解，还仅限于事关瑞王妃的身世，至于其中有没有人命官司，甚至能不能算是个案子，萧瑾瑜都还没着手去查。急着让楚楚答应帮他，也不过是想找个她拒绝不掉的理由，让她在终日围着孩子转的日子里抽身出来，好好歇一歇。

"先吃饭，吃完再说。"

一顿饭的时间，足够他编点儿什么出来了。

"哦……"

外屋桌上已摆好了碗碟，俩人坐到桌边，楚楚刚拿起筷子，突然想起件事来："王爷，咱们什么时候让平儿抓周呀？"

萧瑾瑜夹了一块糖醋排骨放到楚楚面前的碗里，眉心微蹙："一定要抓？"

楚楚抿着嘴唇想了想："赵管家说一定得抓，不过我小的时候就没抓，我爷爷说了，我家都是当仵作的，抓着什么都得当仵作。"

萧瑾瑜浅浅含笑，给楚楚盛了一碗竹笋鸭汤："我也没抓过，那就不抓了，日后随他干什么吧。"

楚楚丢下筷子，侧身搂住萧瑾瑜的脖子笑起来："那他要是干坏事怎么办呀？"

萧瑾瑜眉梢轻挑，声音微沉："我是摆设吗？"

楚楚一愣："你会抓他坐牢？"

萧瑾瑜额头微黑，一年前的今天她说刚出生的儿子不好看，时隔一年又咒起自家儿子犯事儿坐牢来了。萧瑾瑜好气又好笑："我就不能教他学好吗？"

楚楚来了精神："那我教他验尸！"

"你先吃饭。"

"哦……"

楚楚松开萧瑾瑜，抓起筷子夹了碗里的排骨，刚咬了一口就连连点头："凤姨做的糖醋排骨越来越好吃了！"

萧瑾瑜浅笑，分明是她饿坏了吧："那就多吃些。"

萧瑾瑜又往她碗里添了些菜，搁下筷子低头浅尝了一口自己碗里的汤，皱了皱眉头。

为了给他们换换口味，萧瑾瑜特意让连理楼停业一日，请了凤姨的整套班子来给王府这场酒宴掌勺。今天王府的厨子做完早饭后一律休息，所以此刻桌上的饭菜毫无疑问也是出自连理楼的厨子之手。

萧瑾瑜一愣神的工夫，楚楚已经捧起汤碗喝了一大口了，还没往下咽，就原封不动地吐回了碗里，瞪着眼睛连连吐舌头："打死卖盐的了！"

萧瑾瑜赶忙给她倒了杯茶，啼笑皆非地顺着她的脊背："别乱说，卖盐的不是官家就是皇亲，他们要是死了，我又没清静日子了。"

楚楚"咕嘟咕嘟"把一杯茶全灌了下去，又低头扒了两口白米饭，饭粒刚咽下去，抬眼看到萧瑾瑜满是关切的神情，"噗嗤"一声笑了出来。

萧瑾瑜被她笑得一愣。

"王爷，"楚楚抿嘴笑着，指指那碗咸得好像都能捞出盐粒子的汤，"这厨子跟你做得一样好！"

萧瑾瑜一窘，脸上一阵发烧。

之前楚楚害喜最厉害的时候，连凤姨的手艺都唤不起她的胃口，萧瑾瑜一急之下索性亲自下厨。满屋厨子谁也不敢对自家主子指手画脚，于是众目睽睽之下，任这个锦衣玉食的人磕磕绊绊地煮出一锅谁也认不出来是什么的汤水。经过不知多少次水多了加盐、盐多了加水的尝试后，萧瑾瑜自己已经尝不出这锅汤到底是个什么滋味了。楚楚的反应只是惊喜地抱着他狠狠亲了几口，没给出什么具体评价，不过楚楚在把那碗汤喝得一干二净又吐得一干二净之后，明显吃什么都有滋有味的了。

被楚楚这样提起自己不堪回首的下厨史，萧瑾瑜欲哭无泪："得空了好好教教我吧，没准儿平儿的毛病就是被那碗汤喝出来的呢。"

"才不是呢！你忘啦，喝了你煮的汤以后我吃什么都不吐啦！"

萧瑾瑜为自己的厨艺默默叹了一声，无可奈何地揉了揉楚楚的头顶："你慢慢吃，我去见见那个跟我做得一样好的厨子。"

楚楚赶紧抓住萧瑾瑜的胳膊："今天是平儿的生辰，你可不能罚人！"

萧瑾瑜轻笑："不罚。"

"也不能骂人！"

萧瑾瑜啼笑皆非："我何时骂过人？"

"那你去见那个厨子干吗？"

萧瑾瑜苦笑，拍拍楚楚抓在他胳膊上的手："凤姨手下的厨子能做出跟我一样的水准，一定是想让我传见他。"

楚楚皱皱眉头："他想见你，干吗不直接来找你呀？"

萧瑾瑜微微摇头："见了就知道了。"

跟了萧瑾瑜这么久，楚楚多少也长了点儿心眼儿："会不会是什么坏人啊？要不我陪你一块儿去吧。"

萧瑾瑜看看汤盆里切得极为精致的食材："不用，我知道是什么人。你慢慢吃，多吃点儿,我很快回来。"

萧瑾瑜在一心园书房里坐了半个时辰,房门才被轻轻叩响。

"王爷,穆遥到了。"

萧瑾瑜不急不慢地把手里的卷宗收好,才沉声说了声"请"。

进门来的是个三十上下的男人,中等身材,中等相貌,身上的短衫和脚上的布鞋都洗成了灰白的,但从头到脚都干净利索得挑不出一丝毛病,稍稍走近就能闻到他周身散发出来的浅淡的烟火味。

两年前萧瑾瑜第一次见他的时候,他也是穿着这身旧衣服,也是这副事不关己的神情,要不是因为手里押着被剥净了衣服,又被五花大绑的谭章,萧瑾瑜还真觉得他很像个安分守己的普通厨子。

穆遥慢悠悠地跪到萧瑾瑜的书桌前:"穆遥拜见安王爷。"

"起来吧。"

穆遥也不跟萧瑾瑜客气,萧瑾瑜让他起来,他就一声不吭地从地上爬起来,毫不避讳地盯上萧瑾瑜的脸,萧瑾瑜任由他看了好一阵子,才淡淡地道:"看出什么了?"

穆遥低了低头:"回王爷,您没两年前那么虚了,但还是挺虚的。"

"你用一盆咸汤求见本王,就为了说这个?"

要是看见萧瑾瑜这样隐隐泛黑的脸,就连正在前院撒欢儿的那群安王府大将都得心肝颤上几颤,这个厨子却慢悠悠地摇了摇头,声音里满是慵懒:"回王爷,我想留在安王府。"

萧瑾瑜微怔,轻轻点头:"可以,但本王有何好处?"

"我的厨艺比刀工更好,只是给酒楼当厨子没必要做得那么好,又累又浪费。"

萧瑾瑜眉梢微扬:"就那盆咸汤?"

"还有糖醋排骨。"

萧瑾瑜微怔,难怪楚楚尝了一口说凤姨做的糖醋排骨越来越好了。

萧瑾瑜面不改色,淡淡地看着穆遥:"本王府上不缺厨子。"

"我知道王爷这两年一直在追查许如归的事儿,到现在都没个结果。我对如归楼的了解比我会做的菜多。"

萧瑾瑜面容微僵。

穆遥慵懒地摸了摸鼻子:"有人要杀我,我在连理楼待不下去了,我只认识你一个有权有势的好人。"

萧瑾瑜眉心紧了紧,吴江曾说过,凭这个人的刀法和内家修为,吴江和他交手还要掂量几分,他这会儿竟需要躲在一个有权有势的人的家里保命。

"何人要杀你?"

穆遥难得地犹豫了一下:"能不说吗?"

萧瑾瑜倒是毫不犹豫："不能。"

穆遥无可奈何地舔了舔嘴唇，声调慵懒如故："薛汝成。"

萧瑾瑜神色一凛，脱口而出："放肆！"

头一次见到这个冷静如冰的人有如此强烈的反应，穆遥只是愣了愣，脸上不见一丝慌乱，连身子也都还是松松散散的，只垂头看着地面，不急不慢地道："我是宫里陪嫁给十娘的厨子，十娘一直不让驸马碰她，驸马就对府上的丫鬟胡来，活活糟蹋死了好几个，酒后还想对十娘动粗，我就把他杀了。可惜十娘心里还是只有薛汝成，直到跟她进了如归楼，我还是厨子。"

穆遥声音平静慵懒得像是在说一个道听途说来的闲事，嘴角甚至还带着一抹嘲讽的笑，仿佛是在笑闲事里面那个傻到家的厨子。

萧瑾瑜淡淡地听着，脸上隐去了清浅的恼然之色，静如深湖："既是如此，薛太师为何要杀你？"

"十娘后天就要嫁给薛汝成了，我想抢亲。"

萧瑾瑜怔愣了片刻，才道："你准备如何抢？"

穆遥扬扬眉梢，没答话，反问："安王爷答应了？"

萧瑾瑜静静地看着他："你可以留下，不过有条件。"

穆遥点头。

"本王府上不缺厨子，你若想留下，可以到厨房劈柴。"

穆遥点头。

"不准与府上其他人有任何接触。"

穆遥仍然点头。

"何时行动，如何行动，你要知会于我。"

穆遥犹豫了一下，还是点了点头。

"做完今天的酒席，就去劈柴吧。"

"谢王爷。"

萧瑾瑜本想去三思阁取些案卷再回房的，哪知刚出一心园的院门，就被从王府后门不声不响溜进来的皇上堵回了书房。

"七皇叔，"皇上身上一副大家公子的打扮，脸上却是一副闺中怨妇的神情，他坐在茶案边的椅子上眼巴巴地看着萧瑾瑜，"世道不公，人心不古啊……"

"皇上，"萧瑾瑜一脸平静地截断皇上的感慨，缓缓捧起茶杯，"有何吩咐，臣一定尽力而为。"

皇上立马堆起一脸讨好的笑容："其实也不是什么大事，就是来了个客人，想让七皇叔陪着吃顿饭，聊聊天。"看着萧瑾瑜眉头一蹙，赶紧补了一句："朕从宫里给平儿带来十株上好的山参,已经交给赵管家了。"

"皇上,"看着皇上这副神情,想起前几天兵部和礼部抄送来的公文,萧瑾瑜眉心微蹙,"此次北秦来访使团是何人带队?"

皇上抽了抽嘴角,显然是想笑,但明显笑得比哭还难看:"北秦新任汗王,赫连苏乌。"

萧瑾瑜无声默叹,把脊背轻轻靠在椅背上:"萧玦回京,也是他要求的?"

皇上无可奈何地点点头:"有件事还没敢声张,他是带着薛茗一块儿来的。"

萧瑾瑜微愕:"薛茗?"

皇上苦笑:"他登位前夜也不知道犯了什么邪,突然潜到凉州刺史府,把薛茗抓到北秦去了,没别的要求,就要见你和萧玦。还说七皇叔你身子不方便,就不请你去北秦了,他亲自来登门拜访。"

萧瑾瑜抬手揉了揉发胀的太阳穴:"景太傅和薛太师可知此事?"

"景太傅的意思是和为贵,至于薛太师……"想起薛汝成脸上那副百年不遇的怒容,皇上那颗珠圆玉润的喉结上下颤了一颤,"就剩这么一个儿子了,能是什么反应啊……"

薛家长子英年早逝,四子薛越和三子薛钦都死于非命,如果薛茗再在赫连苏乌手里出点儿什么事……薛汝成虽对前三个儿子的去世没表露什么悲伤,但终究是白发人送黑发人,自从清平出世,萧瑾瑜越发能体会到薛汝成的心情。

萧瑾瑜紧了紧眉头:"冷将军呢?"

"让郑将军把他替回来了,还在回京的路上,再晚一天下旨,他一准儿要去跟赫连苏乌拼命。"

萧瑾瑜微微点头。

于朝廷而言,重要的不是一个凉州刺史,也不是当朝太师薛汝成仅剩的一个儿子,而是和新任邻国汗王的第一笔交情。

朝廷和北秦多年来一直战战和和,近几年朝廷花钱、将士送命不说,两头边疆的百姓还都没清静日子过。赫连苏乌是在北秦和周边几个邻国都出了名儿的怪脾气,手腕狠辣,心思诡秘,说一不二,但也一言九鼎,要是能把这块骨头啃下来,两国之间少说也能清静个二三十年。

于萧瑾瑜而言,他更想知道赫连苏乌到底想跟他和萧玦说什么。

上次交手萧瑾瑜就发现,赫连苏乌看似喜欢任性而为,实则是个极为深沉缜密的人,一举一动都有他的考虑。刚登汗位就闹这么一出,一定不只是为了闲聊叙旧或者耀武扬威的。

"皇上,可知薛茗现在情况如何?"

皇上摇摇头:"不过赫连苏乌保证薛茗一定能活着回京。"

"好,"萧瑾瑜浅浅呼出口气,"他们何时抵京?"

皇上最大幅度地扬起嘴角:"明儿一早,七皇叔能否让人在府上收拾几间屋子出来?"

萧瑾瑜一怔:"在我府上?"

"赫连苏乌本来说要住在宫里,后来听说你不住在宫里,就非要住到你家。"

眼前闪过赫连苏乌那张笑得很是邪魅的脸,萧瑾瑜眉梢微扬:"可以,不过府上这两日客人颇多,只可容下赫连苏乌与薛茗二人。"

皇上立马点头:"没问题!"

"平儿有心疾,受不得惊吓,赫连苏乌须着汉人衣衫进府。"

"一定,一定。"

"接待所需费用由六王爷承担。"

"这个……也一定。"

萧瑾瑜又想了想:"皇上可知薛太师与永安长公主后天成亲?"

皇上一愣,好一阵子才反应过来:"知道啊,前两天薛太师跟朕请的旨,说两人半路夫妻,想一切从简,朕就没给他们张罗。十姑母不是从小就仰慕薛太师吗,这都在薛府住了一年多了,七皇叔不知道?"

在萧瑾瑜的记忆里,薛汝成先后娶过一妻两妾,这三个女人的身子骨都不算硬朗,最后的一房小妾也早在十几年前就病逝了。薛汝成给这房妾室做法事时,请来的道士说薛汝成命里就是天煞孤星,薛汝成便再不沾女色,两任皇帝都没能劝动他,尤其在迎娶十娘这件事上。

萧瑾瑜眉心微蹙:"知道。"

萧瑾瑜从三思阁出来的时候天已经黑了,不愿扰了前院那群人的酒兴,又不能让寻常的家丁侍卫碰触案卷,就撑着拐杖从三楼和底楼之间往返了十几回,把厚厚一叠卷宗一盒一盒地搬下来,再坐到轮椅里把卷宗一盒一盒地摞在腿上拿了回去,一路上歇了几回,回到一心园房里的时候连外衣都汗湿了。

楚楚赶忙帮他把卷宗都搬到桌上,诧异地看着萧瑾瑜脸上近两年来难得一见的疲惫之色,掏出手绢给萧瑾瑜擦拭顺颊而下的汗水。

"王爷,你去干什么了呀,怎么累成这样啊?"

萧瑾瑜双目轻阖,随口应着:"找卷宗。"

楚楚给萧瑾瑜倒了杯水,送到他嘴边,萧瑾瑜手都懒得抬一下,就在楚楚的手上喝了两口。

"王爷,那个厨子是不是坏人呀?"

萧瑾瑜微微摇头:"只是想来府里干活。"

楚楚扁了扁嘴:"他做得也太咸啦!"

萧瑾瑜轻勾嘴角:"嗯,让他劈柴去了。"

"那……你搬那么多卷宗回来干吗呀?"

这两年来萧瑾瑜从没把卷宗往房里搬过,最忙的时候也不过在书房待上一个多时辰就出来了,突然这么一副玩儿命的架势,楚楚想不担心都不行。

"六王爷的家事,今晚要查清。"

"今晚?"楚楚一愣,"你不是说,这个还不着急吗?"

萧瑾瑜细密的睫毛颤了颤,缓缓睁了眼睛:"明天有客人要来,不知要待到什么时候。"

楚楚俯下身来,两手伸到他的腰后,帮他揉按久坐僵硬的腰背:"什么客人呀?"

"你认得,赫连苏乌,还有薛茗。"

楚楚一喜,立马又一愣,扬起头来错愕地看着萧瑾瑜:"咱们不是在和北秦打仗吗,苏乌王子怎么能到咱们家来啊?"

"不是苏乌王子了,他前些日子登位,当了北秦的汗王了。这两日府里可能不大安生,你尽量不要出门。"

"好。"

萧瑾瑜轻轻蹙了下眉头,看着楚楚睫毛微垂的眼睛:"还有件事,十娘和薛太师后天成亲,你愿不愿陪我去道喜?"

"啊?"楚楚一下子瞪大了眼睛,抬起头来看向一脸认真的萧瑾瑜,"薛太师……跟十娘成亲?"

"嗯,她还在宫里的时候就已经喜欢薛太师了,只是那时薛太师已有正房妻子,她是公主,不能做小。"看着还在发愣的楚楚,萧瑾瑜浅浅苦笑,"一场酒宴而已,你若不愿去也无妨……"

"愿意,"楚楚笑嘻嘻地亲在他微蹙的眉心上,"你去哪儿我都愿意陪着你。"

"谢谢,先陪我洗个澡吧。"

"遵命!"

萧瑾瑜从浴室里出来,一头乌发上还满是水汽,吴江脸色发白地跪到了萧瑾瑜面前。

"王爷,吴郡王遇刺了。"

第二章

眼看着萧瑾瑜一瞬间变了脸色,吴江忙道:"王爷放心,顾先生和叶先生都去了。"

楚楚惊愕之余赶忙看向萧瑾瑜,萧瑾瑜除了脸色白了些,平静得看不出来有任何异样,好像他听到的只是件发生在千里之外陌生人身上的大案子。萧瑾瑜的声音镇定得不见一丝情绪:"可有伤及旁人?"

"没有。"萧瑾瑜平静的声音让吴江的心绪也平稳了些,一口气说了下去,"席间祁公公来找吴郡王,说皇上有紧急口谕给他,两人就去偏厅说话了,半个时辰没见出来。冷嫣觉得不对劲儿,去看的时候两人都在偏厅内间,吴郡王坐在轮椅上,身上被刺了几刀,祁公公脖子上插着把匕首,已经断气了。卑职在偏厅查过,没有明显的第三人痕迹。"

萧瑾瑜轻抿了下血色淡薄的嘴唇:"封锁偏厅,保护祁公公的尸首,让景翊速速进宫查实口谕一事,其余任何人不得擅自离开王府,我和楚楚随后就到。"

"是。"

楚楚跟萧瑾瑜一块儿来到那间偏厅的时候,除了有四个侍卫守在门口,冷嫣也在门口站着,紧握着一柄佩刀,指节握得发白。

"嫣儿……"萧瑾瑜看着脸色苍白却不带表情的冷嫣,轻蹙眉头,"你去陪他就好,若查出什么,我会告诉你。"

冷嫣握刀颔首,声音比萧瑾瑜的还要平静:"王爷,我是第一个进这间屋子的人,也是到现在唯一一个碰过祁公公尸体的人,他们说话的时候我一直在外面院子里,您想问些什么,冷嫣一定知无不言。"

萧瑾瑜无声轻叹:"好,你等在外面的时候可听到什么,看到什么?"

"没有。他二人进去之后就关了门,进了内间,内间的窗户开在另一侧,我在院子里看不到他们的影子。之前祁公公找萧玦传过几次口谕,不到一刻就会离开,这次他们进屋半个时辰没出来，也没动静，我就进来看，内间的门是开着的，他们二人一死一伤。"

萧瑾瑜微微点头："可以了。"

冷嫣看向站在萧瑾瑜身边的楚楚："娘娘可有要问的？"

楚楚看着这个冷静得像冰雕一样的女人："我……我得先看看尸体。"

冷嫣往旁边退了一步，闪开门口："卑职在这儿候着。"

楚楚看向萧瑾瑜，见萧瑾瑜点了点头，才从冷嫣面前走进门去。出来的时候冷嫣果然还在外面站着，从姿势到表情都和刚才一模一样。

"我想问问，"楚楚站回到萧瑾瑜身边，才对冷嫣开口道，"我能看看吴郡王身上的伤口吗？"

萧瑾瑜眉心微紧，冷嫣仍不动声色："娘娘请便。"

楚楚从六韬院客房里出来的时候，顾鹤年和叶千秋还在里面，楚楚一开门，就从屋里涌出一股让人无法忽略的血腥味。楚楚微红着眼眶走到冷嫣面前："顾先生让你赶快进去。"

冷嫣身子一僵，攥着刀柄沉默了片刻，低头向萧瑾瑜一拜："王爷，萧玦要是……请王爷为我二人办场冥婚。"

不等萧瑾瑜回应，冷嫣已转身大步走进屋去。

"王爷……"

萧瑾瑜扬了扬手："回去说。"

一直回到一心园卧房，萧瑾瑜都一言未发，楚楚洗漱更衣回来的时候，萧瑾瑜已经坐在桌边翻阅那摞从三思阁搬回来的案卷了，烛光后的面容淡然宁静，好像这只是个寻常得不能再寻常的晚上，他不是在等她报告验尸的结果，而是在等她回房睡觉。

"王爷，"楚楚顺手给他端来一杯姜汤，姜汤的味道和楚楚身上点燃皂角、苍术留下的味道混在一起，闻起来暖融融的，"你是不是已经知道是谁干的了？"

这两年他几乎没有接手案子，楚楚也就没碰过尸体，但萧瑾瑜仍然觉得，这两年的光景里她不声不响地长进了不少。

"楚楚，祁公公是自杀的，萧玦身上的伤口也是插在祁公公脖子上的那把匕首弄出来的，对吧？"

楚楚不是第一次见识萧瑾瑜断案的本事，可他看都没看尸体一眼就把验尸才能得出来的结果说出来，实在让楚楚吃了一惊："你怎么知道呀？"

萧瑾瑜搁下拿在手里的纸页，端起那杯热腾腾的姜汤浅浅地喝了一口，才不急不慢地道："景翎刚从宫里回来，皇上并未派过祁公公来找萧玦。"

"不对不对！"萧瑾瑜话没说完，楚楚就直摇头，"刚才我去验伤的时候，吴郡王突然跟我说'君让臣死'，连说了好几遍才昏过去的。"

萧瑾瑜轻轻点头，能让萧玦甘心受死，还忍着疼痛一声不出，也只有打着皇命的幌子才能办到了。

"是祁公公假传圣谕。他出宫的时候已将在宫中的住处收拾干净了，他在宫外只有一个十八岁的妹妹，如今也不知去向了。"

一想起萧玦躺在床上满身是血的样子，楚楚就气不打一处来："那他干吗要害吴郡王呀？害完吴郡王还把自己杀了，死在哪儿不好，非得死在咱们家里，还非得在平儿生辰这天！"

萧瑾瑜浅浅苦笑："就为给我找点儿麻烦。"

楚楚一愣，这叫什么理由："找麻烦？"

萧瑾瑜轻轻蹙了下眉头，扫了一眼桌子上堆得高高的卷宗："六王爷那里也遇上了些麻烦，应该是有人不想让我碰这案子。"

跟世上花花肠子最多的一群人打交道久了，萧瑾瑜已经不会相信世上还有巧合这档子事了。

楚楚愣愣地看着那摞卷宗："这不是六王妃家的案子吗？"

"嗯，"萧瑾瑜在楚楚手臂上轻轻拍了拍，声音镇定温柔，"时候不早了，先睡吧，有需要你帮忙的地方我会喊你。"

楚楚毫不犹豫地摇摇头，往萧瑾瑜身旁一坐："我陪着你。"

萧瑾瑜无可奈何地看着这个意图扎根在他身边的人，只得让步："扶我一下，我去床上看。"

"好。"

萧瑾瑜倚在床头一字一句地翻看着案卷，楚楚就不声不响地窝在他身边静静等着他开口让她帮忙，结果等了好半天萧瑾瑜也没出声儿，楚楚迷迷糊糊地就睡着了，直到被萧瑾瑜的咳嗽声惊醒，发现天都快亮了。

萧瑾瑜还倚坐在床头，床头矮几上的一摞卷宗还剩两盒就看完了，可他人已经熬得满眼血丝，脸色煞白煞白的，紧掩着口压制咳声，生怕吵醒身边那个睡得正熟的人。

楚楚赶忙爬起来，不轻不重地帮他敲背，等他咳得缓些了，下床给他倒了杯水，看着他慢慢喝了两口，想要扶他躺下来休息，萧瑾瑜却摆了摆手，挨在楚楚身上歇了好一会儿才轻轻开口："不碍事，过了这个时辰就好。"

寅时肺经开穴运行，萧瑾瑜脏腑伤损之后就总在这个时候咳得上气不接下气的，可精心调养下来，今年开春之后就没再犯过，没想到天刚转凉，刚一熬夜，又是这副样子。

"王爷，"一段日子不见萧瑾瑜生病，乍见他这副模样，楚楚禁不住担心起来，"你还是歇歇吧，不是说一早就要来客人吗？"

萧瑾瑜微微点头，侧头看了眼床头那三个盒子："看完就睡。"

楚楚夺过萧瑾瑜还虚握在手里的纸页："看完天就亮啦！"

楚楚不经意地往纸页上扫了一眼，一眼就看出那叠纸最上面的一页是张验尸单，再往下翻，才发现手里的一叠都是验尸单。

"王爷，"楚楚错愕地看向萧瑾瑜，最后一点儿睡意也没了，"这到底是个什么案子呀，怎么死了这么多人啊？"

萧瑾瑜浅浅苦笑，抬手指了指他看完之后搁在地上的一大摞卷宗盒子："这里只有两盒不是验尸单，死者有三万多人。"

楚楚一下子瞪大了眼睛："三万多！那……那这个凶手得杀多少年才能杀完啊？"

萧瑾瑜轻轻摇头："只用了一夜，全部活埋的。"

楚楚低头飞快地扫了几份尸单，果然死因那栏填写的都是活埋致死。

"死的这些都是什么人呀？"

"道宗皇帝，就是你说的上上个皇帝，我的父皇，他在位期间驻守凉州军营的官兵。"

楚楚的眼睛又瞪大了一圈："是不是北秦人干的呀？"

萧瑾瑜微微摇头："自己人，当时驻守凉州军营的大将军，宁郡王萧恒。按辈分，算是我的堂兄。"

"那他干吗要杀自己的兵啊？"

"按当年审断的结果，他通敌卖国，三万官兵被坑杀的次日一早，京里还没收到消息，北秦兵马就闯进凉州城了。若非当时驻在附近的冷将军当机立断，未请皇命就带兵打了过去，凉州城就已经是北秦的了。"

楚楚又低头看了看手里的纸页："都二十几年了，怎么又查起这个案子了？不对，"楚楚突然抬起头来，"不是要查六王爷家娘子的案子吗？"

萧瑾瑜轻轻点头："一回事，案中牵涉了当时掌管兵部的太师云易，此人与萧恒过往甚密，查萧恒的时候查出云易勾结工部制造劣质军械充好，中饱私囊，被道宗皇帝亲笔叛了个满门抄斩。只是没想到云家还有遗孤，流落至扬州一户姓宋的商家，还跟了六王爷。"

楚楚眨眨眼睛："她是想给她爹申冤吗？"

"嗯，"萧瑾瑜眉心微蹙，"不过当年是兵部与三法司会审，道宗皇帝亲判的。云易认供认得很痛快，萧恒的罪行只有人证没有物证，就一直不肯招认，在天牢里耗了半年，就在先前关我的那间牢房里。半年后北秦跟道宗皇帝和谈之时为表诚意，送来一叠萧恒写给北秦汗王的亲笔书信和一份钱款往来记录，萧恒这才认罪服法，道宗皇帝一怒之下就下旨把萧恒凌迟了。从各种证据记录上看，此案并没有什么明显疏漏。"

"他可是害死了三万人呢，凌迟三回都是便宜他啦！"

萧瑾瑜轻叹："六王妃托六王爷重新核算了一遍当年云易与工部勾结贪污的账目，发现有三十二万四千五百六十两银子去向不明。他们既有存疑，复查一遍也未尝不可，此案若有漏洞，兴许就在这些验尸单里了。"

楚楚抿抿嘴唇，看看萧瑾瑜发白的脸上有明显的疲惫之色，虽不大情愿，还是道："验尸单我懂，我帮你查，你赶紧睡觉吧，我保证仔仔细细查！"

"不用，就快……"

萧瑾瑜话没说完就被楚楚扶着躺了下来，坐得僵硬的身子突然放松下来，被松软的被子柔柔地包裹着疲惫的身子，萧瑾瑜实在抵不过浓烈的睡意，一声"谢谢"还没落音，就在楚楚的一记轻吻中昏昏睡着了。

萧瑾瑜这一觉睡得很沉，醒来的时候，暮秋正午特有的明媚阳光已经透过半开的窗子洒了满满一地。

正午……

蓦地想起说好一早就要到来的两个烫手山芋，本来还黏在眼皮子上的睡意顿时散得一干二净，萧瑾瑜刚想撑起身子来，手一动，突然感觉到怀里窝着个软绵绵、热乎乎的小东西，低头一看，才发现不知道什么时候楚楚已经把清平塞到他怀里了。

萧瑾瑜身子不方便，睡觉极少翻身，倒是不用担心自己会一不小心压着清平，可还是被这个突然出现在怀里的小家伙惊得心里一阵怦怦乱跳。

清平缩在他怀里睡得正香，小手揪着他的一小块衣襟，睡梦里还咂了咂小嘴，看得萧瑾瑜刚才还着急忙慌的心绪一下子静了下来，把那个瘦小的身子小心地搂紧了些，又往上拉了拉被子，仔细地给他裹好，生怕让这个极脆弱的小生命再受到任何一点儿额外的伤害。

楚楚回来的时候清平还在萧瑾瑜怀里熟睡着。

楚楚把刚煎好的一碗药放到床头："我一早去看他的时候，奶娘说他整晚都闹着要找爹娘，一直不肯睡，我就把他抱来了，等喂他吃了药就再把他送过去。"

看着怀里在睡梦中还紧抓着他衣襟的儿子，萧瑾瑜轻轻叹了口气："就让他在这儿睡吧。"

萧瑾瑜小心地把攥在清平小手里的衣襟取出来，抱着他在自己的枕头上平躺下来，把被子整理好，才在楚楚的搀扶下慢慢地下了床，坐到轮椅里，压低了声音道："赫连苏乌可到了？"

楚楚点点头："一早就到了，还有那个薛刺史，赵管家一直在二全厅陪着他们呢，他们说不用叫醒你，他们等着就行。天刚亮的时候景大哥也来过，想问你他什么时候能回家睡觉，看你没醒就到六韬院的客房睡觉去啦。"

萧瑾瑜微微点头："那些验尸单查得怎么样？"

楚楚抿着嘴唇摇摇头："我查的那一千多份里都没问题，只要验尸的仵作没说瞎话，填尸单的书吏写的都是真的，那这些人就确实都是被活埋致死的了。"

萧瑾瑜眉心轻蹙，还是点了点头："辛苦你了。"

"王爷，那六王妃她爹的案子是不是就没有冤情了呀？"

萧瑾瑜没点头也没摇头，只道："我先去见赫连苏乌，你在房里照顾平儿，不要出一心园。"

"你放心吧！"

萧瑾瑜到二全厅的时候，赫连苏乌正跷着二郎腿坐在厅里喝茶嗑瓜子，薛茗黑着一张脸端坐在赫连苏乌旁边的椅子上，两手反绑在背后，赵管家杵在一边小心翼翼地看着这两个人。一见萧瑾瑜进来，赵管家像见着观音菩萨下凡似的，一溜烟地奔到萧瑾瑜身边："王爷……"

赫连苏乌丢下手里的一把瓜子皮，站起来拍拍落在身上的碎屑，嘴角轻扬："安王府就是安王府，瓜子都比汗王牙帐里的好吃。"

两年不见，赫连苏乌瘦了些，轮廓却显得更加结实冷硬了，原本就比中原人清晰的五官看起来越发深邃，嘴角带着轻佻的笑意，眼睛里却一片沉静，深不见底。

"是吗？"萧瑾瑜微微转头，淡淡地对赵管家道，"听见了？"

赵管家忙颔首："是。"

"备午膳吧，在五经轩，还有，让人到六韬院把景翊叫来。"

赫连苏乌赶忙追上一句："还有吴郡王萧玦。"

赵管家看向萧瑾瑜，萧瑾瑜眉头皱了皱："大汗先去见他一面，再说共进午膳之事。"

"行啊。"

萧瑾瑜目光扫过薛茗，对赵管家道："先请薛大人到五经轩歇息吧。"

"是。"

赵管家和薛茗一走，赫连苏乌看着明显早有准备的萧瑾瑜，眉梢微扬："安王爷知道我是为什么来的？"

"不知道，但我知道，你给薛大人服哑药，绑缚薛大人的双手，而没伤他性命，也没让他受皮肉之苦，必定是不想与我朝廷翻脸。"

赫连苏乌也不诧异萧瑾瑜在几眼之间就把薛茗的情况看得一清二楚，只一脸无辜地摊了摊手："这事儿不能赖我，我现在好歹是个汗王，要不是这人说话太难听，脾气太差劲，我也不至于给他使这下三烂法子。"

萧瑾瑜一笑了之，当年朝廷里不知道有多少人想这样干过，赫连苏乌已经算是留足情面了："我无意打听你是为什么来的，只想问一句，为何要找萧玦？"

赫连苏乌不着痕迹地敛起笑意："这事儿得见到萧玦才能说。"

"好，大汗请。"

"还请安王爷把王妃娘娘一块儿叫上。"

"可以。"

无论用苗语、汉语还是北秦语，赫连苏乌都说不出乍看到萧玦时的震惊。躺在床上的那个人苍白安静得好像已经彻底离开了这世上的一切纷扰，盖在被子下面的身子单薄得像一片枯叶，毫无生气可言，和几年前与他在战场上打得难分伯仲的少年将军实在判若两人。

他只隐约听说萧玦因为什么事儿被削了职，不当将军也不打仗了，可没想到……

目光扫见摆放在墙角的轮椅，赫连苏乌又是一怔："这是……他的？"

萧瑾瑜微微点头。

赫连苏乌只觉得心里有股莫名的悲愤，比他亲手砍掉叛将脑袋的时候还要悲愤百倍千倍。他对凉州战场念念不忘，一定程度就是想再与这个人交一次手，痛痛快快地分一次高下，可这人居然连个比试的机会都不给他了。

萧瑾瑜的声音里不带一丝波澜，和握刀站在床边的那个女人的神情一样，平静清冷："大汗有什么话，可以说了。"

赫连苏乌咬了咬牙，嘴唇微抿了一下，看着床上的人沉声道："我来是要还安王爷一个人情。"

"我从没给过你人情。"

赫连苏乌摆摆手："要不是安王爷揪出来那个在凉州军营里下毒犯案的人，我这会儿也当不了大汗，估计早就当了大头鬼了。"

赫连苏乌视线不离萧玦，从怀里摸出一叠纸："这些信件是我在赫连图罗的帐子里搜出来的，上面都没有署名，但我越看越像是萧玦的字迹。"

萧瑾瑜和冷嫣都听得一怔，由北秦汗王亲手送来的信件，萧瑾瑜蓦地想起宁郡王萧恒案定案的铁证，脊梁骨顿时一片冰凉。

楚楚替萧瑾瑜把信接了过来，信还没拿到手上，萧瑾瑜刚往放在最上面的一页纸上扫了一眼，眉心就蹙了起来。

冷嫣头都没低一下，迎着赫连苏乌的目光就问了一句："敢问大汗，这些书信是何日送入北秦的？"

赫连苏乌答得很是痛快："从四年前，就是安王爷到凉州军营那年的前两年开始的，一直到安王爷破了凉州军营案为止。"

"萧玦自六年前从牢里出来，手就不能握笔了，这两年他一直在练，上个月才刚能把勺子用好。"

赫连苏乌打量着这个为萧玦证明的女人："你是……"

冷嫣往床边移了半步，下颔微扬，一双美目里既无波澜也无笑意，一字一声地补了一句："我是他的女人。"

赫连苏乌看着这个自称是萧玦的女人的美人，怔了半晌，还没回过神来，就听楚楚道："我能证明，昨天晚上我给他验伤的时候检查过，他腰骨上的伤耽搁得太久，害得他整根脊骨都染了病，这病……"楚楚犹豫了一下，"反正，近些年他的手肯定写不了字，就是写也写不了这么好看。"

赫连苏乌突然牵起了一道由心而发的笑意，深不见底的眼睛里也溢出些如释重负的喜色，一拍大腿："我就说，萧玦就是穷疯了，也决不会琢磨出这么缺阴德下三烂的狗屁法子捞钱！"

楚楚凑在萧瑾瑜身边，一页纸上的字还没看完，眼睛就瞪得像大铃铛一样了，萧瑾瑜却面无表情地垂下目光，把二十多页纸一页不漏地全部细细看了一遍。赫连苏乌一直盯着萧瑾瑜的神情，只见这人既没恼怒也没疑惑，清寒如玉的脸上反倒是多了几分恍然。

萧瑾瑜波澜不惊地看向赫连苏乌："大汗是来请我捉拿奸细的？"

赫连苏乌摆摆手，心情较之先前明显好了不少："赫连图罗已经被我父汗就地正法了，我父汗也是被他活活气死的。赫连图罗是那种脑袋还不如屁股灵光的人，他就是十个屁股加一块儿都想不出这种断子绝孙的缺德点子来。"

萧瑾瑜微微点头，赫连苏乌说这是个断子绝孙的缺德点子，他完全没有异议。单从这些写给赫连图罗的信件上就能看出来，这回的通敌并不是寻常的卖国求荣，而是两方商量着打仗，几乎每封信上都是在商量什么时候由哪方挑头在哪儿打一仗，甚至结果谁胜谁负，胜负到什么程度，胜负双方在此战中可得的利益是什么，都是在战前就商量好的。

简单来说，就是两方将领在纸上布局取利，两方被蒙在鼓里的军士拿命演戏，图的就是年年月月有仗打，有勇无谋的赫连图罗能保证自己的战绩不逊于骁勇善战的赫连苏乌，而朝廷里的这位，则可日复一日地在军饷、军械里捞足银子。

从最后几份信件上看，赫连图罗不守成约，纵容手下人突然向汉军挑衅，还态度蛮横，朝廷里的这位就发出了最后警告，如若赫连图罗再没有悔改的诚意，汉军就要放手打一回了。

从后来赫连图罗惨败被罚，换作赫连苏乌与朝廷力量对峙，可以证明赫连图罗最后还是没拧过朝廷里这位的大粗腿。

这样的交易，实在比通敌卖国还缺德百倍。

萧瑾瑜还是静如深潭："大汗是来找主谋的？"

赫连苏乌还是摆手："我找他干吗？我的帐子已经打扫干净了，你们屋子里脏成什么样跟我没关系。"赫连苏乌目光幽深地扫了眼萧玦安然沉睡的面容："只是我一时半会儿对和中原人打仗没什么兴致了，希望你们皇帝能看在家有内贼的分上，先把这场仗往后推几年，等咱们都有心有力了再正儿八经开打，省得有人说我趁火打劫，胜之不武。"

赫连苏乌说是没兴致，可萧瑾瑜却清楚得很，他不是没兴致，而是一时半会儿没这个力气了。这场交易中牵涉了不少北秦大将，以赫连苏乌的脾气一定是要斩尽杀绝的，这样大伤元气之后还要应对西边、北边的几大部族，他就是想打也打不过来。

萧瑾瑜低头看了一眼还拿在手里的纸页:"那大汗把这些物证献给我皇即可,何须绑架薛大人,费此周折?"

赫连苏乌仍然直直盯着萧玦:"连北秦人都知道,中原朝廷里眼珠子最亮的就是安王爷,看不漏一个坏人,也看不错一个好人。"

楚楚低头偷偷看着萧瑾瑜的眼睛,那双眼睛的确亮如星辰,却亮得有些让人心慌,好像这人一眼就能看到人心底里去,把人心最黑的地方都照得亮堂堂的,什么大阴谋小秘密都无处藏身了。

这会儿的萧瑾瑜像是个审视猎物的冷血猎人,楚楚还是更喜欢他看向她的时候,目光就像是刚出锅的奶黄包,外面温热、内里滚烫、香甜柔软……

冷嫣没心思去研究萧瑾瑜那双好看的眼睛,但凡这些书信里有个边角落在安主府以外的人手里,都难以想象等待萧玦的会是什么。

"王爷。"

萧瑾瑜扬手截住冷嫣低声下气的开头,镇定地看向赫连苏乌:"议和之事我会代为上奏,请大汗静候佳音。"

"那就有劳安王爷了。"

三人从萧玦的房里出来,来到五经轩的时候,薛茗正坐在窗下的茶几旁,旁边坐着景翊。

"大理寺少卿景翊拜见汗王。"

赫连苏乌眯着眼睛把景翊从头到脚扫了扫:"我是不是在哪儿见过你?你的声音也有点耳熟……"

景翊迎着这两束目光笑得坦然:"在我们这里管这种现象叫有眼缘,这是我和大汗珍贵的缘分啊。"

赫连苏乌似懂非懂地点点头,探究的目光终于放过景翊,笑着向楚楚凑近了两步:"我这次登门拜访,还有件大事儿想跟王妃娘娘商量。这会儿人多,刚好有个见证。"

从六韬院出来楚楚就一直在出神地看着萧瑾瑜,根本没留意赫连苏乌说了什么,一直到萧瑾瑜轻咳了两声,楚楚才回过神来。

"王爷?"

萧瑾瑜有点儿哭笑不得地看着这个随时随地都会盯着自己发呆傻笑的人,他们的孩子都一岁了,她怎么还没看腻?

萧瑾瑜低声道:"大汗叫你呢。"

"唔?"

楚楚一抬头,看见赫连苏乌就站在她身前一步远的地方,正额头微黑地看着她。

在赫连苏乌的历史记录里,还从没有哪个女人能把他忽略到这个地步,上回见她的时候,这丫头不还看着他两眼放光吗?

他知道萧瑾瑜是个很有吸引力的男人，可单看外表，他一点儿也看不出萧瑾瑜哪儿比他好看，这样白兮兮又瘦兮兮的人要是扔到草原上，连狼都不稀罕啃他一口。

赫连苏乌酸溜溜地从怀里抓出一把象牙色的弯月形挂饰，叮叮当当一阵碎响，打眼看过去大大小小有十来个。

"这是北秦的护身符，狼牙做的，小孩带在身上能长得跟狼一样强壮，这十五颗狼牙是从我登位当天猎到的第一只狼嘴里拔下来的，娘娘悠着点儿生，应该足够安王爷的儿女人手一个了。"

楚楚高兴地把那十五个狼牙挂饰接到手里，清平的身子病弱，这礼物可太好啦："谢谢大汗！"

除了笑得甜甜的楚楚和轻勾起嘴角的赫连苏乌，景翊和薛茗都是满脸错愕，连萧瑾瑜也淡定不了了。

萧瑾瑜与北秦打的交道不多，但也知道北秦汗王登位当日会有一场行猎，汗王亲自猎到的第一头狼是尊贵的圣物，狼皮会用来铺垫新汗王牙帐的椅子，而狼牙多是用来分赏汗王嫡系子嗣的，赫连苏乌居然把这头狼的牙拿来送给他的孩子。

赫连苏乌嘴角的弧度柔和了几分，看着楚楚半真半假地道："我有两儿一女，我女人生我家小丫头的时候身子出了点儿毛病，不能再生了。这些东西我留着也没用，想拿来讨好讨好王妃娘娘，请王妃娘娘答应一件事。"

楚楚眨眨眼睛："什么事儿呀？"

赫连苏乌的嘴角又上扬了几分："我家丫头听多了安王府的故事，嚷嚷着非京城安王爷的儿子不嫁，我和我女人都拗不过她，王妃娘娘看能不能赏个脸？"

萧瑾瑜额头一黑，还没来得及张嘴，楚楚已经一本正经地问道："你家闺女今年几岁啦？"

赫连苏乌也答得一本正经："正月生辰，比小王爷年长三岁。"

楚楚一下子乐了："女大三，抱金砖，多好呀！只要她和平儿都愿意，啥时候嫁来都行！"

萧瑾瑜一脸铁青，她是忘了自家儿子昨天才刚满一岁吗……

赫连苏乌快刀斩乱麻："我把她一块儿带来了，就在城外的营帐里，王妃娘娘要是愿意，我今天晚上就把她接来，让你瞧瞧。"

"好！我给她做好吃的！"

赫连苏乌笑容满面地看向萧瑾瑜，好像在等萧瑾瑜这个一家之主说句具有拍板意义的话。

"容后再议，先吃饭吧。"

萧瑾瑜不记得这顿饭是怎么吃完的了，只记得自己的目光一从赫连苏乌的脸上扫过就头疼得厉害。

回到一心园的时候，萧湘正在房里替楚楚哄着清平，楚楚一见萧湘就忍不住道："公主，平儿要娶小公主啦！"

萧湘惊得差点儿没把怀里的清平扔出去，赶忙看向脸色乌黑的萧瑾瑜："七皇叔……"

萧瑾瑜有气无力地叹了一声，看着被楚楚接到怀里的儿子："北秦汗王的女儿。"

萧湘一怔，秀眉轻锁，低声道："这是……北秦送来的议和人质？"

楚楚一愣："人质？"

萧瑾瑜微微点头。

他没出口驳赫连苏乌，也是看出了赫连苏乌的用意。不管赫连苏乌嘴上怎么说，这个时候把幼女带来，最大的目的还是表示和议的诚意，让他能安心去跟皇上商量。

赫连苏乌这么骄傲的人能把亲生女儿送上门来，想必如今北秦的境况远比萧瑾瑜先前想象的要糟得多，赫连苏乌的求和之心也比他先前想象的要坚决得多，他和楚楚若不肯留她，赫连苏乌也一定会狠下心来把她送进皇宫里。

把一个四岁的孩子送进幽深似海的宫墙里，一辈子束手束脚，看人脸色过日子，别说赫连苏乌这个亲爹舍不得，就是萧瑾瑜也狠不下这个心。可若有个北秦公主留在他府上，不管当不当他的儿媳妇，有朝一日战事再起，他都要去招架朝廷里的那些乱七八糟。

要是搁在两年前，权衡利弊，萧瑾瑜也许会冷下脸来推得一干二净，可自从清平出世，他就再也见不得孩子受苦了，甭管是谁家的孩子。

萧湘久居深宫，和亲这种事自然是比谁都清楚敏感，可在楚楚的脑瓜里，再转几辈子也转不到这回事儿上来。

萧瑾瑜也没指望楚楚会把这种事弄明白："就是赫连苏乌想让我帮他跟皇上说合，怕我信不过他，就把他的女儿送到咱们府上当儿媳，他要是敢说话不算数，我就能打他女儿的屁股。"

萧湘抿嘴偷笑，她长这么大，可是头一回听说和亲是这么玩儿的。

"这样好！"楚楚笑看着怀里正专心望着她，好像听懂了点儿什么的清平，"这样以后就有人陪平儿玩儿啦！"

萧瑾瑜默默叹气，以骁勇著称的草原赫连氏的公主，还不知道自家体弱多病的儿子玩儿不玩儿得起……

萧湘一走，萧瑾瑜就坐到桌边翻起了昨晚抱回来的那些卷宗盒子。

"王爷，"楚楚把清平放回摇篮里，凑到他身边来，终于忍不住问了一个从昨晚一直憋到现在的问题，"你不担心吴郡王吗？"

萧瑾瑜从一个卷宗盒子里取出一叠信纸，一一在桌上铺展开来，头也不抬地道："不担心，那个派祁公公来行刺萧玦的人没想让他死。"

楚楚一愣："都刺了那么多刀了，还不是想要他的命吗？"

"就是因为刺了太多刀，我若杀萧玦，直接抹他脖子就好。"

萧瑾瑜说得确实在理，要是让她杀那么一个坐着不能动的人，她也不会费事儿到往他身上不那么要紧的地方乱刺，刺了那么多刀，还给他留下一口气。楚楚抿了抿嘴："那……王爷，你还没问过吴郡王的伤呢。"

萧瑾瑜又把赫连苏乌带来的信件在另外半边桌子上铺开，微沉眉心，顺口回道："你说过了，是匕首刺伤的。"

"不是！"楚楚急了，伸手捧住萧瑾瑜清冷的脸，硬把他的视线从满桌的纸页上挪开，"你就不问问他伤得重不重，还能不能醒过来吗？"

萧瑾瑜任她捧着脸，浅浅苦笑："楚楚，我现在还不能问。"

楚楚愣了愣，萧瑾瑜轻轻拿下那两只捧在他脸上的手，把手的主人揽到身边，指了指摊放在桌上的信件："萧玦自幼习武，很小的时候就读了不少兵书，但就是不喜欢写字，他的字还是住在宫里的时候我盯着他练出来的。他带兵打仗之后除了写公文就很少写字了，如果有人能把萧玦的字迹和行文习惯仿得连我都看不出破绽，这个人应该在很多年前就盯上他了。"

萧瑾瑜又指着桌上写着另外一种字迹的纸页："这是当年北秦汗王来议和时呈给道宗皇帝的一叠通敌信件，经多名办案官员比对，证实是宁郡王萧恒的亲笔书信，萧恒也是看到这些信件之后才认的罪。我先前总觉得哪里有些奇怪，刚刚才想起来，萧恒能扛得住半年内几百回的严刑拷打，要么是他很确信自己犯案时没留下任何蛛丝马迹，要么他就当真是清白的，无论他是哪一种，既然已经死咬了半年，又怎么会一看到突然出现的物证就立马认罪，实在不合常理。"

楚楚消化了好一阵子，在摊放在桌上的两种字迹间来回看了一阵，突然反应过来："王爷，你是不是怀疑，有人像对吴郡王那样，仿了宁郡王萧恒的字迹，故意栽赃陷害他？"

萧瑾瑜没点头也没摇头："只是怀疑，我已让景翊去天牢查看那间关押过萧恒的牢房了。"萧瑾瑜轻轻攥着楚楚柔软温热的手："如果萧恒有冤，看栽赃手法的相似程度，很有可能是同一伙人干的，而且一定牵涉朝廷里有头有脸的人物，兴许权位还在我之上。"

楚楚一愣："你可是王爷呀，比你权位还高？"

萧瑾瑜轻轻苦笑："所以，事关重大，我知道萧玦伤得不轻，但知道得越清楚就越容易分神，还是尽快为他洗冤要紧，否则不知那人还要弄出什么法子害他。"

萧瑾瑜话音未落，胃里突然一阵剧烈抽痛，不禁倒吸了口冷气，按在楚楚嘴唇上的手也滑落下来，扶住桌边稳住因为突如其来的疼痛而发颤的身子。

楚楚赶忙扶他靠在椅背上，翻出两颗药喂给他，拉开他紧按在胃上的手，紧张地帮他揉着。萧瑾瑜大口大口地喘息了好一阵子才止住胃里的翻涌，疼痛消减下来的时候整个人已经像是从水里捞出来的了。

许久没见萧瑾瑜这样犯胃病，楚楚吓得脸都白了："王爷，对不起，我错了，怪我冤枉你了，你别生气，别生气。"

　　萧瑾瑜微微摇头，勉强挤出一个微笑："不怪你，是我酒喝多了。"

　　昨天喝了几杯酒还没觉得什么，今天又陪赫连苏乌喝了几杯，身子居然就受不了了。萧瑾瑜开始觉得，或许他对自己身子的估计有些太过乐观了。

　　楚楚小心地把他扶到床上躺下，转身想出去给他熬碗药，无意往摇篮那边扫了一眼，顿时吓丢了魂儿。

　　不知什么时候清平居然扶着摇篮的边晃悠悠地站了起来，正呆呆地看着躺在床上苍白如雪的萧瑾瑜唤道："爹爹……"

　　楚楚生怕他一不小心栽下去，刚想扑过去把他抱起来，突然意识到一件事，呆在原地怔怔地看着儿子："王……王爷，平儿能站起来啦！"

　　萧瑾瑜顾不得胃里还没彻底消停的疼痛，咬着牙勉强半撑起身子："你抱他……抱他下来……"

　　楚楚过去把清平从摇篮里抱出来，小心地扶他站在地上，刚一松手，小家伙竟迈开步子跌跌撞撞地朝萧瑾瑜跑了过去，一直跑到床边才像是用尽了力气，在跌倒的前一瞬间被追上来的楚楚一把抱住，交到了吓得脸色煞白的萧瑾瑜怀里。

　　清平刚把气喘匀，就用热乎乎的小手揉上楚楚刚才给萧瑾瑜揉过的地方，仰着小脸看向还在发愣的萧瑾瑜："爹爹，不疼，不疼……"

　　清平自出生起就大病小病不断，楚楚总念叨着"不疼"来哄他，以至于他对疼痛的认识也早得超乎寻常，至今能用言语清楚表达的为数不多的意思里就有这一项，只是萧瑾瑜实在想不到，儿子第一次用尽力气迈出步子，居然是想要学着楚楚的样子来哄他。

　　直到一滴水落在清平的额头上，萧瑾瑜才发现自己居然掉眼泪了。

　　清平的小手懵懵懂懂地够上萧瑾瑜微凉的脸颊："不疼……"

　　萧瑾瑜在那个小小的手掌心里深深吻了一下："爹不疼，不疼了……"

　　楚楚站在一边，一边抹眼泪一边笑："王爷，他真好！"

　　"嗯……平儿是最好的孩子，最好的。"

第三章

晚饭之前，赫连苏乌还真把闺女带来了。

楚楚一眼看见就喜欢得很，这四岁大的小姑娘穿着一身天蓝色的汉人衣裙，跟在赫连苏乌身边，红扑扑的小脸上看不出一丝害怕，高挺的鼻梁两边一双琥珀色的大眼睛好奇地四下看着，一眨眼睛，浓密的睫毛就像小扇子一样呼扇呼扇的，好看得像是画里的娃娃一样。

"乌兰拜见安王爷、安王妃娘娘。"

赫连乌兰像模像样地朝萧瑾瑜和楚楚磕了个头，爬起来之后就直直地盯着萧瑾瑜的轮椅，用稚嫩的声音说起不大流利的汉语来："安王爷，你的椅子上为什么有轮子呀？"

赫连苏乌明显没料到自家女儿张嘴就是这么一句，脸上有点儿发窘，还没张嘴就听到萧瑾瑜淡淡地道："方便办案。"

赫连乌兰将信将疑地看着萧瑾瑜："那你那么厉害，就是因为坐了这样的椅子吧？"

萧瑾瑜眉梢微扬："我怎么厉害？"

"我父汗说，天底下的人谁干坏事你都能知道，谁干坏事你就惩罚谁，就像……就像……"赫连乌兰噘着粉嘟嘟的小嘴好一阵搜肠刮肚，才突然笑起来，"就像仙女下凡！"

萧瑾瑜额头一黑，默默看向正在僵笑的赫连苏乌，赫连苏乌忙道："夸你呢，夸你呢……"

楚楚两眼放光地看着这个天上掉下来的准儿媳妇，笑得合不拢嘴："你才是像仙女下凡呢！"

赫连乌兰眨眨眼睛，看向楚楚："你就是能让死人骨头说话的楚楚娘娘吗？"

萧瑾瑜毫不留情地瞪向已经开始仰头看房梁的赫连苏乌，这人给四岁的小姑娘教了些什么乱七八糟的？！

楚楚倒是点头点得痛快："不光是骨头，心、肝、肠、胃什么都行！"

赫连乌兰的大眼睛顿时亮得像小太阳一样："没有脑袋也行？"

"当然行啦！"

萧瑾瑜顿时有种不祥的预感，还没来得及张嘴，就见赫连乌兰一蹦三尺高，甩开赫连苏乌的手就扑到楚楚身边，抓着楚楚的衣角直蹦跶："我想看！我想看！"

楚楚笑得比赫连乌兰还灿烂，弯下身子把赫连乌兰抱了起来："没问题！咱们先去吃香喷喷的桂花糕，然后就带你看没脑袋的骨头说话！"

"娘娘是大好人！"

萧瑾瑜百感交集地叹了口气，赫连苏乌嘴角直发抽，勉强挤出一句："这样……这样我就放心了。"

楚楚脆生生地回了一句："大汗你就放心吧！"

"放心，放心……"

楚楚抱着赫连乌兰说说笑笑地走出去，赫连苏乌这才揉了揉自己发僵的脸，心有余悸地叹了一声："幸亏没讲给我那两个秃小子讲你俩的事儿。"

萧瑾瑜冷眼瞪过去："那你为何要给个姑娘家讲？"

赫连苏乌抓起一旁茶案上的杯子，连灌三口茶压了压惊，才道："她两岁那会儿怕打仗、怕见血、怕死人，胆小得像个耗子一样，这在草原上根本没活路。本来就是讲给她长长胆的，谁知道一长长过头了。"

萧瑾瑜脸色微阴，拿他和楚楚的事儿给闺女壮胆，亏这人想得出来。

赫连苏乌一口闷完剩下的茶水，声音还是有点儿发虚："安王爷，你帮忙看着点儿，那些开膛、破肚、掏心、挖肠子什么的，就别让她学了吧。"

萧瑾瑜捧起自己手边那杯茶："帮不了。"

"这丫头已经学武一年多了，"赫连苏乌看着萧瑾瑜的一张冷脸，"要是她哪天把你儿子剖了，你可别来找我。"

萧瑾瑜手一抖，差点儿把茶水洒一身。

"所以，"赫连苏乌诚心诚意地道，"拜托安王爷费心了。"

萧瑾瑜无声默叹："不客气。"

赫连苏乌抬眼扫了下这间宽敞的大厅，浓眉轻蹙，声音微沉："这地方能说话吗？"

萧瑾瑜微怔，轻声道："去书房吧。"

赫连苏乌跟着萧瑾瑜进到一心园书房，把门窗一关，就一屁股坐到了萧瑾瑜的书案上，看得萧瑾瑜连白眼都懒得翻了。

"什么事，说吧。"

赫连苏乌把腿一盘，从怀里拿出两张折得整整齐齐的纸，递到萧瑾瑜面前："这也是在赫连图罗那里找着的，不过不是萧玦的字迹，是跟一些汇报汉军军情战报的字迹一样，还是在赫连图罗身上搜出来的，应该是很重要的东西。我没看懂，找我的汉文师父问过，他说有一页是报平安的家书，有一页应该是用暗号写的密信，他拿去解了两个月都没解出来。"

萧瑾瑜接过那两张纸，漫不经心地扫了一眼："嗯，这页确实是家书，不过另一页不是什么暗号密信。"萧瑾瑜把纸页递还给赫连苏乌，慢悠悠地道，"是我随手乱写的。"

萧瑾瑜淡淡然地看着赫连苏乌瞬间变得乌黑的脸："如此看来，吴琛所言非虚，凉州驿驿丞确实曾向北秦抄送我军战报，还是抄给赫连图罗看的，赫连图罗可曾说过，与他合作的是我朝何人？"

要不是看在萧瑾瑜这副弱不禁风的模样的分上，要不是还有求于他，赫连苏乌一定先在他一片风平浪静的脸上挥个几拳，再说答话的事儿。

可这会儿他就只能把怨气发泄到那两张纸上，"嚓嚓"几声把纸撕个稀碎，不情愿却又不得不回道："没来得及说。这蠢货在西边打了败仗回来，不知道我已经跟父汗说了那件案子，还想跟父汗告我的状，被我父汗狠骂了一顿。我本来跟我父汗说好，这事儿查清之前跟谁都不能说，结果我父汗一时没忍住，质问他是不是跟汉军有什么勾结，他一心虚就带着他手下的一帮人围了我父汗的牙帐，逼我父汗让位，我父汗就只能当场把他就地正法了。那些书信也是他死后我才从他那里搜出来的。"

萧瑾瑜若有所思地点点头："可还查出什么别的？"

"安王爷，我听说两年前你因为把我从军营里放走，被朝廷里的人告状了？"

萧瑾瑜一怔，抬起头来冷冷地看他一眼，一言未发。

"不知道安王爷查没查清楚，这事儿到底是谁捅出去的？"

萧瑾瑜声音比脸色还要冷硬："自己人。"

赫连苏乌眉梢一挑："我要是没记错，当时帐子里除了你、我、王妃娘娘、都离，就是两个御林军吧？"

萧瑾瑜微微点头。

赫连苏乌微眯起眼睛："你们朝廷的御林军一向是只按皇帝的亲笔调令办事的吧？"

萧瑾瑜脸色一沉："大汗想说什么？"

"安王爷，如果这个模仿吴郡王写字的人也会模仿你们皇帝写字呢？"

萧瑾瑜一怔，身子明显一僵。

他确实查到了那两个御林军的身上。不只他查到了御林军的身上，景翊查找那个不声不响就把楚楚验尸的事儿散满医帐的人时，最后也是查到了一个随行的御林军身上。萧瑾瑜冒死偷查了那八名随行御林军的调令，发现那封调令之后还有一封皇帝御笔亲书、加盖玉印的追加函，函件内容就是要求这几个御林军按日上报他与楚楚的行踪。

当时查到这个地方，萧瑾瑜就没再往下查了。

朝廷和公堂不一样，有些不该他知道的事儿，萧瑾瑜轻易不会去引火自焚，尤其那时楚楚的肚子已经鼓得像是揣着个大西瓜了，只要麻烦不找上门来，萧瑾瑜绝对不会去自找麻烦。

可若真像赫连苏乌猜的这样……

那可是个比他原本猜测的情况还要麻烦得多的麻烦。

实话实说，要不是赫连苏乌问得这么直白，他恐怕下辈子都不会往这上面想。

"安王爷，"赫连苏乌从桌子上跳下来，看着脸色隐隐发白的萧瑾瑜，这是个身子比兔子还柔弱，脑子却比狼王还精明的人，他开个头，这个人一定能想到结尾，"你们汉人有句话说得好，旁观者清，现在我家丫头的命也在你手上了，请安王爷千万跟神仙一样耳清目明，该抓的抓，该杀的杀，只要我家丫头能平平安安长大，我赫连苏乌一定拿命谢你。"

萧瑾瑜微微颔首思虑须臾，抬起头来云淡风轻地道："我要你的命干什么？"

赫连苏乌一愣，坦然地摊了摊手："不知道，你们汉人老这么说。"

"你的命我用不着，你记得每年向安王府交千两黄金就好。"

"千两！"

萧瑾瑜轻轻点头："汉人养女孩没那么简单，你没听说过千金小姐吗？"

看着赫连苏乌吹胡子瞪眼的模样，萧瑾瑜淡淡地道："不交也无妨。"

读多了书的汉人在带有让步意思的句子之后往往会跟着什么样的话，赫连苏乌的汉文师父可是讲得一清二楚，尤其是萧瑾瑜这种既会读书又会当官还一肚子花花肠子的人。

赫连苏乌忙道："交，我交！就这么定了，我明天就把嫁妆全都送来，就这么定了啊！"

"好。"

楚楚回来的时候，萧瑾瑜正坐在屋里的桌案边看卷宗，清平就倚坐在萧瑾瑜怀里，聚精会神地看着萧瑾瑜拿在手里的纸页。

"乌兰呢？"

楚楚给萧瑾瑜换了一杯热水："大汗哄她睡觉去了。"

萧瑾瑜看着楚楚明显洗漱过的清爽模样："你真带她去看骨头了？"

"当然啦，"楚楚立马兴奋起来，白嫩的脸颊上直泛红光，"她又乖又聪明，不吵不闹，一说就明白，和平儿真是太般配啦！"

萧瑾瑜默默低头看了眼注意力还全在那些纸页上的可怜儿子："楚楚，你从哪里弄来的骨头？"

楚楚眨着眼睛："厨房里呀。"

萧瑾瑜突然觉得胃里抽了一下，脸色一白："厨房里，有骨头？"

"当然啦，"楚楚笑得美滋滋的，"猪骨头、牛骨头、羊骨头、鸡骨头、鸭骨头……要什么有什么，我全教乌兰认清楚啦！"

萧瑾瑜隐约觉得自己的额角默默划过一滴饱满的汗珠。

"我还教她炖排骨汤了，她可喜欢我做的排骨汤啦！"

萧瑾瑜无声地舒了口气，摸了摸他怀里的小脑袋："喜欢就好。"

楚楚抿了抿嘴，声音放轻了点儿："王爷，你是不是不喜欢乌兰呀？"

"喜欢，"那一看就是个可爱灵巧的小丫头，难得的是还跟楚楚这么投脾气，连兴趣爱好都凑到一块儿了，"只是他俩都还小，还不能跟乌兰说嫁娶的事，就先拿她当女儿待吧，别吓着她。"

"没事儿！乌兰已经知道啦，"楚楚笑得眼睛都弯了，把清平抱到怀里，在他血色清浅的小脸上饱满地亲了一口，看着被她亲愣了的儿子，笑盈盈地道，"她说她愿意当平儿的娘子。"

萧瑾瑜正儿八经地被噎了一下，哭笑不得："她跟平儿都还没见过面。"

"见过啦！我带她去厨房之前先带她来看平儿的，她可喜欢平儿了，说他像草原上的月亮一样好看，还抱他了呢，平儿一点儿也不害怕，还在她脸蛋儿上亲了一下，乌兰可高兴啦！"

萧瑾瑜瞪大了眼睛看向病恹恹的儿子，却生生被儿子无辜的眼神看得一点儿脾气都没了，默默一叹，抬手揉上发胀的太阳穴："好。"

这儿子还真是比自己出息多了……

"楚楚，"萧瑾瑜搁下手里的卷宗，有气无力地靠在轮椅背上，"明天把平儿和乌兰交给顾先生照顾一天，你陪我去薛府。"

"薛府？"

萧瑾瑜浅浅苦笑地看着这个显然一高兴就把日子忘干净的人，从被案卷盒子堆得一片狼藉的桌上抽出一张大红烫金的请柬："明天十娘和薛太师成亲。"

"呀！我差点儿就忘啦！"

萧瑾瑜哭笑不得，他可没看出来差的那一点儿在哪儿："我已让赵管家备好贺礼了，明天陪我送去就好。"

"好，"楚楚转身把清平放进摇篮里，"那我去给薛大人找件好看的衣服吧，他爹成亲，他总不能穿着身上那件脏兮兮的衣服去吧。"

"不用，"萧瑾瑜轻叹，"他未必肯去。"

"为什么呀？"楚楚拧起眉头来，"爹成亲，当儿子的怎么能不去啊？"

听着楚楚把一件他这辈子还从没考虑过的事情说得如此理直气壮，萧瑾瑜苦笑着点头："那就先准备着，我明早让人去问他。"

"不行，明早就太迟啦，他连准备贺礼的空都没有了。"楚楚低头帮萧瑾瑜把盖在腿上的毯子往上拉了拉，"你早点睡觉，我找好衣服就给薛大人送去，顺便跟他说薛太师成亲的事儿。"

"好。"

薛茗与薛汝成的关系冷硬到什么程度，萧瑾瑜清楚得很，事实上，薛茗跟谁的关系都冷硬得很，萧瑾瑜从未听说过薛茗出现在什么办喜事、办丧事的地方，所以楚楚刚出门，萧瑾瑜就做好了安慰她的准备，结果楚楚顶着一张得意满满的笑脸回来，看得萧瑾瑜半晌都不知道该说什么好了。

"你……你说动薛茗了？"

"薛大人才不像你说的那样呢！"楚楚换好衣服，钻进被萧瑾瑜暖了半天还是一片冰凉的被窝里，把小火炉一样的身子窝进萧瑾瑜有些发冷的怀里，"我跟他一说，他就答应去啦。"

"你是怎么跟他说的？"

楚楚抓过萧瑾瑜冰冷的双手，捂在怀里暖着："我没说什么别的，就跟他说薛太师明天成亲，娶的是你的十姐，他就同意去了。"

萧瑾瑜轻轻点头，薛茗肯去，对这久别重逢的父子二人都是再好不过的事情："谢谢你。"

"你怎么又跟我客气啦！"

萧瑾瑜浅笑："我替薛茗谢你。"

"他已经谢过啦。"

"薛茗跟你道谢？"

"是呀，"楚楚看着萧瑾瑜轻轻皱起来的眉头，"怎么啦？"

"没事，睡吧，薛府管家请我明天早些过去，兴许有事要帮忙。"

"好。"

楚楚大清早被雨打房檐的细碎声响惊醒，赶忙爬起来看向身边的萧瑾瑜，这人果然已经疼出了一身冷汗，还紧咬着牙一声不吭。

萧瑾瑜后半夜就疼醒了，吃了两颗药一直忍到这会儿，看楚楚急急忙忙地下床拿药酒，萧瑾瑜勉强微笑："别着急，不是很疼。"

每次阴天下雨萧瑾瑜的风湿病都会毫无例外地犯起来，一回比一回严重，两年前他还能借着拐杖自己站起来，如今已经是不可能的事了。楚楚实在不知道冷嫣看到萧珙伤成那样是怎么保持平静的，反正她每次看到萧瑾瑜受这样的折磨，都心疼得直想掉眼泪，恨不得把那个害他受这份罪的人从阎王殿里捞出来再千刀万剐一百遍。

每每楚楚咬牙切齿地咒骂那个她连名姓都不知道的人的时候，萧瑾瑜总是浅浅地苦笑："是我自己身子不济，不过是在冰水里泡了几回。"

"那也得怪那个害你染了尸毒的人，你要是没染尸毒，叶先生怎么会用这种法子救你啊。叶先生也真是的，大活人泡到冰水里，一泡就是几个时辰，搁在谁身上能受得了啊！"

萧瑾瑜平静地笑着，任她揉抚身上那些肿得惨不忍睹的关节："若无叶先生当机立断，你现在就是别人家的娘子了。"

"我才不当别人家的娘子呢！"楚楚抬头瞥了一眼搁在桌上的那张大红喜帖，嘟了嘟嘴，"十娘长得那么好看，薛太师有什么好呀，胡子一大把，亲起来肯定扎嘴！"

萧瑾瑜"噗"地笑出声来，一时忘了身上的疼痛，笑得身子直发颤。

"王爷，你以后可不许留胡子！"

"好，不留，不留。"

楚楚见萧瑾瑜疼得厉害，本想劝他跟薛汝成说一声，日后补送个贺礼就行了，可想好的话还没说出来，薛府管家就亲自带人来接了。

萧瑾瑜从小就是薛府的常客，薛府的老管家也算是看着他长大的，即便如此，萧瑾瑜还是待穿戴整齐之后才出来见他，微微颔首，客客气气地道："让张管家久等了。"

张管家连连摆手，苦笑着看向满面倦容的萧瑾瑜："我跟老爷说，这种又湿又冷的日子就别让王爷来回折腾了。"楚楚刚想使劲点头，就听张管家接着补上一句，"可老爷非说有要紧的事儿要跟您商量，还说王爷和娘娘要是不去，其他客人也甭进门了。"

萧瑾瑜浅浅含笑："刚好，我也有事要请教先生，昨晚薛茗听说此事，也答应前去贺喜。"

张管家顿时把眼睛睁得跟牛蛙一样："二少爷要去给老爷贺喜？"

"嗯，我再从府里带两个不错的厨子去，有他们能帮忙的地方尽管使唤就好。"

张管家一惊未过，接着一喜："还是王爷知道老奴的难处啊！办个喜事全府上下都折腾得鸡飞狗跳似的，最忙活不过来的就是厨房，王爷要是不说，我待会儿也得到别处借厨子去！"

"不必客气，还缺什么人手，尽管开口就是。"

"多谢王爷！"

皇帝的姑姑嫁给当朝太师，楚楚以为这场婚事的排场怎么也不会逊于萧湘嫁给吴江的时候，所以在薛府门前下车，看到连个红喜字都没贴的薛府大门的时候，楚楚着实愣了一下。

再往里走，确实看见薛府里的下人们在忙活着张灯结彩，可楚楚就是感觉不到给吴江办喜事时的那种热闹劲儿，兴许是因为阴天下雨，楚楚总觉得这大宅子里阴森森的，满眼都是忙东忙西的人，却觉不出来有多少人气儿。

薛茗一进客厅就皱着眉头一脸冰霜地问张管家："公主什么时候到？"

张管家毕恭毕敬地弯着腰，小心翼翼地答道："二少爷，公主已经在府上住了一年多了，说是一切从简，从她住的西院小楼嫁到老爷房里就行了。"

薛茗从鼻孔里哼出一股气来，转身就走。

张管家忙追过去："二少爷，公主这会儿已经在梳妆打扮，您可别……"话没说完，被薛茗转头一个冷眼瞪过来，立马站住了脚，后面的半截话也硬塞回了肚子里，叹了一口气。

楚楚皱皱眉头，贴在萧瑾瑜耳边轻声道："王爷，薛大人不会欺负十娘吧？"

那女人虽然总是一副凶神恶煞的模样，可比起薛茗的脾气，楚楚还真不知道谁会更胜一筹。

萧瑾瑜微微摇头，轻轻咳了几声，张管家忙道："王爷，厅里风凉，老爷在南楼等您呢。"

"好。"

张管家把两人迎到后院的一座三层木楼下："王爷，老爷就在三楼歇着。"

萧瑾瑜不察地蹙了下眉头，转头对楚楚道："楚楚，你先上去，跟薛太师问个安。我与张管家说几句话就来。"

看着萧瑾瑜严肃的模样，楚楚只得点了点头："哦……好。"

看着楚楚跑上楼去，等了好一阵萧瑾瑜才开口："张管家，十娘是何时住进府里来的？"

张管家苦笑着摇头，往楼上扫了一眼，压低了声音道："其实我也不清楚她到底是啥时候住进来的，就在一年多以前，有一回我急着找老爷有事儿，没敲门就进了老爷的书房，就看见老爷在书房里跟十娘……后来老爷就跟我说，把西院小楼收拾出来，她就住在那了。"

萧瑾瑜浅浅点头："那先生为何到如今才娶十娘过门？"

"谁知道啊？王爷又不是不知道，老爷这人想起来一出是一出的，原先也没少出馊点子折腾你不是？"

萧瑾瑜苦笑着点头。

张管家看了眼萧瑾瑜轻靠在轮椅中的身子："王爷，这儿的楼梯不好上，老奴背您上去吧。"

萧瑾瑜抬头看了看这座木楼，张管家知道他的脾气，跟他说出这种话来就决不是纯粹跟他客气。这座小楼临湖，为了通风防潮，楼层比普通屋子要高出不少，楼梯自然也长得多，为保持美观，台阶做得既高又窄，常人走起来倒是不会觉得特别难受，可对他的身子来说，就算是搁在两年前，也是像徒手攀爬悬崖峭壁一样困难。

萧瑾瑜无声默叹："有劳张管家了。"

张管家搀他坐到楼下厅堂里的椅子上，先把他的轮椅搬了上去，又下来背他，两趟跑下来，张管家早就满头大汗了。张管家把他送进屋里，萧瑾瑜还没来得及道谢，张管家就匆匆忙忙地一拜而退了。

薛汝成穿着一袭猩红色的礼服坐在临窗的棋桌边,左手黑子,右手白子,饶有兴致地在棋盘上摆格子玩儿,大半个棋盘已经被黑子、白子填满了。

萧瑾瑜在偌大的屋子里扫了一眼,没见楚楚。

"王爷放心,"薛汝成摆弄着棋子,头也不抬,"老夫请王妃娘娘帮个小忙,一会儿就还给王爷,王爷有兴致陪老夫下盘棋吗?"

"先生,"萧瑾瑜看着棋盘,一动不动,跟薛汝成下棋从来就不是什么好事儿,"张管家说,先生有要事相商?"

薛汝成一丝不苟地把棋盘彻底摆满,才站起身来,捧了杯热姜茶递到萧瑾瑜手上,又不急不慢地坐了回去:"老夫记得,王爷近年来曾数次上折子,请求开棺检验一个入土多年的宫里人。"

萧瑾瑜捧着杯子的手颤了一下,琥珀色的姜茶在雪白的瓷杯里荡开层层波澜,萧瑾瑜的眼睛里仍是一片沉静,微微颔首应了一句:"是。"

"是道宗皇帝的文美人,二十几年前暴病身亡的那个?"

"是。"

薛汝成低头喝了一口自己杯子里的茶水:"不过王爷每次上奏都未言明为何案开棺,所以皇上始终没有准奏。"

萧瑾瑜薄唇轻抿,浅浅苦笑:"是。"

"老夫已跟皇上谈妥,那副棺材昨天晚上已经送到这儿来了。"薛汝成抬手指了指檀木屏风后面的西墙,"就在隔壁屋里放着,娘娘刚才要酒要醋要木炭的,这会儿应该已经把文美人的那把骨头捞出来连蒸带煮了。"

看着萧瑾瑜眼中不复存在的镇定,薛汝成皱了皱眉头:"娘娘也不是第一回这么验尸,就验一把骨头,还是女人骨头,王爷有什么不放心吗?"

"不是,"萧瑾瑜握紧了手里的杯子,指节握得苍白,微微发抖,"我……我没想让楚楚验她。"

薛汝成眉梢微扬:"王爷当初答应娶她,不就是为了验这具骸骨吗?"

萧瑾瑜错愕地看向薛汝成,薛汝成仍淡然平静得跟刚才摆棋子玩儿的时候没什么两样:"我是奉旨娶她。"

薛汝成摆摆手,若有若无地笑了一下:"这是王爷的私事儿,王爷自己清楚就行了。王爷成亲之时老夫没能送份贺礼,这个就算是补给王爷的了。"

萧瑾瑜怔了半晌,才想起来颔首道了一句:"谢先生成全。"

"举手之劳,"薛汝成抬起头来漫不经心地扫了一眼挑得极高的屋顶,又低头蹾了蹾擦得锃亮也没能显得新一点儿的地板,"反正这楼也到了要拆掉重建的时候了,平时没人来,停放个把死人也不碍事。"

薛汝成说完就慢慢站起身来，皱着眉头整了整那身做工极为考究，却让他手脚都不知道该往哪儿摆才好的礼服："听说茗儿也来了，老夫过去瞧瞧，王爷在这儿休息一会儿，娘娘验完自然会过来。"

"可有什么需我帮忙的？"

薛汝成往他满是病色的脸上看了一眼："别昏过去就好。"

"是。"

楚楚进那间停放棺木的房间的时候，薛汝成跟她说的那口棺材就停放在屋子的正中央，旁边还有一个高大魁梧的男人目不转睛地守着，楚楚一眼看过去就皱起了眉头，不等侍卫向她行礼，便道："侍卫大哥，这就是那个美人的棺材？"

侍卫一愣，他只知道这是凌晨时分由四个御林军悄无声息地送来的，还说是他家老爷替安王爷向皇上借来的。就为这口不知道从哪儿来的陈年棺材，他已经在这个阴风四起的地方守了好几个时辰了，一点儿也不觉得这棺材里躺着的人能美到什么程度。

"美……美人？"

"薛太师说，这是道宗皇帝的文美人呀。"

侍卫茫然地往棺材上看了一眼，皇帝的女人不是什么人都能看见的，更别说是现任皇帝的奶奶辈的女人了："小人不知。"

楚楚凑近过去，仔细地看着那口陈旧却完好的棺材，紧紧地拧着眉头："这是杉木棺材，木头不赖，漆上得也好，不过上面光秃秃的，连点儿花纹都没有。这样的棺材在紫竹县县城卖五两银子，我家卖四两七，每年都能卖出去好几个，有钱人家的小妾最爱用这样的棺材，怎么皇帝的女人也用这样的棺材呀？"

侍卫听得脊梁骨后面一阵阵地冒凉气，他连三十岁都还不到，哪有闲情逸致去研究这种玩意儿？侍卫憋了半天才憋出一句没用的："还是娘娘家的实惠。"

楚楚抬起头来甜甜地一笑："那当然啦！你告诉我你叫什么名儿，你要是去买，我还能让我爹再给你算便宜点儿，你要是多买几个，我就让我爹再给你搭一个！"

"不用，不用，谢谢娘娘！"

"别客气！"

"不客气，不客气，"侍卫生怕她再热情洋溢地给他推荐起棺材来，王妃娘娘的好意他可是万万不敢拂的，何况还是安王爷家的王妃娘娘，于是赶紧把楚楚往后拦了拦，"娘娘稍候，小的这就开棺。"

"还不行！"

楚楚拦住侍卫，跑去把窗前案桌上摆着的香炉抱了过来，点了六炷香，递给侍卫三根。

"死者为大，要扰人家的清静，得先给人家道个歉，今天是薛太师的好日子，惹死人生气是要触大霉头的。"

侍卫头一回干开棺的差事，原本不是个信鬼神的人，听楚楚这么严肃认真地一说，不拜都不行了。反正是道宗皇帝的女人，拜着也不冤。

正儿八经地敬了香，楚楚又拉着侍卫仔细地熏了皂角、苍术，这才让侍卫撬开了棺材盖。

棺材盖一掀，一股刺鼻的霉腐味一下子涌了出来，侍卫拧紧了眉头，楚楚却像是什么味儿都没闻见似的，急切地往棺材里面看了一眼，展开一个像是突然看到万亩花林一般激动的笑容："太好啦！这棺材保存得太好啦！"

侍卫忍不住往棺材里看了看，只看见一层铺得平平整整的缎面被子，缎面已经腐烂得不辨原色，全是一片片被尸水浸染出来的棕黄色，配合着令人作呕的气味，侍卫连昨儿晚上的饭都没来得及吃，空荡荡的胃里顿时一阵翻涌。

侍卫不着痕迹地后退了一步："娘娘请。"

楚楚犹豫了一下，抿了抿嘴："侍卫大哥，你能不能帮忙把这被子揭下来呀？王爷怕脏，我一会儿还得去找他呢。"

"……是。"

侍卫刚咬牙凑到棺材边，把手伸下去捏住被子的一头，正想着速战速决，就听楚楚认认真真地提醒道："慢点儿揭，可别伤着尸体啦。"

侍卫全身一僵："……是。"

侍卫几乎拿出了帮自家娘子宽衣解带的温柔劲儿，小心翼翼地连揭了三床被尸水浸透的破被子，才露出零星的陪葬器物和一具仍被丝绸从头裹到脚的腐尸。

楚楚一直站在棺材边上目不转睛地盯着里面的情况，乍看到那些陪葬器物，顿时一脸的好奇："侍卫大哥，我能看看这些陪葬的宝贝吗？"

下葬的主儿的身子都要被她看干净了，陪葬的玩意儿还有什么不能看的？

侍卫轻手轻脚地取出所有的陪葬器物，搁在楚楚捧来的大托盘里。

两支玉钗、两支金钗、两枚金戒指，还有零星的几件瓷器、玉器、银器，做工一件比一件精美，一看就不是寻常百姓家的东西。

"娘娘，"侍卫双手沾满了腐尸的气味，还守着一具被裹得严严实实的陈年尸体，他可没有欣赏那些在薛府里随处可见的琐碎物件的心，"这一层揭吗？"

楚楚全神贯注地看着一件银烛台，头都不抬一下："揭！"

"……是。"

侍卫扭头深呼吸了几下，屏着一口气转过头来，一鼓作气把裹尸的丝绸和衣物剥解下来，被尸水和霉腐之气沤成棕黄色的丝绸和衣服紧紧黏在还残存着些许腐皮烂肉的尸骨上，侍卫几乎使出了所有的内力才压制住呕吐出来的欲望，刚一剥完上表面，就迅速背过身去，大口地喘息了几下。

他不是没见过恶心的尸体，只是从没亲手摸过。

楚楚刚凑上去就扒着棺材的边沿兴奋地叫着:"我还从没见过二十几年的尸体才刚烂到这个程度的呢,你看这块儿,还有这块儿,宫里的棺材还真是好!"

侍卫随口应付着:"是,是……"

"呀!这是什么东西呀?"

就是里面开出朵牡丹花来,侍卫都不想再多看一眼了。

"好像是什么首饰,大哥,你把它们拿出来吧。"

可惜他又不能对王爷家的宝贝娘娘说不……

"是……"

侍卫铁青着脸转过身来,楚楚赶忙往这副尸骨腐烂得只剩一汪黏稠的腹部位置指了指:"这儿,你看见了吧,好像有四个呢,金闪闪的!"

侍卫咬着牙闭着眼把手伸下去,迅速捞起那四个害人不浅的玩意儿,丢进楚楚手中的托盘里,转身拼命地吐起来,也不知道倚着墙根干呕了多长时间,才被楚楚走过来拍了拍肩膀。

"侍卫大哥,你没事儿吧?"

侍卫刚想抬起袖子抹抹嘴,胳膊抬到一半就被自己身上浓烈的尸臭味惹得胃里又一阵子翻涌,好容易忍下来,才虚飘飘地道:"没,没事……娘娘还有什么吩咐?"

"你把她抬到院子里去,用清水把她骨头上沾着的东西都冲洗干净,然后找块地挖个坑,拿席子把骨头抬下去用酒醋蒸蒸,蒸好了抬出来放到干净地里,喊我去看就行啦。"

侍卫瞠目结舌地看着一脸镇定的楚楚:"娘娘,这可是道宗皇帝的……"他实在没法对着这样一具尸体说出"美人"俩字儿。

"没事儿,"楚楚笑得很是亲切,"你刚才都给她烧过香磕过头啦,她不会怪你的。"

侍卫深深吸了一口气:"是……"

侍卫也不记得自己干了些什么,反正把蒸好的尸骨从坑里抬出来以后他就只管远远站到一边尽情地吐去了,直到楚楚笑盈盈地跑过来:"侍卫大哥,我都已经验好啦。"

侍卫劫后余生般舒出一口气,刚舒到一半就听楚楚脆生生地补了一句:"你再把她按原样裹起来抬上去,放回棺材里就行啦。"

楚楚验完回来的时候,萧瑾瑜还在慢慢地喝着那杯姜茶。楚楚还没靠近,萧瑾瑜就略带急切地问道:"验好了?"

"嗯!"楚楚四下看了看,"王爷,薛太师呢?"

"去见薛茗了,"萧瑾瑜放下杯子,牵过楚楚的手把她拉到身边,眉心轻轻皱着,"楚楚,可验出什么来?"

楚楚看着萧瑾瑜明显是有些着急的模样,眨了眨眼睛:"王爷,薛太师说,我验完这具尸体,你就会跟我说你为什么会娶我。"

萧瑾瑜一怔，沉默了须臾，扯起一抹浅浅的苦笑看向那个满眼期待的人："楚楚，薛太师可告诉过你，你验的是什么人？"

"道宗皇帝的文美人，薛太师说她是二十五年前突然病死的。"

萧瑾瑜淡淡地点头："对，她是道宗皇帝册封的文美人，宫里的记录上她是至道二十六年暴病身亡的。我很小的时候宫里有过传言，说她才是我的生母，十娘说是有些人妒忌我嫡出的身份，胡说八道的，但也没什么凭据。后来不知怎么就再没人这样说了。"

楚楚一惊，眼睛、嘴巴一块儿张大了。

"我从宫里搬出去之前暗中查过，文美人的病案记录曾被更改过，明明是五年间的记录，墨迹却明显是一气呵成的，那时候当年的太医早已过世了。"

楚楚抚上萧瑾瑜发凉的手背："你既然怀疑她的死因，怎么一直都没给她验尸呀？"

萧瑾瑜浅浅含笑，笑得有点儿发苦，伸手抚上楚楚满是关切的脸颊："开棺不是件小事，何况宫里的事一向很复杂，等我下定了决心，想奏请开棺验尸的时候，我已经不能再碰尸体了。"

楚楚皱了皱眉头，她比谁都清楚，开棺验尸是件仵作行里最费力不讨好的事儿，冒犯死人、得罪活人不说，最让人头疼的是，埋得太久的尸体，打开棺材也就只剩下一副白骨了，想在陈年白骨上查出点儿什么东西来，那可比在一袋子大米里面拣出一粒芝麻还难。何况一旦查不出个所以然来，验尸的人免不了要挨一顿责罚，还要一辈子被人戳脊梁骨。所以楚家这三辈仵作，也就只有楚爷爷年轻那会儿遇到过两回开棺验尸的事儿。他一个王爷，想验自己父皇的女人，还是个有可能是他生母的女人，楚楚当然明白这里面得有多少顾虑。

萧瑾瑜静静看着楚楚，看着她和两年前一样水灵灵的眼睛："楚楚，还记不记得你是怎么遇上我的？"

第四章

楚楚一愣,不知道萧瑾瑜怎么突然问起这个,可还是干脆地答道:"当然记得啦,你是皇上赏给我的嘛!"

萧瑾瑜一噎:"不是……"

楚楚杏眼一瞪:"就是!"

"是,是,"萧瑾瑜哭笑不得,"不过我不是问这个,我是问你,记不记得第一回见我是为什么?"

楚楚想了想,说道:"在刑部门口,我以为你是皇上,给你磕头来着。"

萧瑾瑜默默叹气,摸了摸那颗不知道在想些什么的脑袋:"你来刑部是为什么?"

"考试呀,考仵作,我都考上了,你还不肯要我呢!"

萧瑾瑜头一回发现自己的循循善诱还能失败到这个地步。

萧瑾瑜好气又好笑地看着眼前气鼓鼓的人,难得地选择放弃了:"楚楚,你还记得,当时是景翊让你去刑部考试的吧?"

这么一说,楚楚更来气了:"就是景大哥骗我说那是六扇门的考试,我才去考的!"

"你可知道他为什么要骗你?"

楚楚嘟起小嘴:"不知道,反正你们当大官儿的都爱骗人。"

萧瑾瑜哭笑不得:"他不是骗你,他是在帮我办事,要找一个身家清白、背景简单、胆大心细的仵作。他在街上遇见你,就想借刑部的考试看看你的本事,也为让我见见你。"

楚楚眨眨眼睛:"那你就看上我啦?"

萧瑾瑜一窘:"算是。"

楚楚总算是转过了弯儿来:"就是为了让我帮你验文美人的尸体吧?"

萧瑾瑜轻轻点头,下了这个决心,找到了合适的人,他却舍不得让这个人陪着自己涉险了。擅改宫中医案是欺君之罪，办事之人要是没有个像样的靠山，很难有胆子做出这样的事，每每想到宫里云谲波诡的一切，萧瑾瑜就不愿带着她一块儿往火坑里跳了。

这事儿他从没跟楚楚说起过，生怕她一气起来就一走了之，萧瑾瑜紧抓着楚楚的手，小心地看着她脸上的神色，可偏偏就是一点儿愠色都没看见，这人还笑得美滋滋的，不禁问道："楚楚，你不生气？"

"你喜欢我验尸的手艺也是喜欢我，就跟我喜欢你会查案子一样，对吧？"楚楚问道。

萧瑾瑜一怔，轻笑："对，谢谢你。"

"这可是我头一回开棺验尸，我要是验得对，你再谢我吧！"楚楚不知道他是怎么把一件这么重要的事憋在心里这么多年的，看着他目光里藏不住的急切，楚楚一时心疼得很，恨不得一口气把刚才验出来的结果全告诉他，"从尸体的盆骨上看，死者死前刚刚生过孩子，应该是刚生完孩子没多久就死了。"

萧瑾瑜面不改色，轻轻点头，楚楚却清晰地感觉到萧瑾瑜的手微颤了一下，不由得把另一只没被他攥住的手覆上他冰冷的手背。

"死者骨头颜色正常，陪葬的银器也没有被砒霜一类的毒物浸泡的迹象，尸骨上没有明显的伤痕，经过醋蒸之后在明油伞下面看，也没看出骨头上有什么伤。"

萧瑾瑜勉强地牵了牵嘴角："不要紧，这么多年了，验不出什么也是正常。"

楚楚笑着抚上萧瑾瑜强作笑意的嘴角："王爷，你别急着泄气，我都验出来啦。"

萧瑾瑜一怔："验出什么了？"

楚楚认真地看着萧瑾瑜，眼睛亮闪闪的："王爷，像文美人这样身份的人，死后下葬会陪葬多少东西呀？"

萧瑾瑜眉心微蹙，不知道她怎么突然问起这个，还是轻轻摇头："不一定，但金器、银器、玉器，各不得超过五件。"

"那这些东西都是放在裹尸布外面的吗？"

萧瑾瑜点点头："除了些穿戴在身上的饰物，其余陪葬品都应在裹尸布之外。"

楚楚笑起来："那就对啦！"

"什么对了？"

"文美人的死因，"楚楚一字一句地道，"她是吞金死的。"

萧瑾瑜一愕："为什么？"

"搁在她的裹尸布外面的金器有两支金钗和两枚金戒指，可又在她的裹尸布里面发现了四枚金戒指，就在她肚子的位置上，这不就是被她吞进去的吗？"

萧瑾瑜轻轻拧着眉头，吞金这种死法在宫里不是稀罕事，因为吞金之后精神恍惚、不思饮食、口吐黄水，与患胃病的反应极为相似，死相很是自然，单看尸体很难惹人怀疑，这在事事都需大事化小、小事化了的宫里绝对是个备受青睐的死法。

可要处死一个刚刚诞下皇家骨肉的女人，还把这女人诞下的皇家骨肉隐瞒得一干二净，绝非寻常宫里人能办得到的。

"王爷，"楚楚扯了扯萧瑾瑜的胳膊，把他从思绪中拉了回来，"你要是想知道她是不是你娘，滴血认亲不就行啦？"

萧瑾瑜还没开口，忽然听到门外传来两声干咳，薛汝成推门进来，一边伸出手来在炭盆边暖着，一边不疾不徐地叹道："要早知王爷开棺验尸是想查生母之事，老夫就不到皇上面前费那番口舌了。王爷既对自己的身世有疑，何不直接来问老夫？"薛汝成抬头看了眼愣住的楚楚，"应该会比滴血认亲准那么一点儿。"

萧瑾瑜向来平静的脸上铺满了楚楚从未见过的强烈的错愕，楚楚紧挨在他身边，甚至能看到他血色淡薄的嘴唇在微微发颤："先生……"

薛汝成像是嫌炭火不够暖，又把手凑到嘴边哈了两口气，手心手背地揉搓了几下，才缓缓地道："文美人死前确实诞下一子，跟王爷是同一天生辰，时辰也差不了多少，不过不是王爷。"

楚楚心里倏地一松，笑着抚上萧瑾瑜发僵的手背："王爷，现在你能放心啦！"

萧瑾瑜望着镇定如故的薛汝成，努力地想让自己的声音保持平静，可他自己都能听出来这会儿的声音一点儿也不稳当："既是如此，她为何会吞金而死？又为何会有人更改她的病案记录？还有那名皇子……"

薛汝成轻轻一叹，顺手拂了拂袖上的薄尘，像在讲授文章一样严肃认真又平静自如地道："因为文美人生的不是皇子，是皇孙。"

楚楚一时没转过弯儿来，愣愣地看着薛汝成："哪有不生儿子就能先生孙子的呀？"

薛汝成像看亲孙女一样满眼慈祥地看向楚楚，就差走过去摸摸她的脑袋了："当然能啊，道宗皇后早就把儿子生好了。"

楚楚这才回过神来，惊得下巴差点儿掉到地上，楚楚看向萧瑾瑜，在萧瑾瑜的一脸愕然上看得出来，这种事儿就算在皇帝家也不是司空见惯的，顿时觉得安心了点儿。

萧瑾瑜一点儿也不觉得安心，心里反而揪得更紧了。他的兄长在刚当上太子的时候就与他父皇的后妃乱伦生子，这事既然能被他的母后知道，还不声不响地处理得如此干净，宫里宫外奉命办差的人必定不在少数。此事若是走漏出半点儿风声，被有心之人利用，抓出三五个所谓的人证，借此事大做文章，把他那羽翼尚不丰满的侄子扯下皇位也不是没有可能的。

"先生，"萧瑾瑜低头拱手，"怨瑾瑜一时糊涂，轻信流言，兹事体大，还请先生为社稷安定继续守此秘密。"

薛汝成气定神闲地摆了摆手："老夫既然已经憋了二十五年了，就无所谓再憋个二十五年。只是老夫得把这事儿一口气儿说完，省得王爷回头想起来又四处乱查，白费力气还害得娘娘成天提心吊胆的。"

萧瑾瑜像是写文章写跑题被薛汝成训了一样，脸上一阵发烫："是。"

楚楚吐了吐舌头："这还不算完啊？"

"当然没完。"薛汝成捧了杯茶，慢慢地踱到西墙底下的檀木屏风前，一边细细品赏着屏风上的纹饰，一边很是享受地抿了一口热茶，俨然一副我慢慢说你慢慢听的架势，"听说王爷近来把三法司、兵部和吏部里所有有关宁郡王萧恒与前太师云易的卷宗文书都调走查阅了？"

薛汝成一下子把话岔到了十万八千里外，萧瑾瑜愣了一愣，这才道："是。"

"王爷一向对此类证据确凿又无甚悬念可言的陈年旧案兴致索然，突然对此案有了兴趣，可是有人来求王爷翻案？"

楚楚像看见菩萨显灵一样，既敬又畏地看着薛汝成的背影，他连这个都能猜出来，可真不愧是王爷的先生。

萧瑾瑜也毫不隐瞒："是。"

薛汝成的目光挪到屏风旁边的一幅山水画上，用早年教萧瑾瑜看卷宗那样既严肃又有耐心的口吻问道："王爷可有什么疑问？"

"有，"萧瑾瑜当真像是学生请教先生的模样，毕恭毕敬地问道，"先生当年任职刑部，参审此案，可否记得当日云易得知自家房中搜出贪污账簿，作何反应？"

薛汝成缓缓地答道："常人的反应，先惊慌，再狡辩，最后认罪服法。"

"同为作奸犯科之人，为何当日宁郡王看到北秦送来的通敌铁证方肯认罪服法？"

"也是常人的反应，是活物就都有求生之欲，云易是文人，寄望归服律法以得宽宥，萧恒是武将，生死关头只信自己，顽抗到死也属本能。本质来说，这二人的反应都是一回事，跟在猫爪子底下吱吱乱叫的耗子没什么差别。"

"敢问先生，"萧瑾瑜声音微沉，"当日云易与萧恒皆被满门抄斩，但两家皆有漏网之鱼，如今时发现两家遗孤，当作何处置？"

薛汝成看着眼前的画好一阵没出声，楚楚的心都悬到嗓子眼了。她跟那个神出鬼没的六王爷不熟，但明白一点，六王爷既然明知道他娘子是逃犯，还愿意娶她，又来找萧瑾瑜帮她家翻案，肯定是喜欢她喜欢到骨子里去了，萧瑾瑜要是抓了他的娘子，他肯定要恨死萧瑾瑜了。虽然楚楚不了解六王爷是个什么样脾气的人，但多一个财大气粗的仇人对萧瑾瑜来说肯定不是什么好事儿。

薛汝成再开口时已经转身过来，静静看着萧瑾瑜道："此案为道宗皇帝亲判，王爷以为，当如何处置？"

萧瑾瑜眼睫微垂，眉心蹙起几道清浅的纹路，沉声道："按律……当凌迟。"

一股凉风带着阴湿的寒气从微启的窗子里钻了进来，撞在萧瑾瑜单薄的身子上，把他全身各个骨节中虫咬蚁噬般的痛楚又加深了一分，萧瑾瑜的身子不由自主地轻颤了一下，连咳了几声，脸色又白了一层。

薛汝成移步过去关紧了窗子，顺手往炭盆里添了些炭火，转头又看起另一面墙上的一幅书法来。楚楚看着满屋的字画突然想起些什么，赶忙握住萧瑾瑜凉透了的手提醒道："王爷，你不是说，他们可能是被人冤枉的吗？"

薛汝成皱着眉头转过身来："可能是被人冤枉的？"

萧瑾瑜勉强立直脊背："瑾瑜斗胆猜测，当年于云易房中搜出的贪污账簿所记录的赃款并非云易所贪，北秦送来的通敌书信也并非萧恒亲笔所书。"

薛汝成的声音里既没有疑惑也没有惊讶，只像是一句寻常的课业提问："王爷因何生此怀疑？"

"在云易府中搜出的账簿查为云易府中的总账房所记，与他为云易所做的其他账目一样字迹清楚、条理清晰，唯一一点，其他账目经核对皆分文不差，唯此账目上有三十二万四千五百六十两银子去向不明，就连云易在主动招供的时候自己都说不出来。据查，云易向来是个在钱的事情上锱铢必较的人，即便是赃款，出现这样的缺口也属反常。何况云易官居高位，若想拖延时间从中周旋，也并非全无转机，何必急着认罪？"

薛汝成捋着胡须轻轻点头。

"至于宁郡王萧恒，此人被捕入狱后受刑讯半年之久，上堂数次，见过数名人证仍不肯招供，一见北秦送来的书信却立即供认不讳，看似理所当然，细想之下仍是不合情理。"

"王爷既有如此怀疑，"薛汝成又负手走到另一幅画前，凑得近近的，好像萧瑾瑜的话还没有画上的那只大白猫有意思，"可有什么猜测？"

萧瑾瑜轻轻摇头："还没有。"

"娘娘呢？"

楚楚的一颗心还在为那个她连名字都不知道的六王妃揪着，突然被薛汝成这么一问，吓了一跳："我……我在这儿呢！"

薛汝成顶着微黑的脑门转过头来看了楚楚一眼："老夫是想问，娘娘觉得，这两个当大官的人，一个赶着投胎似的急着认罪，一个开始抵死不认，后来突然招认，会是因为什么呢？"

楚楚一愣，赶忙摇头："我是当仵作的，这些事不归我管，我不能乱猜！"

"不要紧，"薛汝成把目光重新投到刚才的画作上，不急不慢地道，"就随便猜猜，猜错了也不要紧，老夫知道正确答案。"

楚楚差点儿要对这个把自己裹得像根红香肠一样的怪老头翻白眼了："你都知道了，还让我猜什么呀！"

"因为老夫相信娘娘猜得到。"薛汝成负手转过身来，和蔼可亲地看着气鼓鼓的楚楚，"今儿是老夫的好日子，娘娘赏个脸吧？"

楚楚努了努嘴，看向萧瑾瑜，见萧瑾瑜也点了点头，这才不情愿地道："那我可就随便猜了？"

"娘娘请。"

楚楚把薛汝成和萧瑾瑜说的话全搁在脑子里转悠了几圈，也没转悠出个什么所以然，不禁低头嘟囔道："这世上哪还有比自己的命更要紧的事儿啊？"一低头正对上萧瑾瑜满目的温柔平静，又补上了一句："除了最喜欢的人的命。"

楚楚还在看着萧瑾瑜清俊的轮廓失神，萧瑾瑜已然有了豁然开朗的神色，薛汝成更是捋着胡子点了点头，毫不吝啬地夸了楚楚一句："娘娘英明。"

楚楚被夸得一愣，刚才的话都是顺口说出来的，哪还记得说过什么："我……我为什么英明啊？"

薛汝成看向萧瑾瑜，萧瑾瑜眉心微紧："有人以至亲之人的性命要挟他们？"

薛汝成眉梢微挑："王爷与娘娘若不能生同衾死同穴，月老肯定得遭雷劈。"

楚楚对这句话受用得很，萧瑾瑜可一点儿开玩笑的心都没有了，错愕地看向镇定如故的薛汝成："先生，你早知这是宗冤案？"

"老夫当年就在刑部供职，想不知道也难啊。"薛汝成沉沉一叹，声音里仍听不出丝毫波澜，"云易那个人虽爱财，但胆小谨慎，向来独善其身，身居高位却没几个要好的同僚，唯与宁郡王萧恒相交甚笃，一文一武正好碍了左仆射秦栾的事。秦栾曾执掌刑狱多年，动起手来干净利落，证据备足之后就让人抓了云易身怀有孕的夫人，云易一介书生，唯一能舍命帮他的萧恒还远在凉州，他就只得就范了。"

"宁郡王萧恒，"薛汝成皱了皱眉头，"三万多官兵不是他杀的，是秦栾的人干的，他那晚被下了药，什么都不知道。不过萧恒到底是皇室宗亲，他家夫人又是道宗皇后的表亲，被捕的时候已怀了八个月的身孕，太过招眼，秦栾也就没打他家夫人的主意，得道宗皇后暗中关照，那孩子倒是在牢里生出来了。"薛汝成静静地看向萧瑾瑜一动也不能动的双腿："只是萧恒的夫人受尽酷刑，孩子早产，接生也仓促，萧恒的夫人大出血死在牢里，那孩子先天不足，腿是废的。"

薛汝成看着一瞬间脸色煞白的萧瑾瑜，从神情到声音仍平静安稳得像是在诵念佛经一样："刚巧道宗皇后与文美人也都在那夜临盆，道宗皇后就安排将文美人之子与萧恒之子调了包，又将调换至文美人之处的萧恒之子夺入自己名下，以吞金之法处死文美人，对外宣称当夜一胎诞下两子，便是六王爷与王爷您了。只是文美人之子与萧恒之子调包一事是由朝中官员做的，从文美人处夺萧恒之子是宫里人做的，所以宫中才会传起王爷乃文美人所出的流言。"

萧瑾瑜紧抿着嘴唇不出声，面容平静却一片惨白，整个身子都在微微发抖，楚楚紧抓着他僵硬得像冰块一样的手，担心远远大于害怕。

薛汝成只停顿了一呼一吸的工夫，又缓缓地道："为保秘密，文美人之子与萧恒的夫人一起埋了，萧恒与夫人分关在两个牢房里，只知夫人死讯，不知孩子尚在人间。秦栾与北秦谈好价码，伪造好书信，才把孩子的事告诉萧恒，还对道宗皇后动之以情，骗得道宗皇后让萧恒在牢里见了孩子一面,萧恒这才答应一见书信便认罪服法,以保幼子不受牢狱之苦。"

薛汝成向萧瑾瑜踱近了两步,沉沉地补了一句:"王爷仍认为,两家遗孤当按律受凌迟之刑?"

楚楚慌得一步上前,张手拦在萧瑾瑜和薛汝成之间:"不行!"

"楚楚,"萧瑾瑜伸出仍有些发僵发冷的手,扶上楚楚的胳膊,温和地把她拉回身边,深深地看向薛汝成,"先生若有意让我受刑,就不会在此时此处对我说这些了。"

薛汝成徐徐转身,面向墙上的一幅书法:"王爷十五岁离宫,掌三法司大权至今,举国上下眼瞅着越来越太平,王爷功不可没。"

楚楚听得连连点头。

"这些陈谷子烂芝麻的事老夫本没想让王爷知道,今天跟王爷说清楚,一来是因为王爷碰了这宗案子,凭王爷的本事和脾气,查清楚是迟早的事儿,倒不如老夫一口气全告诉王爷,免得王爷耗时耗力。二来是因为私心,想私下里跟王爷商量件事。"

萧瑾瑜清冷的声音里带着隐约可闻的细微颤抖,但听起来依然毕恭毕敬:"先生请讲。"

薛汝成伸出手来,小心翼翼地抚上面前的那幅书法:"此案乃道宗皇帝亲判,又年数已久,主谋秦栾与其他知悉此事之人皆已不在人世,也都没留下可靠物证,如今若想推翻此案,就只能由老夫出面为证了。"

楚楚一喜,在京城的这两年她多少也听说了些官场的事,薛汝成为官既不结党也不树敌,他说的话几乎没人不信服,有这样官位高、声望好的人上堂作证,谁能不信呀?喜色刚浮上眉梢,楚楚就听到薛汝成缓缓地添道:"不过老夫尚有一样顾虑。当年老夫也是为秦栾办事的人,形势所逼,曾助纣为虐。如今上了年纪,只想求个安稳日子,王爷若肯法外开恩,准老夫归隐田园,老夫一定全力助王爷翻案。"

楚楚心里"咯噔"一下。薛汝成这话说得有些绕弯弯,可最要紧的意思她还是听懂了,早年害死王爷爹娘的事儿他也有份儿,这会儿想拿上堂作证的事儿跟王爷讲条件,让王爷不判他的罪。可萧瑾瑜在公堂上是个什么样的性子,楚楚在遇上萧瑾瑜之前就知道得一清二楚了,董先生给他取的那个"玉面判官"的名号可不是信口胡诌的。

这案子要是翻不了,萧瑾瑜就是罪臣遗孤,如果传出去让人知道,就要按照道宗皇帝判的罪受凌迟之刑了,这是连皇上都拦不了的事儿。一想到他本就饱受病痛折磨的身子要被绑到木架上,一连片上几百刀,楚楚就什么都顾不得了:"王爷,你就答应吧。"

萧瑾瑜在楚楚的手背上温柔地轻抚,牵起一抹淡淡的苦笑看向焦急万分的楚楚,轻如雨丝一般说了一声:"好。"

抬眼看向薛汝成,萧瑾瑜无声浅叹:"请先生详述亲身参与之事,我在卷宗之中尽力规避便是。"

薛汝成这才转过身来，对萧瑾瑜浅浅一揖："老夫多谢王爷。"薛汝成苦笑着摇头："老夫当年入京日子尚短，秦栾是老夫会试的主考，老夫算是他的门生，但老夫那会儿年轻气盛，经常有一出没一出的，他对老夫也非完全信任。老夫在此案中亲身参与的有两件事，若在秦栾眼中，老夫这两件事都算是办砸了。一件事是到云易府中查抄秦栾派人填进库房的赃款，一件事是把萧恒幼子抱进天牢与萧恒相见。第一件事里，老夫私自挪出三十二万四千五百六十两银子，暗中分送给被活埋的三万两千四百五十六名官兵的家人，每户十两。"

薛汝成看向萧瑾瑜白衣下分外单薄的身子，声音沉了沉："第二件事里，老夫负责把萧恒幼子悄悄抱进牢里与他相见，萧恒错把老夫当成道宗皇后的亲信，对老夫说了些托付的话，老夫一时不忍，就应下了。后道宗皇帝驾崩，道宗皇后因换子之事自觉有欺君之罪，决意殉葬，秦栾锋芒太露，道宗皇帝不放心，临终前交代了仁宗皇帝，一登基就着手削弱秦栾势力。老夫与秦栾本也没多少联系，又帮了仁宗皇帝一把，得了仁宗皇帝的信任，仁宗皇帝在王爷三岁时与老夫商量给王爷请先生一事，老夫便自荐做了王爷的先生，以兑现在牢中答应萧恒之事。"

楚楚听着听着就长长地舒了一口气，展开一个甜如丹桂的笑容，她还以为薛汝成帮着那个贼头子干了些什么杀人放火的事儿，这么听着，薛汝成干的好事可要比坏事多得多。就算萧瑾瑜按律办事，薛汝成也是功过相抵，没什么罪过了，亏得薛汝成说得那么曲里拐弯的，害她着实提心吊胆了一阵子："薛太师，你这算是知错就改，将功补过，还是好人！"

"谢娘娘，"薛汝成浅浅一叹，"老夫为官二十余载，受尽皇恩，这事在老夫心里一直是个疙瘩，今天得王爷、娘娘宽宥，老夫才能安安心心地办这场喜事。"

薛汝成话音刚落，楚楚正想跟他说点儿恭喜的话，萧瑾瑜突然咳嗽起来，咳了好一阵子，好像连坐直身子的力气都没有了，轻轻地挨在楚楚身上，吃力地喘息着。

楚楚担心地抚着萧瑾瑜喘得起起伏伏的脊背："王爷，你没事吧？"

薛汝成轻轻蹙着眉头，移步过来，伸手搭住萧瑾瑜的左腕，还没摸到脉象，突然被萧瑾瑜抓住了手，一愣之间，只见这个刚刚还半死不活的人利落地从袖里抽出一把匕首，狠狠地割在好心为其摸脉之人的右手手腕上。

楚楚一时间也被萧瑾瑜的举动吓呆了，但仵作当得久了，还是在一眼之间本能地判断出来，萧瑾瑜几乎使出了所有的力气迅速割下这一刀，这一刀割得极深，一刀下去不仅割断了薛汝成右手的血脉，也割断了他手上的筋脉。

薛汝成急忙用左手扣紧右臂，压制住从伤口中喷涌而出的鲜血，挣开萧瑾瑜的手，连退了几步，满脸不可思议地看着仍把匕首紧握在手中的萧瑾瑜。他是看着萧瑾瑜长大的，他确信这是萧瑾瑜第一次亲手拿着利刃伤人，第一次伤人，便是要废他的一只手。

萧瑾瑜白如梨花的衣衫被薛汝成手腕里喷出的血染红了一片，几滴血沾在他苍白的脖颈上，格外刺眼。楚楚从没见过这样的萧瑾瑜，手握沾血的匕首，满目阴寒，嘴角勾着一抹笑，却毫无笑意，只有杀意。

她比薛汝成还不明白，这个向来温柔的人怎么就突然对自己最敬重的先生下这样的狠手。楚楚吓得声音都变了，紧抓着萧瑾瑜的胳膊："王爷，你……你这是干什么呀？"

萧瑾瑜紧盯着薛汝成没出声，倒是从高高的房梁上飘下一个幽幽的声音解答了楚楚和薛汝成两个人共同的疑惑。

"报仇呗。"

萧瑾瑜显然也没料到这屋子里还有第四个人的存在，眉头皱了皱，阴冷的目光却始终落在薛汝成的身上。

楚楚急忙仰头去找那个总会像一片雪花一样从房梁上不声不响飘下来的身影，但房梁太高、屋里太暗，从地面往上看只能看到一片昏暗。

"景大哥！"

不管楚楚的喊声有多急，房梁上的人还是回得气定神闲："娘娘别担心，王爷只是想废他一只手而已，薛太师学识广博，志向远大，是决不会逞一时之气松开左手，害自己失血身亡的。也就是说，娘娘放心，薛太师这会儿腾不出手来伤害王爷。"

薛汝成紧扣着右臂，血还是从伤口处缓缓地往外淌，沾湿了他猩红色的礼服，却丝毫不显得突兀。薛汝成嘴唇隐隐发白，身子因为疼痛而微微发颤，仍然难以置信地看着向来谦和恭顺的学生："王爷……"

萧瑾瑜冷然盯着薛汝成，却淡淡地对房梁上的人道："有事？"

"没事儿我来这儿干吗？薛太师又没给我发请柬。"房梁上的人打了个悠长的哈欠，换了个舒服点儿的姿势，惹得陈旧的房梁发出"吱嘎"的一声抱怨，他继续说道，"我刚从天牢回来，宁郡王萧恒生前关押的那间牢房被清洗得一干二净，甭说什么痕迹了，连一丝蜘蛛网都没有，比这房梁上可干净多了。司狱官说是两年前薛太师住在里面的时候闲着没事儿打扫干净的。我到王府的时候赵管家说你和娘娘来给薛太师送贺礼了，我就不请自来了。"

楚楚愣了愣，看着脸色灰白、好像随时会栽倒下去的薛汝成："薛太师，你打扫牢房干什么啊？"

萧瑾瑜冷冷一笑，丝毫没放松手里那把沾血的匕首："他心虚，两年前贡院出事的时候，那本参我两度私放赫连苏乌与都离的折子，是你瞒着兵部尚书以兵部的名义写的，只为确保皇上会将我投入天牢。后买通谭章将我关进那间牢房，再以为我担罪的名义说服皇上放我出来，把自己关入那间牢房，借机清理宁郡王萧恒生前可能在牢中留下的一切证据，对吧？"

薛汝成紧挨着一面墙站着，皱着眉头，没出声、没点头也没摇头。楚楚心里凉了一下："王爷，他……他都帮仁宗皇帝把秦栾抓了，干吗还要帮他清理证据啊？"

"不是帮秦栾清理证据，是帮他自己。"萧瑾瑜终于把冷厉如刀的目光从薛汝成身上挪开，移到薛汝成身边的那幅书法上，"先生，你在云易与萧恒案中还做了一件没办砸的事，那些以萧恒的笔迹、文法伪造的通敌书信，正是出于先生之手。设计栽赃萧玦，又在萧玦入狱后派人对其严加看管，使其无法与外界接触，利用他的笔迹与赫连图罗通信，还有伪造皇上的笔迹对御林军下令在凉州军营监视我一举一动的信件，皆为先生的手笔，没错吧？"

楚楚错愕之间看向薛汝成还在往外淌血的右手手腕，突然明白萧瑾瑜为什么偏偏要割在他右手手腕上了。

薛汝成眉心紧蹙，半晌没出声，房梁上的人已经等不及了："我证明，没错，薛太师身边那幅字……对对对，就是那幅正常人一个字都看不懂的，看起来跟我家老爷子写的字一模一样，连落款压印都是一样的，连那几朵小花也给画上了，真是难为薛太师了。"

房梁上的人憋着笑道："不过薛太师你想得忒多忒仔细了，我家老爷子近几年的书画上确实老有这种小花，有时候一个有时候俩，还有三个、四个的时候，位置还不确定。不过那是因为我儿子从外面捡回来的那只野猫不老实，他一写字画画那猫就往书桌上蹿，最爱干的事儿就是把爪子踩进砚台里然后往他的纸面上印。老爷子反应不如猫快，纸面上印猫爪是常事，谁让他自己娇惯我儿子，连他捡回来的野猫都不舍得揍，又死要面子，非得把那爪子印描得跟画上的似的，还对外人说是他新创的什么'梅花记'。我有回在老爷子那桌子上给王爷写东西，也被这猫印了两爪子，所以王爷早就知道这事儿了。"

房梁上的人终于忍不住飘了下来，带着一张忍笑忍得快抽过去的脸，指着分布在那幅书法周边空白处的三朵小梅花，看着薛汝成又黑又白的脸道："薛太师，你自己瞅瞅，这猫要是想印出你画的这种效果，得一边内八一边扭腰一边劈叉，还得有一条腿翘着，那猫招你惹你了啊，你这么折腾人家。"

楚楚看着纸面上的梅花印，在心里默默比画了一下，那只想象出来的猫果然在劈叉之前就摔得四仰八叉的了。

萧瑾瑜带着一丝自嘲无声冷笑："若非方才留意到这三朵梅花，当真要被先生的一席话打动了，也怪我仍未能践行先生教诲，因一己私心一直把先生排除在此案之外，但凡想到当年在宫中是先生日日为我与萧玦批阅功课，也该想到有条件把萧玦的字迹、语气仿得足以乱真的人就只有先生了。"

薛汝成静了半晌，才淡然地看着萧瑾瑜摇头轻叹，仍然不急不慢地道："王爷别忘了，今天是老夫大喜的日子，茗儿也回来了。"

景翊皱了皱眉头，一时没反应过来薛汝成这话是什么意思，伸手拍了拍薛汝成的肩膀："王爷，我虽然没武功，不过这人现在只能动口不能动手，你要是想拿他，我还是能拿得回去的，我朝律法里好像没有不准抓新郎官这一条吧？"

萧瑾瑜静静盯着面无波澜的薛汝成，缓缓摇头："十娘和薛茗，想必两人已在他掌握之中了,十娘在先生府中住了一年有余,先生选此吉日成婚,目的并不在娶妻吧?"

薛汝成低头沉沉地咳了两声:"知老夫者,王爷。老夫娶不娶十娘不要紧,要紧的是有个说得过去的事由请王爷、娘娘来寒舍坐坐,叙叙旧。"

薛汝成慢慢站直挨在墙上的身子,除了因忍痛蹙起的眉心,脸上不见丝毫波澜:"老夫请祁公公去提醒过王爷,与其管那些早就再世为人的人,不如对身边半死不活的人上点儿心,可惜王爷听不进去。"

薛汝成轻轻一叹:"王爷若不想让十娘和祁公公的妹妹受罪,就在其他宾客进门之前离开,回王府好好跟娘娘商量商量。王爷也不必劳动景大人来寒舍找人,寒舍虽小,藏起个把人来的信心老夫还是有的。终日洒扫庭除的日子老夫也过厌了,还望王爷成全。"

薛汝成低头看了眼血淋淋的袖口,皱了皱眉头:"这一刀,老夫也好好想想。"

薛汝成说罢便缓缓向门口走去,萧瑾瑜只默然看着,薛汝成走到门边,转头看了眼抱手站在原处的景翊,带着一抹似有若无的笑意客客气气地道:"景大人,劳烦帮老夫开个门。"

景翊向楚楚和萧瑾瑜看了一眼,又瞥了一眼那扇紧闭的木门:"等着,我先把王爷和娘娘送下去。"

"景大人请,吉时还早,老夫不急。"

景翊从窗口把楚楚和萧瑾瑜送下去,一直送到停在后门的安王府的马车上,但没有回去给薛汝成开门,而是拉起缰绳打马就走。

方才的一场对峙像是耗尽了萧瑾瑜所有的体力,萧瑾瑜躺在榻上虚握着楚楚的手,闭着眼睛紧蹙眉头,连呼吸都有些费力了。

坐在熟悉的马车里,刚才在薛府的一切都像是凭空钻进脑子里的一场噩梦一样,楚楚一时还没全弄明白。她也没心思弄明白那些跟她没有多大关系的事,她只关心躺在榻上的这个人,这会儿心里所有的害怕与愤怒全是因为薛汝成施加在这个人身上的威胁与痛苦。

楚楚甚至在后悔,后悔自己刚才怎么就没夺下萧瑾瑜手里的匕首,再往薛汝成身上扎上几刀。

"楚楚,别怕。"

萧瑾瑜呕血昏迷之前就给楚楚留了这么一句话,再挣扎着醒过来的时候,人已经在一心园的卧房里,天已经是半夜了。

守在床边的楚楚一看萧瑾瑜睁开眼睛,赶忙摸上他的脸,帮他找到自己的所在,脸上满是焦急和欣喜,声音却极尽轻柔,好像生怕吓着这个刚醒来的人似的。

萧瑾瑜张了张嘴,勉力说出来的一个字只像是一声沙哑的呻吟,楚楚却会意地端起一碗水,拿勺子一点一点地喂进他的嘴里,直到萧瑾瑜微微摇头,才把碗搁下,仔细地给他掖紧被子。

看着萧瑾瑜目不转睛地望着她，楚楚知道他在等什么，抚着他滚烫的额头轻轻柔柔地道："王爷，你放心吧，景大哥去看了，十娘和薛茗都好好的，十娘已经跟……跟那个人拜堂了。平儿和乌兰就先住在顾先生那儿了，有奶娘带着，他俩玩儿得挺好的。"

　　楚楚抿了抿嘴，犹豫了一下，这才道："顾先生说，你身上的风湿邪气已经伤到心经了，这几天总劳累，又染了风寒，还受了刺激心绪不稳，把脏腑上的旧伤也牵动了，得好好歇几天才行。"

　　萧瑾瑜心里一沉，他知道身上的风湿早晚会牵累到心脏，引发一连串更加深长的折磨，相当于把他又往阎王殿推了一把，可没想到会是这么个不是时候的时候。

　　看着萧瑾瑜目光一黯，楚楚忙道："王爷，你别害怕，顾先生说了，只要你好好调养，还能好……好一点儿。"

　　这是个什么样的病，他早就研究清楚了。

　　萧瑾瑜浅浅苦笑，勉强摇头，声音微弱如丝："帮我……"

　　楚楚咬了咬嘴唇，她当然知道萧瑾瑜想让她帮什么，这活儿她一点儿也不想干，可又受不了被他这样近乎哀求的目光看着，只得点点头，俯下身子在萧瑾瑜那双光彩黯淡的眼睛上吻了吻："你身上的骨节还肿着，可能有点儿疼，你忍忍。"

　　萧瑾瑜静静看着她，这丫头的眼睛太干净，里面一点事儿也藏不住，萧瑾瑜就是心里塞着一团乱麻，还是一眼就能看出来她是在努力装平静来哄他，因为那双好看的眼睛里分明全都是担心和害怕。

　　萧瑾瑜既歉疚又心疼，很想跟她说哭出来不要紧，但到底还是不忍拂了她的用心。

　　"谢谢。"

　　楚楚抱来一叠干净的衣服，展开一个比屋里的空气还温暖的笑，吻上他苍白却因高烧而发烫的嘴唇，得到萧瑾瑜微弱却努力的回应，楚楚才温柔又坚定地说了一句："王爷，我相信你一定能把那个人抓起来。"

　　萧瑾瑜淡淡地笑了一下："谢谢。"

第五章

穆遥见到萧瑾瑜的时候，萧瑾瑜已经穿戴齐整地坐在一心园的书房里了，面前的书案上搁着一把匕首，刀刃上的血污已然清洗干净，锃亮如新。

穆遥一拜起身后看着萧瑾瑜分外苍白的脸色皱了皱眉头，没吭声，只低眉顺眼地看向地面。

"谢谢你的匕首。"

穆遥微垂着头，全身没有一处肌骨不是放松的，好像萧瑾瑜只是借了他的匕首去削了一个萝卜："王爷若用得顺手，就留着吧，我还有。"

"谢谢你肯听我的，没擅自行动。"

穆遥摸摸鼻子，耸了耸肩："你说得有道理，而且你家里高手多，我打不过。"

萧瑾瑜轻轻咳了几声，咳得很是吃力，有些气喘，穆遥忍不住抬头看了他一眼："王爷，用我帮忙吗？"

萧瑾瑜微微点头："薛汝成了解你对十娘的心思，若要救十娘，我需要你死。"

穆遥愣了愣，转而点头："能救十娘就行。"

"多谢。"

穆遥一走，楚楚便从墙角的屏风后走了出来，一句话也没问，直到把萧瑾瑜送回房里，搀到床上躺下，换下他坐了短短一刻就被冷汗浸透的衣服，小心地按摩着他疼得发僵的身子，等他隐隐发青的脸色渐渐缓了过来，楚楚才松了一口气，问道："王爷，你好点儿了吗？"

萧瑾瑜勉强笑了笑："冷……抱我。"

近两年萧瑾瑜越来越怕冷，冬天对他来说简直就是一场长达数月的天灾，每次熬过冬天，他总会有一种死里逃生的感觉。今年的冬天才刚刚开了个头，萧瑾瑜已有了那种从里到外都被冻透的感觉。

楚楚钻进被窝里，紧紧抱着他烧得滚烫的身子，萧瑾瑜好一阵子没出声，楚楚以为他睡着了，头顶却突然被他轻轻吻了一下，接着传来他一向温柔的声音："楚楚，你休了我，好不好？"

楚楚以为自己没留神听错了，爬起来愣愣地看着他："王爷，你说什么？"

萧瑾瑜烧得有些迷糊，虚握着楚楚的手，目光里满是认真又满是留恋，他还没说话，楚楚心里就已经拧成了一团，萧瑾瑜就这么目不转睛地看着她，轻轻缓缓地道："我不想休你，你休了我吧。你休了我，我若输给他，你还可以活下来。"

楚楚突然反应过来一件事，愕然地看着萧瑾瑜："王爷，你爹的案子要是翻不了，让人知道了，是不是我和平儿也得死？"

萧瑾瑜轻轻地点了下头，用尽全力攥着楚楚的手，好像生怕一个不留神她就不见了："这案子是皇上的爷爷判的，就是皇上想帮我，也要有证据，否则就是大逆不道。平儿是我的儿子，这个改不了，可你可以不是我的娘子……"

"不可以！"楚楚扑进萧瑾瑜的怀里，搂得他几乎喘不过气来，"我必须是你的娘子，必须是！"

"再好好考虑一下。"

萧瑾瑜的声音虚弱却平静，好像是从天外传来的，楚楚急得快哭了："这个没得考虑！"

"楚楚，在楚水镇的时候跟我说的话，你都不记得了？"

楚楚愣了愣，抬起头来，仍没松手："我说什么了？"

萧瑾瑜浅浅地笑着，好像临终的人在回忆一件这辈子最美好的事，一字一句说得百般珍惜："在楚水镇，我快死的时候，我听见你说，我身体不好，要是没人给我摆灵位，没人给我上供，没人给我烧香撒纸钱，我就吃不饱，又没钱，那些被我送进阎王殿的坏人要是欺负我，我就没办法了。所以你必须活着，我这么没用，没你不行。"

楚楚心里像是被人扎了一刀一样，疼得眼泪不停地往下掉："不许说！不许说！你那么有本事，肯定能赢他！"

萧瑾瑜吃力地抬起手来，轻轻抚上她脸颊上的泪痕，却发现那些滚烫的泪水越擦越多，不由得轻轻叹气，缓缓地道："楚楚，我所有的本事，全都是他教的。"

楚楚像是被人抽了一巴掌一样，突然呆呆地愣住，看着这个虚弱地躺在床上的人，萧瑾瑜一向要强，还总爱逞强，楚楚从没听他这样平平静静地说过泄气的话，更是从没在他眼睛里看到过这么清晰的脆弱无助。

她只顾着恨薛汝成害他的爹娘，害萧玦，如今又来威胁他，一时竟忘了那个人是从小看着他长大，他像敬重亲生父亲一样敬重了二十多年的先生。这样一个从小依赖的亲人突然成了仇人，换作是别人恐怕早就崩溃了。人被病痛折磨的时候本就脆弱，他病成这个样子，还在极力保持冷静，她居然一时着急，一句安慰的话也没对他说，就逼着他去对付这个人了。

楚楚抬起手来，两下抹干净眼泪，轻轻地吻在萧瑾瑜的眼睛上："王爷，我知道你有一样本事不是他教的。"

看着刚刚还哭得像个泪人一样的楚楚突然安静下来，还认认真真地说出这么一句话，萧瑾瑜愣了愣："什么？"

楚楚眨着哭红的眼睛，一本正经地看着他："你招人喜欢。"

萧瑾瑜被这句话噎得差点儿背过气去，着实咳了一阵，才哭笑不得地看着眼前的人："你是想说，让我去讨他喜欢，他就能听我的话，认罪服法了？"

楚楚愣了愣，看着萧瑾瑜那张苍白清瘦得让人忍不住心疼的脸，抿了抿嘴唇："要是能这样，那也挺好。"

萧瑾瑜额头一黑，闭上眼睛把头偏向了一边，他那颗已经出了毛病的心脏实在经不起她这样刺激。

楚楚搂上了他的脖子，凑到他脸上亲了一下："不过我想说的不是这个意思。"

萧瑾瑜懒得睁眼："那是什么意思？"

"我是想说，虽然你的本事都是他教的，但你招人喜欢，愿意帮你的人多，总不会所有愿意帮你的人的本事全都是他教的吧？"楚楚在他怀里蹭了两下，"反正我的本事就不是他教的，我要是不要你了，你就少了个帮手，可就更难赢他了，你那么聪明，才不会干这么傻的事儿呢，对吧？"

萧瑾瑜身子还冷着，心已经被怀里这人不合逻辑的逻辑暖化了，睁开眼睛好气又好笑地看着她，还没开口，怀里的人突然一骨碌爬了起来，瞪圆了眼睛盯着萧瑾瑜："王爷，我差点儿就被你糊弄过去了！"

萧瑾瑜被训得一愣："嗯？"

"咱俩的亲事是皇上定的，咱俩谁也休不了谁！"

萧瑾瑜默默叹气，像是遗憾，又像是放心下来："好像是……"

"什么好像呀！就是！"

"是，"看着楚楚一脸要找他算账的模样，萧瑾瑜抿了抿不见血色的嘴唇，拉着楚楚温软的小手，可怜兮兮地看着那个气鼓鼓的人，"我冷……"

楚楚顿时没了脾气，窝回他的怀里，抱住他单薄清瘦的身子："好点儿了吗？"

"嗯，再紧点儿。"

"这样？"

"嗯，不许不要我。"

萧瑾瑜一夜高烧，烧得有些意识不清，抱着楚楚哭了一场，哭得像个受了天大委屈的孩子一样。楚楚不知道他哭的是冤死的爹娘，还是那个骗了他二十多年的恩师，但她是头一次见萧瑾瑜哭成这个样子，心里难受得很，也止不住地掉眼泪。于是本想早说完正经事儿早回家睡觉的景翊只得盘腿坐在房梁上看着这夫妻俩抱在一起哭了一晚上，最后实在看不下去了，把带来的一叠纸和一幅卷轴留在屋里的桌子上，悄无声息地溜出去了。

萧瑾瑜早上烧退醒来的时候已经记不得前夜干了些什么，只觉得眼睛干涩得厉害，喉咙也干得很，楚楚也不告诉他，只是拿给他一杯水，看他把整杯水全喝了下去，又把昨晚景翊留在桌上那叠纸和卷轴拿给他。

"我也不知道这是什么时候放在桌上的，早晨起来的时候就有了，应该是景大哥放的吧。"

萧瑾瑜翻了两页，点了点头："嗯，他把昨天我与薛太师的谈话记下来了。"展开卷轴，正是那幅景老爷子的假墨宝："还把这幅字偷来了。"

楚楚皱了皱眉头："他自己都招得那么清楚了，这样还不够治他的罪吗？"

萧瑾瑜浅浅苦笑，摇头说道："对别人可以，对他不行。"

"就因为他是太师？"

萧瑾瑜仍然摇头："因为我需要他在公堂上亲口认供，亲笔画押，这样才能推翻所有的冤案，何况还有无辜的人在他手里。"

一晚上光顾着担心萧瑾瑜，楚楚把十娘的事儿忘了个干干净净，萧瑾瑜这么一说，楚楚才想起来，不禁拧紧了眉头："他也太黑心了，连自己的娘子都害！"

"不只娘子，还有儿子。"萧瑾瑜清浅苦笑，把那叠纸收到枕边，看向坐在床边的楚楚，"还记不记得如归楼？"

楚楚第一次给萧瑾瑜当仵作就是因为如归楼的案子，这辈子都忘不了，于是点了点头："薛太师的一个儿子不就是死在那里的吗？还是被那个许掌柜杀的。"

萧瑾瑜轻轻点头："后来许如归在牢里被人杀了，我一直在查这件事，也一直想不通许如归为何要利用古遥来杀那几个毫无关联的官员。我前两天才知道，如归楼的楼主是十娘，但投钱创建如归楼的是薛太师。穆遥告诉我，那几个官员去如归楼，持的是薛太师的邀帖，许如归是得薛太师授意，利用古遥杀这几个为薛太师办过事的人灭口的。薛越不过是误打误撞进去的，可薛太师还是准许如归把他杀了。穆遥说十娘一直被蒙在鼓里，他就是无意中撞破这件事，才被薛太师派人追杀。"

楚楚听得脊梁骨直冒凉气，突然明白薛汝成说的那个洒扫庭除是个什么意思了。难怪满京城的人都说薛汝成好，敢情帮他做坏事的人都会在事后被他清理得干干净净，也难怪如归楼的案子一破，那个全京城最贵的酒楼就立马关门了，连穆遥这个武功与吴江相当的人都被追杀得无处藏身。

想着想着，楚楚突然反应过来，错愕地看着已完全恢复往日平静的萧瑾瑜，说道："王爷，你昨天去薛府之前，就已经知道他不是好人了？"

萧瑾瑜笑得有些发凉："除了这件事，其余的都不知道。穆遥本想让我帮他混进薛府，伺机带走十娘，我跟他说即便真能带得走十娘，日后也必是提心吊胆的日子，不如让我抓薛太师归案，让十娘知道真相，对他与十娘都好。穆遥就给了我那把匕首，让我务必带在身上，没想到真的用上了。"

楚楚咬了咬牙，握住萧瑾瑜退烧之后冰凉一片的手："王爷，你那一刀割得真好，看他以后还怎么乱写！"

萧瑾瑜轻轻蹙眉："只是苦了十娘。"

楚楚也叹了口气，既像同情又像埋怨地嘟囔了一句："天底下那么多好人，她喜欢谁不好，偏偏喜欢薛太师。"

萧瑾瑜好气又好笑地看着她这副悲天悯人的模样："天底下那么多好人，你为什么要跟着我？"

楚楚下巴一扬，瞪着杏眼看他："他们都比你跑得快，我个儿小，跟不上。"

萧瑾瑜被她这一句话呛得直咳嗽，楚楚手忙脚乱地给他顺着胸口，连声哄着："他们跑得慢我也不跟，我就愿意跟着你。你看萧玦也不会跑，也长得好看，我也没跟着他呀。"

萧瑾瑜咳了好半天才缓过来，差点儿翻个白眼给她看，瞪着这个还在笑嘻嘻地抚着他胸口的人有气无力地问了一句："我和萧玦谁好看？"

楚楚很认真地想了想，答得一本正经："萧玦原来是练武的，骨头架子长得结实匀称，就是躺在那里也特别好看。唔……你是模样长得好看。"

萧瑾瑜闭起眼睛不搭理她。

楚楚笑嘻嘻地扯扯他的袖子："你还有一样肯定比萧玦强。"

萧瑾瑜还是不睁眼，楚楚抓着他的手放在自己的小腹上："萧玦还没孩子呢，你都有两个啦。"

看着萧瑾瑜怔怔地睁开眼睛，楚楚笑得一脸得意："今天早上叶先生给我看出来的，刚一个月，这下就是皇上让你休了我也不怕了，反正他们要是想杀光你的孩子，就得连我一块儿杀。"

"不许胡说，"萧瑾瑜抑制不住惊喜，伸手把她拉进怀里，却又不得不紧张地看着，"有没有什么不舒服？"

上次怀孕把她折腾得死去活来的，萧瑾瑜还以为她再也不愿生孩子了，可这会儿看着，她居然比他还要高兴。

楚楚使劲儿摇头："王爷，你急什么呀？这才刚一个月，还不会兴风作浪呢！"

萧瑾瑜苦笑，抚着楚楚还丝毫不见凸显的肚子，满目温存地对那个刚在楚楚肚子里安家落户的小不点轻轻地道："你若肯对你娘好一点儿，等你出来，爹一定好好赏你。"

楚楚还没来得及替肚子里的小不点问问赏什么，赵管家突然沉着张脸在门口求见。

"王爷，前两天您安排进来的那个劈柴的，昨儿晚上暴毙了。"

楚楚愣了愣，还没回过神来，就被萧瑾瑜用力攥了一下手，只见萧瑾瑜轻皱着眉头问道："什么原因？"

"这……两个大夫都说自己是看活人的，看死人的事儿……"赵管家苦着脸抬头看了眼楚楚，"王爷，您看是请个仵作来，还是劳烦娘娘前去看一眼？"

楚楚这才想起来萧瑾瑜昨晚在书房里说的那些话，突然想明白了点儿什么，从床边站了起来，说道："王爷，还是我去吧。"

萧瑾瑜紧攥着她的手，深深地看着这个若有所悟的人："千万小心，万一他是染了什么疫病死的，一定要赶紧把尸体处理掉，万万不能留在王府里。"

楚楚对萧瑾瑜挤了挤眼："我验过好多回染疫病的人了，你就放心吧！"

楚楚回来的时候萧瑾瑜靠坐在床头，像是在闭目养神，楚楚轻手轻脚地凑过去，偷偷在他脸上亲了一下。

睁眼看见楚楚一副刚沐浴完的清爽模样，萧瑾瑜怔了怔，抬手摸上她还略带水汽的头发："穆遥他……"

楚楚笑得一脸神秘，凑到萧瑾瑜耳边小声地道："想骗人，当然得从头骗到脚啦。"

萧瑾瑜轻笑："果真是又多长了个心眼儿。"

楚楚还没从刚才当着一堆人的面装模作样的刺激感里缓过劲儿来，一说起这事儿脸蛋就变得红扑扑的了："王爷，你不知道，我一说是鼠疫，那些厨子们的脸都绿了，赵管家吓得差点儿一屁股坐地上。我让他们把穆遥拉到郊外的野地里烧了，他的被褥什么的也一块儿拉走了，这样行吗？"

萧瑾瑜含笑点头："很好。"

"可是王爷，你干吗要让穆遥装死呀？"

萧瑾瑜微怔："你能看出来他是装死的？"

楚楚满脸的不服气，可还是摇了摇头："我看不出来，不过我知道你肯定不会让没罪的人去死。"

萧瑾瑜轻轻苦笑："他是服了叶先生配的药，活人没用的时候，就得靠死人了。"

"对了！"楚楚突然坐直了身子，抬手往自己脑门儿上拍了一下，"我差点儿给忘了！赵管家让我跟你说，薛茗来了，想见你。"

萧瑾瑜皱了皱眉头："好，差人跟赵管家说，让薛茗去书房等我吧。"

"好。"

楚楚陪着萧瑾瑜一到书房就发现薛茗的脸色白得吓人，不由得问了一句："薛大人，你没事吧？"

薛茗冷冷硬硬地回了一句："死不了。"

萧瑾瑜把楚楚往身后拦了拦，静静地看着薛茗："有事？"

"我来就是想问你，他突然让我到你家来坐坐，什么意思？"

楚楚听得一愣，萧瑾瑜倒是一下子明白过来了，眉心微沉："去薛府的路上我问你为何突然答应去给薛太师贺喜，你说因为那是你爹。我现在再问你一遍，为何答应去贺喜？"

"因为那是我爹。"薛茗冷哼了一声，然后在身后默默攥起了拳头，咬着后槽牙一个字一个字地往外挤道，"我知道我娘是怎么被他糟蹋死的，他都糟蹋死三个女人了，我总不能看着他再糟蹋死一个吧！"

萧瑾瑜身子一僵，错愕地看着满目愤恨的薛茗，楚楚却对薛茗用的那个词有点儿迷糊："糟蹋？"

"随娘娘怎么想，反正我娘还没断气的时候，半截身子已经烂了。我也是不小心撞见的，他昨天才知道我早就知道这事儿了，一直把我绑到今天早晨。"

楚楚倒吸了一口凉气，萧瑾瑜暗暗攥紧了轮椅的扶手，眉头紧蹙地看着薛茗，声音沉稳如故："你与京城官员闹不和，逼他奏请派你去凉州，是为了躲他？"

"我不躲还能怎么着，跟薛钦一样为他卖命？老三要是知道他娘是怎么死的，也不会拼命讨那个人的欢心了！"

一想到十娘正落在这种人的手里，楚楚的脸都发白了："王爷……"

"薛茗，"萧瑾瑜缓缓松开紧握扶手的手，"他让你来，就是为了让你告诉我你娘的事，我需要你回薛府找个人。"

"什么人？"

"一个十八岁的姑娘，姓祁，闺名一个莲字，兴许旁人会叫她小莲之类的。"

薛茗差点儿拍桌子骂街："你知道因为办喜事府上多了多少这个年纪这种名儿的丫头片子吗？"

"应该就混在那些临时找来的丫鬟里，很可能在平日里薛府的人不太常去的地方，做些不需要与人交谈的活儿。你若找到她，我拿薛太师归案的胜算就会多半分。"

薛茗眉梢一挑："就半分？"

窗外突然传来一个饱含冷笑的声音："半分不少了。"声音未落，窗子突然大开，赫连苏乌野狼一样健硕的身子轻巧如燕地落了进来，他随手关上了窗子，看了眼显然不满意他这种进门法的萧瑾瑜，耸耸肩膀道："当上大汗以后就不喜欢进门等人通报了，安王爷有事找我？"

"有，"萧瑾瑜看向已经迅速退到赫连苏乌五步之外的薛茗，"等薛茗找到那个姑娘，还请大汗帮我从薛府把那姑娘带回来。"

赫连苏乌微眯起眼睛："你王府里没人了？"

萧瑾瑜答得云淡风轻："有人，不过这会儿都比不上大汗好使。"

赫连苏乌正儿八经地把萧瑾瑜这话琢磨了一会儿："成，我闲着也是闲着，就当替我家丫头讨好公婆了。我这就给薛太师下拜帖，晚上去薛府讨块喜糖吃。"

"多谢大汗。"萧瑾瑜又扫了一眼瞪着赫连苏乌脸色直发青的薛茗，"薛茗一介书生，拜托大汗照应。"

赫连苏乌嘴角一勾："好说。"

萧瑾瑜打发楚楚带薛茗去找口吃的，薛茗一听不用对着赫连苏乌这个瘟神，催着楚楚一溜烟地蹿了出去，看得赫连苏乌满眼笑意。

萧瑾瑜却是轻锁眉头，满目清冷："大汗可还记得吴琛？"

赫连苏乌怔了怔："记得，两年前在你们军营里下毒的那个医帐伙计，还是用我北秦御医制的剧毒自杀的。"

萧瑾瑜轻轻点头："那大汗可还记得，他死前对我说了句什么？"

赫连苏乌答得毫不迟疑："他说你太嫩了，让你回京再向你恩师多学几年，省得保不住他老人家的儿子，还丢尽了他老人家的脸皮子。"赫连苏乌看着萧瑾瑜略带苦笑的模样，一愕，"在你们朝廷里跟赫连图罗合伙的是薛太师？"

萧瑾瑜点了下头。

赫连苏乌若有所悟："那就是赫连图罗一时没看好手底下的人，有一场戏码没照商量好的演，把薛太师惹毛了，薛太师写信训他，俩人就崩了。他就借打败仗让我父汗把他调到西边去，把我调来跟你们打，然后让安插在你们营里的探子杀薛太师的棋子示威，想逼薛太师跟他妥协？"

萧瑾瑜又点了下头。

赫连苏乌皱着眉头嘟囔了一句："这种蠢到姥姥家的事儿倒真像是赫连图罗常干的。"

萧瑾瑜轻轻咳了两声："此番我若败给薛太师，你女儿将来的丈夫、公婆都会死。"

赫连苏乌愣了好一阵子才把这个弯儿绕过来，一脑门细汗地看着萧瑾瑜："你就直接说你全家都会死不就完了吗？你放心，只要薛茗不出岔子，我今晚肯定把那姑娘给你带回来。还有什么事儿你就直说，再拐弯抹角耽误工夫，你全家去死的时候可别骂我。"

"多谢。"

前半夜还没过，吴江顶着一张神情怪异的脸来报告，说赫连苏乌在六韬院等着见萧瑾瑜。楚楚陪萧瑾瑜来到六韬院的正堂，一眼看见堂里的三个人，才恍然明白吴江那是张想笑又不敢笑的脸。

薛茗一动不动地僵站在一个漆黑的角落里，怀里紧紧贴着一个身形瘦小，还在瑟瑟发抖、轻声呜咽的红衣女子，赫连苏乌就黑着脸坐在厅堂的正中央，脖子上的四道血印子很是显眼。

萧瑾瑜一时也没明白，看着赫连苏乌脖子上的抓痕轻皱眉头："怎么回事？"

"挠的，"赫连苏乌没好气地往薛茗站的角落里丢了个白眼，"我跟薛太师刚客气了两句，薛大人就让一个小丫鬟借送茶的机会给我塞了个纸条，上面就写了'照皋齐'三个字，我以为是个人名，拐弯抹角地跟薛太师打听，把我肠子快拐断了都没问出个屁来。"

赫连苏乌深深喘了口气才接着道："后来吃饭的时候我借着上茅厕的机会在薛府里溜达，结果在一个偏僻小院里听见有女人哭得撕心裂肺的，还有薛大人的声音。我就进去看，一进去就看见薛大人和这女人拉拉扯扯的，这女人的衣服还被扯掉一半，我以为薛大人……"赫连苏乌咽了口唾沫，"我就一脚踹他屁股上了，然后这女人扑上来就挠我。薛大人说安王爷找的就是她，我就揪着她见薛太师去了，拍着桌子要把她带走当牛做马，薛太师就挺爽快地给我了，还让薛大人跟着我的马车送我回来，我搞不清楚薛太师这是什么意思，反正你要的人我给你带回来了。"

其余的话萧瑾瑜都明白得七七八八，只有一件，萧瑾瑜皱着眉头看向薛茗："照皋齐是什么？"

杵在墙角的薛茗忍不住远远地白了赫连苏乌一眼，硬生生地从牙缝里挤出三个字："熙、皋、斋。"

萧瑾瑜脸一黑，楚楚及时捂住了嘴才没"噗"地笑出声来，赫连苏乌铁着一张脸瞪了回去："谁他妈让你挑这么个破地方！不知道老子是北秦人吗？"

薛茗僵硬地拍了拍怀中被赫连苏乌两声大吼吓得一阵哆嗦的女人，明明很想掐着赫连苏乌的脖子吼回去，可看着缩在他怀里不停发抖的人，声音有意地轻柔了几分："那是我娘生前住的地方，我打听到她的时候她就在那，我有什么办法？我本来就是按王爷说的，给大汗送了个信就没多管了，结果我悄悄去大堂看了几回，大汗都在跟我爹东拉西扯没个完，扯着扯着还吃上了，我还以为大汗是有什么计策。"

赫连苏乌干咳了两声，转头看向一旁水缸里养的几尾锦鲤。

薛茗皱眉看着怀里又小声哭起来的女人，声音又轻了一重："我怕耽搁久了人就不在熙皋斋了，就过去看看，结果撞见一个临时借来帮忙的下人欺负她，我把那人轰了出去，看她吓得不轻就哄她。"

薛茗抬眼看向赫连苏乌，没好气地道："这边还没哄好呢，那边大汗一脚把门踹开，又一脚把我踹开了。我中原女子什么时候都明白知恩图报这个理，没挠死你算不错了。"

赫连苏乌重重地清了清嗓，铁着脸站起身来："安王爷，你家大夫住哪儿？"

"一心园后院。"

楚楚赶忙热心地补道："就是一心一意的那个一心。"

"……谢谢娘娘。"

赫连苏乌顶着一张黢黑的脸捂着脖子走出去之后，薛茗仍站在墙角里一动不动。萧瑾瑜无声叹气："赫连苏乌走了，你可以过来说话了。"

"我不是怕那个野人，"薛茗黑着一张脸无可奈何地指了指缩在他怀里紧搂着他的腰的人，"从上马车她就这样，待在没光亮的地方还安稳点儿，好像刚才那事儿真把她吓着了。"

萧瑾瑜轻蹙眉心："她身上可有什么伤处？"

薛茗的脸"腾"地一红："我……我哪知道她身上有什么啊？"

楚楚看了看埋在薛茗身前的瘦小身子，轻手轻脚地走了过去，刚碰到那只紧抓在薛茗腰间的冰凉的手，女子突然尖叫出声，拼命地往薛茗怀里钻，单薄的身子紧紧缩着，抖得像筛糠一样，楚楚赶忙退得远远的，薛茗一阵手忙脚乱："你……你别怕，别怕……"

女子好不容易在薛茗的怀里安静了下来，低声抽泣，萧瑾瑜静静地看了一阵，想起赫连苏乌刚才说的话，眉心一沉："薛茗，你先带她到客房。楚楚，去叫顾先生来一趟。"

"哎！"

顾鹤年一到，不管这女子哭闹得有多凄惨，照例把闲杂人等全轰到了外屋。薛茗僵立在房门口，一双手紧紧地握着拳头，听到屋里的哭喊声倏然一停，薛茗只觉得心里一揪，整个脊背顿时冰冷一片。

屋里静了一小会儿，顾鹤年推门走了出来，脸色难看得像是被人狠抽了一巴掌似的："王爷，这姑娘是从哪儿来的？"

萧瑾瑜抬头看了看紧攥拳头的薛茗，这才道："如无意外，是前两天在府里自尽的那个祁公公的妹妹祁莲，从薛太师府上带回来的。"

楚楚实在比不过这两个男人的耐心，忍不住问道："顾先生，她是不是吓着了？"

顾鹤年眉头拧了个死结，沉沉地叹出口气："吓着了倒还好了，是有人给她施了一套邪门歪道的针法。"顾鹤年咬了咬牙："她现在心智就像两三岁的孩子一样了。"

楚楚一惊："那赶紧给她治呀！"

顾鹤年缓缓摇头："治不了，这种下三烂的法子都是早先拿来对付敌军的探子的，下的是狠手，一用就是一辈子的事儿，现在军营里都不用了，居然有畜生往这么个小姑娘身上用！"

蓦地想起薛汝成那句话：那一刀，他也好好想想。

萧瑾瑜极力保持住平静，可紧握在轮椅扶手上的手还是在微微发抖。

薛茗紧了紧眉头，扭头就要走，被萧瑾瑜一声喝住，僵在门口。

萧瑾瑜的声音里听不出一丝情绪，冷静如冰："她如今只让你一人近身，你必须在这儿。薛府今晚还有事，你别去添乱。"

薛茗愣了愣，像是突然想起些什么，倏地转过身来，错愕地看着萧瑾瑜："我去熙皞斋之前看见四个家丁从后门抬进来一个东西，白布裹着，像个死人。"

萧瑾瑜微微点头。

"好，我听你的。"

看着薛茗有些六神无主地走进里屋，萧瑾瑜精神稍稍松了一下，刚想对顾鹤年道谢，还没开口，胸腔里突然蹿起一阵绞痛，疼得一时无法喘息，脸色顿时青紫起来。顾鹤年赶忙从药箱里翻出一个小瓶，倒出一颗药丸塞进萧瑾瑜口中，楚楚一手扶着他，一手帮他抚着胸口，萧瑾瑜好一阵子才缓过来，对顾鹤年轻轻苦笑，气如游丝地道了声谢。

顾鹤年板着脸把那个小瓶塞到萧瑾瑜怀里："别谢老朽，王爷只要能时时事事不动气，老朽就谢天谢地了。"

楚楚刚想替萧瑾瑜辩驳几句，萧瑾瑜已恭恭敬敬地道："我记下了，今晚恐还有一人需先生救治。"

"王爷放心，老朽年纪大了，睡不早。"顾鹤年无声叹息了一下，"亏得今天还有件好事，王爷，吴郡王已醒过来了。"

楚楚一喜："太好啦！"

"没那么好，"顾鹤年没好气地道，"这才给他养好几天，就折腾成这样。幸亏这小子原来是个带兵打仗的，在死人堆里摸爬滚打过，能忍得很，要不然都不知道他已经死了多少回了。"

萧瑾瑜不察地皱了皱眉头，声音里一点也听不出惊喜的意思："多谢先生。"

"王爷，咱们去看看他吧？"

萧瑾瑜迟疑了一下，还是摇了摇头："不必了。"

第六章

楚楚陪萧瑾瑜在六韬院歇了一阵子才回去，刚进一心园的院门就看见穆遥站在客厅门口，直愣愣地看着地面。

穆遥裹着一身不知道从哪里捡来的脏衣服，上面沾着刺眼的血渍，像是在前襟上开出了一朵艳红的牡丹花,那张一向不惹人注意的脸在门口灯笼的映照下,仍然白得像纸一样。

萧瑾瑜还没靠近,穆遥沉重而干脆地道:"十娘伤得很重。"

萧瑾瑜脊背上倏地一凉,脸色一下子白了下来。楚楚慌张地握住萧瑾瑜的手:"王爷,你别急,我这就去叫顾先生!"

"娘娘,十娘想见你。"

楚楚一愣,刚想迈出去的步子硬生生地收了回来:"见我?"

穆遥点头。楚楚看向萧瑾瑜,萧瑾瑜也轻轻点头,楚楚这才问向穆遥:"她在哪儿呀?"

"里面就只有一间空房。"

"我知道了!"

看着楚楚迅速消失在视线里,萧瑾瑜这才把目光投向穆遥胸前的血渍:"说吧。"

穆遥抿了下又薄又白的嘴唇:"我醒过来的时候在一个地下刑房里,被两个铁钩穿着锁骨吊在墙上。薛汝成就在地上折磨十娘,十娘手脚上全拴着铁链子,一直看着我哭。你说不能杀他,我就只把十娘带回来了。"

萧瑾瑜这才发现,沾在穆遥前襟上的血不是从外面沾染上的,而是从他身体里流出来的。

穆遥好像丝毫没觉得身上有两道正在流血的伤口,轻轻皱着眉头看向萧瑾瑜:"你怎么知道我会被带到关十娘的地方?"

萧瑾瑜浅浅苦笑:"他的习惯,做事不做便罢,但凡做了,一定要做到极致。他下手折磨十娘,就不会只折磨十娘的身子。"

穆遥把眉头皱得更紧了些,点了下头:"我守着十娘,你忙吧,十娘说,你把薛汝成捉拿归案之前她不见你。"

萧瑾瑜微怔,微微点头:"有劳。"

楚楚回房之前,心里一直像揣着个小兔子一样怦怦乱跳。萧瑾瑜平日里没怎么提过十娘,可楚楚还是知道,他从小没爹娘,把他抱大的十娘对他来说是个很重要的人。所以她担心萧瑾瑜伤心难过,更担心十娘拜托她的那件事,那件事她答应是答应了,但实在不知道该怎么跟萧瑾瑜说。

楚楚一路跑回去,进房门的时候气喘吁吁的。萧瑾瑜正坐在桌边写些什么,听见脚步声后抬起头来,看见急匆匆跑到他身边来的楚楚,赶忙停了笔:"怎么了?"

楚楚对着那张面容平和的脸看了又看,看不出丝毫伤心难过的模样,这才长长地舒了口气:"王爷,你放心,十娘是伤得厉害,不过顾先生说她没有性命之忧,就是太虚弱了,得卧床静养一段日子。"

萧瑾瑜轻轻苦笑，拿出手绢擦拭她发际周围渗出的细汗："那你急什么？"

楚楚愣愣地看着这个平静温和得像夏夜里洒在葡萄架上的月光一样的人，眼睛一眨都不眨，看得萧瑾瑜都忍不住摸了摸自己的脸，牵着一抹浅笑看着她愣愣的模样："我真这么好看？"

楚楚只觉得脑子里晕晕乎乎的，她怎么就觉得，这人非但没有伤心难受，反倒是一副心情不错的模样？

楚楚低头看了看萧瑾瑜刚才在写的东西，只是一份寻常的公文，这会儿他还有心思批公文？

"王爷，你是不是想出来该怎么办了？"

"我有法子，"萧瑾瑜牵过楚楚的手，在那双无数次帮他抚去痛苦的手上轻轻吻了吻，"只是先前祁莲、薛茗和十娘都受制于他，我若贸然试了，他们都活不了。现在只要你肯信我，我就敢试。"

萧瑾瑜话音未落，楚楚就挣开了他的手，一把搂住了他的脖子："我就知道你有法子！我信你，你做什么我都信！"

萧瑾瑜哭笑不得地拍了拍这个急性子女人的脑袋："你要想好，这法子只是赌，我仍没有十足的把握，若是输了，即便能逃过一死，咱们往后也别想有安生日子了。"

楚楚笑出声来："王爷，你这话说的，好像咱们以前有过安生日子似的！"

萧瑾瑜一窘，这话听起来好像没心没肺，可萧瑾瑜却不得不承认她说的就是事实。萧瑾瑜轻轻叹气，浅浅苦笑："算我说错了，现在帮我做件事，可愿意？"

楚楚答得毫不犹豫："愿意。"

"给十娘验伤。"

楚楚一下子睁大了眼睛："王爷，你是不是偷听我和十娘说话了呀？"

萧瑾瑜一愣："嗯？"

"十娘找我，就是想让我给她验伤的。她说她的身子就是帮她自己报仇的证据，还有薛太师以前的三个夫人，那三个女人已经成白骨了，就只能靠她的身子帮她们讨公道了。"楚楚抿抿嘴，小心地看着萧瑾瑜，"我说这事儿我不能做主，得跟你商量，她说这是你分内的事儿，你不答应也得答应。"

楚楚越往后说声音越小，萧瑾瑜却一直静静地听着，直到她说完才轻轻点头："十娘说的对。"

楚楚长松了口气："你答应就太好啦！"

楚楚进到十娘房里的时候，十娘服了药正在昏睡，穆遥已换上了一身像样的衣服，拿着一块热毛巾仔仔细细地给十娘擦脸，温柔得像一汪春水，让人看着就舒服得很。

见楚楚进来，穆遥也不避讳，不急不慢地站起身来，动作极轻，像是怕惊扰了床上沉睡的人："娘娘。"

楚楚看了看床上的十娘，说道："你先去歇一会儿吧，我得查查她身上的伤。"

穆遥站着没动："我能帮忙。"

楚楚想了想，看他一副无论如何都不会离开半步的模样，就点了点头："好吧，你就帮我做记录，我说什么你写什么就行。"

"好。"

楚楚在屋里多加了两个炭盆，等屋里暖得让人直冒汗了，才小心地揭了盖在十娘身上的被子。

为了方便照顾，十娘身上一件衣服也没穿，被子一掀，那些爬虫一样的伤疤就露了出来，被十娘惨白的肤色衬得格外扎眼，楚楚禁不住倒吸了口凉气，穆遥紧捏着指尖的笔直盯纸面，没抬头。

楚楚稳下神来再次看向十娘的身子，才发现除了那张五官端庄高贵的脸、光洁匀称的脖子，还有那双白嫩修长的手，只要是能被衣衫覆盖住的地方，全都爬满了深深浅浅的丑陋疤痕。小腹和大腿内侧的几个三角形烙伤尤为扎眼，看得楚楚只觉得汗毛孔里往外冒凉气。

那可是女人身上最怕疼的地方，火烙伤又是最难忍的伤痛，烙在这样的地方，一定当场就会疼得昏死过去。

楚楚抿了抿嘴唇，还是用清亮的声音稳稳当当地报了出来："伤者女，三十六岁，身长约五尺，左乳下有重物击打伤一记，断肋骨一根……"

穆遥轻轻抿着有些发白的嘴唇，手微微抖着把楚楚的话记到纸上。

再往后听，什么鞭伤、烙伤、针刺伤，还有好些穆遥这辈子头一回听说的刑具伤，几乎遍布这具轮廓曼妙的身子。穆遥不敢让这些字眼在脑子里多作停留，只飞快地录着楚楚的话。

楚楚从上到下报完十娘身上正反两面的伤的时候，穆遥已经用整齐的蝇头小楷填满三张纸了。

楚楚好一阵没出声，穆遥禁不住问："娘娘，验完了？"

"还有最后一处……"

呆呆地看了好一阵子，楚楚抬头往穆遥那边看了一眼，只见坐在桌边的穆遥脸色煞白，把头埋得低低的，楚楚咬咬牙，轻轻地并起十娘的双腿，扯起被子重新盖好十娘的身子，只把她完好的头颈露在外面，转身对穆遥道："最后一处不大好写，我一会儿直接说给王爷听就行了。"

"好。"

楚楚在水盆里把手洗干净，又放下袖口，理好衣服，然后拿过穆遥刚才写好的纸页，出门之前又向静静躺在床上的十娘看了一眼："你陪陪她就行，往后我来帮她擦洗身子吧。"

穆遥怔了怔,轻轻点头:"好,辛苦娘娘了。"

楚楚抿了抿嘴,自言自语似的小声说了一句:"她才辛苦呢。"

楚楚回到卧房的时候,萧瑾瑜已经躺在床上了,他一个人静静地在那儿躺着,打眼看过去也像十娘那么苍白,那么安详。

楚楚搁下那叠纸就蹬掉鞋子爬上了床,和衣钻进厚厚的被窝里,把身子缩成了一个小团,窝进萧瑾瑜有些发热的怀中,紧紧搂住他的身子。

隔着单薄的中衣,萧瑾瑜清楚地感觉到楚楚贴在他腰间的小手隐隐发凉,那副柔软的身子也在微微发抖着,像是受了极大的惊吓。

能把她吓着的东西,萧瑾瑜想都不敢想。

"楚楚,"萧瑾瑜抬起手来轻轻抱住她,"怎么了?"

闻着萧瑾瑜身上淡淡的草药香,被他轻柔地拍抚着,楚楚窝了好一阵子才缓过劲儿来,从萧瑾瑜怀里抬起头来:"王爷,你一定要给薛太师判个最重的刑,比凌迟还重!"

知道她要说十娘的伤情,萧瑾瑜撑着身子想要坐起来,后脑勺刚离开枕头就被楚楚和身压了回去:"你躺着别动。"

"躺着可以,但不许在我身上比画。"

楚楚抿抿嘴:"穆遥帮我把十娘身上其他地方的伤都记下来了,只有一处的伤我没敢报给他听。"

楚楚一只小手突然滑到萧瑾瑜两腿之间:"大概这一片,造成伤口的凶器很多,有针尖、利刃、烙铁、麻绳……"

楚楚说得又轻又快,快到再后面的几个词萧瑾瑜听都没听清,但前面这几个词已经足以让萧瑾瑜身子一僵,就连呼吸都滞了一滞。

楚楚赶忙抱住萧瑾瑜的身子:"王爷,你别着急,这些多是旧伤,新的不算多,她现在在咱们家里,谁也不敢再欺负她了。"

萧瑾瑜嘴唇微抿,缓缓喘息了两下才静静地道:"楚楚,她身上最早的伤,是什么时候的?"

楚楚小心翼翼地看着萧瑾瑜的脸色:"应该有十来年了。"

萧瑾瑜一怔,十来年,差不多就是从薛汝成最后一个夫人过世,十娘当了那个如归楼的楼主开始。萧瑾瑜沉默了好半天才微微点头,轻轻抚上楚楚的小腹,顺便在她额角上轻柔地吻了吻:"不早了,睡吧。"

"那……这伤还往卷宗里写吗?"

萧瑾瑜侧了侧身子,把楚楚温软的身子圈进怀里,又在枕头上找了个舒服的位置,轻轻闭上眼睛。

"明天再写吧。"

一早起床，萧瑾瑜就让楚楚把清平抱了回来，清平还睡意正浓，萧瑾瑜把他接到手里的时候，清平闻到萧瑾瑜身上熟悉的草药味，迷迷糊糊地睁开眼喊了声"爹爹"，小脸在萧瑾瑜怀里蹭了蹭，又沉沉地睡过去了。

兴许是被萧瑾瑜抱习惯了，清平对草药味极为亲切，把他放在奶娘房里就哭闹个不停，怎么哄都没用，交给顾鹤年，放在一心园后院的药房里，不用人哄也能睡得踏踏实实的。

"王爷，你说他以后会不会当个大夫呀？"

"当什么都好，"萧瑾瑜轻柔地拍抚着怀中这个格外脆弱瘦小的身子，"能清清静静过日子就好。"

萧瑾瑜当真就陪着清平清清静静地玩了一上午，还跟侍卫说除非皇上来，任何人都不见。楚楚还以为他就是这么一说，结果日头刚刚偏西的时候，皇上还真来了。

皇上不但来了，还是被二十个御林军陪着来的，端端正正坐在二全厅的正位上，整张脸沉得像块烧煳的锅底，配上那身龙袍和站在两侧的冷脸御林军，倒是有种别样的威严。

不等楚楚和萧瑾瑜拜见，站在皇上身边的一个御林军声音一沉："安王萧瑾瑜、王妃楚楚、成郡王萧清平，疑为叛贼之后，即日起软禁于安王府之中，交大理寺查证，查明前不得出府，不得见客，不得传递书信，如有所违，罪同抗旨欺君。"

楚楚心里"咯噔"一下，赶忙看向萧瑾瑜，萧瑾瑜怀中还抱着清平，清平像是听懂些什么似的，躺在萧瑾瑜僵硬的怀中一声也不出，只揪着萧瑾瑜的一角衣襟，眨着清澈的眼睛静静地看着他。萧瑾瑜一如既往的镇定安然："皇上，臣昨夜所呈折中已详细奏明，臣确系宁郡王萧恒之子无疑，皇上如仍有疑虑，可传召太师薛汝成，一问便知。"

皇上一张脸沉得就快掉下来了，勉强从牙缝里挤出一句："问不问朕说了算。"

萧瑾瑜浅浅含笑，看得近旁的几个御林军差点分了神。这些人里大多都见过萧瑾瑜，但多是在办正事的地方见到的，极少有人见过他笑，尤其是还在这么个时候笑出这么一种天下太平的味道。萧瑾瑜就带着这抹显眼的笑意云淡风轻地道："皇上若非想听臣说几句，何须亲自前来？"

皇上的两腮僵硬地抽动了一下，被一众御林军盯着，不得不铁着脸道："说。"

"臣无他求，只求皇上将臣一家人关在同一间牢房，也就是家父行刑前住的那间。臣想携妻儿祭拜，以尽孝道。"

萧瑾瑜说得很是平静坦然，好像只是进去溜达一圈磕几个头就会出来一样，皇上只得把恨铁不成钢的眼神投给了还在发愣的楚楚，像是指望在这个向来不会拐弯抹角还极为务实的人身上挽回点儿什么，一字一句地道："此事一旦查实，无论安王爷功绩如何，都不可抵去凌迟之刑，念及成郡王年幼，朕以为还是查清再议为好。"

看着皇上紧盯着自己，像是在等自己说点什么，楚楚虽然还没想明白萧瑾瑜的脑子里在转悠些什么，但下巴一扬答得一点也不犹豫："我听王爷的。"

皇上的一张脸生生憋成了猩红色，天子威仪也不要了，一拍椅子扶手蹦了起来，瞪着这平静到好像没心没肺一样的一家子看了好一阵，才深吸了口气，沉沉吐出："来人，收押。"

话音未落，便落荒而逃似的匆匆走了出去。

依皇上的安排，三人是被马车悄悄带离安王府的，从安王府到那间熟悉的天牢，萧瑾瑜一直紧抱着清平，只轻轻地对楚楚说了一句话："别怕。"

可惜萧瑾瑜不知道，楚楚这会儿正被他刚才那一出搅和得满脑子糨糊，压根儿就腾不出害怕的空儿来。

萧瑾瑜平静得就像个魂魄溜出去神游天外的空壳，一直进到那间整洁却阴暗的牢房中，听着司狱官把铁链绕在铁栅门上，锁好离开后，才低下头来，在被阴森的牢房吓得身子直发抖的清平额上轻轻落下一个吻，柔柔拍抚着，展开一个有些苍白的微笑："平儿乖，别怕，爹娘在呢。"

时隔两年再进到这间牢房，上次赶来陪他的情景还都历历在目，牢房还是一样阴冷，不过到底是皇上不情不愿地抓进来的犯人，司狱官不敢怠慢，过日子该有的东西一应俱全，还全都换了新的。楚楚四下看了一阵，摸着光洁的墙壁由心而发地感慨了一声："王爷，薛太师打扫得可真干净！"

萧瑾瑜哭笑不得，枉他还担心这么突然的一出会吓着她，不禁看着这个皱着眉头却全无惧色的人："楚楚，你就不怕咱们真的死在这儿？"

楚楚毫不犹豫地摇摇头："就是死，咱们一家人也得死在一块儿，我才不怕呢！"

萧瑾瑜微怔，清浅地笑了一下："放心，就是死，也要看着孩子们长大成人、各建家业，你我都老得动不了了，再死。"

楚楚很是淡定地点点头，皱着眉头继续打量着这间两年前洗刷一新至今还极为整洁的牢房："我知道，你逼皇上把咱们关进来肯定是在耍心眼，不过我还没想出来你耍的是什么心眼。"

萧瑾瑜无可奈何地苦笑，每次他深思熟虑的结果从她嘴里说出来都轻巧好玩得像是小孩子过家家一样。

萧瑾瑜小心地把清平放到被褥松软的床上，拉开崭新的锦被裹住这副脆弱的小身子，这才转头问向仍在冥思苦想的楚楚："楚楚，你可还记得顾先生是怎么说萧玦的？"

楚楚一愣，脱口而出："说他醒了呀。"

萧瑾瑜差点儿被她噎得吐血："不是这句。"

"唔……"楚楚正儿八经地想了一阵,"好像是说他挺能忍的,换成别人早就撑不住了。"

萧瑾瑜点了下头:"还有半句。"

"他是带兵打仗的?"

萧瑾瑜无声地舒出一口气,楚楚一脸迷茫地看着他这副功德圆满的表情:"然后呢?"

"然后,我爹也是带兵打仗的。"萧瑾瑜颔首看着地面,像是要把地面看穿似的,"在战场上厮杀久了的人比平常人能忍,不到咽下最后一口气,决不会轻易放弃求生,即便是知道自己非死不可,也会在临死前狠咬敌人一口。他在牢里熬了半年之久,一定不会在这里干等着。他耗尽心力留下的证据,也决不会是能被几桶水轻易冲洗掉的。"

楚楚这才明白过来,心里不禁一阵发虚,他说是赌,可没想到他是要把身家性命全押在那个从没见过面的爹身上:"那……那咱们直接来这间牢房里查不就行了,干吗非得让皇上把咱们关进来呀?"

"这是天牢,"萧瑾瑜微微仰头看向一样被擦得一干二净的房顶,"景翊溜进来也只能在外面看看,想进到牢房里搜,必须先给皇上上折子陈明原因。跟皇上撒谎是欺君,那就一定是死罪了。"萧瑾瑜把声音压低了些,轻咳了两声:"何况刚才人多眼杂,兴许就有帮薛太师探消息的人,早让他知道了,罪证怕就呈不到皇上面前了。"

楚楚越想心里越打鼓,忍不住问这个仍然一脸镇定的人:"可是,他万一真就是在这里干等着呢?"

"那咱们就一块儿找他算账去。"

楚楚正想着要不要真的找炷香来好好拜拜那个从未谋面的公公,突然听见床上传来一阵细弱的呻吟声,慌忙看过去,才发现清平脸色青紫,困难且无力地喘息着,瘦弱的身子因为胸口的疼痛痉挛起来,一双小手无助地向爹娘的方向伸着,却喘得喊不出声来。

楚楚的心一下子揪了起来,以往清平犯病的时候,都是靠行针压下去的,可这会儿到哪儿去找大夫啊!

萧瑾瑜忙从身上拿出顾鹤年在六韬院塞给他的小药瓶来,倒出一颗指甲大小的药丸:"给他吃下去。"

楚楚把药丸掰成小块喂进清平嘴里,连声哄着,药块在清平嘴里停留了好一阵子,清平才在急促喘息的空当里把药吞了下去,反复几次,一颗药丸才喂了一半,清平已像是用光了全身的力气,汗水涔涔,喘息虽缓了下来,却细弱如丝,连眼睛都半闭起来了。

"可以了,"萧瑾瑜缓缓舒出口气,轻轻地道,"让他睡一会儿就好。"

楚楚像是刚打了一场大仗一样,脸上的汗比清平的还密,看着清平在怀中昏昏睡过去,魂儿才落回到身子里,伸手接过萧瑾瑜手里的药瓶,把剩下的半颗药丸放了回去,塞上盖子,递还给萧瑾瑜的时候不知两人谁的手抖了一下,药瓶一下子掉到地上,蹦蹦跳跳地就滚到了床底下。

看着萧瑾瑜撑着轮椅扶手想要起身，楚楚忙把清平放回被窝里："王爷，你别动，我来捡！"

萧瑾瑜摇摇头，眉心轻蹙："你扶我一下，床下有东西。"

楚楚一愣："什……什么东西啊？"

萧瑾瑜轻声道："听声音，好像有块石板下面是空的。"

楚楚突然想起萧瑾瑜把自己弄进这间牢房的目的，心头一热："你坐着，我帮你看。"

楚楚说着就跪下身来，麻利地钻到床底下，拾起药瓶揣进怀里，再把药瓶周围的石板从里到外一块一块挨个敲过来，敲到其中一块的时候，楚楚突然叫起来："我找到啦！"

楚楚压得住声音，却压不住声音里的兴奋："下面还真是空的，不过看起来跟其他石板一样，不知道怎么打开。"

萧瑾瑜低头看了看身边的几块石板，说道："头上有尖硬一点儿的簪子吗？"

"有！"

楚楚拔下头上的一根银簪，沿着那块石板的边儿一点一点把填在缝隙里的土拨了个干净，找到一个合适的位置把银簪的尖儿戳了进去，使劲儿一撬，那块看似铺得很是严密牢靠的石板一下子就被掀了起来。

石板一掀，就露出了底下的一个大窟窿，楚楚伸手往里一摸，摸出一把破烂的布条来。

楚楚从床底下爬出来才看清楚，每根布条上都密密麻麻地写满了血字。

楚楚顾不上细看，忙把布条拿到萧瑾瑜面前："王爷，你快看！"

萧瑾瑜把布条接到手里，迅速地扫过那些歪七扭八的血字，自言自语似的低声道："卷宗记录里，他的确曾把囚服撕成几片，给皇上上了一份血书。难怪他要把囚服撕成那么多片来写，他是要在每片上撕下一段细边，如此即便有人把囚服碎片拼接起来，也不易发现有所缺失。"

萧瑾瑜还没看完所有的布条，就听到牢门上的铁链"哗啦啦"地响了起来。他一惊，抬头正对上铁栅门外面薛汝成那张面无表情的脸孔。

萧瑾瑜眉心一蹙，轻巧地把布条团了几下，塞进了袖中，楚楚本能地一步冲回床边，迅速把已陷入熟睡的清平紧紧抱进怀里，狠狠地瞪向铁栅门外的人。

"人说龙生龙凤生凤，老鼠的儿子会打洞。"大门一开，薛汝成缓缓踱了进来，声音平缓得和以往给萧瑾瑜授课时没什么两样，"王爷，你这宁死也不愿过安生日子的毛病，怕是从宁郡王身上传来的吧？"

萧瑾瑜的嘴角扬起一个清冷的弧度："看样子，是。"

薛汝成回头看了眼识趣退下的司狱官，负手又往里踱了几步："皇上火急火燎地来找老夫，说王爷只听得进老夫的劝，让老夫来劝劝王爷，趁此事尚没有多少人知道，封口不难，王爷这会儿改口还来得及。"

楚楚紧挨在萧瑾瑜身边站着，近得一低头就能看清他的每一根睫毛，可就是在他脸上找不到一丝能表示他此刻情绪的痕迹。两个面无表情的人就这么面对面看着，谁也看不出对方在想些什么，但都确信对方一定在想，而且想得认真谨慎。

"皇上已令牢中守卫全部退到外面去了，一个时辰后回来。"薛汝成移开目光，扫了眼空荡狭长的走廊，牢里昏暗的光线还不足以让人一眼看到走廊尽头，他浅浅地咳了两声，"老夫这把年纪什么都不要紧了，王爷尚年轻，没必要携娇妻幼子跟老夫扯个鱼死网破。王爷改个口，少说几句话，老夫便可保王爷一家太平。"

楚楚恨恨地瞪着薛汝成："你别骗人了，谁要你来保呀，有宁郡王死前留下的血书，你就等着皇上把你千刀万剐吧！"

薛汝成扬了扬眉梢，像是看着任性胡闹的小孙女一样看着楚楚："老夫相信，一个时辰内王爷一定会把那把破布条交给老夫。"

楚楚狠狠啐了一声："你做梦！"

"娘娘愿不愿意跟老夫打个赌？"薛汝成眯起眼睛，一副兴致满满的模样，扬了扬用绷带裹紧的右手腕，"老夫若输了，就让娘娘把老夫的左手也废掉，娘娘若输了，就给老夫磕头赔个不是，如何？"

楚楚应得底气十足："好！"

她可不信萧瑾瑜会把冒着这么大风险找到的证据交给这个满肚子坏水的人。何况，比起废掉他一只手，磕个头也算不了什么。

楚楚这一句话的回音还飘在阴冷的牢房里，就听见萧瑾瑜淡淡地说了一句："我可以给你。"

"王爷……"

薛汝成满目和气地看着傻了眼的楚楚："王爷了解老夫事事必求极致的毛病，老夫也清楚王爷的性情，王爷对十娘对萧玦尚且如此，那就决不会拿爱妻幼子冒险的。"

楚楚瞪着薛汝成，气得脸颊泛红，她不气萧瑾瑜，但气极了这个拿萧瑾瑜的好来逼他求全的人。楚楚还没出声，就听到萧瑾瑜冷然道："我有条件。"

"王爷请讲。"

萧瑾瑜目光里有种说不清的寒意，直直地盯着薛汝成静如深海的脸："我想知道，你为何自请入宫当我的先生。"

薛汝成浅浅叹了口气，转头看了看依旧空荡昏暗的走廊，这才轻咳了两声，再开口时声音明显压低了些："在帝王家当先生是场豪赌，赌注就是这辈子的仕途，押对了未必能飞黄腾达，但押错了肯定会死无全尸。老夫是个文官，又是状元出身，当年正得仁宗皇帝倚重，给皇子当先生是板上钉钉的事。那会儿仁宗皇帝尚未立储，对几位皇子的态度也不甚明晰，老夫与其冒险押错，还不如不押的好。"

薛汝成说着苦笑摇头："不过还是命里有时终须有，景家老爷子押对了宝，从太子太傅当到了太傅，这是他的命。老夫一注未下，仁宗皇帝临终前还是把太师之位给了老夫，这也是老夫的命。"

萧瑾瑜眉心微紧："我既然只是你的保身之计，你又何须用真本事教我？"

薛汝成蹙眉打量着一手培养起来的学生："但凡着手去做的事，竭心尽力总不会有坏处，我若不是将王爷培养得像模像样，仁宗皇帝又怎会委老夫以太师之重任？"

萧瑾瑜冷然挑起一丝不带温度的笑意："你竭心尽力教我刑狱之事，就不曾担心有朝一日我会查到你身上来？"

"担心，"薛汝成略显无奈地叹了口气，背在身后用左手轻轻摩挲仍包裹着厚厚绷带的右手腕，"不过这也是命数，王爷自幼心思缜密，事事观察入微，对刑狱之事情有独钟，老夫纵是不教，王爷早晚也会走这条路，还不如倾囊相授，指望王爷日后能念老夫个好。王爷奉旨独掌三法司后，老夫的确也担心过，就凑着吴郡王之事让王爷沾染尸毒，以为王爷不能接触腐物之后会对刑狱之事心灰意冷，谁知王爷并无此意，都是命数啊。"

萧瑾瑜脸色隐隐发青："你何不直接杀了我？"

薛汝成抬起左手轻轻捻着胡子："王爷是老夫套在十娘脖子上的缰绳，王爷若不在人世，十娘还肯服服帖帖地替老夫打理如归楼吗？"

看着萧瑾瑜微显错愕的神情，薛汝成有意把声音又拖慢了些："王爷已验过十娘的身子了吧，"薛汝成漫不经心地往楚楚身上扫了一眼，轻描淡写道："这世上多数人的记性不好，需有人时时提醒才会恪守本分。那会儿老夫需要一个有头有脸有才有貌的人听老夫指点，替老夫当起如归楼的家，不过十娘那会儿还小，像匹小野马似的，想要让她本分办事，除了要勒紧缰绳，还得要多加鞭子。"

楚楚清晰地在萧瑾瑜眉宇间看到一丝波澜，闪瞬而过后萧瑾瑜的声音明显冷了一分："十娘一直对你敬慕有加。"

薛汝成苦笑着摆手："误会，误会，王爷原来在宫中看到十娘与老夫私语、传书，内容皆是十娘为老夫探问的宫中风向。老夫曾对王爷提起过，世上消息最为灵通的就是烟花之所，所以宫中消息最为灵通之处也不在朝堂而在后宫。"

"十娘亲口——"

薛汝成仍摆手，像是说起一件儿时的小事一般，笑得有几分自嘲的味道："老夫跟她说，她若让第三人知道此事，老夫便让天下人知道王爷的身世。若不是想早点儿躲开老夫，十娘可舍不得把王爷一个人丢在宫里，奉旨嫁给那个金玉其外的窝囊废。"

萧瑾瑜默默咬紧了牙关，脸色白得厉害，却仍不改沉静，沉默半晌才道："十娘早知道我的身世？"

薛汝成轻蹙眉头，像是努力地在混沌不清的记忆里搜寻了一阵，然后才缓缓地道："老夫记得，是在王爷三岁那年，老夫头一回教王爷认字之后跟她说的吧。"

萧瑾瑜声音冷硬如冰："她也知道我爹的冤情？"

"那倒没有，"薛汝成捻着胡子，玩味地看着萧瑾瑜越发难看的脸色，"老夫帮秦栾仿宁郡王字迹的时候她还是倍受恩宠的小公主，不知老夫是何人。不过，老夫仿吴郡王字迹的时候，多是十娘从旁研墨伺候的，世事无常啊。"

因为怀里抱着清平，楚楚不能去握住萧瑾瑜微微发抖的手，只能提着一颗心紧张地看着他，她心里都愤恨又难过得直想狠狠咬薛汝成一口，又何况是他？可他的身子又偏偏气不得恨不得。

萧瑾瑜静了片刻，像一切都走到了尽头一般，缓缓把脊背倚靠到椅背上，无声地叹出一口气，抬手取出袖中的那团布条，扬手往地上一扔。

楚楚清楚地看到他的嘴角漫开一抹凄冷的笑意，心里倏地一沉。

薛汝成不急不慢地弯下腰去，用左手把布条一根一根地拾了起来，待看清破旧的布条上歪七扭八的血字时，薛汝成一愣。

一把布条上写满了字，却来来回回只有一个词：六畜兴旺。

"薛太师，"牢门处传来一个憋笑憋得快背过气去的声音，"这是给你成亲的贺帖，别客气。"

楚楚急忙看向牢门，刚才还空空如也的牢门外正站着满脸堆笑的景翊。

"景大哥！"

楚楚惊喜的声音未落，走廊漆黑的尽头突然传来一阵牢门开启的"吱呀"声，随即响起一群人纷乱的脚步声，脚步声越来越近，也渐渐看清了人影。

有皇上、赫连苏乌和坐在轮椅上被冷嫣推着过来的萧玦，还有几个楚楚从没见过的官员，他们一直走到这间牢房门口才停下来。

楚楚看向萧瑾瑜，发现萧瑾瑜脸色虽难看得很，却正浅浅含笑，笑容浅淡得像是一杯冲过好几遍水的茶。

错愕的神情只在薛汝成脸上待了片刻，薛汝成随手扔下那把破布条，缓缓跪下身来："臣……拜见皇上。"

楚楚急忙跪下来，抢在薛汝成再说话之前道："皇上，您刚才听见了吧？宁郡王是冤枉的！"

"当然听见了，"皇上的声音里带着温暖如春的笑意，"朕折腾这么半天，等的就是薛太师这句话。"说着转头看向身后的一众官员："大理寺、御史台、刑部、兵部、吏部，对此案还有什么要问的？"

萧瑾瑜看向与众官员同列的萧玦，目光刚扫见萧玦身上正三品文官的官服就怔了一怔，再仔细看了一遍站在皇上身后的官员，有刑、吏两部的尚书、侍郎，还有大理寺的正卿、少卿，以及御史台的大夫、中丞，唯独兵部只见一个侍郎，少了那个年逾花甲的三品兵部尚书。

一众官员还没在薛汝成刚才那席话中缓过劲儿来，全都一声不吭，萧玦也只轻抿着还没什么血色的嘴唇,静静地看着跪在牢中的薛汝成。只听皇上又补了一句:"这会儿问不清楚,回头卷宗做出漏洞,年根儿底下被安王爷发回重做,朕可没工夫给你们说情。"

皇上话音刚落,站在皇上身边的赫连苏乌突然举起手来:"我不清楚。"

皇上嘴角抽了抽,扯出一个较为友好的笑容:"大汗何处不清楚?"

赫连苏乌没有一点儿拿自己当外人的意思,擦过皇上的肩膀大步迈进牢房,走到跪在地上的薛汝成旁边,拾起薛汝成扔在地上的布条,顺手搀起还跪在地上发愣的楚楚,然后对着布条上的字皱着眉头看了好一阵子,才一脸严肃地问向萧瑾瑜:"六畜兴旺……是什么意思?"

萧瑾瑜沉着眉心看向景翊,他确实是让这最擅长溜门撬锁的人随便写些什么,神不知鬼不觉地藏进来,但也没想到这人能随便成这样,害得他第一眼看清这些字的时候险些没绷住脸。

景翊干咳了两声,答得一本正经:"就是跟早生贵子的意思差不多,委婉一点,显得更有学问嘛。"

皇上满足地看着认真点头的赫连苏乌:"大汗清楚了?"

第七章

"这个我就是随口问问,"赫连苏乌把布条扔回到薛汝成身边,抱手看着安然跪着的薛汝成,"我没弄清楚的是,薛太师陷害吴郡王谋反,把他害到上不了战场,再冒用他的字去跟赫连图罗搞到一块儿,要是光为了贪点军饷,折腾这么一大圈子,到处杀人灭口的,还不如在京城里搜刮搜刮来得快来得稳当呢。薛太师,你图的什么呀?"

薛汝成谦恭颔首,沉沉缓缓地道:"老夫为官二十余载,历任数职,向来没什么追求,起初掌刑狱之事时但求每案必清,后来掌军政之事时也曾欲求每战必捷,但几战下来老夫发现,对我朝廷而言,力求每战必捷并非好事。"

薛汝成慢慢跪直身子,幽深如海的目光投向站在牢门口的皇上,镇定得像是在朝堂上商议政事一样:"皇上恐怕不曾想过,这些年打下来,若当真全由吴郡王这样的将领与大汗这样的敌人硬碰硬,我军要有多少伤亡,要多招募多少兵马,多浪费多少务农男丁,多投进多少粮饷?议和不过是一时权宜,只要是各为其主,仗就总是要打,能一直不温不火地打着,对军队好,对百姓好,对国库也好,何乐不为?"

薛汝成看向靠坐在轮椅中的萧玦,这人已经有五年时间感觉不到自己下半截身子的存在了,前三年的折磨,近两年的追杀,还加上前几日的几道刺伤,萧玦原本健壮挺拔的身子如今单薄瘦弱得就像一片被风雨打落又被路人百般踩踏过的枯叶,好像一碰就会碎成粉末一样。

"薛钦初至凉州军营时就与吴郡王暗示过此事,奈何吴郡王不以为然,仍为逞一时痛快舍命硬拼,调至西南后吴郡王更是变本加厉,致使西南战火愈演愈烈。吴郡王既然心性如此,长久下去于社稷有百害而无一利,领一个谋反之罪也算不得冤枉。"

楚楚听得皱起了眉头,家国天下的事儿从来没在她脑子里面转过,薛汝成这番话她每个字都懂,连在一块儿就听得迷糊了,单凭薛汝成害惨了萧玦这一点,她就相信薛汝成说的一定不对,但有些话听着又有点儿像是对的。

薛汝成把话说到这儿就刹住了,一时间没人出声,片刻的死寂之后,赫连苏乌突然清了清嗓子。

"薛太师,打仗是男人的事儿。"赫连苏乌转头看了眼萧玦,这人瘦弱得好像快被这身深蓝的官服压垮了似的,唯有那双眼睛还是和原来在战场上拼杀的时候一样,几年不见,清亮不减,深邃有增。赫连苏乌回过头来看向仍挺着腰板跪在地上薛汝成,微眯着眼睛踱到薛汝成面前,指了指薛汝成的额头,"可惜你实在没有打仗的男人的脑子。"

赫连苏乌轻勾嘴角,继续说道:"所以萧玦为什么不听你的劝这件事,你这辈子是明白不了了。"

赫连苏乌凌厉如鹰地盯着薛汝成,冷硬如铁地道:"还是求求你们皇上,快点儿放你转世怀胎。"

楚楚一时没憋住:"是投胎。"

赫连苏乌眉毛抖了一下,表情保持不变,声音里隐约多了一分火气,听起来气势更足了一点儿:"投胎……投胎转世,下辈子长个男人脑子,不用想就能明白了。"

赫连苏乌好不容易憋着劲儿把话说完,皇上咳了好几声才压住笑出声来的欲望,既威严又和善地道:"大汗全都清楚了?"

"清楚了。"

"没人想问什么了吧?"

静了片刻,皇上刚想下令收东西走人,就听到薛汝成仍然不慌不忙地说了一声:"臣还有一事不明。"

皇上好脾气地点点头:"薛太师请讲。"

"臣如若获罪，同党当如何论处？"

皇上客客气气地笑着："薛太师还剩哪个同党没自己收拾干净？"

"十娘。"

一直坐在一旁静得像幅画一样的萧瑾瑜突然身子一僵，十娘虽是受薛汝成胁迫，但到底是亲手做了触犯刑律之事，就算旁的都不算，单单是私自将宫中消息通与宫外男子，就足够死上几回的了。

萧瑾瑜还没开口，只见皇上一脸茫然地看着薛汝成："十娘是谁？"

薛汝成一愣。

皇上转头看向身后的一群人："谁知道十娘？"

一群人齐刷刷地摇头。

楚楚刚想说话，就被景翊一把捂住了嘴。

薛汝成脸色微沉："就是皇上的十姑母。"

皇上像是搜肠刮肚了好一阵才道："记不得了，朕回宫让人查查，有这个人的话就按律惩处，要是查无此人，就只能再给薛太师加一条欺君之罪了。"

"皇上——"

不等薛汝成说完，皇上就扬声盖过了薛汝成的声音："大汗，宫中酒宴已备好了，剩下的都是好事，还是到宫里边吃边谈吧。"

赫连苏乌巴不得赶紧躲开这些文官落在他身上的满是友善的目光，诚心诚意地说了声"好"。

"冷侍卫。"

冷嫣一步站出来，威风凛凛地道："在。"

"朕刚才允你的事儿，"皇上一脸同情地看了薛汝成一眼，后退三步，"待会儿在这里办就行了。"

"谢皇上。"

"嗯，"皇上扫了一下在场的人，目光落在楚楚身上，"安王妃留一下，给冷侍卫帮帮忙。"

楚楚愣了愣："帮什么忙呀？"

"一会儿冷侍卫会告诉你。"皇上看了看楚楚怀里还在昏睡的清平，"景翊，你把成郡王送回安王府，速去速回。"

"是。"

"其余诸位卿家随朕回宫议事。"皇上略带歉意地看向仍满面病色的萧玦，"吴郡王，你既已出任兵部尚书，也劳你辛苦一下了。"

萧玦微微颔首："臣遵旨。"

"大汗，请。"

"皇上请。"

萧瑾瑜从宫里出来的时候天就已经黑透了，回到安王府又召了吴江几人，在十诫堂忙活到后半夜才回房，还没进屋就闻见一股诱人的香味。

"王爷，你回来啦。"

楚楚听见木轮压过地面的声响就跑了出来，把萧瑾瑜迎进屋里，从窗下的小火炉上捧下一个砂锅，盛出一碗热腾腾的山药排骨粥，送到萧瑾瑜手里，坐到他对面笑盈盈地看着他："有点儿烫，你慢慢吃。"

萧瑾瑜偶尔会因为公务或庆典进宫赴宴，一定是只喝几杯不得不喝的酒，吃的东西一口不碰，回来要是不吃点儿什么温热的东西填补一下，那几杯酒一准儿会让他胃疼到第二天晚上。这种时候楚楚总会提前熬罐粥或炖锅汤，放在屋里的小火炉上热着，他一回来准能得吃。

萧瑾瑜舀了半勺送进嘴里，熟悉的鲜香，再加上眼前这人熟悉的笑脸，萧瑾瑜恍惚间有种错觉，好像先前的一切就像是一场噩梦，一觉醒来，一片静好。

楚楚把胳膊肘撑在桌上，一手托着腮帮子，目不转睛地看着吃东西比人家弹琴还好看的人，一直把萧瑾瑜看到不敢张嘴了。

"楚楚，"萧瑾瑜并不打算放弃这碗粥，所以只得随口找点儿什么话说，来打断她对自己的观赏，"皇上留你在牢里做什么？"

"也没什么，"楚楚坐直了身子，"就是皇上怕把薛太师关在牢里他会再耍什么心眼，答应冷侍卫让她在那间牢房里亲手处决他，也算是替吴郡王报仇。我就负责验验薛太师死透了没有。"

萧瑾瑜轻轻点头，方才在宫里议事的时候已说到这事了，萧玦还一直悬着心，直到冷嫣毫发无伤地前来复命才把眉头展开。

"其实根本就用不着验，"楚楚漫不经心地把目光落在萧瑾瑜手中的碗里，"冷侍卫直接砍下了薛太师的脑袋，这样怎么可能死不透。"

看着碗里剁得小巧精致的排骨，萧瑾瑜犹豫了一下。

"她倒是砍得痛快，我还得在那儿把薛太师的脑袋缝好，放到棺材里送到薛府去。要不是排骨早就剁好了，我回来得那么晚，肯定来不及给你熬粥了。"

萧瑾瑜毫不犹豫地把勺子放回了碗里："楚楚，你还没吃晚饭吧？"

楚楚摇摇头，指指桌上的砂锅："这么多粥，你肯定吃不完，我吃剩下的那些就行啦。"

"过来。"萧瑾瑜把楚楚叫到身边，拉着她坐到自己的腿上，拿起勺子在粥碗里舀出一块排骨送到她嘴里，"以后不许这样，趁现在还不那么难受，能多吃点就多吃点，过些日子万一难受起来也有力气扛着。"

楚楚一张小嘴被那块排骨塞得满满的,只有向萧瑾瑜甜甜一笑的余地。

萧瑾瑜把剩下的大半碗粥一勺一勺地全喂给她,楚楚吃饱了还赖在他怀里不肯下来,搂着他的脖子,在那张血色淡薄的脸上亲了又亲。

萧瑾瑜哭笑不得地看着她,每次她想有些什么所谓的不情之请的时候,总会先拿出这副撒娇的模样来黏他一阵子,其实她只要张个口,萧瑾瑜一般都不会拂她:"有话直说,我困了。"

这人果然有话:"王爷,我想跟你商量件事。"

"嗯。"

"我回来之后去顾先生那里看平儿和乌兰,乌兰跟我说,她想她娘了,还问我她爹什么时候带她回家。"楚楚抿了抿嘴,轻皱眉头,认真地看着萧瑾瑜,"王爷,乌兰才四岁,现在就让她跟她爹娘分开也太可怜了,你能不能跟大汗说说,让乌兰先回北秦住着,等她和平儿都长大了,再让平儿把她娶来?"

萧瑾瑜一时没点头也没摇头,楚楚说的确实合情理,但也确实不合礼法,哪朝哪代都没有把已经送进门的和亲公主再放回娘家养着的先例。

楚楚见萧瑾瑜没反应,抓起萧瑾瑜的手放到自己的肚子上:"王爷,乌兰要是咱们的孩子,你肯定也舍不得把她一个人扔在别人家里。"

萧瑾瑜摸着楚楚刚被他喂鼓的肚子,无声苦笑,别说是把孩子扔在别人家里,就是如今把清平交给顾鹤年,就住在后院里,他也放心不下。

"好,我想想办法。"

"谢谢王爷!"楚楚一句话喊出来,才突然想起一件事来,"对了,王爷,我回来的时候十娘和穆遥都走了,赵管家说是唐捕头带他们走的,不知道去哪儿了,也没留个话。"

萧瑾瑜轻轻点头:"是皇上的意思,京城里认识十娘的人太多,十娘身份也特殊,未免再惹是非,还是走得越远越好,穆遥会照顾好她。"

听到身份二字,楚楚想起一个她早就想问的问题,只是先前觉得这个问题无关痛痒,现在一切都消停了下来,这个问题又显得值得一问了:"王爷,你既然不是皇帝的儿子了,那以后还喊你王爷吗?"

萧瑾瑜浅浅叹气,点了点头:"皇上说我的爵位是道宗皇帝封的,我不曾犯十恶不赦之罪,他改不了,他倒是准我自己决定要不要继续掌管三法司的事。"

楚楚眨眨眼睛:"那你还想再管吗?"

"还没想好,先把这个案子办完再说吧。"萧瑾瑜在楚楚腰上轻轻拍了拍,嘴角微扬,"我答应了你的事,你也得帮我办件事。"

一看萧瑾瑜这副模样就知道肯定是好事,楚楚答得毫不犹豫:"好。"

萧瑾瑜浅浅笑着:"皇上下旨给萧玦和冷嫣赐婚了,三天后就办喜事。冷嫣从将军府出嫁,萧玦的官邸还没收拾好,就先把冷嫣娶到王府里暂住一阵,我这几天脱不开身,你可愿意帮他张罗一下？"

楚楚的眼睛里顿时喜色满溢："当然愿意！"

萧玦的彩礼是连同赐婚圣旨一块儿被皇上送进将军府的，成亲的前几天萧玦既要养伤又要恶补兵部的公务，冷嫣一直在王府里陪他，出嫁的一堆琐事全由冷夫人和身怀六甲的冷月帮她操办了。

要是让冷嫣自己说，那些乱七八糟的东西和莫名其妙的礼数她一样也不稀罕，萧玦答应跟她拜堂就足够了，可这是皇上赐的婚，不搞足了排场就是不待见皇上的面子，用宫里的话说就是大不敬。冷嫣原本就是皇后宫里的侍卫长，决不会傻到在自己的好日子里平白给自己找晦气，也就任由别人帮她张罗了。

萧瑾瑜赶着在赫连苏乌启程返回北秦之前处理完薛汝成留下的烂摊子，忙得连吃饭睡觉都顾不上，只是让楚楚代他给萧玦送去了几口封好的大箱子，据说里面放着十万两黄金，是六王爷萧瑾璃提前送来的份子钱。

楚楚没去扰他，跟赵管家一块儿里里外外地忙着张罗萧玦的婚事。布置洞房的时候，楚楚提议拿张大红纸，让王府里的每个人都写句吉祥话，贴在洞房里，为命途多舛的萧玦赶赶晦气。赫连苏乌也兴致勃勃地来凑热闹，一边嘲笑吴江写的"早生贵子"，一边大笔一挥，无比骄傲地在吴江的字旁写了个硕大的"六畜兴旺"，楚楚就这么原汁原味地贴到洞房里了。

成亲当日，冷嫣的花轿是被曾在她手下当差的四十名皇宫侍卫骑着高头大马护送来的，四名陪嫁丫鬟两前两后地跟着，不时地往半空中撒起宫中温房里送来的凤凰花花瓣，宫里派来的乐师一路吹吹打打，引得无数老百姓夹道围观，比公主出嫁还要热闹。

排场做得足，俗礼倒是省了不少，萧玦不能喝酒，拜堂之后直接进了洞房，一众宾客就由萧瑾瑜出面帮他待着，萧瑾瑜就拿着楚楚帮他兑好的凉白开一桌一桌地敬过去。

萧瑾瑜最先敬了赫连苏乌，赫连苏乌喝过之后就兴致勃勃地跟景翊学划拳，等萧瑾瑜把上百位客人敬过来，再回来找到赫连苏乌的时候，这个号称千杯不醉的人已经快输到桌子底下去了。

景翊被萧瑾瑜瞪了一眼，识时务地一溜烟飘走了。

"安王爷，"赫连苏乌支着一张红彤彤的笑脸，使劲儿拍了拍萧瑾瑜的肩膀，手劲儿大得差点儿把萧瑾瑜拍到地上去，"我家丫头交给你，放心！"

萧瑾瑜黑着脸，用足了力气拨开赫连苏乌的手："我不放心。"

"唔？"赫连苏乌随手扯过一把椅子，盘腿坐到萧瑾瑜对面，"议和的事儿不都定好了吗？只要我当大汗一天，北秦就一天不招惹你们，你还想怎么放心啊？"

萧瑾瑜冷着脸从袖中拿出一块晶莹剔透的玉牌，低声道："这个给乌兰，让她随身带着。"

"你家儿媳妇,你自己给她不就行了?"

萧瑾瑜不理他说了什么,把玉牌塞到赫连苏乌手上:"把这个给她,你明天启程的时候带她一块儿回去吧。"

赫连苏乌看着手里的玉牌愣了愣,半晌才反应过来萧瑾瑜说的是什么意思,"噌"地从椅子上蹿了起来,酒也醒了大半,睁圆了眼睛看着面容清冷的萧瑾瑜:"你……你刚才说什么?"

萧瑾瑜云淡风轻地道:"我说府上孩子太多,我养不过来,你先带回去吧。"

赫连苏乌被酒劲儿冲得发晕的脑子一时转不过来,他比谁都舍不得扔下这个才四岁大的女儿,可这也不是他说想带走就能带走的:"不对不对,她是来和亲的,议和条款里写着呢,她这辈子都不能出京城的城门啊。"

萧瑾瑜的目光落在赫连苏乌手里的玉牌上,没好气地道:"你当这玉牌是用来辟邪的?"

赫连苏乌皱着眉头看了看手里这块凉飕飕的玉牌,上面用篆文雕着几个复杂的字,赫连苏乌一个也认不出来,萧瑾瑜不说还好,这么一说他倒是真觉得像什么鬼画符似的,赫连苏乌正儿八经地点了下头:"嗯……像。"

萧瑾瑜无声叹气,他本就不准备多作解释:"你就当它是辟邪的吧,有它保佑,乌兰就能顺顺利利地跟你走,过几年我自会派人去接她。"

赫连苏乌像尊石像一样愣愣地看了萧瑾瑜好一阵子,萧瑾瑜刚想转身走人,突然被赫连苏乌一拳擂在肩头上:"安王爷够义气!"

萧瑾瑜还没来得及揉一下几乎被他打散的骨头,又看见赫连苏乌的一根手指指到了他的鼻子尖儿上:"我跟你拜堂!"

赫连苏乌这一声声如洪钟,近旁几张桌子上的人全听得一清二楚,倏地一静,齐刷刷地把头扭了过来。

赫连苏乌在萧瑾瑜铁青的脸色里看出了点儿什么不对,把指到萧瑾瑜鼻子上的那根手指头收了回来,指尖咬到嘴里想了一阵子:"唔……好像不是拜堂……"

默默奔过来护驾的吴江实在看不下去了:"大汗想说……结拜?"

"对对对,结拜!"

众目睽睽,还在两国刚刚议和的时候,萧瑾瑜心里把赫连氏的列祖列宗都拜了一个遍,嘴上还是平平静静地说了个"好"。

赫连苏乌本以为是要照着萧玦和冷嫣刚才的拜法来拜,吴江塞给他三炷香的时候他还老大不乐意,拜完之后又拉着萧瑾瑜喝酒,那些平日里难得有场合能巴结到萧瑾瑜的官员也都纷纷前来敬酒庆贺,愣是把萧瑾瑜灌得烂醉,跟他们一块儿划拳划到将近四更天才被吴江劝走,以至于第二天赫连苏乌启程回北秦的时候,萧瑾瑜还宿醉未醒。

赫连苏乌一走,薛茗也收拾行李回凉州了,走时带走了仍然不敢见人却只信任他的祁莲，说是他爹造的孽他得弥补。

萧瑾瑜被胃疼折腾了三天之后还是不愿下床，虽然一直发烧，但还没严重到非卧床不可的地步，他只是觉得万事尘埃落定之后实在疲乏得很，大事小情暂时全交给了吴江一干人等，他就借病躺在床上继续昏昏沉沉地睡了几天。

叶千秋说萧瑾瑜这毛病的主要原因是五行缺心眼儿，楚楚一直没明白是什么意思，直到萧瑾瑜赖床的第五天，楚楚给他拿药来的时候，萧瑾瑜才从床上坐了起来，把楚楚搂进怀里，在她额头上轻吻，抚上楚楚还平平的肚子，认认真真地道："楚楚，以后我不查案子，就我们一家人过清静日子，好不好？"

楚楚这才明白，他这些天是在被那个要不要继续查案子的心病折腾着。

"好啊。"楚楚眨眨眼睛，答得很是干脆，答完又皱了皱眉头，"不过，我刚刚听唐捕头说，京里出大事儿了，好几户家里接连死了人，都是被活生生大卸八块，可吓人了。"

萧瑾瑜一怔："什么时候的事？"

"就这几天，一天死两个，可准了。"

"可有什么疑犯？"

"哪有什么疑犯呀？都是八竿子打不着的人家，还都是在门窗紧锁的屋里死的，家里人还一点儿动静都没听见，唐捕头他们都说，这种事儿肯定查不出来，就按闹鬼结案就行啦。"

楚楚话音未落，萧瑾瑜眉心一沉："胡闹！叫唐严来，我——"

萧瑾瑜话还没说完，楚楚已经在他怀里笑得喘不过气来了。

萧瑾瑜脸色一黑："楚楚。"

楚楚笑够了才抬起头来，看着萧瑾瑜的一张黑脸，笑嘻嘻地揉抚着他的胸口："你瞧瞧，我答应了，你还答应不了呢，你就别想着撂挑子的事儿啦！"

萧瑾瑜无声轻叹，苦笑着摸摸怀里人的脑袋："你不是说我们一直就没过安生日子吗？"

楚楚暖融融地笑着："哪能把好事儿全都占全呀？再说了，你查案子都查了十来年了，哪还改得过来呀。"

萧瑾瑜承认她说的确实是实情，要真有那么容易搁下，他也不至于把自己闷在床上想了这么多天了，可萧瑾瑜还是认真地道："你要是真想过清静日子，我可以试试。"

"刚才不是试过了？你是没瞧见你刚才听见案子时的模样，就跟饿狼看见剥好皮的兔子似的，两眼贼亮贼亮的！"

萧瑾瑜一窘，哭笑不得："你说起尸体的时候不也是一样？"

楚楚笑起来："那不就对了？你继续管案子，我就能继续验尸啦。"看着萧瑾瑜仍有些犹豫的神情，楚楚笑嘻嘻地摸上他的锁骨，"我要是不验尸，天天就只看你一个人的身子，万一哪天看够了，我就不要你了！"

"你敢!"萧瑾瑜一把把这个在他身上煽风点火的人搂紧,"你是——"

萧瑾瑜想说,你是我的,这辈子都是我的。

他这辈子还没说过这样的话,凭他的脸皮厚度,天知道下次再有这样的冲动会是什么猴年马月的时候了。

可惜话才开了个头,就被楚楚干脆果断地抢了先:"你是皇上赏给我的!"

好吧,就算他是她的吧,反正结果都是一样的。

他们这辈子都不会分开了。

番外
蜜汁百合

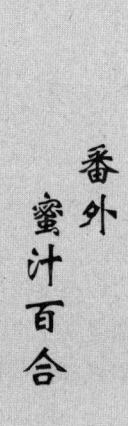

青青子衿

(一)

沉重的天牢大门被缓缓打开,发出悠长的一声"吱呀",声音在昏暗沉闷的天牢里荡开,像是地府里冤魂哀嚎的余响。

牢房里紧挨着铁栅门的地方,只见萧恒裹着满是血污的破烂囚衣趴在地上,盛夏的牢房里闷热得像蒸笼一样,从他身上传出的血肉腐烂气味让他自己都止不住一阵阵犯呕。听见走廊里传来的脚步声,萧恒扒着铁栅门努力地抬起头来,吃力地张望着。

从深不见底的走廊尽头走过来的是个年轻男人,穿着文官官服,怀里抱着碎花毯子,里面像是包裹着一团小小的东西。男人走到铁栅门外,在萧恒面前小心地蹲下身来,低声道:"下官刑部侍郎薛汝成,奉皇后娘娘之命,带他来给您看看。"说着从怀里摸出一块皇后宫中的令牌,隔着铁栅门递到萧恒面前,萧恒却目不转睛地盯着那张包裹严实的碎花毯子。

年轻男人无声地叹了口气,收起令牌,轻轻地掀开毯子,露出一张恬然安睡的小脸,两手托着送到萧恒面前。萧恒愣愣地看着裹在毯子里的小生命,是那么清秀、白净,这样静静地睡着,让他恍惚间看到那个先他一步而去的女人温柔的笑靥。萧恒颤抖着伸出手去,伸到一半忽然想起些什么,吃力地把手缩了回来,手心在脏兮兮的囚衣上用力地蹭了好几下,蹭得掌心都发红了,才重新伸了出去。手指刚触到婴儿细如凝脂的小脸上,突然一颤,愕然地看向抱着孩子的人:"他……发烧?"

年轻男人点了点头,轻轻蹙着眉头:"夫人受刑早产,他先天不足,自出生以来一直生病,两条腿是废的。"

萧恒的手僵在婴儿的脸上,不见血色的嘴唇颤抖了好一阵子,他轻轻摸过孩子的整张脸孔,才缓缓地缩回手来,目光仍恋恋不舍地落在那张小脸上,眼睛都舍不得眨一下:"走,这里脏……太脏。"

年轻男人抱稳孩子，慢慢站起身来，微微颔首："宁郡王保重。"说罢转身要走，突然听到身后传来因为急切而越发沙哑的声音。

"他……他的名字？"

年轻男人转过身来，谦和地答道："皇上为他取名瑾瑜，顺位第七，已封为安郡王。"

萧恒缓缓垂下头来，在口中无声地重复着孩子的名字，重复了好一阵子才又抬起头来，年轻男人仍静静地等在原地，萧恒怔了怔，说道："你……多照顾他……"

"宁郡王放心。"

（二）

"姐姐……"

十娘刚回屋就听见床上传来的细弱声响，心里一揪，赶忙快步走了过去，掀开帐子，只见床上的男孩蜷在厚厚的锦被里，瘦小的身子瑟缩着，小脸惨白，清澈的眼睛正泪汪汪地看着她。

"姐姐，我冷……"

十娘伸手摸上男孩的额头，秀眉轻蹙，从前天起他就高烧不退，喝口水都会吐得厉害，别说他一向体弱，就算是个健健康康的五岁孩子也禁不住这样的折腾。

十娘在床边坐下，连人带被子一块儿抱进怀里，她才刚满十六岁，贵为嫡出公主，她从小到大就抱过这么一个孩子，但她心里还是清楚得很，一个五岁的孩子不该轻得像团棉花一样。十娘隔着锦被轻轻拍抚着这副格外瘦小的身子，声音轻柔如梦，生怕惊了他："小瑜乖。"

男孩在她温暖的怀里仰着头，认真地看着她，稚嫩的声音烧得发哑，听起来有些不合年纪的沉重："姐姐，我是不是快死了？"

十娘心里一沉，怔了怔，才低下头来轻轻吻在他滚烫的额头上："不会，有姐姐在，小瑜不会死的，姐姐保证。"

待哄着怀里的人睡着，再把他放回到床上躺好，十娘站起身来将炭盆轻轻挪到床边，轻手轻脚地走到外间去，唤来一个与她年纪相仿的宫女。

"豆蔻，薛大人应该快到了，你去趟书房，跟他说王爷还病着，今天还是不能上课。"十娘说着从袖里抽出一个折了两折的信封，塞到豆蔻手上，低声道，"帮我把这个交给他吧。"

豆蔻把信封凑到鼻子底下，使劲儿吸了口气，笑得一脸神秘："这么浓的花香味儿，公主又给薛大人写情诗啦？"

十娘脸颊微红："胡说什么！"

豆蔻抿着嘴笑，凑在十娘耳边轻声道："公主要是真能和薛大人结为连理就好了，咱们王爷那么崇拜薛太师，没准儿一高兴病就全好了。"

十娘浅笑轻嗔："行了，整日没大没小的。快去吧，别让薛大人久等。"
"好，公主就放心吧。"

（三）

"姐姐……"

十娘把目光落在面前的铜镜上，看着自己涂满脂粉的脸，对身旁轮椅上的男孩的唤声置若罔闻。豆蔻站在十娘身后，小心地帮她梳着复杂的新娘发髻，顺便低头在十娘耳畔轻声提醒："公主，王爷叫您呢。"

十娘一直不答应出嫁，今年皇上再次提起，这次是个远不如前几个人选的男人，没想到十娘竟一口答应了，别说轮椅上的那个男孩接受不了，豆蔻也觉得像是做梦一样，她和这里的所有宫人一样，都一直坚信十娘不肯嫁人是在等薛大人，哪怕一直等到美人迟暮。

十娘漫不经心地应了一声，没去看轮椅上男孩那张惨白的脸："嗯。"

"姐姐，你为什么突然要走啊？"

"总比在宫里伺候人好，"十娘看着男孩映在铜镜里的影子，目光定在他的腿上，声音里带着豆蔻从未在她口中听到过的淡漠，"没人愿意伺候别人，要想不招人厌烦，就别总指望别人伺候你。"

豆蔻心里一凉，慌忙看向轮椅上的男孩，只见男孩愣愣地看着十娘冰霜满布的侧脸，好一阵子才紧咬着嘴唇，艰难地点了点头，低着头看着自己不能动弹的双腿，小声地道："小瑜记住了。"

十娘眉心微蹙，看着铜镜里怔愣的豆蔻，轻声责怪道："动作快点儿，别误了时辰。"

豆蔻赶忙低下头："是，公主。"

直到十娘从头到脚都收拾妥当，轮椅上的男孩都没再说过一句话，就一直静静地坐在一旁看着，豆蔻清楚地看到他紧抿了自己的嘴唇，那双清澈的眼睛里的眼泪一直在打转，但始终都没有一滴掉落下来。

豆蔻把十娘的轿子一直送到宫门口，十娘突然掀开轿帘，对轿外的豆蔻低声道："别太心疼他，他跟别人不一样，现在吃点儿苦头，将来才能活得容易些。"

豆蔻一愣："公主……"

十娘浅浅苦笑："拜托你了。"

（四）

夜半，一灯如豆。

萧玦迷迷糊糊地醒过来，刚睁开眼就看到一张清俊里带着明显火气的脸，一愣："七叔……"

床边的人静静坐在轮椅上，手里端着一个药碗，明明是十岁的少年人，却端着长辈的口吻："起来，吃药。"

萧玦愣愣地爬起来，身上酸软得好像连着练了好几天剑一样，隐隐发冷，萧玦接过药碗木然地喝了一口，苦得差点儿哭出来。

轮椅里的人淡淡地看着他苦得皱成一团的脸，声音里带着清晰的恼意："再敢睡在我书房外面，黄连再加倍。"

萧玦被训得鼻子一酸，紧咬着嘴唇，低着脑袋，眼泪直往下掉，有几滴落在药碗里，发出轻微的叮咚脆响。昨晚是他奉旨入宫给这人当侍卫的第一天，这人只问了他的名字，就头也不抬地继续研读案卷了，他也不知道该做些什么，见书房外面一个守卫也没有，就一直站在书房外面帮这人守着，寒冬腊月冷得刺骨，他也不过是个七岁的孩子，站着站着就什么也不知道了。

想起刚去世半个月的爹临终时对他说的话：尽忠职守。萧玦把脑袋埋得低低的，捧着药碗重重地点了点头："我再也不敢了。"

轮椅上的人没有说话，推起轮椅就要走，萧玦一慌，赶忙几口喝干药汁，把碗一搁，掀了被子就跳下床去，刚站起来就一阵头晕腿软，"扑通"一声摔到了地上。

木轮压地的声音戛然而止，那个清冷中带着愠色的声音再次响起来："你干什么？"

萧玦红着脸从地上爬起来，抓过搁在床尾的衣服就往身上套："我……我马上就好！"

轮椅上的人皱起眉头："四更刚过，你起床做什么？"

萧玦一边急匆匆地穿衣服，一边既认真又威风地答道："卑职奉旨保护七叔，你去哪儿我就去哪儿。"

轮椅里的人怔了怔："我不用你保护。"

萧玦的脸涨得更红了："七叔，我保证再也不在站岗的时候睡着了！"

轮椅里的人轻抿嘴唇，静静地看了他一阵子，声音清淡得像白开水："你还在发烧，睡觉吧，我也要睡觉了。"

"你在哪个房里睡？我到门口给你站岗。"

"这是我的房间。"

萧玦一愣。

轮椅里的人漫不经心地道："你就在这床上睡吧，要是真有什么刺客，你能及时保护我。"

萧玦想了想，端端正正地应了一声："是。"

"你先睡，我要看会儿书。"

"是。"

悠悠我心

（一）

七月流火。

京城，尚书府。

萧玦看着纸上已然歪斜凌乱得像是信手涂鸦的字，有些沮丧地丢下了笔。

"嫣儿……"

他大半截脊背都没有知觉，为了在处理公务时能坐直身子，特意让人制了件铁衣撑起脊背，坐是能坐直了，可铁衣沉重坚硬，坐不了一个时辰就会把他累出一身大汗，本就写得吃力的字也就更加没法见人了。

冷嫣从外间走进来，看他累得脸色发白、满头大汗的模样不禁一阵心疼，伸手想帮他把铁衣解下来，萧玦却笑着把右手伸给了她。

每当他公务还没处理完就已经写不出能看的字的时候，总会求冷嫣像半年前教他练字的时候一样握着他的手帮他写完。

冷嫣板下脸来，一巴掌拍落他伸到她脸前的手，解了他身上的铁衣，托住他一下子瘫软下来的身子，打横把他抱了起来，放到床上，没好气地白了他一眼："都什么时辰了，睡觉！"

萧玦不死心地看着摞在桌上的公文折子："就还有几份……"

冷嫣扯开被子裹到他身上，一点儿商量的余地都不给他："闭眼，睡觉，明早起来再说。"

"嫣儿……"

冷嫣眯着眼睛看他，勾着一抹邪气十足的笑，隔着被子勾勒他身子的轮廓："你要是还有力气没处使……"

萧玦慌忙闭了眼，明天还有早朝："没，没了。我睡，这就睡……"

"乖。"

(二)

江南小镇，五味居。

"糖醋排骨，"素衣素面的十娘稳稳地把手里那盘品相极佳的糖醋排骨摆到桌上，笑盈盈地对一桌客人道，"几位慢用啊！"

话音未落，另一张桌上刚刚落座的客人熟络地招呼起来："十娘，雪菜肉丝面，多放两勺花生米！"

"好嘞，马上就来！"

十娘闪身钻进狭小的厨房，对灶台边忙而不乱的穆遥道："一碗雪菜肉丝面，多放点儿花生。"

穆遥头也不抬地应了一声。

十娘凑到穆遥身后，伸手圈住他的腰，脸挨在他宽阔结实的后背上，闻着他身上的烟火味，听着他突然乱起来的心跳声，无比安心踏实。说道："那碗面是米行的陆掌柜要的，我前几天听他家娘子说他近来心脏不大好，你记得少放点儿盐。"

"嗯。"

外面那间还不如安王府里一间卧房大的小饭馆里又传来招呼老板娘的声音，穆遥腾出一只手来，拍拍那双还圈在他腰间的手，慵懒里带着几分烟火味十足的温存："客人叫了，去吧。"

十娘松开他的腰，却又挽上了他的胳膊："亲我一下。"

穆遥皱皱眉头："我身上都是油烟。"

十娘美目一瞪："快亲！"

成亲大半年了，就算是在没有旁人的地方，这样的事他还是会不好意思，十娘却总爱拿这样的事逗他，他又永远都不会跟她说"不"。

穆遥转过头来别别扭扭地亲在十娘红润的嘴唇上，一下亲完，整张脸涨得像锅里的红辣椒一样，赶紧扭了回去："你快去吧。"

十娘这才笑着松开他的胳膊，转身出去。

"来啦！"

(三)

京城，安王府。

"爹爹，你看！"

萧瑾瑜还没来得及在一摞卷宗中抬起头来，一个软绵绵的小身子已经踩着他轮椅的轮子爬到了他的怀里，把一条已经昏过去的小青蛇举到萧瑾瑜面前。

萧瑾瑜搁下手里的笔，哭笑不得地抱稳这个刚满三岁的疯丫头，从怀里拿出手绢给她擦拭满脸的泥泞。他的第二个孩子如他所愿，健康得无可挑剔，可也调皮得无可救药，自从她会爬开始，萧瑾瑜就已经对她无能为力了。

"悠悠，"萧瑾瑜把那条快被她的小手攥成两截的蛇救到自己手中，板起脸来看着大眼睛一眨一眨的女儿，"这些蛇是叶先生养来做药引的，不能拿来玩，知道吗？"

萧清悠鼓起了肉乎乎的腮帮子，一脸的不服气："我没拿来玩！"

萧瑾瑜也不生气，把躺在他手掌里的小蛇放到她面前，认真地问她："那你告诉我，你为什么拿着它？"

"我拿来给爹爹看！"

萧瑾瑜耐心地追问："看什么？"

萧清悠指着光溜溜的小蛇，答得一本正经："它没有脚。"

萧瑾瑜一时没转过弯来："嗯？"

萧清悠的小手隔着衣服轻轻抚摸萧瑾瑜毫无生气的腿："爹爹不能跑，但是爹爹有脚，它跑得快，但是它没有脚，还是爹爹好。"

萧瑾瑜这才反应过来，这丫头让他看蛇，竟是想要用没有脚的蛇来安慰他这个站不起来的人。

"乖，"萧瑾瑜在她脏兮兮的小脸上亲了一下，拉过她的一只小手，把小蛇搭放到她热乎乎的手心里，"它没有脚，我不能跑，你来替我把它送回叶先生那里，好不好？"

萧清悠郑重地捧着手里的小蛇，扬起红扑扑的小脸冲萧瑾瑜笑得暖洋洋的："好！"

（四）

京城，街巷，夕阳西斜。

"冰糖葫芦嘞——"

一声浑厚里带着甜意的叫卖声钻进耳朵里，景翊不由自主地转头看了过去。好几年前他就已经由大理寺少卿升为了大理寺卿，皇上一直有心把他升至相位，景翊却始终舍不得三法司的这份苦差事。

他的至亲至爱之人全都生活在这方城池里，要将维护这方城池安宁的重任交到别人手里，他实在放心不下。

景翊温柔的目光扫过这片繁华的街巷，忽然定在了不远处的小巷口。

两个熟悉的小身影站在那儿，痴痴地望着巷口对面的冰糖葫芦，景翊勾起唇角温然一笑，悄悄走近过去，两个孩子浑然不觉。

萧清悠直直地看着那些红彤彤的冰糖葫芦，噘着小嘴嘟囔："我爹不让我乱吃街上的东西。"

景翊暗自发笑，移动目光看向站在萧瑾瑜的心肝宝贝旁边的男孩。

那是他家的臭小子景暮，五岁时拜了萧瑾瑜为师，如今年方十二，站在六岁的萧清悠身边，已有几分男子汉的模样了。

景暮低头看着这既馋又怕的小丫头，一本正经地出着馊主意："那咱们就吃完了再回府，王爷不会知道的。"

萧清悠沮丧地摇头："会，我爹最厉害了，什么都能知道。"

萧瑾瑜有多厉害，景暮可比萧清悠更清楚。

景暮皱起和景翊如出一辙的俊秀眉头，抿抿嘴唇，像是下了个很大的决心，然后坚定地道："那……王爷要是怪罪起来，你就说是我逼你吃的，王爷就会只罚我一个人了。"

萧清悠急忙摇头，睁圆了大眼睛抬头瞪着他："不行！我娘不许我撒谎，我要是撒谎，她就不要我了！"

景暮似乎也意识到了自己的主意不好，为难地抓抓后脑勺："那怎么办啊……"

萧清悠抿着樱桃一样的小嘴，留恋地向那垛又卖出了几支的冰糖葫芦看了一眼，咬了咬牙，干脆地道："不吃了。"

景暮紧皱着尚未长出英气的眉头，认真地看着她："可是你很想吃啊。"

景翊实在憋不住了，带着笑意在两个孩子后面轻轻清了清嗓子。

"爹？"

"景叔！"

景翊笑着走过去，伸手拍拍两个孩子的小脑袋："我给你们拿个主意吧，王爷要是怪罪，就跟他实话实说，说是我买给你们的。"

不就是被萧瑾瑜瞪几眼吗，都已经被他瞪了十来年了，往后还不知要被他再瞪多少年，多这几眼也不多。

两个孩子都不笨，一下子明白过来，两双澄澈的眼睛里顿时满是喜色，萧清悠更是拽着他的胳膊直蹦高。

"谢谢景叔！"

"谢谢爹！"

景翊把他们带到那卖冰糖葫芦的小贩面前，任他们一人选了一支，笑着叮嘱道："不要玩得太晚了，早些回去，别让王爷和娘娘担心。"

"哎！"

看着景暮牵着萧清悠的手兴高采烈地跑远了，景翊蓦然想起些什么，笑意一浓，转头对小贩道："再给我拿五个。"

"好嘞！"小贩一边从垛上往下拿冰糖葫芦，一边憨憨地笑着道，"爷，您真是好福气，家里这么多孩子啊？"

"没有，就三个。"景翊从怀里摸出几个铜钱，一边低头细数，一边暖融融地笑着道，"刚想起来，我媳妇小时候也爱吃这个，有日子没见她吃过了。"

"您家夫人肯定是个大美人!"

"嗯,"景翊眉眼间的笑意又浓了一重,"没见过比她美的。"

(五)

安王府,六韬院。

吴江苦脸,无可奈何地看着眼前这两个长得一模一样的小祖宗。

这是萧瑾瑜家的老三和老四——萧清远、萧清逸——一对刚满五岁的双生子,眉眼里已有了萧瑾瑜的清俊,却不知是随了谁的脾气,调皮得不可救药。趁着萧瑾瑜午睡的工夫,两个人偷偷钻进了萧瑾瑜的书房,把他留在桌上的几本公文折子画了个一塌糊涂。

萧瑾瑜管教孩子从不动手,一向都是丢给吴江打的。

吴江哪敢真对萧瑾瑜的心肝宝贝们下狠手,总是意思意思就过去了,可这回萧瑾瑜实在气得不轻,端出了升堂判案的架势,愣是根据折子上的画断出了哪几本是谁画的,谁画了几本就让吴江带去打几下屁股。最后判定萧清远挨打五下,萧清逸挨打七下,还铁青着脸写了张判罪文书,盖了他的官印。

两个孩子被萧瑾瑜的神机妙算吓傻了眼,都乖乖跟着吴江来领罚了。

乖也只乖到这一步,吴江真要罚他们了,这俩长得一模一样的小祖宗却谁也不肯告诉吴江自己是谁,非要吴江自己猜。

安王府上下只有景翊才能招架得住他们俩,吴江向来就只有求饶的份儿。

"两位公子爷,你们就别难为卑职了。"

两个粉琢玉砌般的熊孩子笑嘻嘻地对望了一眼,连摇头的幅度都是一模一样的。

吴江板起脸来:"那可就要一人打七下了。"

俩人的脸上都没有一丁点惧色,全都笑嘻嘻地看着他。

"吴叔是好人。"

"吴叔最公平了。"

"吴叔才不会这么做呢。"

"吴叔一定是在吓唬我们。"

吴江有点儿想发疯,他一个年近四十的三品将军竟被俩毛孩子逼得进退不得,实在有种人生惨淡的感觉。

吴江正头疼着,庭院旁的走廊上突然传来一个温婉的声音。

"清远,清逸。"

两个孩子眼睛一亮,丢下吴江,争先恐后地跑了过去。

"湘姨!"

吴江啼笑皆非地叹气,安王府的孩子们多半怕他,却都喜欢性子柔和的萧湘,萧湘虽也拿这两兄弟没法子,这两兄弟却从不惹萧湘生气,一到她面前就都乖顺得像猫儿一样了。

"来，"萧湘笑着蹲下身来，掀开拎在手里的篮子，捧到他们面前，"刚蒸好的小点心，一人拿一块，剩下的我送到一心园去，等吃过晚饭你们再和哥哥、姐姐一起吃。"

"好！"

两个孩子乖乖地拿了点心，站在走廊里就吃了起来，好像全然忘了自己是来受罚的了。

萧湘轻轻走到一脸无奈的吴江身边，抿着柔和的笑意低声地道："你左手边的是清逸，右手边的是清远。"

吴江一愣："你怎么知道？"

萧湘转头看了一眼那两个吃得很投入的孩子，笑意微浓，声音又放轻了些："娘娘教得好，王爷家的孩子都是一样，但凡有吃的，年纪大的总让年纪小的先拿，绝对不争不抢。"

吴江无奈的笑容温软了几分，轻轻点头。

萧湘浅浅地蹙起眉头，低声叮嘱："下手轻些，都是孩子。"

"我知道。"

萧湘刚准备要走，却被吴江低低地唤了一声，赶忙收住了脚："怎么了？"

吴江向那两个还没吃完点心的孩子望了一眼，伸手小心翼翼地掀开萧湘手里的篮子，从里面摸出一块点心，迅速塞进嘴里，然后做贼似的催着萧湘快走。

萧湘抿着笑走了不远就听到那人踏实沉稳的声音传来。

"你俩准备好了吗？"

（六）

他父亲已经很久没有这么晚回府了。

萧清平从傍晚一直等到深夜，等到清悠前两年从外面捡来的那只大白猫都团在他膝头直打呼噜了，这才终于等来了气喘吁吁的景暮。

景暮一身王府侍卫的官衣，腰间佩着官刀，绷着官家的身架子，开口也是官话："大公子，王爷吩咐说今天太晚了，让您早些安置，等明天再——"

"不行。"萧清平不等他说完，撑下膝头上的大毛团子，起身拎起早已备好的出诊箱子就径直往外走去。

景暮被遣来的时候就知道会是这么个结果。

萧清平这说一不二的脾气就是照着安王爷的模子刻出来的，自景暮拜入安王爷门下，以贴身侍卫的身份随安王爷学刑狱以来，可没少夹在这爷俩之间犯愁。他也曾向他爹请教过，景翊就只拍着他的肩膀，牵起一道很有往事不堪回首意味的笑容说："习惯了就好。"

可一想起安王爷沉下脸来的样子，他可万万习惯不了。

景暮不死心地拦上去："大公子，大祖宗……这么晚了，等你到了王府，王爷差不多也睡了，就为请个脉送碗药的事儿让王爷折腾起身，这不是更伤身，对吧？"

萧清平天生患有心疾，安王府虽是皇城里数一数二安全的住处，但终究也是安王爷的官邸，平日里有各路官员来访，有王府门人进出，还有侍卫早晚的例行训练和偶尔的突击训练，因此实在算不上清静所在。所以在他十二岁那年，安王爷夫妻俩在离王府不远的地方给他寻了这处清静宅院，还请顾鹤年陪着他一起住了过来。

顾鹤年既是照看他的大夫，也是教他学医的先生。去年初，顾鹤年不顾高龄离京北上云游，临行前交代给萧清平出师前的最后一份功课便是每日早晚给安王爷请脉，详细记录脉案，并依照请脉的结果调整药方，并且要盯着安王爷把每日的药一滴不剩地全喝下去。

如此一来，他父亲就成了他学医以来的第一个病人。

他的第一个病人就是这世上最不喜欢见大夫的病人。

"不对。他睡不了。"萧清平平淡又笃定地说着，轻飘飘地绕过了面前英武挺拔的人。

那被萧清平从膝头撑下来的大白猫黏着景暮的官靴直蹭，景暮脚下慢了一慢，那道单薄清瘦的雪白身影已经出门了。

景暮顾不得掸去满鞋的白毛，不情不愿却也无可奈何地追了出去："就算王爷手里有再多的事要忙，娘娘也会赶他去睡觉的！"

"今天不会。"

萧瑾瑜手里没什么事要忙，但他也确实没有半点睡意。

今天在宫里耗到这个时辰，只是因为朝上提起了近日与北秦的一些小摩擦。本都是些边境百姓间无伤大雅的小事，一部分朝臣却像商量好了似的，有唱有和地提起了当年赫连苏乌亲自带女儿来订下的那桩婚事。

景翊不用仔细去剖析那一张张面皮下面的心思，他只知道那些人必不是什么好心思。

可无论如何，这份婚约是两国和谈的一部分，关系重大，毁是万万毁不得的，如今清平十七岁，乌兰公主已满二十岁，不管再怎么拖，成婚也都是近在眼前的事了。

萧瑾瑜为这事头疼了一天，回来也不知该怎么对楚楚说，更没想好要怎么对不知不觉就已然身处旋涡中心的长子萧清平开口，但几乎是在萧清平踏进这间屋子那一刹那，他便清楚地意识到这孩子已经什么都知道了。

没什么证据，就是身为人父的那种直觉。

"王爷……"景暮手上捧着盛放药碗的托盘，可怜巴巴地跟在萧清平身后，一副苦哈哈的眉眼像极了景翊年少的时候。

这孩子的聪敏像景翊，忠勇却更像冷月一些，入王府之后又在吴江手下严格受训，论守规矩,别说比他爹年轻的时候,就是比他爹现在都还要强上几分。

他不曾点过头的事,景暮决不会私自对任何人透露一个字,包括景暮他自己的爹,也包括他萧瑾瑜的儿子。

萧瑾瑜暗自叹气,搁下手里盯了半天还在那一页上的书:"你去歇着吧。"

景暮立时像刑满获释似的,忙把药搁下,行了个礼就一溜烟儿跑了。

屋里只剩父子两人,萧瑾瑜静静地等着他发问,甚至发火,萧清平却也是静静的,和往常一样,神色淡然又一丝不苟地向他行了一个礼,然后取出腕枕,扶过那只一年四季都微微发凉的手腕,认真又稳当地开始摸脉。

让清平来照管他身体的事是萧瑾瑜自己向顾鹤年提出的。

顾鹤年和叶千秋这对八字不合的师徒这次竟是出奇地一致反对。

毕竟萧瑾瑜抱病多年,数疾缠身,病况极为复杂,萧清平纵然天资聪颖,但到底还是个只学过些医书药理的毛头小子,跟能够独立坐诊行医的大夫是天差地别的两码事。

可终究还是谁也不能让安王爷改主意。

叶千秋为了保住自己在安王府里的这碗饭,不得不闭嘴,顾鹤年一气之下索性北上云游,眼不见心不烦。

萧瑾瑜不是不要命,他只是疼惜这个儿子。

清平仿佛是天生就要当大夫的人,还不识字的时候就对医药有着分外浓厚的兴趣,拜入顾鹤年门下之后更是醉心于此,又因为时常观摩楚楚剖验尸体,对脏腑经脉之学有些不同寻常大夫的独到见解,种种迹象都表明他会在行医济世这条路上大有作为,然而却因为他生在安王府,自小得封郡王,被人捧在手心上呵护着,也被万千双眼睛盯着长大,单是想要从"学"迈到"用"这一步,就比常人要艰难百倍。

清平从没开口提过什么,但当父亲的就是知道,他迫切地需要一个开始。

而自己就是他现成的,最好的开始。

只要在清平的医治下他的身体稍有起色,清平就足以在医家立足;若不能,他这连"医仙"师徒都头疼的残躯病体也不会让一个初出茅庐的大夫为人诟病。

萧瑾瑜就着案上的灯烛细细打量近在眼前的少年。

比起第一次给他摸脉时那紧张到指尖微微轻颤的样子,这些日子下来,这手指的主人已经很像个坐堂的大夫了,自信又慎重,看着就让人觉得心安。

萧瑾瑜浅笑,笑得微苦。仿佛这个孩子躺在他臂弯里奶声奶气喊"爹"的日子就在昨日一般,一晃,竟都到这非成亲不可的年纪了。

越长大,他能给的就越少了。

"还好。"少年大夫心无旁骛地摸完脉,抬起和对面的人依稀相似的清俊眉眼,依旧平静又认真地道,"我照今早的脉象略改了方子,这方子连服三日,看脉象变化再改。父亲请服药吧。"

药是在王府煎的，这会儿冷热适中，正合适盯着他的病人一口气喝到一滴不剩。

萧瑾瑜接过药碗，看着仍然像没事儿人一样的儿子，索性不再等他自己开口问，开门见山地道："你与乌兰的婚事，你已经听说了吧？"

对面少年血色浅淡的脸上不见一点惊讶，无波无澜地道："当然，娘每年都会提好几次，清平不敢忘。"

这孩子果然还是有气的。

萧瑾瑜好气又好笑，还是耐着性子道："我是说，今日朝中议事，已决定修书北秦汗王，商议你迎娶乌兰公主的日子，约莫就在这几个月了。"

"好。"

看着依旧反应平淡的儿子，萧瑾瑜轻叹一声，声音里多了几分疼惜，语重心长地说："虽说是早已订下的婚事，但你毕竟只在刚满周岁时与她见过一次，大概也对她没有什么印象，如今突然让你娶她，是有些难为你了。但谨记，切勿因此事太过烦忧，保重身体为要。"

如顾鹤年与叶千秋当年诊断的那样，萧清平自胎中带来的心疾并没有随着长大而有什么好转，只是凭着精心调养和他十数年如一日的克己自律，养成从不大悲大喜的平淡心性，才得以平安至今。

比起那些可以替他抵挡的明枪暗箭，萧瑾瑜最担心的还是这个。

"还好。"萧清平淡声道，"和父亲当年被赐婚的时候比，也不算突然。"

萧瑾瑜着实被噎了一下，咬肌一绷，到底懒得与他计较，权作没听见，又一声叹道："你们的婚事毕竟是两国联姻，礼仪烦琐，会辛苦些，你要有准备。"

"父亲放心。"萧清平恭顺地微微颔首，语声依旧平淡，"我又不必亲自去她家里提亲，也没什么好辛苦的。"

这兔崽子还没完没了了……

萧瑾瑜脸色一沉，嗓音也跟着一沉："你有什么不满，现在还可以说。"

这些年萧瑾瑜年纪渐长，威严也见长，平日摆出这样的脸色，就算是吴江、唐严一众老部下见到也会满心发毛，可偏就对自己的儿子全无用处。

"没什么。"萧清平还是一副恭顺又平淡的样子，"至少我还不算是被皇上赏给乌兰公主的，和父亲当年的境况相比，我已经知足了。"

萧瑾瑜额角的青筋都快压不住了。

从前是打不得骂不得，如今已经是打不过也骂不过了，看他也不像是会为此事有所郁结的样子，那就随他的便吧。

萧瑾瑜端起在手里拿了好一会儿的药碗，本想喝口药压一压火气，却不想刚喝进一口就更来气了。

萧瑾瑜好容易把那口药吞下去，紧皱眉头看着他的大夫，嗓音冷硬得吓人："这药是谁煎的?"

"我。"

"听顾先生说，他教过你，煎药给病人，拿给病人喝之前要自己先尝一口。"

"是。"少年大夫一点儿也不怕这张冷脸，四平八稳地道，"师父有吩咐，火候掌握不当会变了药性，可能对病人有百害而无一利，在对火候有十足的把握之前，拿给病人的药必须过一过口。"

"那你知道你新配的这药有多苦了?"

"知道。"

少年就是少年，再怎么习惯，平淡的眉眼里也藏不严实一点雀跃的狡黠。

不知怎的，捕捉到这一丝狡黠的瞬间，冲顶的火气一下子烟消云散了。十七岁的少年人，不就是这么让人又气又疼吗?

萧瑾瑜无奈地轻叹，一口喝尽那碗苦药汤子，指了指窗下的茶案:"把蜜饯拿过来。"

萧清平起身去端了蜜饯，却不递给他，只端在手上，站在他扔书、扔碗都扔不到的地方，淡淡地道:"您当我不知道，每次您服了药，娘都拿多少乱七八糟的点心来哄您吗?您这个年纪，少吃点甜的有好处。清平告退。"

说着，不等萧瑾瑜再蹿起火来，萧清平一手端着蜜饯，一手拎起出诊箱子，转身便走。刚走两步，忽然脚步一顿，又回身补了一句:"还有，这半个月禁房事。"

楚楚端着几样点心进门的时候，萧清平已经走没影儿了，楚楚一进屋就看见萧瑾瑜很不对劲的脸色，不禁问:"这是怎么了?"

见楚楚走到跟前来，萧瑾瑜有气无力地叹了一声，然后说道:"楚楚，我是不是老了?"

楚楚听得一愣，"扑哧"笑出声来，忙又抿住了笑，认真地看了看眼前人。

"是老了，老得更好看了。"

这人二十几岁时就像一块莹润的白玉，乍看是冰冰凉凉的，只有和他挨得近了，才能知道那种从内里沁出的柔和纯净的温度。如今年近四十，儿女双全，安王府此时又正是训练新人的时候，牵挂多了，操心的事多了，眉间的竖痕也深了些许，倒是让他清冷的眉眼柔和了几分，越发生动鲜活了。

萧瑾瑜失笑，伸手拉过这总能一句话把他捧上天的人。

楚楚活得比他豁达自在，高兴就笑，难过就哭，生起气来就非打即骂，心里极少藏着掖着什么，心性纯粹，人也不见老，这是他此生无论如何也学不来的，所以无比珍惜。

"刚吃了药，吃点甜的清清苦味吧。"

萧瑾瑜看着捧到眼前的点心，那兔崽子的话还在耳边回响着，不禁苦笑摇头:"不吃了，平儿让我少吃甜的。"

"可是嘴里苦着不难受吗？"

"难受。"

话说出口，连萧瑾瑜自己都有点惊讶，这些年真是被她惯得娇气了不少，从前什么都能忍，如今竟连忍点苦味都如此自然地觉得委屈了。

"那就别管他，反正他也不在这儿，我不告诉他就是了。"

几个孩子都是楚楚的心头肉，清平先天不足，刚发现怀他的时候又是那样刻骨铭心的境况，所以尤其被楚楚放在心尖上疼，可心头心尖之下，那整颗心里全都是眼前这个人。

萧瑾瑜轻笑，还是摇摇头："既然让平儿负责我的病，就要听医嘱，否则对平儿不公。"

楚楚搁下那盘点心，到底还是有些不忍："那我去给你拿杯蜜水吧。"

"不必。"

萧瑾瑜手上使了些力气，拉过楚楚坐进他怀里，顺势在她唇上轻轻一吻，低低地道："这就不苦了。"

话音未落，门外忽然传来一声不轻不重的清嗓。

楚楚吓了一跳，忙站起身。

只听见一个平淡的声音隔着门飘进来："还有近半个月禁房事这一条，也望父亲一并遵守。"

这样的少年就是真的该挨揍了。

萧瑾瑜抄起手边的一卷书就要往门口砸，楚楚忙一边按住屋里忍无可忍的病人，一边支应门外不知死活的大夫："好啦好啦，知道啦！"

听着外面脚步声渐远，萧瑾瑜好生喘了两口气，这才把书丢回桌上："还要当大夫……他这样的性子能当什么大夫？迟早被人抓起来套进麻袋里打！"

楚楚笑嘻嘻地给他顺着胸口："他是气你还把他当小孩子看，想瞒着他要成亲的事，故意气你呢。你要真的生气，他可就得逞了。"

火气渐渐消散，萧瑾瑜在楚楚的话里猛然反应过来，诧异地看着她："平儿的婚事……你也知道了？"

"白天的时候就知道了，悠悠跟我说的。"

萧瑾瑜更愣了："她怎么知道？"

"你忘啦，今天嫣儿在宫里当值，皇后叫悠悠一起去玩的。"

萧瑾瑜怔了片刻才想起来，一早出门前楚楚给他更衣时提过，这一日焦头烂额，早忘到九霄云外了。

清悠自小就是和楚楚一样热闹又大胆的性子，这些年长大了些，又生出些不知哪来的唯恐天下不乱的鬼灵精怪，安王府上下没人治得了她，萧瑾瑜和楚楚都头疼不已。偏就冷嫣能让她服服帖帖地听话,所以萧瑾瑜早也习惯了她跟着冷嫣到处跑,却不想今日赶上了这样的巧。

这样想来,清平该也是从她那里知道的了。

可不管是从哪里知道的,楚楚这样的反应也在他意料之外。

"楚楚,你可有想过,如果,我是说万一……乌兰和平儿性情不和,两不相悦,这样漫漫一生,他们要怎么过?"

"那皇上把你赏给我之前,你想过要跟我过一辈子吗?"

萧瑾瑜一时语塞。那时候他不是没想过和她过一辈子,而是没想过和任何人过一辈子。时至今日,从前习惯的那种一个人冷寂的日子,又成了想都不愿去想的事了。这样天翻地覆的变化,皆因为眼前这一人而起。

看着这双和那时一样明亮干净的眼睛,萧瑾瑜释然地笑笑:"你说的对。平儿也气得对,我该相信他。我只是担心……不知道我还能护他们到什么时候。"

"没多久了。"楚楚轻抚上这张被她一句话说愣的脸,弯起眼睛甜甜地笑着,"等他们成了亲,就有人争着抢着去护着他们,他们也要去护着别人才行,到时候又会像以前一样,你只护着我,我也只护着你了。"

无论他想与不想,孩子终究会长大,去走他们自己的路,担起世道交给他们的责任,伴着他们命中注定要共度一生的人,经历他们自己的幸福与艰险,藏起他们自己的心事和秘密,而和他一生一世的,就只有她一个。

萧瑾瑜心头一热,伸手要把人圈进怀里,却被楚楚一把按住了手。

"平儿说了,禁房事。"

窗外传来了萧清平的轻咳声,还有几个少年人憋不住的哧哧笑声,不用问也知道是谁。

不等萧瑾瑜正式发火,楚楚已在他皱起的眉心蜻蜓点水地一吻:"外面风凉,你别出去,我去教训他们就行了。"

看着楚楚端起点心往外走的身影,萧瑾瑜不禁啼笑皆非。

至少此时此刻,想想回到只有他们二人相守相护的日子,还真是件值得期待的好事。